# Yo quiero ser como Ariel

## Basada en hechos reales

## Abel Ibarra

**Yo quiero ser como Ariel**
© 2024 Abel Ibarra
Epsilon Publishing, Inc.
info@epsilonpublishing.com
Miami, Florida, USA
ISBN: 979-8-218-58006-3

Diseño y Diagramación: Alejandro Arcas
Fotografía: Luis Lacau
Producción: The Ad Nation
Impreso en Amazon Kindle Direct Publishing
Primera edición. Enero de 2025.

A la memoria de Carmen Aurora,
causante de este disturbio que soy yo.

"Su cuerpo dejará, no su cuidado;
serán ceniza, mas tendrá sentido;
polvo serán, mas polvo enamorado."
                                    Quevedo

# PRIMERA PARTE

Ocurrió con la fugacidad de un segundo. Mercedes Chocrón haló la bata de seda desde los hombros de Ariel Severino y se abrazó a su cuerpo desnudo con el mismo temblor de la primera vez. Ariel también la abraza, extasiado, y la acomete con la reciedumbre que a sus cuarenta y siete años aún le permite hacerlo de pie. Mercedes alza la pierna y se apoya sobre una banqueta de madera pulida. Besos despóticos. Ariel dobla sus rodillas y vuelve a levantarse en un envión que lo hunde más allá de Mercedes. El gato Ramsés es esfinge fatal sobre la cama. Ariel se impulsa en vaivén infinito porque me apuesto a tu cielo mi ángel para bajarte a tierra. Y le goteó al oído los mismos versos silvestres que florecieron cuando se volvieron uno para siempre. Haló del chifonier un ramo de orquídeas compradas para la fiesta que terminó en tragedia. Catleyas, dijo, como la tarde en que se la apropió sobre el follaje espeso del cerro Ávila.

Sábado. Cumulonimbos, cirros y estratos de la primavera eterna, bruman sobre Caracas. Pinos, eucaliptos, sauces llorones y mogotes despeinados por la brisa montañera, ocultan iguanas, lagartijos, camaleones y lombrices que aconsejan sobrevivir reptando. La serpiente de Eva. Gusanos en trance de mariposa. Guacamayas que duplican el arcoíris, tucanes prestos para el amor con sus picos de navaja, loros verbátiles. Un turpial desafía toda música posible. Gavilanes. Lechuzas absortas ante el estropicio del tiempo. Todos los pájaros, menos uno devorado por las hormigas, le hacen coro al rumor del bosque. Insectos zumbantes. Un murmullo plural evoca el momento en que el mundo comenzó a ser mundo. Ariel y Mercedes se enfilan por el Camino de los españoles flotando en el éter que despiden aquellas piedras antiguas y nuevas.

Ariel y Mercedes salen de la ruta principal y la trocha más oportuna los conduce a un descampado que vale la gloria. Se tienden sobre la hierba democrática. Un vaho de eucaliptos los resguarda con su aroma de santidad vegetal. Crujido de chicharras. Un muro de trinitarias evita la llegada de intrusos. Ariel se enciende. Mercedes se entrega y deja que la mano de Ariel encuentre los lugares exactos del placer. Ariel mira el trozo de helecho que pende de un sauce llorón. Arranca una orquídea y acaricia el rostro de

Mercedes. Y continúa por el torso desnudo hasta llegar al cierre del pantalón. Lo desliza hasta dejar la flor principal al descubierto. El pistilo tiembla. Ariel pone su dedo sobre el penacho balbuciente. Acerca sus labios carnosos y resbala hacia la fuente del Edén. La estrella vespertina se cuelga en el firmamento del verano. Clímax que anula el tiempo y abre un atajo por donde se cuela la vida. Acaban de inventar el amor.

Mercedes revive aquel momento y es flor absoluta. Todo se estremece. Jadeos. Ramsés salta de la cama vuelto un celaje negro. El televisor vocifera los prolegómenos del Miss Universo. Mariela Pérez Branger, aristócrata venezolana, despunta como favorita con sus ojos de deidad egipcia. Mercedes goza la respiración entrecortada de su varón. Estrépito de cristales. Mariela Pérez Branger y Silvia Hitchcock, la candidata de Estados Unidos, se toman de la mano y esperan que el presentador anuncie la ganadora. Punto final. El televisor es una mancha negra. Caracas ruge como un león que agoniza. Las baldosas del piso ondulan sobre olas de mar seco. El balcón se desprende desde su basamento y quedan unas cabillas sueltas como peluca del diablo. Bombillos explotan. Duchas estallan. Un río se derrama desde el epicentro de Mercedes. Ariel, te amo. Las ventanas suenan con aleteo de gárgolas murientes. Se le han desatado las costuras a la vida. Inés y Joshua aparecen vueltos fantasmas de cal, atónitos ante los cuerpos de Ariel y Mercedes, cubiertos con paños urgentes.

—¡Mamá, está temblando! —dijeron al unísono en un gemido destemplado.

Ariel y Mercedes se separan. Con ojos desorbitados tratan de descifrar aquel inventario de ruinas. Mercedes corre y pone su mano de bendición sobre la frente de Joshua. Lo abraza. Ariel abraza a Inés y los cuatro son un nudo de compasión inútil.

—¡Mi madre! —gritó Mercedes, cuando el edificio Neverí se derrumbó en el parpadeo de un instante.


### Doña Cuatricentenaria

Caracas será destruida por un terremoto, vaticina Marina Marotti, vidente italiana, a comienzos de 1967. Las torres de El Silencio, zona en flagrante contradicción con su nombre, aparecen en pleno desmoronamiento en un montaje fotográfico de la revista Élite. El Silencio había amanecido con la modernidad sobre las ruinas del antiguo Tartagal, zona de tolerancia que logró carta de ciudadanía cuando el general Isaías Medina Angarita, presidente de la república que surgió de los restos de la dictadura gomecista, ordenó demoler aquel laberinto de tugurios, bares y prostíbulos, en 1943. Y continuó la construcción de los nuevos edificios que surgían del abracadabra de un arquitecto llamado Carlos Raúl Villanueva, para que el villorrio caraqueño tuviera cara de ciudad. Después el cemento se transmutó en concreto armado por todo el territorio nacional y la Pequeña Venecia se fue pareciendo cada vez más a un país. Un diluvio de vaticinios provoca el fragor noticioso y pone a la ciudad en ascuas con reseñas que más parecen chismes que notas de prensa. Adivinos autóctonos derrochan sus profecías para no quedarse atrás de los importados. Vaticinan los brujos en un aquelarre destrucción de Caracas por un terremoto, titula a empujones sintácticos un diario habituado al escándalo. Ya cierto periodismo ha comenzado a hurgar en los bajos fondos del idioma. Rumores, infundios, subterfugios, alternan con el clima de crispación que trastorna lo cotidiano. Incertidumbre. El país vive con la piel de gallina bajo el acoso de los oligarcas despojados de privilegios por la democracia incipiente y el asedio de la extrema izquierda con su promesa del Paraíso en la tierra ¡ya! Unos apelan a las conspiraciones y otros al terror con idénticos resultados: noticias para las páginas rojas de los diarios.

El gobierno decide cerrar las válvulas de la superstición y el miedo confiado en la conmemoración del Cuatricentenario de Caracas. La ciudad se cubre de un celofán sentimental para celebrar el día en que Diego de Losada clavó su báculo en terrenos de la antigua ranchería de San Francisco y fundó Santiago de León de Caracas, valle de indios con pieles curtidas por nombres de estrépito: Guaicaipuro, Guaicamacuto, Baruta, Paramaconi, Chacao. Los nombres caen partidos en dos por la furia de las lanzas españolas, los nombres caen partidos en dos por el silbido de las flechas vernáculas. Una danza de sables y cuchillos llena el espacio con sus lamentos de la misma muerte. Mana la sangre de los corazones que dejan de latir como difuntos divisibles. Las voces apagadas se meten dentro de la tierra y un nuevo abecedario de agua y aceite comienza a nombrar las cosas entre surcos de este pedazo de tierra. Caracas, hija sonora de caraca, pira o amaranto, hierba o flor que prodiga salud y bienestar; el caserío de bahareque germinal se convirtió en una metrópoli de edificios altaneros que le perdieron el miedo a las alturas. Elsy Manzano, reina de las fiestas, parecía haber sido electa para que la gente aprendiera a sonreír. Con su piel de ébano menguante le dio alcurnia, potencia y fulgor a la palabra criollo. La gente suele confundir criollo con exótico. Lo exótico ilustra folletos de turismo y viste las cosas con su traje de vanidad de vanidades. Lo criollo clama por una manera de ser, una altivez que se le impone a la vida para existir con voluntad y talante propio. Y allí estaba Elsy Manzano con su morenura y su apellido frutal para que no quedara duda. Todos los corazones latieron como uno solo. Los relojes extraviaron su rutina. Las agendas se descuadernaron. Los horarios olvidaron su razón de ser. Un ritmo de taquicardia empujó a la gente por las calles y hasta los perros trastocaron su obediencia. Tic-tac, ladraban a deshoras. Giraban en círculos buscando la luna que se les extravió cuando se juntaron día y noche en parrandas sin fin. Un borracho callejero juró haber escuchado al reloj de la catedral con ladrido de campana rota. El policía de la esquina lo detuvo al escucharlo gritando sus espejismos.

—¡Ciudadano, cédula! —y el borracho corrió tambaleante a refugiarse en la iglesia de Santa Teresa donde el Nazareno de San Pablo lo acogió sin reprimenda alguna. El santo lo bendijo con este vino que es mi sangre y resguardó al borracho sonoro, que se quedó dormido a los pies de la estatua de yeso. Limones aroman el espacio. Campanas tocan a rebato poblando la ciudad de ventura. Nada alegra tanto una ciudad como el tañer de campanas y sus prodigios múltiples: los fantasmas se espantan, se desvanecen los malos augurios, las novias sueñan con el amor eterno que les nació en la pila bautismal, los escritores se las apropian para que doblen sólo por ellos, los muertos escapan de sus tumbas intentando conjurar el hastío y las abuelas aseguran que son santo remedio para las epidemias de gripe.

En la plaza Bolívar, un actor de la Compañía Nacional de Teatro, acompañado por el sonido metálico de la Banda Municipal de Caracas, entona, mirando al cielo, sereno, sereno, ¿qué hora será? Enciende con parsimonia candiles festivos y va descontando sin apuro alguno la tristeza que acumulan los relojes. Y allí está rediviva la ciudad colonial y dócil que Juan Antonio Pérez Bonalde, poeta expatriado a Puerto Rico por el espíritu persuasivo de la Guerra Federal, llenó de techos rojos. ¡Ah! y de bandadas de tímidas palomas para que el aire no estuviera tan solo.

4

Cuatrocientas salvas de cañón fueron recuento de lo ocurrido desde el nacimiento de Santiago de León de Caracas. Las iglesias prodigaron indulgencias per secula seculorum para la feligresía anónima. Confesionarios abiertos de domingo a domingo con la promesa de salvación a transgresores de toda ralea. Profusión de perdones, tolerancia por toneladas como en las grandes ciudades. Si hay algo que iguala a las grandes ciudades es que los pecados se cuajan en el concreto y todas las deudas con el Creador quedan saldadas. ¡Hay virtud en el perdón!, pontificó el Cardenal José Humberto Quintero en aquella misa celebrada junto a todos los obispos del país. Una casi niña que perdió la virginidad la semana pasada se arrodilló hasta llegar a la nave central de la catedral susurrando clemencia porque no lo hago más. El pellejo de sus rodillas quedó sobre las baldosas como prenda. ¡Ego te absolvo a peccatis tuis! y el hisopo redentor balancea sus perdones. La clemencia le llegó con la absolución general del Cardenal indulgente y un disparo certero en la frente del agresor. Laus deo… Otra vez el tic-tac cotidiano. El reloj de la Catedral de Caracas comienza a marcarle sístole y diástole a las horas del país desde la torre que parece imantada. Campanas doblan a rebato por la salvación de todos. Incienso a diestra y siniestra para conjurar las tentaciones del maligno y salvar a los demás mortales. La gobernación de Caracas resguarda calles y avenidas con policías y el emblema de un león domesticado. Uno de esos armatostes de hierro colado, mandados a hacer por miles, se desprende de un poste y le parte la cabeza a la segunda víctima de las fiestas. Ora pro nobis.

En todas las radios suena "Doña Cuatricentenaria", canción que Aldemaro Romero, músico de alta insolencia poética, dedica a la cumpleañera con palabras de pasión antigua. El piano sí es moderno. Y la orquesta un abuso de cadencias dislocadas que encienden la fiesta general. Todos celebran canción y autor. Los músicos tienen esa virtud de descubrir los secretos más íntimos de las cosas, su vibración interna, sus asuntos inconfesables y terminan poniendo el hallazgo en boca de todos. Aldemaro Romero sorprendió a Caracas en cueros. La ciudad articuló a duras penas una cacofonía de canción: cara-caracas-cara-caracas. Y Aldemaro la sacó del trance al montar aquel descarrilamiento verbal sobre el merengue de tradición, pero acentuándole en cada compás un brinquito de infarto leve que los académicos llaman síncopa. Los músicos de pedal y bomba lo bautizaron como rucaneo, con su vibración lasciva a nivel de la cintura que impulsa a celebraciones non sanctas en bares periféricos de la ciudad… El piano continúa su fraseo. Aldemaro arma una versificación de justo tino y medida con el momento. Y, para mayor énfasis de celebración, nombra a Caracas con una metáfora jardinera en el estribillo: flor de trinitaria. Ya estaba hecho el milagro que el hidalgo valenciano (de la Valencia ultramarina), coronó con "Doña Cuatricentenaria", rima perfecta de un amor y una época que dejó a todos heridos de nostalgia por el resto de sus días.

La piel ciudadana estaba lastimada. Un vendaval de odio se ensañó contra cualquier sospecha de alegría. El temporal terrorista casi arrasó con todo. Policías cayeron abatidos por disparos clandestinos en los barrios pobres del país. Soldados que cumplían su servicio militar sin entender qué es la patria murieron por balas anónimas. Transeúntes desprevenidos cayeron sin aviso y sin protesto. Era tal la violencia y el miedo a las retaliaciones, que muchos obituarios eran enviados a los periódicos sólo por cumplir y aparecían sin remitente para ocultar el bando del muerto que en paz descanse. Recuerdo de tus deudos, se lamentan las coronas haciéndole guardia al féretro con su olor de muerto fresco. El luto es el hábito de los tiempos. Y el mismo fervor artero dio cuenta de Julio Iribarren Borges, médico de maletín y oficios públicos, cuyo asesinato fue ordenado desde La Habana. El epitafio celebratorio aún gira como huracán en las rotativas del diario que decretó su ejecución, desde el 6 de marzo de 1967. La justicia popular condena a muerte a Julio Iribarren Borges por traición a la clase trabajadora y por cómplice de los desafueros que se cometen con los obreros venezolanos a través del Seguro Social. O bella Ciao… Patria o muerte, venceremos, cundió la contraseña como hiedra por el continente.

El "Loco Fabricio" y el "comandante Plutarco", fervorosos legionarios del ejército del pueblo, cumplieron a pie juntillas la orden de Elías Manuitt Camero, ex capitán del ejército venezolano que se pasó a las filas del adversario convertido en comandante de las Fuerzas Armadas de Liberación Nacional, que cumplió su razón de ser con aquella orden a quemarropa. Y continuó la orgía mortuoria.

—Vamos, maneja y no voltees —intimidan al médico dos voces en el asiento trasero de su automóvil. Una fracción de vida transcurre entre el momento en que su esposa baja del carro hacia el abasto para algunas compras cotidianas y el ladrido de los mastines. La pareja acaba de dejar a sus hijos en el colegio y el doctor Iribarren anda aún en piyamas y pantuflas.

—Aquí, a la izquierda. —Vuelven a ladrar los dos individuos con esa fruición que utiliza un asaltante para forzar la rendición del asaltado y el argumento indiscutible de una 9 milímetros sobre la nuca. El deseo de matar hizo más corto el camino.

Lo sometieron sin clemencia a todos los suplicios que pueda soportar un inocente. Cigarrillos con sus puntas quemantes por todo el cuerpo. Ampollas. Golpes con la pistola sobre las costillas. Fracturas. Huesos vueltos migas. Y, para concitar el réquiem, un disparo en el parietal izquierdo según la foto en primera plana de los periódicos amarillos y el parte policial. Julio Iribarren Borges nunca supo qué debía confesar y cuando ya las torturas habían logrado su efecto irreversible, encuentran sus restos desvencijados en las afueras del Instituto Venezolano de Investigaciones Científicas, en la zona de Pipe, nombre ajeno a cualquier pretensión erótica. Los periódicos publicaron la foto sin que se escuchara por ningún lugar la voz de su agonía. No había voz, sólo el cuerpo inánime cundido de musgo en la soledad más profunda. Tétrica la foto, tétrico el morbo noticioso y tétrico el miedo de la gente que se escondió en sus casas de pavor. Pero la vida paga y cobra. El tiempo es su mejor aliado y bastó esperar el momento propicio para que los mastines se llevaran a la tumba el mismo silencio, tres meses más tarde, en una emboscada sin bosque que les tendió el gobierno. Años después el comandante Elías Manuitt Camero, fingido héroe de guerra sin novedad en el frente, se voló los sesos para evitar que una enfermedad terminal acabara con su vida.

La muerte de Iribarren Borges fue el eco de un ritual de la Cuba gansteril que vivía de eliminar adversarios en la Universidad de la Habana. La Cuba universitaria era una confederación de bandoleros. Los dirigentes dirimían sus diferencias intelectuales a tiros en aquella isla de noches disolutas, conspiraciones, cocoteros y matones. Rómulo Gallegos, novelista, profeta civilizatorio, demiurgo, ex presidente de Venezuela derrocado por el dictador Marcos Pérez Jiménez, vivió exilado en la isla calamitosa y le dio vida al pandillero Justo Rigores en su novela "La brizna de paja en el viento". Pero nadie hizo caso de la advertencia.

—Damn mobster —murmuró Ernest Hemingway mientras le daba una honda calada a su pipa de espuma de mar y trasegaba un mojito en "El floridita", abrevadero de la bohemia cubana, al enterarse de que el maldito gánster había mandado a matar a su amigo Manolo Castro, presidente de la Federación de Estudiantes de la Universidad de La Habana y jefe de una pandilla alterna. Y como no cabían dos Castro en el mismo lugar, sobrevivió el de mejor puntería y peores escrúpulos. Hemingway escribió el epitafio con el cuento "The shot", pero ya el terror se había convertido en faro de tinieblas sobre la isla.

El gobierno venezolano enfrentó el terror con rigor y celebración. Cuatricentenario de Caracas, el optimismo a prueba de todo. La vida o la vida. Elsy Manzano, reina de las fiestas, reparte sonrisas, caramelos y serpentinas al pueblo de siempre. Su carroza imperial de cartón piedra, adornada con galas de papel lustrillo, se pasea por las avenidas centrales de la ciudad con su apoteosis celebratoria. Arremolinados en las calles principales, los sin nombre le rinden culto a la morenaza que sacó la cara por todos, paralizó los relojes y canceló toda obligación. Mañana será otro día, dicen extasiados al verla pasar con su corona de pedrería refulgente en préstamo de alguna dama del jet set. Y los caraqueños más pudientes se entregan a la juerga eterna porque la felicidad está a la vuelta de la esquina.

### Un drama inconcluso

Ariel Severino le dio un toque a la pajarita de negro absoluto. Equilibrio sobre la simetría del cuello. El nácar de los botones engastados en plata brilla sin mácula sobre pecho y espejo. Yuntas de lo mismo ajustan a la perfección en cada doble puño de algodón almidonado. Sonríe. Aprieta el fajín para ocultar cualquier exceso en la cintura y estar a tono con la fiesta inaugural del Cuatricentenario de la vieja Caracas. El paltó del smoking encaja con cierto apremio sobre los hombros, un poco recrecidos desde que comenzó a trabajar como escenógrafo sedentario en Radio Caracas Televisión y pasó la curva rigurosa de los cuarenta. Guillermo Zabaleta, jefe y mentor, lo había advertido.

—Pibe, todo anda a contramano. Se te escapan los años y vas ganando peso. ¡Tienes que cuidarte!

—A otros les ocurre al revés, suman tiempo y se van borrando. Míráte vos, parecés un alambre, levantó un martillo con afectación de exterminador que busca infundir miedo.

—¡En guardia! —se defiende Ariel blandiendo un sable de utilería. La hojalata brilla entre las manos del D'Artagnan emergente y Guillermo lo mira con desdén. Ariel hace una mueca de resignación, suelta el artefacto inútil y vuelve a la escofina sobre un trozo de madera contraenchapada que terminó como mesa de comedor en la telenovela del momento.

—Aquí, rebajála, ponéla al ras —le pidió a Lencho Güerere, su asistente, más fiel que Argos cuando vio a Ulises regresar de Troya. Lencho comenzó a lijar la madera con la misma delicadeza con que enderezaba torceduras de tobillo, esguinces y fracturas, cuando era sobador, curandero y adivino, oficio que por poco le da alojamiento perpetuo en el cementerio de Cumanacoa, pueblo agrícola y de carencias en el oriente venezolano. ¡Dale gracias a Dios!, Luis Serafín Güerere, clama eso que llaman la voz popular, que te salvaste de todos los pecados cuando huiste de Cumanacoa y dejaste todas tus deudas sin pagar.

Ariel vuelve en sí frente a la luneta del vestidor que lo refleja de cuerpo entero. Revisa el paltó con meticulosidad milimétrica. Desliza sus dedos sobre las solapas y no hay la mínima arruga. Sortilegios de la seda natural y de la tintorería Lav-O-Mat. Vuelve a sonreír. El espejo cómplice le devuelve con fidelidad el par de ojos que se desbordan de picardía. Los espejos suelen ser un alter ego complaciente, a menos que se tengan escasos atributos físicos, defectos visuales que nublen el buen juicio, o baja autoestima. O, evidencias de envejecimiento prematuro que conviertan el careo en repulsión. Con Ariel ocurre lo contrario. Uno ochenta y cinco de humanidad esplendente, dentadura simétrica, más una mirada que deja a las mujeres con las rodillas sin brújula, son evidencia de que entre el Ariel de la vida y el del azogue no había desacuerdo alguno. Y, cuando sonreía, causaba estragos irreparables en el lado femenino del planeta.

—¿Te falta mucho Mercemía? —preguntó apurando el paso como quien huye de la escena de un crimen. Mercedes sonríe y lo exculpa con beso indulgente y volátil.

—Scusami amore mio, è solo un attimo. Un minuto. ¡Ven! —dice con voz de libélula y Ariel deshace el camino succionado por el melindre tentador de su mujer. El portento sale de la regadera ajustando una toalla blanca al contorno de su cuerpo saturado de cremas hidrófilas, mientras un segundo paño queda en su cabeza a modo de turbante que colma de luz el espacio. Los pies descalzos con uñas también de blanco son un abuso de tentación. Lo abraza. Ariel se congela junto a la peinadora, invadida de cosméticos que moderan la severidad de los años. La mira con devoción y le regala todos los minutos. Ramsés los escruta desde sus pupilas verticales de gato. Más luz salta del tocador. Mercedes se sienta en una banqueta mullida, toma una esponja de la peinadora, la humedece y esparce polvo panqué sobre sus mejillas. Ariel detalla el proceso y ambos penetran con sus ojos el fondo luminoso del vidrio pulido como si buscaran su porvenir en el infinito.

—¿Tenemos mesa?

—Sí, la reservó Eleazar López-Contreras, botella de champaña incluida. Veuve Clicquot Rosé —dijo poniendo ojos espumantes—. Quiso hacerme un gesto por el cuadro que le regalé. —Ariel intenta acariciarle el hombro y descubre una hilacha de hierba espontánea, sobre la manga de su paltó. Se separa tratando de halarla escarbando con el dedo índice. —¿Te acuerdas? —pregunta con la vista fija en la persistente hebra amarilla—. Aquel gallo repujado sobre metal que parecía un diablo arrepentido.

—Entonces estaré lista antes de que cante el gallo. ¡Ay, mi madre!...

Bastó con nombrarla para que apareciera la imagen recurrente de sus pesadillas. Ariel, abstraído, da media vuelta, e insiste en halar la hebra indiscreta sin percatarse de la escena. El rostro de Estrella Serfaty, ex de Chocrón, madre fugitiva, bruma sobre el fondo mercurial del vidrio. Ambas se miran desafiantes como si fuera posible saldar las culpas sobre el cristal inerme. Ramsés filtra la escena a través de sus pupilas agoreras. Estrella implora un por el amor de Dios y Mercedes la repudia cerrando los ojos porque lo único que aprendí contigo fue la palabra odio. Le da la espalda y descarga su ira en un atomizador que acaba entre rebotes al borde de la bañera. Ariel se sobresalta con el golpe metálico, recoge el atomizador y lo coloca sobre la peinadora. Mira el rostro ensimismado de Mercedes y una interrogación le arruga el ceño. Estrella se disuelve en su propia sombra. Ramsés eriza el lomo, ronronea con maña de gato y contagia de temblor unas tijeras que duermen sobre la peinadora. Maullido de descarga eléctrica. Mercedes da un respingo. Vuelve en sí y respira profundamente. Es una marioneta insomne. Se recupera de la aparición y trata de salirse del trance hipnótico con un dejo de candor.

—Eleazar es tan gentil, su abuelo debió seguir siendo el presidente de la república y no el monigote de Isaías Medina Angarita. Su única virtud fue ser el heredero de la dictadura gomecista. Él y mi mamá no tienen perdón de Dios.

—Mercedes —deslizó Ariel unas palabras piadosas— olvídate de eso. No te tortures.

—¡Ariel! Tú no sabes lo que se siente. Me he pasado la vida entera tratando de espantar este tormento y ella persiguiéndome como una sombra. Treinta años. ¿Te parece poco? Los recuerdos duelen. —Y volteó hacia el espejo con ojos inflamados de impotencia.

Ramsés mira dos lágrimas que se deslizan sobre la superficie pulida del espejo y balancea su cabeza con mecanismo de reloj de cuerda. Las lágrimas se evaporan. Ariel queda desconcertado ante la respuesta desmedida de Mercedes, da media vuelta, mira hacia la sala con cara de pordiosero y se hunde en un mar de leva interior. Pocas veces había desacuerdos entre ellos, pero cuando surgía alguna contrariedad, un vaho de incertidumbre les ensombrecía el espíritu y sentían que la vida se les iba a pique. Silencio. Idilio en pausa. Una atmósfera espesa lo invade todo. Ariel se siente paralizado por la soledad. Mercedes también. Fue un lapso devastador. Un abismo insondable se abrió entre los dos. Ambos se observan desde una fragilidad perentoria. Mercedes continúa absorta, balanceando la punta del creyón entre sus labios y Ariel cierra los ojos para mirar dentro de sí. Vacío. Incertidumbre. Una fisura se abre entre él y el mundo. Y el mundo no es otro que el amor por Mercedes, ese fulgor unánime, como del último día de la Creación, que los llevó hasta el éxtasis cuando se hicieron uno en las faldas del cerro Ávila.

### Como el agua a la gota

—El amor adulto alivia el peso de los años —dijo Ariel mirando al cielo mientras acariciaba el cabello de Mercedes sobre la hierba complaciente, aquel sábado glorioso. Mercedes en éxtasis absoluto porque nunca me habían querido así y el firmamento que se llena de luces temblantes. Ariel hurga entre la melena negrísima poblada de hilachas de paja dorada que semejan una corona olímpica. Las fue desprendiendo una a una. —Y tú eres el premio en la mitad del camino, Merceducha— le susurró al oído viendo las hebras caer sobre la grama y Mercedes celebró el piropo con sonrisa boreal.

Las horas se fueron adormeciendo y pusieron la tarde en suspenso. Delirante, la pareja de oro comenzó a descender por las trochas de aquella montaña que parecía ilusoria, como surgida de un sueño, como si un universo ingrávido se hubiera colado en la tierra y les causara tal grado de levedad que terminaron el día pisando en el aire.

—Estoy flotando —clamó Mercedes exaltada y Ariel la contuvo entre sus brazos para evitar un aterrizaje forzoso. La gente los vio como alienígenas que terminan de deshacer maletas y ellos continuaron indiferentes, ensimismados. Habían perdido toda noción de la realidad engañosa.

El tiempo se desvaneció cuando el reloj de Ariel, un viejo Bulova que le regaló el abuelo Jeremías en el aeropuerto de Carrasco, Montevideo, comenzó a marchar sin aliento. Ariel sacudió su muñeca con vigor y el reloj volvió a las andadas con agujas temblorosas. Era una máquina sentimental. Cien pesos de acero inoxidable, corazón automático bajo la esfera blanca, números romanos en plateado. Ventanilla giratoria para los días y otra para los números del calendario, activados por un mecanismo que evitaba aparear el martes con el trece para conjurar cualquier trastada de la fortuna. Jeremías, de esos viejos queridos en peligro de extinción, se lo zafó de su muñeca con una lágrima a punto. Lo miró con gravedad… Pon atención. Este reloj ha marcado las mejores y peores horas de mi vida. El día que me casé con tu abuela, el día en que murió cuando tú estabas a punto de nacer. El día en que terminaste la escuela, el día de tu primera película y algunas cosas indebidas que no te puedo contar.

—¿Y los peores?

—De eso no se habla Ariel. Pero en todos había algo del destino.

—¿Y cómo lo sabes?

—Porque se quedaba sin cuerda pese a que es automático. Cuando se detenga no lo uses más, a menos que sea algo impostergable. Guárdalo entre algodones para que no se lastime. Puede ser que ha llegado tu momento. Déjalo quieto para que aprenda a vivir en silencio, como los árboles.

El abuelo no habló más. Sujetó con las suyas las manos de Ariel y miró hacia el cielo tratando de averiguar su hora final, mientras el ruido de los aviones invadía los pasillos del aeropuerto.

El espacio sí se comportó distinto y se mantuvo en sus cabales. Aquel eucalipto que creyeron dejar atrás, cualquiera puede verlo atrapado en los recuerdos que sobraron por el camino, aparecía de nuevo anunciado por el orfeón de chicharras crepitantes. Chicharras, orquídeas y eucaliptus, serenos en el paisaje con su instinto de fotografía, se repitieron en aquel viaje de regreso a la chatura cotidiana. Las chicharras continuaron su vida como carapachos de ámbar translúcido, adheridas a las cortezas de árboles fragantes y las orquídeas resolvieron vivir sin término. El amor había vencido las leyes de la física y logró separar a esos hermanos siameses que llevan el pulso de la vida como tiempo y espacio. Mercedes aprendió a flotar, asunto que continuaría haciendo por el resto de sus días

—Mercemía ¿te puedo pedir algo?

—Lo que tú quieras, aunque ya te he dado lo mejor de mí.

—Buenoooo, eeee…

—¡Dime!

—Que me seas fiel como mi reloj.

—Imposible.

Ariel se estremeció sin atinar palabra, miró hacia el cielo sin consuelo y respiró como si fuera la última inhalación de su vida.

—Tendríamos que ser algo distinto.

Mercedes se le quedó mirando con ojos de piedad marmórea y una risa convulsa anuló cualquier confusión. Ariel vuelve en sí y la mira con arrebato de recién enamorado. Se besan con la fiebre que causa una pasión sin tregua. Respiran al unísono y descubren que se adecúan uno al otro como el agua a la gota. Vuelven a respirar con sincronía perfecta siguiendo lo que va a ser costumbre: un mismo pecho para los dos. Se detienen en un recodo del camino, se miran fijamente tratando de reconocerse en aquel estado de encantamiento. Huele a naranjas. Unen sus labios con besos que prometen todo y logran una certeza íntima: uno emana del otro y sus almas vibran en el mismo diapasón. El amor absoluto pone a la razón en entredicho. Es una alucinación palpable. Sus pensamientos les comunican cualquier asunto al instante, se trasvasan y terminan convertidos en palabra común.

—Esto no lo debe saber nadie —repitieron ambos letra a letra, soplo a soplo, y un silencio estentóreo selló el hallazgo en el descampado del estacionamiento.

—La gente nos tomaría por locos.

—Y con toda razón.

—Además del escándalo.

—Eso importa poco. Con lo de mi mamá soy inmune a los escándalos, una madre que abandona a sus hijos por un militar es comidilla para siempre. Pero lo que me preocupa es mi marido, tan bueno.

—¿Y qué piensas hacer?

—Le diré todo apenas regrese a New York, menos que me volviste loca. Un marido puede soportar que su mujer lo deje, pero no que se la vuelvan loca. Y lo más importante son mis hijos, el abandono es más cruel que la muerte, ¡carajo! — reclamó con rabia cuando se les acababa el camino.

Un sopor rugoso se instaló en el estacionamiento del teleférico de Maripérez. Se abrazan, Mercedes pestañea, recuesta su frente sobre el pecho de Ariel que la protege con abrazo totalitario, pendiente hasta de una brisa que se cuele con mala intención.

—¿Te sientes culpable?

—Aquí no hay culpa— dijeron al unísono y gozaron su propia voz en boca del otro. Éxtasis sobre el asfalto. Mercedes vuelve a brillar…

Ariel abre la puerta del pasajero de su carro nuevo, un MG Cabriolet de dos plazas, descapotable, modelo 1963 y Mercedes lo aborda con un rostro que esa tarde tuvo su más alto esplendor. Había logrado reponerse del abandono, impostando una seguridad con la que intentaba ocultar el drama que ella y sus hermanos llevaban entre pecho y espalda. Sonreía, hacía de pizpireta, de alma de la fiesta, morisquetas, musa para el poeta más efervescente, pero siempre, después de tanta acrobacia porque sí, regresaba a su postración habitual. Y Ariel, por enamorado y conquistador, pero también porque la pasión prohíja elogios desmedidos, la cortejaba con requiebros de un efecto embriagante.

—La tarde casi te merece…

Mercedes, envanecida, dejó caer al desgaire el foulard de seda verde forestal sobre el espaldar de la butaca. Batió la cabellera imperiosa para entusiasmar al viento y suspiró en el preciso instante en que el suiche giró dándole ánimos al carro con ínfulas de nave triunfal. La capota se retrae y deja ver al par de amantes de estreno. El motor ensaya dos veces su bramido desafiante, el acelerador lo hace rugir con ansias de Mónaco Grand Prix y las miradas se encuentran en el vértice de la fiebre que los abrasó con el último resplandor de la tarde. Salen por la bajada de Maripérez y el carro recorre la avenida en una atmósfera de ensueño. Es una mixtura de felicidad y melancolía. El edificio blanquísimo de la Hermandad Gallega, a la derecha, deslumbra con su nostalgia de Finisterre. Mercedes y Ariel respiran como recién nacido que se asombra ante el mundo, mientras se entregan al paseo alucinante, promenade étonnante, pronunció Ariel en su francés uruguayo y Mercedes sintió un hilo húmedo en la médula espinal. El hilo le bajó como un manantial por el tubo de los huesos y se quejó con placer. Cerró los ojos.

Obró un prodigio. Igual a ellos, la ciudad era otra, poseedora de una luminosidad inédita, imperiosa, reverberante, con Venus como ojo del cielo. Mercedes se animó a tirar por la borda todas las basuras del pasado y recordó el día en que Esther Bustamante, madre putativa, le enseñó a endurecer el carácter para que más nunca te dejes atropellar por la vida. Mercedes obedeció con la mansedumbre de los protegidos y fue aprendiendo a remediar el vacío que su mamá de sangre y mala leche le causó junto a sus hermanos. Suspiró. Volvió a reclinar su cabeza sobre la butaca, se extasió con el rostro de Ariel, bajó la mirada desde los hombros hasta sus puños de acero y seda aferrados al volante, y sintió una seguridad que no había conocido. Todo era nuevo. Una complicidad incomunicable, de goce íntimo, exacerbada por el roce del viento sobre los rostros, se adueñó de ambos y sintieron que amaban por primera vez. Pero Mercedes Chocrón, descendiente de comerciantes judíos de Ceuta y Melilla, tenía dos hijos, Joshua e Inés, de un matrimonio que siguió palmo a palmo las solemnidades del Kidushin hebreo, a pesar de su agnosticismo confeso, costumbre en todo librepensador universitario. En la escuela de Sociología y Antropología de la Universidad Central de Venezuela había varias tribus con diferencias irreconciliables. La más tradicional se imponía al resto con el argumento dudoso de que la mayoría siempre tiene la razón y profesaba con carácter de dogma, el pienso, luego existo. Una minoría significativa pero discreta auspiciaba actividades de caridad como recolectar alimentos para los barrios más pobres de la ciudad, al tiempo que hacía jornadas de alfabetización y oía misa en la capilla de la Parroquia Universitaria, siempre, con el complejo que oculta toda minoría. Su lema: creo, luego existo. Y entre los dos extremos, un grupo disímil de descreídos se burlaba de todo. Entrenaban boxeo, jiu-jitsu y kárate en el gimnasio cubierto de la universidad, por si acaso. Era un grupo sin credo que le caía bien a todo el mundo por su irreverencia, simpatía y las grandes fiestas que organizaban los fines de semana. ¡Ahhhh! y sacaban buenas notas. Era el grupo GAJO: Grupo Autónomo de Juerga Obligatoria. José Gregorio Gutiérrez Díaz, el más visible, bachiller díscolo, imaginativo y carismático, que nunca faltó a clases, pidió la palabra, como hacía a menudo, en un seminario de Historia de la Cultura en que se discutía la razón de ser del mundo, a partir del estudio de un facsímil de la quijada del Pitecántropos Erectus. Compañeros, la vida es más alegre de lo que ustedes piensan. Se hizo un silencio imperativo, miró en derredor con prestancia de apóstol de los últimos días y remató con toda solemnidad: siento, luego existo. Estupor general. La profesora, esposa de un profesor de filosofía marxista, estuvo a punto de expulsarlo del salón, pero se inhibió al ver que las muchachas sonreían con el mismo clímax del día en que perdieron la virginidad. Gutiérrez puso cara de mártir y Mercedes se le quedó mirando con cierto interés antropológico. El acusado correspondió con entusiasmo discreto, como quien deja las cosas para después. El después llegó el día de su graduación…

Y Ariel, favorecido por los varios oficios y talentos que le deparó la fortuna: actor, pintor, escenógrafo, viajero, escritor experimental y soñador sin límites, se prodigó en aventuras amorosas de las cuales le quedó un hijo, nacido de una relación temprana, también de primer amor, que le causó cierta pesadumbre de la cual no se recuperó nunca y vivió amándolo en silencio... Sin mencionar algunas aventuras que ambos vivieron intensamente, esas que al principio parecen de aliento definitivo y terminan sofocadas por la costumbre.

### Mercedes de raíz

Mercedes nació con el destino en ascuas. Su padre, Elías Chocrón, heredero de fortuna antigua, poco agraciado, rollizo, con ojos distraídos, excepto para los negocios, se casó con una mujer de belleza excepcional, respingada como perfil de camafeo. Coqueta hasta el ofrecimiento, pisada resbaladiza hacia cualquier aventura y sin ningún rasgo de bondad (a juzgar por el desdén con que trataba al gordo Elías), Estrella Serfaty tenía una figura de perfección que deslumbró a toda la sociedad provinciana en La Victoria y también en París, decía el marido urgido de conquistarla a cada instante. Estrella era un exceso de ostentación que avergonzaba a Mercedes con el peso de un pecado ajeno. Y no hay nada que cause tanto daño a un inocente como hacer propia la culpa de otro; especialmente si es la misma madre. Por allí se le coló una tristeza con la que le costó mucho tiempo entenderse. Lástima. Mercedes había nacido para la prosperidad y el lucimiento. Sólo le faltó un poco de suerte para que se le cumpliera el porvenir que le tenía reservado la Providencia. Ungida por el abolengo y modo de su familia, bella, con una nariz aguileña que parecía apuntar hacia un futuro sin tropiezos, y con el élan vital grabado en los cromosomas irreductibles de sus ancestros, tenía asegurada la felicidad, o lo que más se le pareciera. Pero cuando le fallaron los buenos augurios y la tragedia le malogró la vida, se sacó del corazón la palabra fe (que le insuflaron en el Colegio Nuestra Señora de la Consolación) y aprendió a vivir con el único credo del abandono.

No hubo remedio. A pesar de sus facciones talladas con cincel de Dios, de sus piernas perfectamente torneadas y su sonrisa de sol naciente, llegó a tener el mismo desconsuelo de las estatuas que languidecen de tedio en las plazas públicas. Mercedes sucumbió a la melancolía, la misma del transabuelo Baruch Chocrón Abravanel, de los Abravanel de Sevilla, ensimismado en la proa de un viejo velero de madera crujiente, que partió de Málaga para inventarse el mundo tras la expulsión de España.

—Y espero que sea la última —dijo el abuelo, contemplando la línea incierta del horizonte.

Baruch llegó a los arenales de Melilla cargando a marcha forzada con familia, y los toscos enseres que pudo reunir en su éxodo. Algunas telas, alfombras y otras mercaderías, fueron el único patrimonio que pudo llevar a cuestas, más un tesoro sin precio, escondido en un cofre que logró sacar de contrabando cuando llegó el edicto de expulsión: las llaves de su casa en Toledo para cuando nos toque regresar, dijo como quien se confiesa consigo mismo. En cuanto pudo comenzó a sacar ventaja de telares y talleres de artesanía de antigua tradición, que arrendaba a cambio de trabajo, más algunos odres de vino y aceite, para rehacer su fortuna. Y lo logró con el mismo empeño de siempre: dobla la espalda e invoca al Eterno, como hacían los abuelos. Y de abuelos se llenó la nueva tierra hasta llegar a Abraham, el último Chocrón del Siglo XIX que sentó sus reales en Melilla, dándole sin descanso al oficio ancestral.

La tribu de los Chocrón había logrado sobrevivir en la Hispania inconclusa adecuándose al bando de los que siempre se salen con la suya, como los primeros judíos que en el 711, cansados del maltrato de los visigodos, se ahijaron a las veces y reveses de la vida entre moros, hasta sembrarse en la península con esfuerzo, maña y sentido de la oportunidad; más un azar bondadoso que no los abandonó nunca. Algunos de ellos lograron hacerse con el control administrativo de Toledo y Córdoba, sacando partido de que la mayoría de los invasores eran bereberes de costumbres bárbaras, recientemente asimilados al Islam. Y cuentan que eran tan vehementes que hasta curaban el mal de ojo con solo pensarlo. El abuelo Abraham, con su memoria febril, solía completar los baches mentales propios de la edad, noventa y dos años sin mayores achaques (como no fuera un cloqueo en las rodillas y el apego a las propias fabulaciones para cultivar el abolengo de la tribu), en cuyo último eslabón estaban Mercedes y sus hermanos Mauricio e Isaac, en la incipiente Maracay, Venezuela, del otro lado del mar. La realidad y la imaginación quedaban fundidas con tanta armonía y gracia que era imposible distinguir lo real de lo ficticio, pero, al oírlas, todos quedaban encantados con el mismo embelesamiento que causa el ilusionismo de un mago. En el corro familiar discurría con gran pompa y orgullo una especie cultivada con fervor por el abuelo. Los Chocrón descendían de la rama directa de David Ibn Nahmias, Nahmias a secas, quien acumuló fortuna desde el comercio mediterráneo entre judíos y fenicios, que se establecieron en Cádiz, durante los años luminosos del Rey Salomón. Fueron tiempos inmemoriales de los tartesos del Guadalquivir, la Sefarad primigenia, tierra prometida que se transmutaría en la España de casi todos, donde el patriarca fundó su estirpe. Y, para más lustre, según los mismos cuentos del mismo abuelo Abraham en los mismos momentos de exaltación, tenían otro antepasado luminoso: Abu Al-Hajaj Joseph Ben Isaac Ibn Nahmias, escriba de códices árabes en la Toledo de 1231. Doy fe de la autenticidad de este primo lejano. En mis baúles están sus últimos pergaminos. Búscalos Mercedes, para que encuentres la cifra de tu linaje. Alguien debe hurgar seriamente en esos archivos a ver si se anima a los prodigios de la escritura. Allí también vas a encontrar testimonios de Juan Hispano, Ibn Däwüd cuando aún era judío (¡hombre, que también tuvimos conversos!), quien hizo trabajos menores para Juan Gundisalvo, filósofo de mucha enjundia y gran traductor en Toledo, creo que por el año 1116.

Abraham se empeñaba en cultivar la tradición porque sin recuerdos no somos nada. Bendichas telas, santificaba los fardos cada día, cuando salían en carretones para abastecer mercados y bazares de Ceuta, Tánger, Tetuán, Nador, Fez, Casablanca y todo el mapa hirviente del Magreb. Los lugareños aseguran que vieron muchas de ellas volar sobre el desierto… Y hasta los beduinos de Serabit el-Khadim, expertos en descifrar el idioma de las arenas del Sinaí y en encontrar agua en el corazón de las piedras, eran los únicos que, según el profeta Nabi Musa, el mismo Moisés a quien se le reza con la Biblia y el Corán, sabían llegar a las minas de turquesas orientados por las estelas de las alfombras voladoras, y por la luminosidad de las piedras azules cuando se apagaban las estrellas.

Abraham agradece a Hashem, el eterno, con el amén doloroso del desterrado: El Mélej Neemán. Desde entonces su patria fue la nostalgia. El futuro comenzaba en los huesos del pasado y su descendencia continuó pisando sobre los mismos pasos de siempre, hasta llegar a Elías Chocrón, primogénito de Abraham, que nació el 21 de septiembre de 1901 y heredó tres fortunas: la igualación ciudadana de judíos y musulmanes en el Marruecos de Mohamed IV en 1863, las bondades del comercio familiar de telas y tapices que se fueron ampliando sin límite ni descanso. Y el ladino ancestral conservado en sus faltriqueras del exilio: Achunkado pero sin aflijarse, dijo frente al horizonte marino, replicando la voz de Abraham, agachado pero sin afligirse, mientras soñaban con otra oportunidad para regresar a la tierra de sus ancestros. ¿Dónde están las llaves de España, quién abrirá sus puertas?, reclama, montado en sus recuerdos, los viejos aires sefarditas como canciones de cuna. Si me olvidare mi lingua, me caminarían gusanos en los buracos de los mis oyos. Y una devoción le junta los pies entre la tierra y el cielo: Avraham Avinu, Padre kerido, invoca al patriarca y continúa la canción como un salmo. El espíritu se le renueva con la sola mención del nombre sagrado repetido por generaciones para perpetuar la especie.

El abuelo Abraham supo que estaba a punto de morirse y quiso ordenar su memoria en aquel momento final. Se extendió en cuentos con Mercedes, y se fue deshilachando en las mismas historias de siempre sobre su aventura familiar. Se hizo un silencio largo, acompasado por la respiración entrecortada de quien se despide. Mercedes miró a su papá y ambos hicieron silencio a la espera del momento final. Elías la abrazó y la recostó de su pecho, mientras el abuelo continuó hurgando en sus recuerdos.

—Mercedita, en Melilla todo olía a jardín, las naranjas perfumaban cada rincón del Mercado del Buen Recuerdo, allí, junto a la plaza de Toros, con sus aromas de bendición—. Y abrió los ojos como si estuviera a punto de revelarle que Dios existe—. Mercedes. Maracay huele a Melilla.

El aroma invadía todo el espacio que ocupa una despedida y el abuelo lo trajo a cuento en aquella cama final, con el pasado en su mirada exhausta de tanto ver, con el mismo talante invencionero que lo ayudó a levantar familia y no lo abandonó, siquiera, en el último día que le quedaba en esta tierra difícil. Sólo Elías y Mercedes lo acompañaban en aquel lecho de despedida para evitarle más pesares a los nietos menores, que no entendían mucho qué ocurría y quedaron en Caracas mudados de madre bajo los cuidados de Esther Bustamante, prima de idéntica desgracia.

Nuestra historia —continuó el abuelo —comienza con un primo lejano, Saúl Ben Joseph Ibn Chocrón. Te quiero contar esto porque quien no se acuerda de su familia se muere sin dientes y sin memoria. Saúl fue el primer Chocrón que tuvo la osadía de utilizar sólo el apellido donde nació nuestro linaje, se deshizo de la retahíla de apelativos sin voz, para quedar convertido en Saúl Chocrón, dueño del orgullo y del apellido que nos trajo hasta el día de hoy. Eso fue, creo, por los mil ciento noventa y... ¡Perdóname Mercedes!, pero son demasiados años y se me pierden los detalles.

—No importa abuelo, yo también estoy aprendiendo a olvidar. Le tengo miedo a los malos recuerdos.

Un silencio se interpuso entre ambos, hasta que Mercedes cedió ante una pregunta que tenía trabada en el alma desde que comenzaron a conversar.

—Abuelo, ¿puedo preguntarte algo?

—Pero acércate, casi no te oigo, creo que no voy a durar mucho. —Tosió.

—Además de vendedor de alfombras y abuelo ¿qué eres tú? Hablas tan bonito.

—¡Ah!, es la mejor pregunta que me han hecho en la vida. Siempre estuve preparado para responder pero nadie se atrevió hasta ahora. Te lo digo. Adivino imprevisto. —Y soltó una carcajada entre toses. —Mercedes también se rió sin saber por qué.

—¿Qué es eso?

—Alguien que tiene el futuro en la punta de la lengua. —Y puso cara de Más Allá. Mercedes se le quedó viendo incrédula, sonrió sorprendida y acuciosa.

—¿Y puedes decirme el mío?

—Meche, no sé, no es bueno hacer augurios cuando uno está por morirse. —Mercedes cerró los ojos y una lágrima desmintió su dureza. —Además, nos ha ido tan bien en la vida que temo una tragedia. Debes cuidarte nieta querida, conociste los tropiezos desde muy joven, la envidia mata. Sólo pido al cielo que Hashem te bendiga.

—Pero ya no creo en nada.

—No digas eso. Dios siempre está atento.

—Yo no lo veo.

—Él sí.

Y de pronto comenzó a respirar con dificultad e intentó mover sus labios sin poder articular nada audible. Mercedes se conmovió y lo abrazó. Acercó su oreja lo más que pudo a la boca trémula y un susurro brotó apaciblemente.

—El año que viene en Jerusalén —y cerró los ojos para siempre en la ciudad venezolana de Maracay, tierra de jardines, dictadores y toreros.

### La vida entre cornadas

Manolo Bienvenida ajusta su traje de luces oro y grana frente al espejo. Se pone al día con la Macarena que Dios te salve María. Suenan clarines. El diestro encabeza la cuadrilla y con paso de bailarín suicida penetra en el ruedo. Un rumor sordo emana de las entrañas de la plaza y un frío le entumece la entrepierna. Es la tarde del 20 de enero de 1933 en la Maestranza de Maracay, copia de la sevillana por obra del ojo memorioso de Carlos Raúl Villanueva, arquitecto que logró reproducir hasta el alma de los toros. Todos. Primero el Minotauro, sobre las arenas de Creta donde apareció el laberinto originario, el primer acertijo que el hombre debía descifrar para llegar a la unidad primordial. Medio hombre, medio toro, Villanueva entendió que el engendro es metáfora de la dualidad que hay en la condición humana y que Teseo debe resolver en fiero combate consigo mismo. Al final, Teseo logra escapar del laberinto guiado por el hilo de Ariadna, con el cual quedó indisolublemente unido al corazón de todos los toreros que se arriesgan en el laberinto de la plaza.

La cuadrilla hace su paseíllo. Estrella Serfaty de Chocrón deslumbra en el palco presidencial de la plaza con su porte de hembra apetecible: robacorazones tentador sobre la frente, peineta y mantilla como cascada sobre los hombros, blanco imparcial con brotes de oro y senos prominentes bajo el tejido sedoso. Estrella se exhibe con pudor de manzana a punto de ser mordida. A su lado, Elías Chocrón, dueño de la figura despampanante, rememora los días de su infancia en Melilla con el brillo de la arena estéril. Se esmera en festejar a los hijos del general Juan Vicente Gómez, dueño absoluto del país, con el mejor tinto de Valdepeñas vaciado en un antiguo pellejo de una botería de la Rioja, en San Millán de la Cogolla, que moja la tarde girando de brazo en brazo. El vino se derrama en anticipo de la sangre y Elías sonríe pensando en su fortuna con la vista puesta en la bota como bola de cristal que augura buenos negocios.

Manolo Bienvenida se para en el centro del ruedo. Le mide distancia y empuje a Palmero, 526 kilos, un Santacoloma de La Providencia. El diestro tensa el capote y lo alza hasta el pecho con gesto desafiante. Estrella siente un escalofrío que no logra controlar. Aprieta sus piernas. El torero se afirma sobre la arena con el capote retador. Toroooo. Lo cita. La escultura de músculo y nervio dilata sus ollares por el solo deseo de embestir. Arremete como vendaval oscuro. El torero lo recibe con una verónica a la derecha. Verónica a la izquierda. Otra a la derecha. Danzan. Es un prodigio cómo el torero desplaza el capote hacia el lado contrario de su cuerpo y el toro se desconcierta. El espíritu de Estrella también danza en las tribunas con lujuria contenida, pero exhibe el cuerpo magnífico. El capote ondea y el toro busca punzarlo en cualquier traspié del baile feroz. Continúa la danza. Palmero arremete de nuevo y Manolo gira apegado a la rosa de los vientos.

Estrella da un respingo cuando el picador entra en escena con su caballo altivo para frenarle los arrestos a Palmero. La pica hurga en el morrillo y Palmero la emprende contra el peto del caballo. El caballo acusa el golpe. Palmero lo pone en apuros a punto de derribarlo hacia el callejón. El caballo queda absorto tras las gríngolas que le ocultan cualquier resquicio del miedo. Pausa. Los subalternos interceden haciendo el quite con sus capotes y la faena regresa al rumor festivo con el caballo ileso. Elías brinda con el cuero promisor. El toro embiste partiendo en dos el ventarrón que se le viene en contra. Tres verónicas bien templadas y una revolera le arropan su desconcierto y lo dejan como novillo sin madre. Toro y torero se desafían sobre el filo de la vida y la muerte. Aplausos y olés. Estrella se exalta con el bosque de manos y bate las suyas con furor. Una chicuelina pone al toro en aprietos al quedar sin norte frente al capote que gira en torno al cuerpo del matador. Media vuelta y despedida del primer tramo. Manolo toma por sí mismo el tercio de banderillas. Quiere medirle la cruz al toro y fijarla para cuando toque el momento final… Seis penachos de acuarela quedan brillando sobre el lomo del animal en este primer tercio de arrojo y desplantes.

El matador apunta su montera hacia el palco presidencial para brindar el primero de la tarde. La montera es corona de espuma tejida. El balcón redunda de autoridad absoluta. El general Juan Vicente Gómez, sus hijos Florencio y Juan Vicente, empresarios taurinos que trajeron de España los ejemplares de aquella tarde, son las efigies del poder. Y Cristina Gómez Núñez, hija menor del benemérito, título engastado por quienes más le temen y lo adulan, deslumbra en las tribunas como flor nueva. Estrella Sonríe. Cristina también. Una rosa roja se le enciende en la oreja cuando Manolo levanta su montera hacia la gloria. Estrella sueña con un matador. Cristina casi tiene el suyo. Manolo adelanta su pie izquierdo con la mirada fija en la señorita Cristina a quien brindo la muerte de este toro, que la Providencia la mantenga fresca y hermosa y que su sonrisa brille siempre como er so, proclama solemnemente el diestro con su mitad andaluza en la garganta. Cristina es una verbena de alegría que brilla como el sol. Gómez dibuja una media sonrisa de general, atusa el bigote y alza su diestra con displicencia de pez crudo. Media vuelta altiva del torero para enmendar el desprecio. Se para con firmeza frente al ruedo buscando el justo medio del valor y su figura varonil resplandece en cada grano de arena.

Estrella tiembla. Continúa el careo entre toro y torero en la coreografía letal. En tribunas, el Jefe del Estado Mayor del Ejército, mayor Isaías Medina Angarita, con su apariencia de tótem, extrema la seguridad del palco de reminiscencias imperiales. Estrella se estremece con el recuerdo de aquella inmensidad de verde militar y las noches de desbordamiento que le dejaron el fulgor de un amor grabado a fuego. Continúa el careo entre toro y torero. Continúa el careo entre Isaías y Estrella. Se miran, se recuerdan, se desean, se ofrecen, se veneran con sonrisas y distancia, con todos los delirios que un amor en entredicho prodiga. El mayor Isaías Medina Angarita responde con su pasado intacto. Estrella esconde a medias un rubor tras su abanico sevillano. Palmero se impulsa frente al torero que lo desafía. Embiste brioso. Medina Angarita saca pecho de toro. Hace la venia con el kepis marcial. Sonríe y un acuerdo secreto comienza a tejerse entre ambos con el magma de la pasión contenida tras varios años. Elías ni se entera, pendiente de una rejoneadora portuguesa que enjaeza su jaca para el próximo de la tarde. Las nalgas redondas, la tentación de lo ajeno y una cuenta de banco plena, atizan su deseo. El toro embiste. Manolo Bienvenida remata con una media verónica que desconcierta al toro. El toro sigue fiel a sus pitones. El diestro se las juega al todo o nada cada vez que expone su valor frente a los cuernos de Palmero. Suda. Palmero continúa su carrera que culmina en un trotecillo lerdo. Acaba el tercio con un penúltimo pase que vuela su resplandor sobre el ruedo. Aplausos. Fanfarria de la orquesta. Las notas del Gato Montés brillan en las tribunas. Conferencia junto al burladero. Manolo se ajusta el fajín para el momento final. El oro y grana de su traje de luces son una bandera del desafío y ahí está el ruedo para que sea lo que Dios quiera.

Último tercio. Manolo cambia capote por muleta en un trueque mortal. Rojo definitivo entre sus manos. Cubre su espada con la muleta. Fija el estaquillador, aparato como pantógrafo de dibujante, ahora, para labores más crueles, como ésta de poner hombre y animal por enemigos a muerte. La tela tiembla sobre la madera. El matador la ajusta entre sus manos. Manolo voltea hacia tribunas. La sonrisa de Cristina lo deslumbra y le provoca indultar a la muerte misma. Faena. Toro y torero se buscan y se eluden entre pase y pase. Naturales, pases por alto para demorar su sino. Se acerca la hora. Manolo se olvida del mundo. Diestro y toro congelan los relojes con aquella ostentación de arrogancia y temple. La danza continúa con despliegue de destrezas, bravura, insolencias. Ambos resienten sus muertos y quisieran regresarlos al ruedo. No queda tiempo. Es momento de la espada. Estrella se excita con el metal enhiesto. Manolo le quita el paño rojo y lo deja desnudo sin ningún recato. Lo alinea con el horizonte final en sus ojos. Los últimos rayos de la tarde ponen la hoja mineral en su justo lumbre de muerte. Toro y torero se recelan. Manolo mira de soslayo sobre su hombro a Palmero y hace un pequeño giro de equilibrista en la cuerda floja. Queda de frente al toro. Inclina el pie izquierdo para iniciar la arrancada. Afirma el derecho con aplomo que apuntala el envión. Deja el miedo a la buena de Dios. Se miran como similares en el minuto final. El toro también tiene su Dios y lo invoca levantando la testuz. Caerá el que tiene su hora señalada. El torero se cubre de valentía. Cristina tiembla. Carrerilla directa hacia la incertidumbre. La mano izquierda balancea la muleta para engañar al toro. El toro embiste burlado por el trapo rojo. Y el fierro se clava directo hasta la cruz, hecha para el padecimiento. Palmero siente la estocada y levanta cabeza y manos buscando al Creador. Mira hacia tribunas sin pedir clemencia. Estrella se estremece. Palmero se queda firme de sorpresa. Gira entre la puja de capotes alternativos, hasta caer de rodillas sin encontrar salida. Se niega a morir. Ni siquiera sabe lo que es la muerte. Pero la cabeza toril la rehúye mirando al infinito. Se desploma con el cuerpo vencido. La sangre es un hilillo unido al corazón por donde se le va la vida sobre la arena. Los tendidos se pueblan de pañuelos y olés pidiendo rabo y orejas para el torero que puso su existencia en tela de juicio. Palmero, soberbio, vuelto fantasma de toro, mira sin vista. El toro ha ganado algo humano en la faena y Manolo lo ve como su igual. Piensa en una despedida indulgente pero ya la muerte se tragó las palabras. El fantasma de Palmero gira por el redondel con su nostalgia de toro.

Dos toros más caerían sobre la arena y la tarde terminó con varios desenlaces dispares: tres victorias, una derrota y un desliz de la casualidad que traería funestas consecuencias. Después de todo el lucimiento que Manolo Bienvenida exhibió en el ruedo, de la elegancia de sus pases y del arrojo frente a los pitones y las embestidas de los toros, recibió dos rabos y cuatro orejas por su gracia y valor. Sale por la Puerta Principal en hombros de la gente que lo lleva hasta el gran salón del Hotel Jardín Maracay, atestado de funcionarios que llegan de todos los rincones del país buscando la oportunidad de congraciarse con el Benemérito. Y de gente sin propósito alguno que sólo aspira a presenciar el mínimo espectáculo en aquel país rural. El general ordena a su hija Cristina regresar a la casa de gobierno. A Cristina Gómez Núñez las cosas le salieron a la inversa de lo que aspiraban los requiebros amorosos del diestro, anunciados por el brindis del primero de la tarde. A pesar de que Manolo Bienvenida llegó como huésped de honor al palacio de gobierno, de las promesas que prendieron como flores de nomeolvides en los jardines de la casona y, peor aún, de los elogios del general Gómez por su destreza y de los altos honorarios de la corrida, al final el dictador dijo que no. Cristina obedeció sin chistar. Nadie le chista a un militar de pólvora y machete, aunque sea tu padre. Manolo tuvo que contentarse con regresar a España sordo y mudo porque un dictador no da explicaciones. Y a pesar de que al año siguiente regresó para cumplir otros contratos, el infortunio saltó sin clemencia entre los cuernos de un toro inédito: un virus de origen desconocido que terminó en cáncer, le atravesó los pulmones con más saña que la peor de las cornadas. Un año después las radios españolas interrumpen las noticias para anunciar su muerte en el momento crucial de la Batalla del Ebro.

Estrella Serfaty, aún de Chocrón, quedó con la piel encendida por el deseo, ahíta de manjares criollos y contrariada por la cercanía de Florencio Gómez, quien intentó colarle un trozo de jamón entre los labios con la arrogancia de hijo del general.

—Jamón ibérico, señora, directamente de Salamanca. —Estrella lo rechazó con un movimiento brusco

—Gracias Florencio, pero deberías saber que los hebreos no comemos cochino.

—Señora, lo mejor de los pecados es que permiten arrepentirnos, así se perdonan solos— dijo un general de la guardia personal del Benemérito cuando paseaba a su lado sin propósito.

—Muchas gracias general, —respondió con un gesto que no se supo si era coquetería o agradecimiento—. Pero sí me encantaría un tequeño. —Florencio dio media vuelta, miró fijamente con gesto provocador el pecho de Estrella hasta donde no quedaba pecho, hizo una señal de autoridad a un mesonero y fue a mezclarse en un bosque de señoras de simpatía vaporosa. Estrella comió hasta la saciedad del pasapalo de queso llanero envuelto en masa de trigo puesta a freír religiosamente. Buñuelos de yuca bañados en almíbar y besitos de coco como postre, fueron una delicia que la hembra comió con gula en aquella tarde de encontronazos.

—Señora, qué linda está. Usted tiene un buen lejos, pero en la cercanía nadie la iguala. La vi desde la tribuna, volví a quedar encantado y aquí estoy a sus órdenes —dijo el mayor Isaías Medina Angarita con el aplomo del jefe que obliga a la obediencia y un tamaño que intimidaría a cualquiera. Detuvo a un mesonero que pasaba por su lado con la bandeja plena de copas de champaña. El mayor aprovechó para un asunto tentador.

—Le propongo un brindis.

—¿Por cuál razón?

—La que nos unió antaño.

—¿Por qué tan cínico, Isaías?

—Nostálgico.

—Tú lo quisiste así.

—Fue la Patria —y levantó la copa en actitud marcial. —Un militar no se pertenece. El general Gómez me nombró Jefe de su Estado Mayor y tuve que irme a Caracas.

—Y yo me quedé sin patria y sin hombre.

—Pero no tuviste empacho en casarte con un judío ricachón.

—Por tu abandono.

—Te faltó guáramo, temple, autoestima, paciencia.

—No, Isaías, no hay nada peor para una mujer que el desprecio. Me casé sin amor. Dolida.

—No es mi culpa.

—Claro que sí. Abusaste de mí, Isaías, contigo perdí la virginidad.

—Me enteré en ese instante.

—Porque grité de dolor.

—Y de placer, no lo niegues. —Medina volvió a levantar la copa y forzó un brindis que Estrella correspondió con rencor rancio.

—Isaías, Isaías —dijo mirando al cielo raso, —no sé si invocarte o maldecirte. Lo más grave es que me hice mujer contigo y aprendí a encontrar placer en el dolor. Quedé todos estos años con la nostalgia de un hombre y lo que encontré fue un marido.

—¿Y qué es para ti un marido?

—Lo que tengo, un trasto sin amor y sexo de compromiso. —Y continuaron los reclamos con la indulgencia de todo el que quiere perdonar y ser perdonado.

—Pero aún estamos a tiempo —dijo impostando la mejor cara de seductor que pudo.

El chin de las copas selló la complicidad húmeda y sinuosa.

### Todo se sabe

Los chismes amanecen en la ciudad de Maracay como ropa puesta a secar en los traspatios de las casas. Las infidelidades de Estrella con el mayor del ejército Isaías Medina Angarita son la comidilla del momento y animan las tardes en el salón de té de la aristocracia provinciana del Hotel Jardín Maracay. Nada tan implacable como una aristocracia provinciana que administra el ocio tras sus tazas de porcelana e impone sus juicios sobre una Venezuela cuartelaria. El retintín atraviesa los zaguanes populares donde las amas de casa refrescan sus tardes recogiendo cuchicheos que se riegan como polvo entre las escobas. El mayor Isaías Medina Angarita vive en la suite presidencial del hotel a la que Estrella llega furtivamente todos los martes, día inmejorable para el adulterio. Dos soldados a la puerta de la suite le abren paso entre el filo de bayonetas caladas en sus carabinas de cerrojo. Nada más entrar a la madriguera que mira a la piscina, un mesonero con elegancia de pingüino tropical y propina generosa en los bolsillos, aparece haciendo equilibrio con sendas copas de Martini de aceitunas dobles, canapés surtidos y desaparece. Ambos sorben de la flor de cristal y el vaho del deseo les baja por las gargantas, trago tras trago. Un río salido de madre se desata y casi los ahoga en su arrebato. El desnudo de ambos es una exacerbación del recuerdo que impulsa todos los excesos. El mayor invade aquel cuerpo civil, dócil y ansioso, como quien toma una cabecera de playa para el desembarco. Estrella se rinde con el temblor de tierra conquistada. Ahí, ahí, sigue, sigue, reclama en la justa punta de la costa ardiente y Medina se afinca sobre el cuerpo endeble que pareciera agonizar en cada empuje del varón inmenso. La corpulencia de Medina Angarita se solaza en horadar aquel cuerpo menudo con el ímpetu de una profanación y ambos culminan el supremo deleite con gemidos estridentes sobre la geografía conquistada. Los soldados de la puerta se miran con picardía. ¿Oyes los ayes?, se preguntan las señoras en torno a su mesa de té del primer piso. (No se sabe por qué, pero los chismes siempre comienzan y terminan en un primer piso).

Exhausta como nunca, Estrella exhala su contento con respiración entrecortada. Ambos se recuestan sobre las almohadas para un corto reposo, reponer el aire y vuelta a empezar hasta sacarle el jugo a la entrega prohibida y deliciosa. Los canapés quedan enteros sobre la cómoda de la suite para la cena improvisada del Jefe del Estado Mayor del Ejército, que suele devorarlos entre sorbo y sorbo del whiskey servido durante la faena. Así, todos los martes, hasta la extenuación, en que Estrella padece y goza un ardor que le dura toda la semana. Ávida por acortar los días hasta la nueva cita, Estrella envía diariamente palomas mensajeras que el Romeo andino recibe con deleite y cierto sentido del ridículo, en el balcón de su suite presidencial. Desprende el columbograma de la pata de la paloma intentando ocultar con su cuerpo el ángulo de visión de la mucama que acaba de entrar a ordenar la habitación, cuidando que no lo descubra en tal delicadeza. Desenrolla el cilindro y aparece un corazón pintado con carmín labial en recordatorio de las horas que faltan para que el mundo vuelva a comenzar, vida mía, hasta mañana, tu Estrella…

Había sido una ocurrencia de Medina Angarita, quien en su época de capitán le explicaba con pasión histórica a sus cadetes de la escuela militar, cómo Julio César se sirvió de ese arma volátil y ligera para vencer la resistencia enemiga durante la Guerra de las Galias.

—Vercingétorix, el jefe de las hordas galas, era un guerrero formidable y será por siempre el rey de los franceses que le deben el honor, aquel cuasi salvaje que desafió al ejército romano. Como ve, su alteza, —dijo Medina desde su inmensidad de vasallo semental— la guerra también sirve para el amor. —Y la volvió a poseer sobre la amplitud del mapa tembloroso. Estrella, extasiada con su hombrón en aquella suite que cobijó el más deseable de todos los pecados, el amor secreto por lo prohibido, dio vuelta sobre la montaña humana y se le montó sobre el torso para vengar el abuso que le causó en los inicios del deseo, el día de la primera vez que todo amante quiere repetir siempre. Recuperó aquella noche todas las pernoctas (voz insomne que los militares invocan cuando les toca la suerte de dormir en cama propia), que no pudo completar por los deberes de amante marcial. Le exprimió hasta la última gota como quien cobra una deuda en mora.

—Sí, mi comandante, hasta los conquistados tenemos poder, la obediencia hace al conquistador esclavo de sus órdenes —dijo Estrella mientras exhibía la última aceituna entre sus labios carnosos y exhibió aun más sus senos temblantes como fruto de tentación.

Elías Chocrón, absorto en sus negocios, revisa facturas como barajas para adivinar el porvenir, ordena una y otra vez alfombras y enseres en los depósitos de Abraham Chocrón y Sucesores, C.A., sin guardar la mínima sospecha, hasta que Estrella comienza a rechazar todo contacto carnal y una duda le clava su aguja en el pecho durante las noches de insomnio.

—No hay nada que temer —se autoafirma con exactitud de contabilista. Piensa que Estrella es suya con la certeza de quien logra una posesión, un bien como el negocio de alfombras que su familia se trajo desde Melilla.

Pero el matrimonio se extingue día a día. Se agota el tiempo en monosílabos que transcurren entre el café de los buenos días y las buenas noches, sin ninguna otra fórmula de cortesía. Elías aprovecha para desfogarse como un primate enhiesto y Estrella se petrifica en la cama con los ojos fijos en el techo. Hasta que hundida en su letargo de muñeca de trapo, empujada por una pasión que no hallaba en su marido, aturdida por la falta de sexo desbocado que volvió a vivir como quien muerde una fruta antigua, Estrella Serfaty decidió, al año de aquel deslave pasional, abandonar hijos y fortuna para amancebarse en una casa de la esquina del Corazón de Jesús, en Caracas, con el militar recién ascendido a teniente coronel que parecía no tener freno en su carrera de ambiciones.

—Mi madre —se escandalizó Raquel, la nueva asistente de producción de Esther Bustamante, cuando hacían un alto en los ensayos del próximo estreno en el teatro del Ateneo de Caracas—. ¿Y por qué lo hizo?

—¿Ambición?, ¿amor enfermizo? El uniforme militar desquicia a las mujeres. Peor, una mujer insatisfecha se enferma de cualquier cosa. Qué lástima. Estrella ha podido tener mejor destino, un primor, de una figura tan fina que ya quisiera para mí, tres hijos y como si nada, ni una estría en aquel vientre de bailarina marroquí. Mercedes la heredó completa, desde la frente hasta los dedos de los pies, incluida la inclinación por la tragedia.

—Qué lástima.

—Y Medina, un portento de hombre. Un metro ochenta y nueve, un poco gordo para mi gusto, pero imagínatelo con aquellas estrellas en los hombros, gorra marcial, botones dorados desde el cuello hasta la cintura, un monumento bonachón con cara de paisano. No parecía militar, tenía un encanto que volvió loca a Estrella y a varias más. El Poder desata bajas pasiones.

—¿Lo que no entiendo es por qué tanto rechazo?

—¿De quién?

—De todos.

—Supongo que por judía... Eso es como vivir señalado, perseguido más bien, ser judío es un estigma aunque no tengas un Pilato para pagarla con él, tantos siglos de acoso dejan una marca indeleble. Es difícil superar el miedo cada vez que entras a una ducha sin ventanas. El gas ronda por la memoria.

—Pero el presidente López Contreras los protegió cuando venían escapando de los nazis.

—Sí, y no sólo el general. La gente, todo hijo de vecino se tiró a la calle y alumbró el muelle con los faros de sus carros cuando el barco entró a Puerto Cabello...

El mundo se está llenando de palabras siniestras. Nazismo es una de ellas. Es 1939, año siguiente de la Kristallnacht, voz crujiente que estalla en La noche de los cristales rotos, coartada perfecta del Dr. Goebbels para vengar la muerte de un funcionario alemán en París, a manos de un muchacho judío sin identidad ni fotografía que apareciera por algún lado. Los nazis comienzan a buscarlo entre los escaparates diseminados por toda Alemania y miles de sospechosos sin sospecha son asesinados tras las vitrinas de sus negocios como corderos. Ser judío es un delito. Treinta mil son encarcelados al día siguiente de las persecuciones, mientras sinagogas, barrios y propiedades, son destruidas en aquella campaña de exterminio que comenzó con la marcha fúnebre de los trenes hacia campos de concentración en Alemania y Polonia. El odio se riega como mala hierba. Mohammed Amin al-Husseini, Gran Muftí de Jerusalén, el más notable de los palestinos en Israel, se pone de acuerdo con Hitler para desaparecer a los judíos. El Anschluss, vocablo de sonoridad luminosa, no es algo distinto al resultado sombrío de la anexión de Austria tras la invasión alemana. Ciento ochenta y cinco mil judíos temen lo peor. De casi ciento setenta mil que viven en Viena, sólo 251 logran escapar y llegan al puerto alemán de Hamburgo con el corazón confundido con las tripas.

Dos buques de vapor comienzan su viaje con todos los permisos al día y se hacen a la mar con su carga de perseguidos. El miedo a veces instiga el valor y el Caribia y el Köenigstein, con un mes de diferencia, salen a peinar el mar encrespado. Un cable arriba a las torres de mando con la orden de que si les niegan el desembarco, deben tirar a los pasajeros por la borda. El Caribia arriba a Trinidad y entra en la rada del puerto. Las columnas de humo se atenúan en las chimeneas y los pasajeros alientan la esperanza del asilo. Pero a punto del desembarco se les advierte que los permisos han sido cancelados. Igual suerte corren en Barbados, donde un comité encabezado por el capitán inicia las negociaciones con el gobernador británico de la isla. Hay mejor suerte: una organización de apoyo a los emigrantes judíos ha logrado que las autoridades venezolanas accedan a recibirlos. El Köenigstein arriba a los puertos de Trinidad y Barbados, donde recibe igual tratamiento que el Caribia. Pero una noticia los alienta: en la Guayana Inglesa se están discutiendo asuntos de inmigración y el barco pone proa hacia la colonia británica. Una nueva negativa hace temblar barco, tripulación y pasajeros, que se ven obligados a regresar a Europa y, antes de partir, sin más remedio, deciden que, llegado el momento, es preferible lanzarse al mar.

El Caribia navega las costas venezolanas y llega a Puerto Cabello. Espera por una respuesta en la rada promisoria y transcurren dos días sin que medie palabra. El silencio es desalentador. Al final, el Caribia comienza a navegar hacia la isla de Curazao a unos cien kilómetros de distancia. La proa es un cuchillo que parte el mar en dos sin otro azimut que el desconsuelo. El sol inicia su declinación a mitad del recorrido y las millas náuticas se reducen como una sentencia de muerte. Los pasajeros intentan desalojar su miedo tendidos sobre cubierta. Y, de pronto, la buena ventura salta como la liebre de la chistera de un mago.

—Levy ¿qué ocurre? —se asombra una pasajera con su hijo menor sentado en las piernas. —Hace un rato el sol estaba de este lado y ahora está de éste —responde mientras señala una sombra que va cambiando de ángulo sobre la madera del piso. Levy Rosenthal salta de la silla de extensión con el arrebato del condenado que se libra de la horca, mientras el Caribia gira sobre su eje y la silueta de Curazao va quedando a la espalda de quienes marchaban, como último destino, a las cámaras de gas.

Los pasajeros se agolpan en la proa del buque menesteroso y celebran con vivas cada milla náutica que los acerca a la vida. El capitán dice que recibió el beneplácito de la capitanía de puertos y confiesa una decisión del presidente de la república: ya todos son venezolanos. Hace sonar las sirenas del barco como trompetas de Jericó mientras llega la noche inevitable. Los cables vuelan in extremis hacia el puente de mando del Köenigstein. El puerto es una boca de lobo que se llena de luces espontáneas. Camioneros que acaban de depositar su carga en los galpones de almacenaje se alinean frente al muelle y prenden sus luces de trajín diario. Los vecinos salen a las calles con sus carros de júbilo y son luces ellos mismos. Un cura anónimo llama a fieles y monjas de la congregación local, que aparecen con velas en una inspiración santificante. Por arte de buena voluntad doscientos cincuenta y un parias quedaron convertidos en ciudadanos sin andrajos.

—Por eso le estaremos agradecidos toda la vida.

—¿Qué?, ¿tú también eres judía?

—Sí, sefardita por el Ettedgui, pero no soy practicante.

—¿Qué?, no entiendo.

—Igual a mucho católico que no va ni a misa. Tú, por ejemplo.

—Es verdad. Perdón Dios mío —y se persignó.

—El Bustamante es de mi marido, católico, apostólico, médico y trabajador que no anda dándose golpes de pecho. Nuestra única fortuna es el trabajo, que eso sí lo heredé de los judíos. Y la casa que pagamos a plazos. Ahora el judío es él, y la que manda en mi casa soy yo, lo mismo que en la de López Contreras. Fue su esposa, doña María Teresa, quien lo convenció para proteger a los inmigrantes a pesar de las presiones internas que intentaban intimidarlo con las amenazas de Hitler.

—Una mujer es la única capaz de gobernar a un general.

—Y si no hubiera sido por López Contreras habríamos terminado fritos en Auschwitz, en Dachau, o en la propia Alemania, para ahorrarle carbón a los trenes que viajaban a los campos de concentración en Polonia.

—¡Qué suerte!

—Sí. Hay gente que nace con suerte y sólo se le acaba el día del entierro. El mejor ejemplo es el general Medina Angarita, el preferido del general Gómez. Pero López Contreras es cosa aparte.

El Sequito se quitó el séquito, fue el lema con el que se lo celebraba (o denostaba, no está claro, por lo del humor de cuchillo de los venezolanos) y comenzó una época de distensión que le mostró al país por dónde quedaba, más o menos, el porvenir. López Contreras era un hombre bueno. Sequito, por su piel de pergamino untada a los huesos, comenzó a caerle bien a la gente desde el mismo momento en que dio su primer discurso por radio. Fue una revelación, un oráculo popular, el 26 de diciembre de 1935, y, por primera vez, se sintió que un uniformado también podía ser persona. López Contreras redujo su escolta presidencial hasta lo mínimo necesario, en contraste con la guardia pretoriana, el ejército privado del general Gómez. López Contreras adoptó a Medina, a quien la buena fortuna se le pegó como ventosa desde los tiempos de la escuela militar. Medina resultaba confiable por el pasado heroico con el cual heredó un sentido épico de la vida. El general Rosendo Medina, su padre, de esos generales aldeanos que parecen dioses sin lugar ni tiempo, murió en 1901 en la Batalla de San Cristóbal combatiendo una invasión contra el general Cipriano Castro, primero de los andinos en el poder, de quien fue aliado principal. Y esos lances tienen un valor con beneficios a futuro. La fidelidad era lo único confiable en aquel enjambre de conspiradores que pululaban en torno al poder. También, que hay quienes nacen con buena estrella, no sólo las de militar, sino las de la suerte que parecieran durarle para siempre.

—Venezuela ha tenido más dictadores que gente, gritó un borracho en la plaza Bolívar, donde las tropas de Cipriano Castro, los Chácharos temibles, habían acampado con armas, arrojo y excrecencias, tras su invasión a Caracas.

Isaías obtuvo la venia militar que le permitió manejarse con soltura entre el escalafón de similares. Asistido por una disciplina de titanio y un deseo infatigable por corresponder a su memoria andina, fue escalando todos los peldaños de la pirámide protegido por López Contreras. Isaíto, calma y cordura para llegar lejos, ascendió paso a paso por el laberinto de intrigas y asonadas que significa la carrera por el poder y se mantuvo a su lado hasta el lamparazo del magnesio en la última fotografía. Son las exequias del general Juan Vicente Gómez. El general López Contreras, heredero del pantano agropecuario que fue la Venezuela del siglo XIX, se le quedó mirando a Medina mientras hacía guardia junto al féretro del finado: usted se viene conmigo. Lo que usted ordene mi general, y quedó consagrado como Ministro de Guerra y Marina, para comenzar a remendar entre ambos la vaquera indigente que sobró de la Guerra de Independencia.

El ascenso indetenible de Isaías Medina Angarita es un vía crucis para Estrella, quien siente cada ausencia como una despedida. Misiones especiales lo obligan a estar durante meses fuera de la capital, para mantener a raya a los viejos partidarios del general Gómez que pujan por recuperar el poder. A su retorno aparece cada vez con una nueva estrella en sus hombros y otro soldado en su ejército particular: míralo Isaías, se llama como tú. Y al macho se le encienden las gónadas que lo impulsan a desbocarse con la misma pasión de siempre. Es un trance hipnótico, una exaltación sin límites, una exageración de la lujuria donde la realidad se apaga en los momentos de éxtasis. Cada mes que les toca estar juntos es una delicia compartida como un cielo a dos, pero la semana que viene me tengo que ir, tú sabes, la patria, y Estrella se acostumbra a la dádiva de amante a cuentagotas. Otra vez la noria, uno, dos, tres meses, un año más para combatir cualquier levantamiento o sospecha de sedición. Todos los enemigos son vencidos sin desperdiciar una sola bala. El talante político de Medina se manifiesta en cada lance y regresa bañado de gloria con un nuevo símbolo de su sacrificio: el sol de general que brilla sobre sus hombros como insignia del ascenso al poder. Otra vez la suerte lo acompaña y le pone el destino cada vez más cerca. Se acaba el período presidencial de López Contreras. Comienza la puja para escoger sucesor a la presidencia de la república y entre el laberinto de ambiciones, aparece su nombre como el justo heredero por aquello de la lealtad y la procedencia andina, condiciones a juro para continuar la tradición del estado Táchira, cuna procera de los generales Castro, Gómez y López Contreras.

—Fue el momento en que Medina dejó a Estrella de una vez por todas. Algo dramático.

—¿Por qué Esther?

—Nadie que esté a punto de convertirse en presidente de la república se va a casar con una mujer que abandona a sus hijos por un amante, así sea él mismo. Y judía, peor, a nosotros siempre se nos acusa de algo.

—¡Qué cosa tan terrible!

—Fue un disparate monumental, el doctor Uslar Pietri, ¡cuánto hay que ver!, fue el encargado de darle la noticia a la infeliz Estrella, cuando Medina Angarita estuvo a punto de convertirse en presidente de la república.

—¿Uslar, el escritor?

—Sí. Uslar sacó un sobre del paltó. ¿Te imaginas lo humillante que es una limosna cuando has podido ser la primera dama de la república?

—Uslar Pietri ¿Un alcahuete?

—Y no le tembló el pulso cuando confrontó a Estrella en el momento final.

—Qué cruel.

—Fue una noche tormentosa. Hablaron de literatura para suavizar el ambiente y Uslar complacido con los comentarios sobre sus Lanzas Coloradas.

—¿Estrella?

—Sí. Qué inteligente para unas cosas y tan primitiva para otras. Se había leído sus obras con la intención de conquistarlo para mantenerlo de su lado. Sus comentarios sobre Barrabás y otros relatos parecían los de un especialista. Pero Uslar, imperturbable, continuó con su propósito de aquella noche. Se lo dijo sin más rodeos.

—¡Mi madre!

—El gobierno le puso todas las trabas al matrimonio.

—¿Y cómo lo sabes?

—Porque todo se sabe. Mi mamá y Estrella son hermanas. Rosa y Estrella Serfaty, hermanas de sangre y mala leche. Sería muy largo contarte la historia, pero ya tendremos tiempo.

Raquel queda muda de asombro, se hace un silencio de tumba y Esther continúa con el pudor de la vergüenza ajena, mientras le pide guardar el secreto.

—Tenga mi querida Estrella —le dijo el Dr. Uslar, tajante, con el sobre en la mano, ante el ruego de que convenciera a Medina Angarita para quedarse con ella. —Eso es imposible. Ya no hay nada qué hacer. Mañana se casa con la distinguida dama Irma Felizzola —dijo imperturbable y se dio media vuelta—. Estrella estalló en llanto y escribió una carta que aún conservo.

Hice todo lo que no se debe hacer. Desprecié la fortuna del gordo Chocrón, abandoné mis hijos para venirme contigo y ahora me pagas con esto. Lo único que me queda de ti son dos criaturas, y tú, presidente de la república, casado con una señora intachable. ¿Cómo se hace para ser intachable? Yo, que ni siquiera sé pedir perdón.

—Pobre Estrella.

—Y pobres sus hiyicos.

—¿Y qué?

—Hijitos en ladino, nuestra lengua primitiva en Sefarad antes de convertirse en España. Mis hiyicos —acentúa Esther con lengua y convicción.

—Pero todavía no entiendo Esther.

—¿Qué no entiendes?

—¿Por qué los abandonó?

Esther se le quedó mirando y remató con respuesta automática —Muy sencillo Raquel. Por puta.

### Intermezzo

Esther Bustamante cumplió en la vida real el destino que se forjó durante muchos años como productora de teatro. Disponer lo necesario para que la troupe pusiera el planeta a dar vueltas sobre el escenario, fue una vocación que la preparó para tratar adversidades y victorias como capítulos de un libreto profético. Ver en los asuntos de la vida la repetición de lo que ocurría en las tablas, le desarrolló un sexto sentido más cercano a los secretos de las artes adivinatorias que a los pormenores del oficio. Desde entonces, sólo obedeció a sus corazonadas. Cuando se hizo cargo de los hijos de Estrella Serfaty confirmó que desdichas y fortunas se le anunciaban siempre con el tino de una premonición. Todo en ella daba esa sensación de misterio que sólo las mujeres de carácter recio, convicciones firmes, y a veces piernas bien proporcionadas, logran concitar. Era meticulosa hasta la obstinación. Colgaba el vestuario en los percheros por orden de aparición de cada personaje según escena y circunstancia, y, para atenuar esa atmósfera lúgubre que tienen las salas de teatro al terminar la función, solía barrer el escenario intentando animarlo con el murmullo de las cerdas sobre la madera.

Esther llevaba refrigerios a los ensayos con el esmero de una madre y solía quedarse hasta última hora, para estirar el tiempo porque uno no sabe qué sorpresas se esconden tras bastidores, apréndetelo Raquel, nunca se sabe. Se ocupaba de los asuntos personales del grupo como propios, en complicidad con Macario, portero de la sala, el mejor crítico teatral que he conocido en toda mi vida, te lo juro Raquel. Y, para invocar el éxito de cada obra, adornaba el proscenio con crisantemos en memoria de los teatreros muertos. Hasta que un presentimiento le llegó en alas de un pájaro que atravesó la sala durante el último ensayo general del Hamlet. Un escándalo de plumas quedó batiendo sobre el escenario. Esther se estremeció, se levantó de su butaca, salió a tomar aire y quedó paralizada con la voz de Macario.

—Esther, le tengo una mala noticia.

—Ay no, Macario, por favor, yo creí que estaba preparada para todo, pero no… Acabamos de ensayar por enésima vez la escena de Hamlet con el cráneo del bufón en la tumba y ocurrió algo espantoso.

—Usted me perdona Esther. Le voy a dar mi humilde opinión. Allí se le pasó la mano a Shakespeare. A los muertos hay que dejarlos vivir en paz.

—¿Será por eso que apareció el pájaro?

—¿Cuál pájaro?

—Un cuervo.

—¿Y cómo lo sabe?

—Porque era de un negro tétrico.

—Ave María purísima. —Y se persignó.

—Esteban Herrera, tú lo conoces mejor que nadie, un actor que ha interpretado todos los personajes habidos y por haber, desde los griegos hasta García Lorca. Su interpretación de Bernarda Alba no tiene igual.

—¡Un prodigio! Hacer de vieja amargada es un desafío.

—Esteban quedó impresionado con lo del pájaro. Miró hacia la parrilla de la sala como pidiendo clemencia y se quedó abismado con el aleteo. Estaba pálido. Él, que resulta inconmovible ante cualquier drama.

—¿Y qué pasó?

—A Esteban le faltaba el aire cada vez que regañaba al cráneo con el bendito to be or not to be. Algo va a ocurrir.

—Discúlpeme Esther, eso se sabía.

—¿Qué?

—El libreto. Parece copiado de lo que le voy a contar. El adulterio de la mamá de Hamlet es igual de dramático.

—¡Ay!, Por favor, Macario, dímelo despacito.

—Bueno, no es tan fácil... —su lengua trastabilló y finalmente lo soltó como pudo. —La señora Estrella abandonó su familia y se fue con un militar. El señor Chocrón llamó desesperado pero usted no estaba en la oficina.

Esther cambió su piel de productora de teatro por la de persona en un santiamén. Corrió hacia el área de camerinos, regresó con los pulmones exhaustos, pero se los volvió a llenar con los brazos en cruz y le dio las llaves de su carro a Macario.

—Por favor, llévame a casa de Elías y perdóname el abuso.

—Esther, no se preocupe, lo único que abusa de uno es la vida.

—Esto me lo veía venir. La misma historia de siempre. El marido es el último que se entera.


El Volkswagen llegó a la avenida Los Mangos de la Florida con la velocidad de una cucaracha que huye por los rincones. Macario no dijo una palabra en todo el trayecto hasta la casa de Elías y trató de respirar poco para no importunar. Doña Esther es un alma buena, piensa mientras pasan frente a la iglesia de Nuestra Señora de la Chiquinquirá y siente cierto recogimiento al bordear aquel edificio de imitación neorrománica. Apura el incómodo trámite y estaciona frente a una casa de blanco inútil. Esther se baja del carro y de tres zancadas supera los escalones del porche. La puerta cede con el toque leve de sus nudillos cuando intenta llamar y deja al descubierto una imagen desoladora. Mercedes, la mayor de los Chocrón Serfaty, postrada en un sillón, mira hacia la puerta con esos ojos vacíos que tienen los abandonados. Isaac, el segundo en aquella escena sombría, aún convaleciente de meningitis, está bocabajo en un sofá junto a su papá, quien lo acaricia con torpeza de padre solo. Desde entonces no entiende otra forma de cariño que el de una mano masculina en la espalda en reemplazo del padre traicionado y débil. Mauricio, el menor, quien desde esa edad ya mostraba su desdén por el mundo, no se entera de lo que ocurre, concentrado en una hilera de hormigas que transporta el cadáver de un lagartijo por las orillas de la sala en aquel palacete, que no tuvo tiempo de convertirse en hogar.

Esther se acercó a Elías con cierto sigilo tratando de no sobresaltar a Mercedes.

—¿Qué ocurrió? —Elías no atina respuesta alguna. Tras un lapso sin término, vuelve en sí.

—Que recogió sus cosas y se fue.

Esther mira la figura derruida de Elías Chocrón que permanece mudo como un profeta sin gente. Transcurre una media conversación de imprecisiones que Esther intenta solventar sin saber cómo. Las palabras se le agolpan en un ahogo hasta que un hilo de voz le sale a duras penas.

—¿Y no sospechaste nada?

—Nada

—¿Seguro?

—Está bien, te lo confieso, sí, aún vivíamos en Maracay —respondió Elías con una exculpación a medias—. Un mediodía, hace cerca de un año, regresé de la tienda. Se me habían acabado los balines del rifle de aire. Teníamos una competencia de tiro al blanco con los libaneses del negocio vecino, no era una buena temporada para las ventas pero algo teníamos que hacer, aunque fuera divertirnos. El premio era un cordero adobado con yerbas del mediterráneo que uno de ellos trajo de su último viaje a Beirut y yo tengo buena puntería. Entré por el patio trasero y encontré a Estrella amarrando algo a la pata de una paloma mensajera.

—¿Y cómo sabes que era mensajera?

—Porque la echó a volar lanzándola al aire apenas me vio.

—¿Más nada?

—Sí. Dio media vuelta y desapareció. Con los nervios dejó caer un tubito de metal. Desprendí el mensaje,

—¿Qué decía?

—Hasta mañana, amor mío, eres la estrella que me alumbra.

—¿Y por qué no la dejaste?

—Por mis hijos.

—Carajo, entre los hijos y la vergüenza no hay dónde escoger. Elías, espérame aquí. Mañana regreso. Arregla todo, aunque sea una maleta. Me los llevo. Tengo que hablar con mi marido, pero en mi casa hay espacio suficiente. Es lo menos que puedo hacer y tú sabes por qué. Señora Eugenia, por favor, prepáreles algo de comer. —Dio media vuelta y caminó atraída por el imán doliente de Mercedes—. No te preocupes Merceducha, cómete algo y trata de dormirte, mañana vuelvo, ya conversaremos largo cuando estemos en casa. Esto no se queda así. —Mercedes impávida.

Cayó el telón de aquella escena desastrosa y Esther caminó casi involuntariamente hacia la salida con una mano en el pecho, tratando de atajar un dolor de taladro junto al esternón. Hizo un silencio que la devolvió hasta el infinito de la memoria y se montó en el carro sin aliento, desconsolada, otra vez, con la mirada sin vista. Macario la vio llorar por primera vez pero no se atrevió a importunarla.

—Qué vaina Macario. La historia se repite. Te voy a confesar algo que más nadie debe saber. Esto parece algo hereditario, de mala sangre. Perdóname la confidencia, yo sé que toda confesión compromete al que la escucha, pero si llegaste hasta aquí no hay más remedio... Mi mamá también me abandonó hace muchos años.

Toneladas de silencio interrumpen el soliloquio. Ninguno atina palabra. Pausa larga...

—Tienes razón, Macario, la vida es la que abusa de uno.

### Los espejos

La madurez sorprendió a Mercedes cuando acababa de cumplir siete años. El espectro de su mamá atravesó el porche de la casa como sombra que huye de sí misma, y desapareció para siempre tras el último portazo. Fue un estremecimiento sísmico que le partió la vida en dos: la de una infancia en el jardín de la casa solariega en Maracay, con su fulgor de pueblo y universo, y la del infierno que surgió bajo sus pies al apenas abrir los ojos. A la entrada del infierno, un cuadro en gran formato con el rostro de Estrella, que Elías Chocrón encargó en la plaza de Montmartre durante su luna de miel en París, tirita. La expresión del retrato comenzó a mudar del desencanto de los primeros tiempos de matrimonio a la amargura del último año, con la pasmosa rapidez con que un difunto se convierte en fantasma. El retrato se descolgó de la tela, flotó por la sala sin arraigo alguno, hasta toparse con un espejo en el que Estrella solía quejarse del fracaso que fue su vida con Elías Chocrón, y quedó atrapada en el azogue de la luneta. Mercedes tembló con el espasmo de una piedra cuando nace y comenzó a llenarse de palabras de vértigo: miedo, ese vacío que estalla en el estómago y llega hasta manos y pies convertido en calambres. Y, odio, voz inasible que aprendió a pronunciar apenas la desgracia la convirtió en adulto. Fue un golpe duro. Mercedes se aprendió las dos palabrejas aquella tarde en que alcanzó el uso de razón y perdió la última gota de inocencia que le quedaba. Se levantó de la poltrona, vio el saco desvencijado de su papá y a sus hermanos tirados como sobras en el mundo, y, aturdida por el influjo de las dos palabras nuevas, sintió una profunda compasión que la convirtió en eso que llaman la mujer de la casa.

—Señora Eugenia, por favor, ayúdeme con Isaac que yo me llevo a Mauricio a su cuarto. —Elías Chocrón apura el último sorbo de una taza de té y responde sin voz el hasta mañana de Mercedes, quien acaba de traspasar el umbral de la sala. Terminó aquel primer trámite de su nueva vida como mamá de sus hermanos. Entró en el baño eludiendo el espejo impertinente de la peinadora. Dejó la puerta abierta y la luz apagada para cumplir su rutina sin el sobresalto que desde entonces le comenzaron a causar los espejos. Se acostó, y al minuto de poner su cabeza sobre la almohada se quedó dormida en un sueño de túnel.

El túnel es un socavón hondo que no conduce a ninguna parte. Mercedes va en caída libre y cierra los ojos para evitar un desvanecimiento. Sonidos ululantes le tupen los oídos en un coro de lechuzas que repite el eco de la soledad. La soledad vive detrás de los espejos. Detrás de la soledad vive Estrella. El espejo estalla en fragmentos y los fragmentos son un río de mercurio que navega aguas abajo de la nada. Estrella gesticula tratando de escapar de la corriente que la succiona sin clemencia en las aguas soñolientas. Los fragmentos se incorporan nuevamente en una sola imagen. Mercedes se atreve a mirarla directamente a los ojos y Estrella le implora aunque sea un grano de amor maldito. Mercedes se niega. El espejo vuelve a quebrarse por el acto fallido y los reflejos se diluyen en un río de lamentos. Mercedes flota sobre el último resuello de Estrella, que desaparece como desaparecen los espectros cuando un sueño se pudre. No tiene palabras, sigue cayendo por el tubo sin fin y los años se le comienzan a acumular debajo de la lengua. Los sonidos se adelgazan, vibran como sinfonía de amolador de cuchillos, pájaros huérfanos de bosque, o sorbos en un pitillo de refrescos. Mercedes sueña que sueña y se le aparece su abuelo Abraham. Nada está perdido, dice el abuelo y entra en la segunda parte del sopor, ese episodio en el que descansan los de buen corazón después de una pesadilla. Mercedes tiene la garganta seca y las cayenas del jardín se le ofrecen como copas con su néctar de miel dócil. Su nombre suena en la voz líquida de Esther y sale del último tramo de aquel viaje amargo.

Abrió los ojos con el sueño colgándole aún de las pestañas y logró zafarse el miedo de sus manos acalambradas cuando Esther las contuvo entre las suyas.

—Qué horrible. Ahora tengo que aprender a vivir con dos torturas: mi mamá persiguiéndome en los espejos y el miedo del abandono. Es mucho para mi solita. —Mercedes quedó ensimismada. Quiso explicar en detalle lo que le ocurría pero un nudo en la garganta le estrangulaba las palabras.

—Yo te entiendo.

—Esther. Nadie puede entender lo que me pasa —respondió Mercedes altanera. Y comenzó a quejarse hondamente, a narrar todo el terror que vivió desde que su mamá salió por la puerta de la casa, hasta que el cansancio le hundió la cabeza en la almohada y cayó por aquel túnel. —Ver que tu mamá te deja por un hombre es lo peor Esther. Y ahora los chismes y el escándalo.

—Escúchame con calma. De eso quería hablarte. Desde el momento en que me enteré de este asunto tan terrible decidí venir para hacerte una confesión y pagar una deuda.

—No entiendo

—A mí me ocurrió lo mismo hace diez años. Mi mamá también me abandonó. Pero lo mío es peor. Nunca supe por qué.

—¡Dios mio!, no te creo.

—Sí, yo tenía tu misma edad y fueron Elías Chocrón y Abraham quienes se hicieron cargo de mí. Tu papá y nuestro abuelo. Guardaron el secreto para que yo no sufriera tanto.

—¡Ay! Esther, perdóname. Qué vergüenza.

—No te preocupes. Yo vine para agradecer y responderle a la familia.

—Perdón otra vez, Esther.

—No hay nada que perdonar, compartir el dolor es suficiente.

Un candado de silencio cerró los labios de Mercedes. Esther sacó ventaja de los años que le llevaba en aquel sufrimiento, de las veces que la infamia se le revolvía en la mente como un ritornelo implacable. Pero después de tanto tiempo el dolor crea una costra que te resguarda de cualquier padecimiento por muy hondo que sea, y siguió narrando hasta el reverso de cada detalle.

—Mercedes, es la última vez que hablo de esto.

—¿Y qué hago con la tristeza?

—La tristeza es hija de los malos recuerdos. Cuando aprendas a aplacarlos sabrás cómo ganarle la partida. La mía se me quitó cuando conocí a mi marido.

—¿O sea que debo esperar por un marido?

—No sé. Esas son cosas que tendrás que descubrir por ti misma y nadie más puede ayudarte.

—¿Y qué debo hacer?

—Paciencia. Te propongo algo. Hagamos silencio. No se hable más de esto. A pesar de lo cruel de todo este episodio logramos una herencia invalorable: la complicidad que nos hace más que primas.

Esther tuvo una inspiración, se levantó de la cama con un salto y buscó su costurero de emergencias, su recurso de última hora para remendar un traje, un bolsillo, un ruedo, una peluca, y, en situaciones extremas como ésta, un corazón.

—Mira bien lo que vamos a hacer. Esto es sagrado. Júralo. —Mercedes cerró los ojos, tomó entre sus dedos la estrella de David que le colgaba del cuello y la besó con sus labios silentes. Los abrió para el compromiso con un lo juro recobrado de su inocencia perdida. Esther sacó una aguja del alfiletero. Se pinchó el dedo pulgar derecho y acércame el tuyo—. Mercedes exhaló un ¡Ay!, mientras Esther juntaba las dos gotas de sangre, cuando un torbellino de recuerdos le acrecentó la hondura de aquel ritual que la puso en el camino de las cosas importantes. El aroma de naranjas llenó todo el espacio junto a la imagen del abuelo Abraham. Respiró con deleite aquel aire frutal, miró a

Esther y un pacto quedó sellado para siempre con el silencio reverencial de las dos primas que se juraron fidelidad eterna.

### Imaginerías

El tiempo transcurrió con la obstinación de lo inevitable. Mercedes amaneció a los veintiún años con ímpetu de pájaro irrepetible y su ánimo *sotto voce* comenzó a despertar de la postración que la oprimía secretamente. En público exhibía un entusiasmo delirante que la hacía parecer dueña de un optimismo a todo trance, pero en privado regresaba sin remedio a su estado de depresión habitual. El recuerdo asfixiante de Estrella Serfaty, la pérdida prematura de su inocencia y el carácter endurecido por la precaución de Esther, para que no te dejes atropellar más nunca por el mundo, la impulsaron a vivir con exaltación forzada; como quien da un salto heroico cuando está a punto de desmayo. La gente solía tratarla con cierta conmiseración por el escándalo público, pero, en su fuero interno, la veían con la aversión que produce una enfermedad vergonzosa. Y, con crueldad inconfesable, le transferían, intacta, la ofensa de su mamá. De víctima se convertía en victimario, sumándole una más (la injuria), a las miserias humanas que la ahogaban. Por tanto, no resultaba censurable que tratara de exaltar su espíritu para sacarlo de la pesadilla en que vivía.

Esther anticipó cada recodo de ese calvario porque se sabía de memoria el propio y se dedicó a protegerla arropándola con su instinto de madre sin madre que le suplía con exceso todas sus carencias. Llegó al extremo de descubrirle virtudes que no tenía y, con el tiempo, logró que Mercedes se fuera adaptando a ellas como la máscara que se convierte en rostro. Mercedes medía uno cincuenta y ocho, pero Esther se empeñó en uno sesenta y cinco sin aceptar discusión alguna. Su rostro de porcelana y la elegancia de pasarela que estilizó en una academia de modelaje bajo los auspicios de Esther, le forjaron una personalidad que no permitía saber dónde comenzaba la ficción y dónde la realidad. (Mucho del abuelo Abraham se le quedó en la sangre). Mercedes aprendió a ver el mundo con los ojos de Esther y a buscar el éxito como la única salida para el desagravio de su humillación. Fueron tan desafiantes y alentadoras las exhortaciones de Esther, que Mercedes fue acostumbrándose a vivir como quien aspira a lo imposible. Se aficionó a los circos donde se vive de hazañas y a los agujeros de sus carpas por donde se cuelan las estrellas. Las estrellas permanecen a la espera del equilibrista que las mire a todo riesgo en medio de la cuerda floja, o de un alma voraz que se las apropie con la sola fuerza del deseo. Y eso logró Mercedes cuando se lanzó a su primer desafío en solitario.

Adoptó sin reservas las exageraciones de Esther y comenzó a convertirse en otra. Aprendió a disfrutar que medía uno sesenta y cinco, claro que asistida por zapatos de tacón alto. Que en vez de caminar danzaba con cadencia de princesa y su sonrisa tenía verdaderamente la contención que exige toda prudencia. Pero no se atrevía a exhibirse con todo el esplendor de su hallazgo y mantenía cierta actitud discreta para no malponerse con la gente, que a menudo rechaza cualquier atributo en el prójimo. O porque la autoestima disminuida le impedía ejercer su voluntad a plenitud. Pero existen los peros. Con mucha decisión comenzó a gozar el sabor de los pequeños éxitos y el ánimo se le llenó de un brío insospechado. Esa noche celebró una fiesta que su papá le organizó por su grado universitario, logro que debo a mis padres Elías Chocrón y Esther Bustamante Serfaty, dijo, cuando le tocó leer el discurso de su promoción al recibir del Decano de la facultad, su medalla de Licenciado en Antropología, carrera que cumplió con muchos tropiezos, concentrada en descubrir qué es eso que llaman la vida. Y, abracadabra, a Mercedes se le pone el espíritu en trance hacia otra cosa, hacia otra cara que la reconcilió consigo misma, con su yo desconocido. Bailó toda la noche los ritmos de moda que sus compañeros le invitaban poniendo cara de pedigüeños, haciendo alarde de un instinto propio, porque, que se sepa, nadie la había enseñado a bailar. No hay más explicación, eran sus ganas de encararse en un buen ritmo con el mundo, de sacarse del alma el sentido de postración, impulso que más nunca la dejó. Y aprovechó todo lo que pudo para continuar con el deseo cumplido de agradarse a sí misma. Lo demás fue cosa de práctica.

En medio de la sala donde una vez fue abandonada, hizo un despliegue de pasos, gracejos y destrezas rítmicas en el justo tempo de los instrumentos que incitaban al desbocamiento. Aceptaba a su aire aquellos compañeros que le gustaban y dejaba al resto con el sentido del fracaso de todo pretendiente rechazado. Pero el de mayor atracción fue el más bajito de todos, el mismo de la ocurrencia con la que invitaba a sus compañeros de clase a gozar de la vida. Se le acercó con gesto desafiante, arqueó sus brazos con los puños sobre las caderas y le espetó sin consideración ni pudor alguno: siento, luego existo. Gutiérrez tuvo una excitación inmediata. Se le quedó viendo para averiguar de cuál parte del alma le salió el desplante y la invitó a bailar. Todo quedó en su justo lugar. Ambos tenían la misma estatura y lo que Dios creó para que ocurriera el amor se apareó con frenesí y dulzura. Mercedes se entregó al elíxir tentador de aquel cariño inédito y Gutiérrez, por consideración de caballero en ciernes, se mantuvo a una distancia prudencial que Mercedes agradeció con rubor de señorita. Se miraron con ojos de quien no guarda secretos y Gutiérrez se graduó de bailarín, haciéndola dar vueltas en torno a su talle de muñeca volátil. Gutiérrez hizo una pausa rítmica y continuó con una artillería de pasos justicieros aprendidos en La Pedrera, barrio de sobrevivientes que las estadísticas ubican entre la categoría "D" y "menos C", galimatías que nadie sabe exactamente qué significa, pero que se balancean indecisas en el diapasón de la pobreza, donde bailar salsa era casi la única diversión. Gutiérrez se esmeró en sus destrezas a medida que la orquesta progresaba en el estruendo y despertó la admiración de la rueda que se formó en torno a su peripecia. ¡Arriba Gutiérrez!, lo entusiasmaban los compañeros en un empuje de complicidad, y Mercedes tuvo cierto temblor desconocido en las rodillas. Por primera vez sonrió de manera natural, con perfecto acuerdo entre el espíritu y sus labios. Aceptó seguir bailando con Gutiérrez hasta acortar la distancia entre las piernas de ambos y despertar las envidias de varios. Una muchacha que había aceptado sus requiebros primerizos al comenzar la fiesta (después de todo Gutiérrez gozaba de cierto indescifrable encanto), tuvo un arrebato de celos y se le quedó mirando con la rabia de quien se atreve a matar, al sentirse desdeñada. Por suerte, a su lado, un prevalido de cualquier debilidad humana para sacar ventaja, la invitó a bailar tratando de rescatarla de su humillación y no se separaron en toda la noche. El muchacho bailaba bien y Gutiérrez lo celebró para sacarse un retazo de culpa por el desaire a la muchacha que terminó de lo más contenta. Después de todo se había sacado el premio mayor con Mercedes apretada hasta el ahogo, sorprendida por la primera vez que era cortejada con tal delectación. ¡Ay Gutiérrez!, es que eres como algodón de azúcar, se atrevió Mercedes a responder a los devaneos del natural de La Pedrera, cuando un percance interrumpió aquel acercamiento delicioso.

—Para ser judía no lo hace tan mal —le murmuró a un compañero con su mano izquierda en secreteo íntimo, un invitado de celos encubiertos, recostado en la pared. Pero el oído de Mercedes acostumbrado a las intrigas más hirientes respondió desde la herida de sus humillaciones.

—Sí, Perdomo, judía y venezolana, número 20 de la calle Soublette en Maracay. Su hermano Isaac, recién llegado de Estados Unidos, adonde viajó para averiguar los requisitos de admisión en el Instituto Militar Bordentown, en New Jersey, sacó pecho e intercedió por su hermana con sus brazos en jarra y un desafiante quiebre de cintura exento de cualquier asomo de machismo. Gutiérrez se atravesó dispuesto a un intercambio de galanterías para vengar la afrenta y el interfecto decidió borrarse entre las sombras de la noche. Gracias hermano, gracias Gutiérrez, dijo Mercedes con un gesto que fue algo más que cortesía. Se sonrojó. Y para salirse del traspié y en venganza de sus años de postración lo sacó a bailar nuevamente. Puso a todos los invitados en fila de un tren bailador que rotaba entre muebles y recovecos de la sala, atizado por la voluntad del tocadiscos. Cundió el entusiasmo con un ritmo nuevo bautizado por la crepitación de las congas, los timbales y el bongó de la orquesta, bajo la aceptación de la discográfica, como cha-cha-chá. Los instrumentos de viento le ponen un brillo al asunto para romper cualquier atisbo de monotonía. Gutiérrez se incorporó sacando la cara por su barrio y se agarró a la cintura de Mercedes que hacía de locomotora. Mercedes aceptó complacida, quizá, emulando el atrevimiento de los menos que, de tanto forcejeo, se le imponen a la vida. Gutiérrez insistió en acercársele de lo más contento y Mercedes le correspondió con un despliegue de atrevimientos, incluidos roces insolentes de las piernas convenientemente desnudas entre los pliegues de su falda, como tributo a la coquetería. Terrícolas y extraterrestres celebraron tanta alegría con la canción de moda: Los marcianos llegaron ya, y llegaron bailando ricachá, de Tito Rodríguez, un puertorriqueño atildado y elegante que tuvo diferencias pasajeras con Tito Puente, músico de prosapia, timbalero de postín y maestro del vibráfono, que abandonó las presentaciones en el Palladium de Nueva York, por una gira Europea. En venganza, el Tito anterior le compuso un nuevo son en el que dejó claro que el del ritmo no eras tú.

El pick-up siguió sonando sus destemplanzas de 33 revoluciones en un long-play de acetato, y Mercedes exhibió, con gran derroche, un torbellino de emociones y atrevimientos nuevos, que la hicieron lanzarse a la pista de baile con la destreza de cualquier guarachero experimentado. Bailó el cha-cha-chá con el entusiasmo contagiante de Gutiérrez, le cantaron a los marcianos y se pusieron a dar vuelta y vuelta con festejo de platillo volador. Remolinos de exaltación que envuelven a los invitados mientras le celebran aquella ostentación nunca vista. Gutiérrez se le acerca con atrevimiento, ayudado por los tragos de sangría que sus compañeros potenciaron con el contrabando de una botella de caña blanca. Mercedes fue muy cariñosa pero esquiva. Eso que llaman la dulce resistencia. Gutiérrez se dejó de consideraciones, se la llevó con decisión pero con la elegancia de pasos con ritmo provocador, hacia la esquina donde perifoneaba el tocadiscos; ya está bien de cha-cha-chá, pongamos algo más suave. La asedió con brazos deseantes, se le quedó viendo con cara de prócer y la besó en la boca en el justo instante en que el bolero decía que en la vida hay amores que nunca pueden olvidarse. Mercedes volvió a temblar y sintió por primera vez que un temblor es algo delicioso, pero el pudor se impuso y trató de exculparse porque creo que nos pasamos. Gutiérrez dijo que sí pero que fue rico y nadie nos va a condenar por esto, por el contrario, muñeca, es un premio por nuestro esfuerzo de cinco años universitarios sin atrevernos a nada. Tú y yo somos el único auditorio. Ahora somos licenciados y merecemos más. La volvió a besar como si fuera la última vez y exprimió los minutos hasta que las lenguas se confundieron de emoción y deseo contenido. Transcurrió la fiesta con el dejo de melancolía que se cuela entre los besos dados y los asuntos que van a cumplirse. Hasta que la medianoche dijo basta por el trajín de la jornada, el cansancio de las piernas y el contrabando en la sangría. Los invitados se despidieron como mazorca que se desgrana. Me voy a dormir dijo Mercedes sin muchas ganas y Gutiérrez se fue sin más remedio entre resignado y contento. Pensó en su nombre completo para afirmarse con convicción sobre la tierra después de aquella conquista, José Gregorio Gutiérrez Díaz, y caminó sin cansancio tres kilómetros con el aturdimiento que causa el primer idilio correspondido, hasta El Pedregal, enclavado en el centro de La Castellana señorial, con la misma insolencia que lo empujó a meterse en el corazón de Mercedes. Cuando llegó a la entrada de su aldea primordial, miró hacia el cielo y pensó en ella mientras deslizaba la suela de sus zapatos sobre el felpudo. Mercedes también pensó en él, recostada en sus sábanas de algodón de cuatrocientos hilos. Sintió que Gutiérrez la había ayudado a salvarse sin saber exactamente de qué, y cayó rendida en su cama sin ningunas ganas de averiguarlo.

Bastaron ocho horas para que la fortuna se le apareciera al borde de su almohada. Soñó con el homo sapiens, un señor antiguo, muy tímido y descalzo, que la alentaba a no tener miedo y, como toda antropóloga novata, le creyó el cuento de que era el eslabón perdido, esa continuación dúctil que trajo a la humanidad desde el mono hasta aquí. ¿Por qué? Le preguntó. Y el homínido ancestral le respondió que tenía milenios tratando de entenderse con su corazón y luchando para vencer la rama de ciertos monos depredadores ocultos en los rincones oscuros del planeta. Por eso ando perdido. Mercedes tuvo por primera vez una conversación sobrehumana con un igual, que la ayudó a concluir la noche con una ternura sobrecogedora y la vida le cambió definitivamente entre sábanas complacientes. Pero no supo cómo ayudar al pobre primate solitario. Pensó en Gutiérrez. Hasta el momento había vivido confinada a la cara más sombría de la vida sin saber que había otra, la de la carpa del circo tejida de agujeros de sueño y todas las imaginerías posibles. Se preguntó si el eslabón perdido tendría cabida allí. No encontró respuesta y un halo de tristeza le quedó para siempre en las imágenes de aquel ser primitivo y dulce imaginado sobre libros de historia natural. Pero la vida ocurre con sus idas y venidas y un hecho casi imperceptible le potenció aquella sensación de cosa nueva que había en su sueños, cuando abrió los ojos. Como el telón que se levanta en la boca del escenario, una visión sobrecogedora la sorprendió con intensidad reverberante. El reflejo de un rayo de sol en el vidrio biselado de su ventana la devolvió, de súbito, a un día en que otro rayo del mismo sol se metió en una gota de resina que brotaba del tallo de un mango en su jardín de Maracay. Quedó extasiada durante un tiempo impreciso y reaccionó con la velocidad de la luz… El Paraíso existe, dijo, y se levantó con el entusiasmo de un ángel que puja para merecerlo todo.

### New York

El ángel aterrizó en Nueva York el sábado 15 de julio de 1950. Un cuatrimotor Douglas DC-7C de Pan American World Airways, nombre que la línea aérea redujo al más sugestivo y publicitario de Pan Am, tocó pista en el aeropuerto de Idlewild a la 1:30 de la tarde de aquel sábado de hierro fundido, faltando a la promesa de las 1:15; sharp, había dicho una aeromoza con la voz de catarro del micrófono. La chequera de Elías Chocrón no sufrió el mínimo rasguño cuando cubrió, entusiasmado, el costo del viaje de Mercedes, y el doctor Bustamante asumió los gastos de Esther, luego de que ambos pusieran en tábula rasa las deudas de la temporada teatral del año. Mercedes quedó aturdida por el comienzo de aquel viaje que le produjo el mismo encantamiento de la gota de resina atravesada por el rayo de sol. El tiempo se le borró entre la escalerilla del avión, el trayecto del autobús hasta la terminal, y el pasillo donde las maletas llegan como por arte de magia, aunque a veces terminen en el lugar equivocado. Esther se concentró en recoger el equipaje, en apariencia excesivo para una estadía de semana y media, mientras Mercedes se cercioraba de tener a buen resguardo en su maletín de mano (por si acaso, le recomendó Esther), copia del portafolio fotográfico que Eleanor Lambert, creadora del New York Fashion Week, ya tenía sobre su escritorio. La presteza con que se trabajaba en la agencia de modelaje donde Mercedes dio sus primeros pasos de maniquí, hacía que se diera por adelantado todo acontecimiento porque las modas ocurren antes de que uno se entere. Mercedes no sospechaba dónde terminaría el asunto, pero su intuición le decía que debía dejarse llevar por aquella vorágine emocionante.

Esther, experta en provocar lo impredecible, se había encontrado con Margot Benacerraf, periodista, promotora de eventos, soñadora, actriz recién llegada de Nueva York, donde participó en una película de cierto renombre. Ávida por descubrir los misterios de ese oficio en que lo ilusorio cobra visos de realidad, donde cámaras y luces intentan sorprender a la vida en lo que le falta a diario, decidió, sin remordimiento alguno, renunciar a la actuación. Mi pasión es la imagen en movimiento, declaró a la prensa que la perseguía por su personalidad magnética y, sin mirar atrás, dió el salto hacia la desafiante aventura del cine. Su inclinación a entender el mundo como un espectáculo la indujo a mantener contacto con el jet set de la Gran Manzana, ese enjambre de seres volátiles habituados a convertir lo cotidiano en una fiesta de elegancia y ostentación. Era el espíritu de cofradía irreverente de la Ivy League, émulo de la tendencia exclusiva que nació en el circuito de las universidades más prestigiosas de Estados Unidos y entró en los salones elegantes con su desenfado vital. Margot gastó muchas noches en los locales nocturnos de mayor deslumbramiento, salones donde el culto a la actualidad transitoria era religión, y revistas como Vogue y Harper's Bazaar, los altares donde se santificaba a los más venerados apóstoles de la moda del momento. Margot mantenía una distancia prudencial de aquel mundo etéreo y excluyente, pero cultivó con absoluto criterio selectivo la amistad de algunos personajes como el surrealista Man Ray, quien mantenía sus pies a tierra como fotógrafo de Harper's Bazaar, y de Richard Avedon, celebridades con alto sentido estético que asistían a los vernissages de éste o aquel evento para cumplir con el oficio, sacándole el cuerpo a quienes se desvivían por aparecer, aunque fuera fugazmente, en una foto casual del mundo de la aristocracia neoyorkina. Yo los conocí a todos, nos tropezábamos en aquellos restaurantes y salones de fábula. No te preocupes Esther, le dijo Margot Benacerraf, vente el sábado a casa, merendamos unas borekas y mazapanes, nos tomamos unos vinitos y llamamos a un amigo que conoce a todo el mundo en Nueva York, dijo con resolución frente a sendas tazas de té y galletas con almendras en el cafetín del Ateneo de Caracas.

María de las Casas McGill, diseñadora de alta costura y cofundadora de aquella fábrica de quimeras llamada Alter Ego Fashion, comenzó a preparar una carpeta con toda la trayectoria de Mercedes desde el mismo momento en que Esther la miró con ojos de por favor lo antes posible. Sus rutinas con zapatillas de ballet y leotardo color carne que la hacía parecer desnuda sobre la barra de ejercicios, fotos en traje de baño para que no hubiera engaño alguno y desfiles en vestidos largos, (gown los llaman en los grandes salones, apréndetelo de memoria Mercedes, que tú naciste para las pasarelas), fueron organizados por María con el mayor detalle posible porque con la modelo viaja la agencia. Desde que María de Las Casas se hizo cargo del día a día de Alter Ego... las cosas comenzaron a ocurrir con un ritmo de vértigo. Creativos externos (outsourcing los llaman en alarde bilingüe) vivían en apuros tratando de inventar palabras nuevas para nombrar las cosas que corrían asediadas por el torbellino de la modernidad. Las cosas andaban indóciles, esquivas, voluntariosas, vagando a su real saber y entender, hasta que se juntaban con palabras sin dueño, silvestres, y se apareaban con nuevos significados en aleatorio desparpajo.

Viernes, tres de la tarde, día y hora en que se suspenden los deberes. La jornada fenece y los empleados están pendientes del reloj para salir corriendo a botar los reales que les sobraban en aquel oficio bien remunerado. María de las Casas se desprendió del McGill escocés, cambió su taller de lino por unos blue jeans, camisa de algodón a cuadros, tenis U.S. Keds, y apoyó sus codos sobre el mesón de la directora de arte con su cabeza entre los puños crispados. Todas las fotos de Mercedes dormían su letargo sobre la superficie cuadriculada. Creativos y ejecutivos de cuenta bostezan en aquel escenario. María revisa foto por foto, porque no me voy de aquí hasta encontrar la solución, esta campaña hay que presentarla el lunes y, sin transición, aparecen todas las sonrisas que Mercedes ensayó con sus labios que acababan de aprender a besar. Es una campaña para promover el nuevo modelo Oldsmobile Futurámic convertible de la General Motors. Ruedan las imágenes de mano en mano sin solución alguna, vuelta y vuelta con bostezos, más vueltas… hasta que de tanto ritornelo, salta el eureka.

—Es ésta, creo —dice a todo riesgo un copywriter contratado a destajo, ese subphylum de escritores que suelen abandonar los estudios para sacarle mayor provecho a las palabras que se escapan de la academia y andan ariscas sin obedecer a nadie. Venancio señala, embelesado, una foto en particular: Mercedes en shorts de un rojo indescifrable, sentada sobre el espaldar del asiento trasero en pose insinuante, con franelilla de basquetbolista sobre los senos puntiagudos. —Caben en copas de champaña. Esta foto es la apoteosis de lo ambiguo, pudor e incitación a la vez— dijo Venancio extasiado.

Lo de artista le venía a Venancio de su padre, Mario Colombo, primer oboe de la orquesta de Milán, que llegó a Venezuela huyendo de las persecuciones del fascismo y sentó sus reales en Caracas, donde nacieron Venancio y su hermana Adriana, cantante, actriz y señora del espectáculo, que quiso seguir los pasos del viejo oboísta. Venancio la imitaba y aunque no logró su gracia (que las tenía todas), desarrolló una mente creadora envidiable que lo convirtió en alguien singular, pero nunca pudo reponerse de la sensación disminuida que le causaba el que la gente lo conociera como el hermano de Adriana.

—Venancio dió en el clavo —dijo la directora de arte, una alemana con piernas como columnatas de la Puerta de Brandeburgo, susurro de voz que la hacía pasar por francesa y autoridad creativa por los años de experiencia en la agencia. Helga lo miró con complicidad animándolo a revelar el hallazgo que le había comentado al oído. De verdad era un descubrimiento.

—Mercedes se parece a Audrey Hepburn —se solazó Venancio en su hallazgo.

—¿Qué?

—Sí, es un ángel que te puede llevar al cielo o al infierno, ¿cómo decirte?... tiene algo de Luzbel.

—¿Y cómo no me di cuenta antes? —se recriminó María de las Casas con el McGill otra vez colgado como un rabo aristocrático.

—María, mírala bien. Con el índice en la mejilla, la sonrisa es ingenua y seductora a la vez, la imagen perfecta entre lo deseable y lo prohibido.

—Muchacho, ¿y de dónde sacas eso?

—De la cosa en sí —dijo con pose de filósofo que obligó una pausa solemne en la sala de conferencias. Venancio se da tono con silencio impositivo, mira en derredor y continúa. —María, muy sencillo, basta mirarle la sonrisa, con sus dientes perfectos y un candor que embruja. Pareciera decir "Chic".

—¿Y qué es eso?

—Todo y nada. Sonido puro.

—¡Mi madre, cierto! Y eso es lo que queremos con esta campaña, que no se parezca a nada. O sea que inventaste una palabra nueva.

—No, la inventó Mercedes.

—Esther Bustamante no lo va a creer.

—Oldsmobile Futurámic, el carro más chic.

—Pero hay que meterle algo del Automóvil Universal, después de todo es la compañía dueña del carro y la campaña.

—No hace falta, en el logotipo va incluido el nombre —cerró la discusión la Directora de Arte con su auctoritas de… bueno, de auctoritas.

Terminó la reunión y para celebrar el éxito de la propuesta, Venancio invitó a Helga a tomarse unos tragos en agradecimiento por su apoyo. Entraron como habitués a una tasca de Sabana Grande, La Perdiz, y se sentaron en la barra. Cuando estuvo al borde de su tercer whiskey y vio a Helga inclinar su segunda Margarita hasta la línea de flotación, le hizo una confesión que puso a temblar las mismísimas columnatas de la Puerta de Brandeburgo. El chic intermitente aparecía todas las mañanas en la ventana de Venancio y él respondía con idéntico chasquido para retribuir aquella amistad en clave de pájaro. El resultado fue sorprendente: la onomatopeya vernácula terminó como eslogan en una campaña publicitaria millonaria; María de las Casas ordenó meter a Venancio en la nómina permanente de Alter Ego; in house, dijo, este talento no se puede perder. Y, el poeta pajarero le recitó a Helga con pose de trovador al pie del balcón, un poema que terminaba en ich liebe dich, para amarla en su propio idioma, cuando se metió entre las sábanas de la alemana portentosa dueña de un susurro de voz que la hacía pasar por francesa.

Las fotos llegaron a las manos de George Kobel on time.

—Margot, no lo puedo creer, es mejor de lo que pensé. Hay que averiguar quién la hizo porque hasta el Creador debió necesitar ayuda.

—Mi madre, qué herejía.

—Pero es que la foto sobre el carro es un portento. Dime la verdad ¿Esa muchacha es así?, ¿o es puro maquillaje?

—Georgi querido, es real, no tiene ni una gota de pintura, sólo un toquecito de panqué para atenuar las luces de la foto. Mercedes es un primor, ya verás. Pero lo importante es que puede hacerlo muy bien en cualquier evento del Fashion Week. Está bien entrenada. Eso sí, mucho juicio, todavía es casi una niña.

—Ya hablé, la muchacha cayó bien, pero hay un pequeño problema.

—No me descorazones —y miró a Esther con cara de venado herido.

—La selección de las modelos se hizo hace un mes. Pero de todos modos hay una antesala del desfile principal que... —y fue interrumpido por la premura de Margot.

—Sí, el trunk show, es un evento sin público. Allí es donde modelan los vestidos para las grandes tiendas: Saks Fifth Avenue, Bergdorf Goodman, Nordstrom, Macy's, Bloomingdale's, en la tarde es el desfile principal, donde aparece le toute New York.

—Es algo menos formal y a veces las modelos estrellas no asisten por cualquier razón y le dan chance a las novatas. Puede ser que allí...

—Ay, que mala pata.

—Ten confianza, esos eventos tienen una gran rotación, son muchos millones en juego y quién sabe si con un poco de suerte... —pausa que le traba la lengua entre conjeturas—. Esperemos. Tengo que llevar personalmente el portafolio.

—No te creo.

—Sí. Ruth Finley ya está al tanto de todo.

—¿Y quién es Ruth Finley?

—La encargada de eventos.

—O sea que con un poco de suerte estamos on top of the Rock, dijo Margot con afectación gringa.

—Sí, en lo más alto de lo más alto.

—¡Ay!, gracias Georgi. Pero disculpa que te moleste, hay algo más.

—Contigo nada está de más. Tú siempre logras lo que quieres, Margochi —respondió George continuando con los diminutivos que acercan todo propósito.

—Gracias, eres un tesoro. Es que Esther Bustamante, mi gran amiga, la acompaña y quisiera que la ayudaras a ocuparse en algo para que no ande sólo de chaperona, es una mujer muy fina y puede pasar perfectamente por modelo, aunque no es su propósito. Te aseguro que no va a desentonar— dijo con tono de confidencia que Esther agradeció sonreída. Y puso esa cara de contento con que las mujeres suelen sacarle un extra a la vida.

—¿Y a qué se dedica?

—Es muy entendida en estos asuntos. Productora de teatro, televisión y cine, la más reconocida del país. Se haría justicia porque es ella la madre de esta ilusión.

—No hay más nada qué decir.

—No te van a defraudar, son como nosotros pero de tribus distintas. Sefarditas, aunque no practicantes, igual que tú. Te vas a sentir más cómodo sin el Sanedrín encima.

—Entonces que me canten Luna Sefardita al llegar. Yo las acompaño al piano.

—¡Dios mío!, protege a estas muchachas. ¿Cántamela para ver? George no esperó y se lanzó de cacería A capella.

—Se ha callado la soledad, en esta morada nueva —entonó con voz de crooner —a orillitas de la ciudad, vuelve la primavera.

—Zalamero, por eso es que tienes a ese mujererío a tus pies. ¿Y tú se las cantas en español o en inglés?

—En el ladino de los sefarditas, que es como duele. Lo aprendí en los tres años que duré en Colombia con las obras que teníamos allá, dos sinagogas con todos sus edificios, centro comunitario, escuelas... Y me ocupé del ladino con un rabí andaluz, de Córdoba, que con los años se convirtió en patriarca de los judíos de Bogotá y era como el padre espiritual de todos.

—¡Ay!, menos mal que tienes corazón, yo creí que eras un muérgano insensible. Veo que no te conocía. Georgi, el mundo siempre es mejor, basta con insistir un poquito.

—Eso decía mi padre, logró todo lo que se propuso. Un titán.

## Tennessee whiskey or Scotch

El retraso de sus huéspedes obligó a George Kobel a permanecer en el bar donde ya había agotado su primer Jack Daniel's, Single Barrel, Special Edition de quince años, su preferido, a pesar de la discordia con el viejo Aaron Kobel, más dado al Johnnie Walker Red Label, al que se amañó en los pubs londinenses. Haló la leontina de 24 Kilates del pequeño bolsillo de su chaleco de tweed, variante cercana al estilo bon vivant del Gran Gatsby, personaje que Scott Fitzgerald convirtió en su vecino por los lados de Long Island, donde George Kobel vivía como un príncipe americano. Miró la esfera blanca de su Jaeger-Lecoultre del mismo oro, en el justo instante en que el tablero de Arrivals marcó la hora de llegada con su sonido de aleteos urgentes. El trayecto de Esther y Mercedes hasta el área de maletas y luego a las taquillas de aduana, le darían tiempo suficiente para un trago más. Media hora, pensó. Ajustó con sus dedos índice y pulgar las solapas de lana del paltó verde boscoso y rayas carmesí, en discreto adelanto del mismo color de la corbata, pero más sólido. Aseguró los botones del chaleco y dejó los del paltó al desgaire con la apostura del dandi que hizo fama en los salones nocturnos de Manhattan. Constató el filo de sus pantalones marfil tostado con la convicción de que life is style, recitó para sí mismo, confiado al credo que lo convirtió en ícono de la Ivy League desde sus tiempos universitarios. La mirada insinuante de una rubia de caderas prominentes, como le gustaban a él, pasó a su lado y confirmó con admiración lo atractivo de su estampa de cinco pies nueve pulgadas, que George retribuyó con gesto de lo que era y se esmeraba en ser: un caballero. Inclinó la cabeza con ademán de lo mismo. Continuó de pie junto a la barra, apoyando levemente su brazo izquierdo sobre el espaldar de la butaca y lamentó no llevar en la muñeca el Nivada Chronograph que Margot Benacerraf le regaló en su cumpleaños número treinta y ocho. Pero las acrobacias de Bucéfalo, su gran danés de setenta y ocho kilos, de fisonomía idéntica a su dueño y de una efusividad incontrolable, acabaron con la suerte del reloj que viajó a la Antártida con la marina norteamericana. La esfera blanca apareció a los dos días entre los dientes de Bucéfalo, que nadaba en la piscina climatizada como en un mar propio. Holy dog, le recriminó al perro bendito su ocurrencia y sonrió mientras le acariciaba el cuello de fiera doméstica. Después de todo ya tendría tiempo suficiente para retribuirle el regalo a Margot con sus invitadas, que llegarían a la mansión de Long Island, un caserón de siete habitaciones con casa de huéspedes aparte, mayordomo y servidumbre, a sólo doscientos metros del hoyo 18 del campo de golf y frontispicio de estilo georgiano por el puro gusto del gusto. Por lo pronto, ordenó por teléfono un delicado ramo de orquídeas a una floristería de Caracas, cercana a la casa de Margot. George Kobel vivía siempre de buen talante y aquella vez se sintió más contento por varias razones: había cumplido con creces a solicitudes y sugerencias de Margot Benacerraf, la principesa, que solía pronunciar con italiano forzado. Y por el halo tentador de otra principesa que viajaba en una carpeta de fotografías promisorias. Además, siempre alegre, quizá un modo de burlar las inseguridades que suelen acompañar a todo bon vivant (cosa que la gente no sospecha pero que resulta un miedo a no ser aceptado), eran un asunto que impulsaba a George Kobel a ser como era, feliz por precaución.

The land of the braves, leyó Mercedes en la cinta tricolor de azul, blanco y rojo, que un águila transfigurada en bombardero B-52 ondea en su pico, mientras vuela amenazante sobre un globo terráqueo pintado en la pared de las oficinas de inmigración. Mercedes disfruta su encuentro con el inglés en vivo después de haberse dedicado a descubrirle sus secretos garrapateando sobre los libros mudos del Centro Venezolano Americano. El país de los valientes, le traduce a Esther, con ímpetu de águila, la advertencia patriótica. Esther la mira orgullosa y continúan caminando entre el río de gente. Mercedes había vuelto a tener una sensación de abandono. Una amistad recién conquistada entre el vaivén de la aeromoza con el carrito de refrigerios en el pasillo del avión, el intercambio de revistas que reposan sobre los espaldares y confesiones de sus planes de viaje, porque vengo para trabajar en algo del New York Fashion Week, quedó en pausa cuando unos ojos azules despreciativos la recorrieron de arriba abajo y se desvanecieron entre la turbamulta de viajeros anónimos. Esther se le quedó mirando con gesto recriminatorio porque nunca debes decirle tus planes a otro, menos a un extraño. Era sólo por practicar mi inglés, no es lo mismo hablarlo con una gringa. Esther la toma del brazo y Mercedes, protegida, se deja llevar y continúan tras la huella del gentío para no perderse. Se detienen en la fila frente a las taquillas de inmigración. Mercedes no puede creer el desprecio y se queda ensimismada frente a los escritorios. El sonido de los sellos sobre los pasaportes la saca de su sensación de abandono y el Bienvenidas a los Estados Unidos del funcionario puertorriqueño, las mete de continuo en el bullicio del aeropuerto. Mercedes recupera el aliento y sigue atenta a los empleados que transportan el equipaje. Una tropa de mulatos vecinos de Queens y latinos sin sueldo, capean el temporal de la necesidad sonriendo, y lo que usted pueda. Esther le dio un billete de veinte dólares a un dominicano que prometió tenerla en sus oraciones hasta que la pelona venga a buscarme señora, y mientras más tarde mejor. La luminosidad de un afiche la invita a vacacionar en el parque de Yellowstone con un Welcome turístico. Un búfalo bufa entre nubes de vapor que salen de sus belfos como trenes primitivos. Los trenes se riegan por montones en la pradera. Géiseres exhalan su malhumor entre nubes terrestres. Esther y Mercedes sólo tienen pensamientos crudos que las hacen avanzar por los pasillos hacia lo insondable.

El Tennessee whiskey con agua carbonatada Schweppes resbala por la garganta de George Kobel como resbalan los recuerdos en su memoria. Nada para la memoria como un aeropuerto y un whiskey. George regresa en segundos a sus ancestros de Varsovia. El ambiente es lúgubre y las luces mortecinas de las lámparas de pie ocultan las palabras de Aaron y su esposa Gertrude, que tratan de protegerse de la guerra, resolver la escasez de víveres y, lo más preocupante, encontrar salida para el futuro de George, quien acaba de cumplir los seis años. Los bombardeos no cesan y hacen tiritar las luces sobre la cuna vacía del segundo hijo que viene en camino. Gertrude se soba el vientre al tiempo que se balancea en una mecedora con los ojos cerrados, tratando de encontrar una respuesta en lo desolador de aquella catástrofe.

Polonia ha sido saqueada y abandonada por el ejército imperial ruso en su retirada hacia Moscú. La derrota de la Primera Guerra Mundial parece la última y la gente se convierte en soldados sin futuro. Hasta la esperanza se pierde entre los escombros. Aaron, prevalido de su instinto de sobrevivencia y alertado por el sentido de la fatalidad, piensa en voz alta acerca de la posibilidad de sacar a George de aquel territorio tembleque y Gertrude calla con el silencio de la incertidumbre. La oportunidad llegó con una noticia aciaga. Nathan Cohen, esposo de Janina, la hermana mayor de Aaron, quedó atrapado en las minas de carbón de Katowice cuando un imprudente encendió un taco de dinamita en lugar y momento equivocado. Janina enviudeció prematuramente a los cuarenta años y decidió llevar su luto con el mismo estoicismo del duelo por Varsovia. Cuando vio las ruinas del puente Poniatowski, sintió que sin marido, descendencia, ni ciudad, quedarse en aquel territorio de fiebre sería condenarse a las sombras.

Excepto por su familia, ya nada la detenía en Polonia, pero pensar en una huida con el avanzado estado de gravidez de su cuñada, significaba un suicidio. La salida la dio el díscolo y ocurrente George cuando se apareció en la sala ondeando la kipá de su tío Nathan, con morisquetas de arlequín y acabó con el luto de la familia. Bailó, dio saltos por la sala, besó al abuelo sobre su mecedora. Y de un brinco de cabra puso a todos en el futuro. Janina vio una solución de la que saldrían favorecidos todos, menos el abuelo Saúl por su avanzada edad en aquellos tiempos disminuidos. Se llevaría consigo al sobrino travieso y ocurrente a su apartamento de Londres. Gemóloga que logró hacer fortuna con la explotación secreta de una veta de diamantes que su marido descubrió en la mina de carbón, no iba a tener la mínima privación. Su sobrino George, ese duende simpático y entrador le había resuelto inadvertidamente un problema que se le acababa de venir encima: la soledad. Con la compañía del sobrino le daría nuevamente sentido a su vida, al tiempo que lo sacaba de aquel polvorín en que se había convertido la Europa del Este. Habría que esperar el nacimiento de su segundo sobrino para hacerse con el resto de la familia hacia un lugar que parecía más seguro. Gertrude no se atrevió a verlos partir en la estación y Aaron se llenó el espíritu con un ánimo de concreto que desarrolló en su carrera de ingeniero y se mantuvo firme frente a los rieles. El infortunio fue un nudo que acercó aún más sus afectos y Janina no hacía otra cosa que pensar en la larga ruta por venir, en la seguidilla de trenes que debían recorrer en aquel territorio incierto y en la manera de sortear cualquier inconveniente por el bien de la familia. Tomó de un cofre oculto en su caja fuerte los diamantes más valiosos y los cosió a pretinas y dobladillos de vestidos, chalecos y abrigos, para preservarlos en el viaje. Y, para las dificultades menores, conservó en su bolso de mano pequeñas gemas que le servirían para aligerar el camino en los distintos peajes que les tocaría atravesar. George aprendió la palabra complicidad desde la primera vez que se acostó sobre el equipaje para evitar el asedio de los guardias que entraban en el vagón, y se acostumbró a sus bondades cada vez que atravesaban una aduana. ¡Atención!, ordenaba el jefe de los guardias para iniciar la requisa y George empezaba a llorar con la fuerza de sus pulmones de seis años. Janina protestaba con vigor de viuda sin miedo y los soldaditos salían del vagón perseguidos por la sombra de sus propias abuelas, más algunos diamantes de bajos kilates como recompensa. Un guiño compartido y ambos dormían a pierna suelta hasta el día siguiente.

Varsovia, Poznan, Berlín, Hannover, Ámsterdam, La Haya, Roterdam, Amberes, bostezan con humo de explosiones y el tren hace paradas obligatorias de un trecho entre estaciones menores y soldados en desbandada. Janina y George viven en estado de alerta permanente, hasta que el tren se detiene en el tope de los rieles frente al paso de Calais. Caminan hasta el muelle con dos empleados de la ferroviaria a cargo del equipaje y dan sus primeras propinas del día. El puerto amaneció con su techo de niebla. Un perro merodea con el hambre pegada a las costillas. El ferry tosió su cansancio con una columna de humo que tapizó el espolón del puerto. Subieron por la escalerilla hasta cubierta y George vio el mar por primera vez. Se quedó mudo. Se preguntó cómo cabía tanta agua en el mundo si toda la tierra estaba ocupada por trenes y estaciones. Janina se le quedó viendo con indulgencia y le explicó que unos señores del gobierno recogían el mar por las noches y lo devolvían a su orilla en la mañana. ¿Y qué hacen los peces? Se despiertan a las cinco de la madrugada antes de que el mar regrese. ¿Y podemos quedarnos despiertos esta noche para verlos? Seguro, dice la tía y permanecen mirando las olas de crespos discretos. George no deja de extasiarse con el vaivén. Tía ¿quién mueve al mar? Las olas van y vienen con el aleteo de los peces y la hélice de los barcos. ¡Ahhh! George se queda pegado a la baranda pero no ve ningún pez. Se sienta sobre las piernas de su tía en la terraza de estribor y se queda dormido. El ferry se aventura en silencio por el paso de Calais con el futuro en la proa y George sigue navegando por sus sueños. Al despertar, George tuvo que conformarse sólo con el olor a mar que tienen los peces cuando nadan junto al barco detenido. El cansancio apura el viaje y llegan a Folkestone, vecino de Dover y otra vez a los trenes para el tramo final hasta la Estación London Victoria de la capital inglesa. George despierta con sus ojos llenos de países y un empleado lo conduce junto a su tía hasta el furgón de primera, forrado con terciopelo abigarrado y molduras con hojilla de oro, heredados del Imperio de la Reina Victoria.

Luego de tanta travesía el trecho hasta Londres fue un salto vertiginoso. Abandonan el tren entre bostezos de locomotora, humo y estornudos de las calderas que aspiran descansar. Caminan entre el túnel de vapor y miran al final del andén una figura que los llama con gesto familiar junto a un carruaje majestuoso. Se apuran con el peso de las maletas desbordantes de equipaje y abordan el Tílburi de dos plazas tirado por un percherón más negro que la noche en que salieron de Varsovia. George sonrió como sonríe el que se monta por primera vez en un carruaje. Los únicos que tienen caballos son los ricos, le dijo a su tía y Janina le respondió con la misma acusación: tú también. Desde entonces se acostumbró a los paseos por la ciudad, el viaje hasta la escuela y el regreso al apartamento del 1600 en la Plaza de Leicester, como un príncipe que acaba de recibir su herencia. Janina lo malcrió durante todo un año porque no se sabe cuándo puede comenzar otra guerra, pensó, viéndolo crecer con la mirada inocente de quien madura como un fruto. Walter, mayordomo de Janina, se convirtió en su protector y en su sombra, con el mismo cuidado que le prodigaba el abuelo Saúl a la espera de otra oportunidad, para encontrarse en el sitio que indicara la casualidad. Dziadek, Dziadek, le decía George mientras le halaba la barba cuando se quedaba dormido en su poltrona de la sala de estar en Varsovia. El abuelo se despertaba con cara de mago Merlín y sentaba al nieto en sus piernas para continuar la siesta compartida... Las cartas que anunciaban los preparativos del viaje inminente de Aaron, Gertrude y David, a punto de cumplir los ocho meses de haber nacido entre el ruido de obuses y cañones, ocultaban la precaria salud del abuelo Saúl, que se vio en un deterioro pronunciado debido a las privaciones de la guerra y a sus setenta y ocho años que parecían cien. No aguantó. Pero Janina ocultó la noticia para que George sólo se contentara con la llegada de sus padres a Londres.

La primera sorpresa de Aaron y Gertrude después de un viaje accidentado entre estaciones de tren atestadas de soldados desertores, ayuno obligado por la escasez, horas sin dormir por vigilar el equipaje y la incertidumbre que les causaba pensar en una tierra extraña, fue ver que George se había estirado hasta el extremo de parecer de diez años. Los consentimientos de Janina y la herencia que Aaron le aportó en sus cromosomas obraron el prodigio. Felizmente los Kobel habían logrado salvarse de la primera guerra mundial y se establecieron en Londres el 11 de noviembre de 1918, día en que los alemanes se vieron obligados a doblar la nuca y comenzaron a pensar en la revancha con el odio a flor de piel. La familia nunca logró hacerse al carácter flemático de los ingleses, a diferencia del espíritu impulsivo de los polacos acostumbrados a darse trompadas con los países vecinos y terminar con agujeros en los bolsillos. El miedo les había calado los huesos. Un sentido de persecución se prendió en las pieles de Aaron y Gertrude y se fue acrecentando con los estragos de la guerra que convirtió a Polonia en una masa de hierros retorcidos. Los Kobel desarrollaron hasta la paranoia el espíritu suspicaz de todo superviviente, siempre en jaque frente a cualquier sobresalto, que Aaron compensaba con la ayuda del Johnny Walker Red, en los pubs del west londinense. La vida transcurría en una calma chicha engañosa. Hasta que las noticias estridentes de la Noche de los cristales rotos los despertaron con la seguridad de que venía el fin. Aaron Kobel tenía vívido el recuerdo de cómo saltaron por el aire los goznes que sostenían precariamente al Imperio Austrohúngaro y no quería presenciar de nuevo una debacle que dejó millones de víctimas. De lo único que se alegró fue de la destrucción del Imperio Otomano que había acabado con buena parte de su familia en los Balcanes, también con millones de víctimas.

### Un golpe de dados

Cuando las bombas alemanas comenzaron a romper el mapa de Londres, Aaron pensó en emigrar con los suyos hacia los Estados Unidos, país donde sólo parecía existir el futuro. Por intermedio de Moisés Sherman, comerciante de tijeras y cuchillería, Aaron había conocido en uno de sus viajes a París a Porfirio Rubirosa, yerno del dictador Rafael Leónidas Trujillo y

Agregado Comercial de la República Dominicana en Francia. Individuo más dotado de habilidades que de virtudes logró abrirse paso en la sociedad parisina a fuerza de astucia y de un arma secreta que hacía furor en las alcobas de las damas parisinas: 27 centímetros que exhibía a la hora de desfogarse. En la noche nupcial, su esposa Flor de Oro Trujillo, la preferida del general, huyó del cuarto cuando lo vio desnudo.

—¡Esa cosa se tambaleaba frente a mí! —dijo al salir espantada por toda la casa, lo que predispuso a la servidumbre femenina a disputarse los favores del señor, cuando él tuviera a bien, decían, como quien se postra para recibir un favor pecaminoso.

Porfirio Rubirosa había aprovechado su porte de playboy para encumbrase a fuerza de todo tipo de trapacerías, al extremo de convertir su falta de escrúpulos en filantropía, mediante la venta de visas dominicanas a los judíos que aspiraban escapar de Europa.

—Embajador —se hacía llamar por sus subalternos y Doralis Abbes Martínez, una mulata que tiraba a blanco según Rubirosa, logró ensartarse en las dotes del playboy a fuerza de maña, de unas caderas con ritmo de Damirón, y de la precaución de su papá, un coronel del aparato de seguridad de Trujillo.

—Ahí te mando a mi hija, pero mucho cuidado que te puede costar la vida.

A pesar de la advertencia, Rubi (aprendió a llamarlo Doralis en la apoteosis de la lujuria), la convirtió en su secretaria, ama de llaves y otros menesteres más divertidos que las obligaciones oficiales de la embajada. Doralis anunció entre medias lenguas a un tal Agrón Kolbes, o algo así.

—Aaron Kobel, Doralis. Tú para lo único que sirves es para la candela.

—Es que nací entre fogones, allá en el campo, en el Cibao, Rubi. ¿O es que se te olvidó?, malagradecido —dijo amparada en los secretos que ambos conservaban desde la infancia y salió de la oficina balanceando sus desproporciones con delectación.

—Mi querido Aaron, un gusto verte. —Deshicieron las formalidades en un abrazo y conversación a la dominicana, que se extendió a punta de simpatías mutuas, gracias a una botella de ron Imperial destilado en los ingenios de Don Julián Barceló, con su aroma de azúcar sublimada que prodigó chistes y ocurrencias; abundantes como malanga en los mercados de San Pedro de Macorís. Aaron rompió con nerviosismo el lacre untado a un sobre oficial de la embajada. Los cinco pasaportes con el escudo de la República Dominicana flotaron ante sus ojos como salvavidas para el náufrago. Rubirosa guardó el suyo con desgano en una gaveta de su escritorio.

—¿Y no vas a revisarlo?

—¿Acaso no estamos entre caballeros? —Y sacó de la misma gaveta un Montecristo Nº4, Edición Especial, de un estuche de habanos que le regaló Fulgencio Batista a su suegro, en ocasión de cualquier ocasión de esas que se dan entre mandamases que viven debiéndose favores, generalmente reñidos con las buenas costumbres. —Merci, cher amie —dijo en el francés de quien mastica ajos y cerró su agradecimiento con un español, si no afectuoso, al menos cortés —no lo olvidaré nunca. Aaron, no te preocupes, de Santo Domingo a Nueva York no hay sino un apretón de manos entre nuestros funcionarios y los de allá. Pasarás unos días prudenciales en República Dominicana y directo a la casa del Tío Sam. La amistad con los gringos es tu salvoconducto, siempre necesitan gente trabajadora como nosotros —y sonrió con la cercanía que se da entre iguales. Otro abrazo y el mismo Rubirosa le abre la puerta. Doralis es sorprendida con la oreja pegada al quicio cuando trataba de averiguar cuánto le tocaba por sus servicios. Rubirosa mira a Míster Kobel con cierta vergüenza y ambos zanjan el asunto con sonrisas diplomáticas. Rubirosa resolvió ése y otros asuntos pendientes con Doralis esa misma noche.

Aaron Kobel sintió que volvía a nacer con la promesa de un futuro que parecía arreglarse sin contratiempos. Caminó erráticamente por la fachada de la Comédie-Française y continuó por el Boulevard des Capucines hasta tropezarse con el Café de la Paix, donde monsieur Sherman lo esperaba ansioso. L'Avenue de L'Opera brillaba discretamente con el sol sin alardes de aquellos días de otoño. Se sentó junto a su amigo que estallaba de preguntas y pidió un Armagnac para calmar este frío que se me ha metido en los huesos de puro miedo.

—¿Por qué?

—Porque huir no es de valientes.

—Los valientes mueren jóvenes y ya tú no estás en edad.

—Temo que hasta las visas sean falsas.

—Aaron, te acabas de entrevistar con el preferido del general Trujillo, el dueño del país. Él mismo dará las órdenes para ponerte en Nueva York.

—Eso también me da miedo.

—En ningún lugar hay garantía de salvación, pero tengo una historia que te va a reconfortar—. Cerró los ojos para alimentar los recuerdos y comenzó su cuento con la convicción de lo verdadero para darle ánimos a su amigo.

En 1654, un grupo de veintitrés sefarditas que venían huyendo de la inquisición en Brasil (trató de rememorar cada detalle), pidió refugio en la Nueva Ámsterdam. Peter Stuyvesant, director general de la Compañía de las Indias Occidentales, ex soldado de 37 años que perdió una pierna por bala de cañón y no se andaba con juegos, había sido enviado desde Curazao a poner orden en aquel sumidero, aquel hueco de mugre donde el libertinaje cundía como la hiedra y contaba con la disoluta cifra de una taberna por cada veinte habitantes.

—Aaron, Sodoma y Gomorra.

Pero en menos de cinco años el hombre puso orden y logró incrementar la población, convirtió la Nueva Ámsterdam menesterosa en un pueblo vivaz, con sus propios muelles, canales, molinos de viento, escuelas, trescientas hileras de casas y un muro de 2.340 pies, que se extendía desde el río este hasta el Hudson, para mantener alejados a los indios hostiles y a los ingleses. Stuyvesant, severo, implacable, administrador recio que llegó a prohibir la bebida durante los domingos y la fornicación con las indias de la zona, solicitó a la Junta Directiva de la compañía que se les negara el refugio, porque no se debe permitir que ningún judío infecte la Nueva Holanda.

—Aaron, ¿te imaginas tú y yo huyendo por aquellos charcos?

—¿Y entonces, acabó con los judíos?

—No, su petición le fue negada, la Junta de Directores de la compañía lo reprendió por su intolerancia y le recordaron que él estaba dirigiendo una colonia comercial y no una orden religiosa. Y, por el bien de los negocios, nadie debe ser excluido, concluyó el presidente de la compañía con golpe de martillo sobre el panel del escritorio central, que hacía las veces de juzgado de causas menores. Fue un primer dictamen de la justicia que le dio carácter y razón de ser al espíritu de los pobladores de Nueva Ámsterdam, preludio de la Nueva York permisiva y múltiple, al reafirmar que unas son las cosas de

Dios y otras las del César. Aaron se dejó convencer por esa perentoria ley y los Kobel decidieron pasar allí el resto de sus días sin credo alguno.

En Nueva York todo era posible, todo estaba en proyecto y cualquier propósito más o menos sensato podría tener éxito con el decidido esfuerzo de alguien con agallas. El requisito primordial era tener juventud. Después de todo había voluntarios a granel dispuestos a inventar cualquier imposible y hasta pesadillas como la mafia, especialmente las de italianos y chinos, que lograron pisar sobre los caminos andados por pioneros de toda procedencia y ralea. Era un forcejeo de las razas fundidas en el espécimen inédito del New Yorker, que se abrió paso a punta de sueños sangrantes. Los inmigrantes llegan al puerto de Ellis Island como artefactos sobre la línea de producción. Luego de los trámites migratorios, donde se cambiaban nacionalidades como barajitas de colección y de someterse a las vacunas para inmunizar a los Estados Unidos de contagiosos gérmenes que estaban infectando a Europa (el fascismo y el comunismo habían probado su eficacia letal), Aaron avanzó con su mujer, su hermana y sus dos hijos por un vestíbulo atestado de apellidos con zumbido de sierras: Mancievic, Szymański, Kowalski, Witkowski, Tomaszewski. Y corta tela de gente por diez miles que decidieron cambiarse de continente y contenido. Cuando llegaron a los escritorios de inmigración para el chequeo de documentos (los que tenían), Aaron vio una anciana que hacía fila en silencio, toda solita, como si se le hubiera borrado una historia trágica e inenarrable que le doblaba la espalda con el arco de los abatidos. Katarzyna Kowalenko, gritó un anónimo en la fila, el nombre de levadura polaca, pero quedó convertida en Katy Cove, cuando el funcionario de inmigración tuvo dificultades con la gramática mordiente y Aaron decidió acercársele por el brillo que emanaba de una estampita de Nuestra Señora de Czestochowa, prendida en el pecho. Me la pongo aquí, porque así hablo mejor con Dios, dijo la abuela y repartió bendiciones a los funcionarios que sellaban documentos.

—Babcia —la llamó Aaron con dulzura misericordiosa y la babcia en nueva tierra sintió que había recuperado el mundo como la primera abuela. Desde entonces, el espíritu subliminal de Katy se convirtió en madrina de todos los polacos. Aaron se extremó en atenciones, intercambiaron sonrisas como el único tesoro con que cuenta un expatriado, la ayudó con su sola maleta y un George adolescente, ya en capacidad de hacer favores, se esmeró en buscar algo qué comer en un dispensador perentorio del edificio. Una bebida sin abolengo alguno los ayudó a trasegar aquel almuerzo tieso con un nombre que se les quedó en el día a día: Coca-Cola. Compartieron sánduches de cualquier cosa conseguidos a última hora y comenzó una amistad que cultivaron por los lados del West Side, en casa de un nieto de Katarzyna, Mirko, que la esperaba ansioso en las barandas del muelle. Katarzyna Kowalenko, de Lodz, Uch, quiso hacerse entender en los escritorios donde un paria se vuelve gente y vio al nieto desde el inmenso lugar atestado de seres renacidos en el inmenso vestíbulo de inmigración. Los que acababan de entrar sintieron que aún les quedaba un retazo de patria y repitieron entre incrédulos y ansiosos. ¡Uch!, ¡Uch¡, ¡Uch!, se fueron escuchando palabras cercanas al murmullo y crecieron hasta convertirse en la primera alegría del nuevo mundo. El vestíbulo se pobló de voces y milagros cuando cada quien quiso hacer alarde de su ciudad de origen. Warshava, reclamó su espacio un venido de la capital polaca y Janina, Gertrude y David, se emocionaron como quien defiende la enseña de su equipo. Yérevan, proclamaban orgullosos los armenios herederos de quienes se salvaron de las persecuciones del Imperio Otomano y la sala quedó atestada de apellidos de avena: Grigoryan, Petrosyan, Galoyan, Aznavourián. Aquello era una sinfonía de clemencia. Un croata que por fin entendió que más allá de Zagreb había mundo todavía, se arrodilló y rezó un Padre Nuestro en latín, dándole gracias a la Estatua de la Libertad como quien reza a una virgen absoluta y pidió por unos Kurdos de quienes no sabía nada, excepto que sus compatriotas se habían salvado de todas las masacres causadas por las cimitarras turcas. Más una muchacha tímida hasta la ocultación que sin norte ni sur avanzó en la fila. Irenka Nowak se le quedó mirando a George Kobel avanzar de la mano de su tía Janina entre la fila incierta y ambos fijaron su imagen con precisión de fotografía. Aarón quedó impresionado con aquella mirada compartida entre su hijo y la muchacha. Se le quedó viendo agradecido por el cariño que siempre vale, le cargó su única maleta y le dijo a su mujer: Gertrude, ahí tienes otra hija que te regalan los barcos. Irenka no supo que decir ni hacer y se abrazó a la mamá de George como quien llega a la Tierra Prometida.

Roma, Roma, gritaban a coro unos italianos ruidosos contra otros que defendían Palermo, hasta que el policía de inmigración los mandó callar, en el justo instante en que un muchacho que rondaba los doce años se quedó mudo ante el funcionario cuando le preguntó where are you from? Excluido de país y de idioma, el carajito no supo qué contestar. Un oficial leyó el cartel que llevaba en el pecho con su lugar de nacimiento y le puso un apellido ipso facto: Corleone. Name? Insistió el funcionario sin obtener respuesta. Un coterráneo en la fila increpó al muchacho, nome, nome, nome, y del susto salió un Vittorio confuso, que terminó en Vito, puesto por el funcionario en la tarjeta de inmigración con la que volvió a nacer. Y, una vez recuperados del asombro, salieron de aquel recinto con olor a naftalina, hacia la calle que se abría para que cada quien se entendiera con su propia suerte. Mirko abrazó a la abuela Katarzyna como si estuviera evitando que se le escapara por los techos de Nueva York, como había hecho en Varsovia para sobrevivir a todos los infortunios. Babcia, babcia, repetía una y otra vez tratando de recuperar la abuela que perdió marido, bienes y futuro, cuando la Primera Guerra Mundial le puso cara de tragedia al mundo.

—Llegué a los Estados Unidos sin entender cuál providencia me trajo sano y salvo hasta aquí. Fue una travesía inclemente que logré salvar engañando al hambre y al frío, al pronunciar el nombre de mi abuelo Nikolai, haciendo de polizón en aquel tugurio.

Katarzyna lo bendijo haciéndole la señal de la cruz en la frente y volvió por instantes al momento en que Nikolai Kowalenko, víctima anónima de la Guerra Franco-Prusiana, cayó abatido por una bala perdida cuando los asesinos del archiduque Francisco Fernando de Austria huían de las calles de Sarajevo después de cometer el crimen. Mirko era su preferido y con el rostro grabado en sus recuerdos, abrió los brazos como quien recibe al pasado en un solo gesto. La muchedumbre los esquivaba buscando espacio en aquella sala, uno tras otro, igual a niños en fila india hacia sus salones del kindergarten luminoso. El turbión humano salió del edificio y sufrió la misma historia al ver aquel nieto y abuela que intentaban recuperar el tiempo perdido con un solo abrazo. Las mejores mariposas del verano se sumaron al silencio. Un ratón asomó su nariz por el hueco de una pared. El ejemplar llegó escondido en las bodegas del barco y encontró aposento más rápido que todas aquellas personas urgentes, pero regresó con miedo a la cueva de donde había salido porque nunca estuvo entre tanto solitario junto. George Kobel vio al animalito que huía por donde pudo y se sintió glorioso. Recordó que la vida transcurría para su familia como le ocurre a todos los que deciden vivirla sin pedir perdón y brindó por el ratón fugitivo con el penúltimo sorbo de su whiskey.

### Welcome

Esther y Mercedes avanzaron por el pasillo hacia el salón donde se agolpan los recién llegados. El rojo escandaloso de las letras sobre el negro general de un afiche sorbe la atención de Mercedes. Una fascinación que no sabe definir la invade y congela frente a dos boxeadores que amenazan con aniquilarse. Mercedes se extasía con la imagen. La masacre de San Valentín, es el titular estridente y confuso que resalta la promoción de la gran pelea. Se ha pactado el sexto match, según el cartel efectista, entre Sugar Ray Robinson y Jake Lamotta, retador con epíteto amenazante: el toro salvaje del Bronx. La furia del evento se desprende de los rostros de ambos boxeadores. Y lo tenso de sus músculos estáticos, como tallados a buril, aseguran un desenlace sangriento en aquel alarde de virilidad suicida. Lo que le resulta confuso es que se celebre un 14 de febrero, día de los enamorados.

Esther se le aproxima con una interrogante en el rostro y la recrimina con acritud. Un nerviosismo indescriptible se cuela en sus palabras.

—No me lo traduzcas, se les entiende todo en el rostro. Qué barbaridad. El ser humano es peor que los animales. Los animales matan por necesidad, por hambre. Los humanos por diversión —se esmeró Esther tratando de imponerse con celo de nodriza.

—Pero aquí nadie se está matando, prima. Es sólo una foto, la pelea es otra cosa, esa sí, supongo, por dinero. O sea, por hambre.

Mercedes se desentiende del tutelaje de Esther, de sus palabras de vinagre que resuenan en el fondo como un sermón sin creyentes. Una imagen se le viene de súbito a la memoria. Hace poquito. Es el día de su graduación y la escena se repite con detalles que sólo habitan en los recuerdos de una muchacha plena de deseo. El tal Perdomo que casi la llama judía maldita sale en volandas de la fiesta, cuando Gutiérrez, compañero que resultó el más avezado en asuntos del amor y el boxeo, salta a defenderla poniendo sus brazos en guardia, el propio Jake Lamotta que desafía nuevamente a Sugar Ray Robinson. Fue la primera vez que Mercedes Chocrón se sintió codiciada y defendida a un mismo tiempo. Tuvo nostalgia de aquellos pasos de cha-cha-chá que le pusieron a temblar las piernas y de los besos robados como un pecado permisible. Se vio bailando con su Jake Lamotta dulce y justiciero, improvisando pasos de baile que la hicieron vecina de los habitantes de Marte. Se besan con los mismos besos de la fiesta que saben a pasado redentor. Después del abandono de su mamá, todo gesto amoroso la redime de su sensación de despojo y la convierte en un ser promisorio, a una ñinguita de la gloria, muy cerca del ring donde su José Gregorio Gutiérrez estaba dándose trompadas con el tal Sugar Ray Robinson, un mulato inmenso, que no le aguantó el fuelle. El réferi detuvo las acciones y Mercedes vio la victoria como quien consigue el amor sin rendirse nunca.

—¡Mercedes! ¿Cómo a una mujer fina como tú le puede gustar un deporte tan salvaje, si es que se le puede llamar deporte?

—Pero si alguien defiende de una ofensa a la mujer más fina, la hace única. Te lo aseguro.

—Bueno, pero habría que…

—No —la interrumpió Mercedes con carácter de mujer emancipada—. Desde ese día es mi salvaje personal.

Esther quedó sin palabras, excepto que se hace tarde y el anfitrión no aparece. Ambas vieron sus relojes y voltearon a lado y lado del pasillo atestado de viajeros. La expresión de Esther es de madre contrariada.

George Kobel había agotado el tercer trago en el justo momento en que vio venir a Peter Davis, su chofer, guardaespaldas y confidente, un carajote de Jamaica más oscuro que la cara oculta de la luna, de un metro noventa, por si acaso, just in case, le dijo en el momento de contratarlo. Otro mulato montó las maletas sobre la carrucha de costumbre. A su lado, dos damas. Una, madura, la otra, un poco menos, pero, al acercarse, las dos resultaban apetecibles para cualquiera que ande por el mundo echándoselas de solterón desconsolado. George distinguió con emoción contenida a la misma Audrey Hepburn del portafolio y ambas se extasiaron con el Cary Grant que les había pronosticado Margot Benacerraf. Es igualito, dijo cerrando los ojos, como si hubiera compartido un secreto íntimo con el figurón. Esther y Mercedes le habían atribuido la comparación a su regusto por el cine, pero, al verlo tan cerca, le dieron todo el crédito. Gastaron unos minutos entre cumplidos, celebrando el hallazgo que ahorró toda presentación y una atmósfera de afecto heredado se impuso mientras caminaban hacia la salida. Peter abrió la puerta de pasajeros y las invitó a entrar con parsimonia. La limusina, un Cadillac Fleetwood Imperial Serie 75 de 1950, fue un adelanto fastuoso de lo que sería esa temporada en casa de George Kobel. Peter no exageraba en su devoción, en verdad era el modelo más codiciado por los aristócratas de Long Island y confesionario de infinitas mujeres adheridas a la noche neoyorquina y a los requiebros pasajeros con Míster George Kobel. Todo en él era sofisticación. Sacó una botella de champaña del minibar incrustado en el espaldar de la butaca delantera, secó con una servilleta de tela las gotas frías, desarmó el tejido de alambre como si fuera la cota de malla de un caballero medieval y presionó el corcho que saltó con su pop de celebración. Y George tratando de mirar con discreción entre las piernas cruzadas bajo el pliegue de las faldas de alta costura, mientras simulaba buscar el corcho. Brindaron a copa alzada, bebieron y conversaron con la efusividad del que se ve por primera vez. ¿Que cómo estuvo el viaje?, no, que muy bien, las aeromozas muy serviciales, los aperitivos deliciosos y el avión ni tembló, un solo rugido al aterrizar, pero todo de lo más agradable, qué bueno, sé que voy a recordar este viaje por todos los que me quedan por hacer. No fue una conversación como las que se tiene con pendejas ocasionales, a pesar de las banalidades que surgen después de un viaje. Había algo encantador en aquellas dos mujeres, que, sin ser corridas como las que él frecuentaba, tenían un halo de mundanidad soterrada que él estaba dispuesto a satisfacer y estimular. Fue un intercambio de delicadezas que hacían burbujear el ambiente. Hasta que la champaña dijo basta y el llegamos del chofer obligó a las dos damas a las reparaciones de emergencia.

—Danos un minuto George.

Fueron pocos los ajustes porque las venezolanas siempre van vestidas como para la próxima fiesta, en esa ocasión, ambas de lino en distintas texturas y tonalidades del beige, con foulard de seda de colores vibrantes, como de loro volador (Esther) y gargantilla de perlas menudas (Mercedes), que las hacían lucir como quien se esconde tras las galas para ser descubiertas como un misterio inédito, según recomendación de María de las Casas. Un retoque minucioso al maquillaje, eso sí, por si tocaba hacerse alguna foto. George les tendió ambas manos ayudándolas a salir y se esmeró en galanterías.

—La verdad es que no hacía falta ningún arreglo porque ambas lucen espléndidas —remató, mientras ajustaba su paltó en la entrada del Stork Club, donde un portero de gorra y librea, esperaba a la sombra del toldo que anuncia la entrada hacia otro mundo.

Mercedes saltó de la limusina con un impulso de libertad absoluta. Extendió los brazos hacia el cielo. Miró en derredor. George boquiabierto con aquella figura vaporosa y a la vez tan terrenal. Esther estuvo a punto de contenerla, pero quedó muda cuando Mercedes tuvo una ocurrencia sorpresiva: siento que pertenezco a Nueva York. Y George que no puede creer tal espontaneidad le extiende su brazo arqueado como si la guiara a recoger las llaves de la ciudad. Esther los mira impávida y George, todo caballero, le ofrece el otro brazo para no dejarla atrás. Esther sonríe agradecida. Los tres caben en la doble puerta de vidrio y metal cromado. El portero hace la venia discreta con parsimonia imperial y conduce a los invitados hasta la recepción, donde un anfitrión los espera para llevarlos a la mesa reservada el día anterior.

—Welcome Mr. Kobel —dijo el anfitrión con simpatía especial que George retribuyó inclinando levemente la cabeza. —Welcome Miss Johnson and Miss Miller— Y George no encuentra qué hacer por el desaguisado. Tose con insistencia, mira a Johny fijamente y niega con gesto imperceptible de los ojos. Johny Rivera revisa impertérrito la libreta de reservaciones. Entre parranda y parranda, George había reservado varias mesas que terminaron confundidas en su libertinaje y si no es por la velocidad profesional de Johny habría arruinado la tarde.

—Caramba —se inculpó el anfitrión— perdónenme tan lamentable confusión, es que ha sido un sábado muy agitado. Señoritas Bustamante y Chocrón— y les señaló el camino hacia una esquina destinada a cocteles privados. Esther, acostumbrada a los equívocos teatrales, especialmente el de Yago cuando montó la intriga de los celos para que Otelo asesinara a su mujer, miró a Mercedes sostenidamente, poniendo cara de advertencia como sólo las madres saben hacer. George fue sorprendido infraganti y apeló a su encanto personal para salirse por la tangente con una coartada anecdótica en cuanto el Maitre les dio acomodo.

—¿Ustedes ven esa mesa que está a la entrada, la más notoria? Allí suele sentarse Orson Welles a fumar su tabaco y a encantar a la gente con sus historias. Ojalá se aparezca para saludarlo. —A Esther le brillaron los ojos y a

Mercedes otra cosa—. Y ésta del medio —George bajó la voz, miró a los lados y puso cara de confidencia— es la preferida de Sherman Billingsley, el dueño, de una familia dedicada al contrabando de bebidas alcohólicas en Oklahoma, durante los años de la prohibición. —Otra botella de champaña sonó su estrépito con el descorche.

—¿Y cómo pudo estar libre? —el volumen de George bajó aún más hacia la intriga.

—Porque eran los años posteriores a la Gran Depresión, tiempos difíciles que permitían muchos asuntos turbios, la gente se dedicaba a lo que podía, las trapacerías y el soborno eran ley.

—¡Qué barbaridad! —replicó Esther asqueada por el cuento y con mucha aprensión al ver a Mercedes en silencio, hipnotizada con el fabulador elocuente.

—Las excentricidades estaban a la orden del día. Una noche de farra, Hemingway decidió pagar con un cheque de cien mil dólares producto de los royalties de su novela Por quién doblan las campanas. —El chisme corrió por el restaurante como corren los chismes por un restaurante y la gente abismada con tal desfachatez, pero Billingsley le cambió el cheque sin chistar. George aprovechó que se había disipado toda sombra de recelo y señaló al Maitre que se acercó a la mesa para una confidencia.

La figura de smoking tropical regresó de súbito con un Gin Tonic que George completó con una gota de su país, señoras, Amargo de Angostura. Esther, que conocía la historia del bebedizo, navegó con su memoria por el Orinoco hasta Ciudad Bolívar, donde nació aquella chispa estimulante y dio las gracias en silencio. ¿Y por qué Angostura?, porque era el nombre primero de la ciudad, el lado más angosto del río, donde Simón Bolívar organizó un congreso que le dió nombre, le respondió Esther al George ocurrente. Luego del gracejo volvieron al champán y una seguidilla de bocadillos alterna la primera tanda con el ¡ay!, qué divino este foie gras. Hecho en casa sin envidiarle nada a los de París, agregó George, alternando con lisonjas y miradas incitantes del galán que se prodiga en delicadezas para las dos por igual. El cilindro relleno de trufas fue un manjar que mitigó a medias el hambre de las seis horas de vuelo y dejó los paladares ansiosos. Es un abuso del buen gusto y del savoir faire, le dijo George directamente a Esther en su francés de etiqueta. ¿Cómo?, se desconcertó Esther. Que es usted muy linda y tiene la elegancia de pocas. Sin menospreciar a la prima que repite y refina el encanto de la familia. ¡Salud!, y volvió a levantar la copa mirando esta vez a Mercedes. Pidió una nueva entrada y las conchas de ostra brillaron sobre la mesa con su sabor de mar detenido, horneadas con un toque de Pouilly-Fumé que le disminuyó su tristeza por la captura in fraganti en las costas de Rhode Island. Esther absorbió la primera como una hostia que absuelve todas las transgresiones, especialmente, la de ese momento en que se vio embrujada por los encantos de George Kobel y sintió un remordimiento porque era incapaz de ser infiel aun con el pensamiento. Las ostras horneadas y frescas alternaban en el plato de Esther como joyas que viven de brillar.

Los manjares desfilaron en aquella mesa de gran lujo y glamour en la que tres mesoneros se esmeraban con cada uno de los comensales, mientras George desataba su locuacidad con el deliberado intento de envolver a sus huéspedes. Llamó al Maître para ordenar un Beef Wellington, que Esther y Mercedes aprobaron con entusiasmo. Mercedes aprovechó la pausa para resolver el ambiguo asunto de la masacre del día de San Valentín. George hizo gala de su memoria detallando hasta el nombre de los muertos y sobrevivientes que Al Capone mandó a matar para salir de su rival, Bugs Morán. George abundó en detalles hasta en la descripción de las armas de la masacre, la subametralladora Thompson, capaz de disparar mil cien tiros por minuto y de una versatilidad que hasta unas damas delicadas como ustedes podrían manejar con toda comodidad. Esther, horrorizada, bebió apresuradamente de la champaña y Mercedes con la intriga que brilla en sus pupilas, preguntó: ¿por qué lo de subametralladora?, a lo que George trastabilló, sorbió de su copa y disparó a quemarropa: porque también hay supra ametralladoras, la eterna lucha de clases. Los mesoneros tomaron partido por la subametralladora.

Fue tal el derroche verbal y el torbellino de emociones, que sintieron conocerse desde el comienzo de los tiempos. Hasta llegar a una historia muy triste que no sé si contárselas para no arruinarles la tarde, remató mientras el Maitre ordenaba servir el Beef Wellington.

—No te preocupes George —nosotras estamos acostumbradas a las tragedias, enfatizó Mercedes.

—Pero con esas caras tan dulces no pareciera. Entonces les cuento. Jake Lamotta le quitó el año pasado, el 16 de junio, el título de campeón mundial de los pesos medios al francés Marcel Cerdán, un pied-noir, amante de Edith Piaff.

—¿Pied-noir? —sorprendió Mercedes.

—Francés nacido en Argelia.

—¡Ahhh!, —reaccionaron ambas al unísono.

George gesticulaba tratando de imprimirle fuerza a su historia y Esther lo miraba con ojos a punto de saltarle de sus cuencas. A Mercedes le sudaban las manos. —Fue una pelea muy dura en la que Jake terminó con una mano fracturada y Cerdán se dislocó un hombro cuando Jake lo tiró a la lona en el primer round. El francés abandonó la pelea en el décimo round y Jake Lamotta se alzó con el título.

—¿Y no te parece que eso es algo muy bárbaro y triste?

—No, los boxeadores vienen generalmente de muy abajo y tienen que ganarse la vida a puñetazos; triste fue lo que ocurrió después—. El Maitre llegó con la bandeja del Beef Wellington y ordenó servir, mientras George hacía fintas en el ensogado y el set de cubiertos cambió a los de cortar y trinchar. —Se hicieron los arreglos para la revancha, to fight the rematch, se dice en boxeo. Y cuando Marcel Cerdán se vino a los Estados Unidos para la pelea, el avión se estrelló en las islas Azores. —Mercedes se tapó el rostro y pensó en su salvaje personal. Esther lo miró casi con rabia y el galán trató de remendar la tristeza con el final de la historia.

—Caramba, discúlpenme, me siento avergonzado, caramba —repitió con el rictus de la vergüenza en la comisura de los labios. Dudó un poco y al final remató—. Pero esta tragedia tiene un final muy lindo. Edith Piaff le compuso una canción, "Hymne a l'amour", una de sus más célebres. En lo que lleguemos a casa se las toco en el piano, si acaso no están muy cansadas. (Lo que George no les contó fue que Edith Piaff se volvió adicta a la morfina a raíz del suceso).

Mercedes aprovechó la pausa y sorprendió.

—Entonces ¿Qué hace ese afiche de otra pelea en el aeropuerto?

—Es que la gente del boxeo es, en el fondo, muy sentimental, y hasta le gusta conservar las derrotas como un trofeo. —Mercedes y Esther suspiraron por el detallazo melancólico y George aprovechó para desplegar su archivo de argucias y simpatías que le cambiaron el tono a la tarde. Continuaron con el mismo entusiasmo que bautizó el comienzo del almuerzo, hasta que el Beef Wellington desapareció discretamente de la vajilla. Un soplete culinario dorado que parecía del Ritz de París caramelizó con parsimonia la vainilla de la Crème Brûlée de Mercedes. Esther no pudo más y terminó un café expreso recién servido. Ambas observaron a George acabar su copa de Armañac, pousse café como bebedor de buena cepa. El trío salió a la calle escoltado por el portero de gorra y librea. Entraron en el ciclorama de la gran ciudad y George cerró la tenida con un bienvenidas a New York y venia actoral. Mercedes miró hacia el cielo y quedó arrobada por el aroma inconfundible de los rascacielos.

### Yorkers tour

La palabra saltó del boleto Caracas-New York como una revelación. Mercedes la vio con detenimiento: Destination, del inglés que se convierte en destino de viaje y se emparenta con otra similar pero de implicaciones más drásticas; Destiny, el destino puro y simple. La primera tiene un carácter pasajero y es la razón de ser de las agencias de turismo. La segunda es definitiva y se presenta a veces de modo dramático, como había aparecido con toda crueldad en las vidas de Esther y Mercedes. En español, destino sirve para nombrar lo efímero de un lugar de vacaciones y también para ponerle nombre al momento en que cumplimos el propósito de nuestra vida. A Mercedes le gustó la diversidad del inglés con palabras precisas para asuntos tan distintos porque siento a Nueva York, as a destination and a destiny as well, le dijo a Esther con cara de empleada del Departamento de Idiomas de la ONU. Pete la miró mientras Mercedes hacía la traducción consecutiva y puso la limusina en marcha. Esther sonrió. George, inquieto por la aparente indiferencia de Mercedes, imitó la sonrisa de Esther pero le quedó un desasosiego con el que no contaba, después de haber desplegado todas sus artes de seducción durante el almuerzo. La limusina salió del 3 East 53$^{rd}$ Street, justo al este de la Quinta Avenida, en pleno corazón de Manhattan. Mercedes se dedicó a mirar a través de la ventanilla. Hasta el momento no había tenido oportunidad de fijarse en la ciudad por lo entretenido de la conversación desde el aeropuerto hasta el Stork Club, pero esta vez se desentendió del seductor impenitente y de su prima protectora. Se concentró en ese color especial del concreto que parece aspirar a la gloria clásica y uniforma los edificios que custodian la ciudad con su espíritu de megalitos. Los ciudadanos van con instinto de rebaño gobernados por unos muñecos de luz que señalan el pare o avance sobre los semáforos de cada esquina. En las grandes ciudades el mundo se mueve con mecanismo de relojería y todo pareciera responder a un motor secreto. George es un cucú tratando de llamar la atención de Mercedes. Se ajusta la corbata, alisa la solapa del paltó, cruza y descruza las piernas, carraspea, ajusta y desajusta las yuntas de sus puños, pero Mercedes se vuelca hacia la contemplación de Nueva York como monja de clausura que mira afuera. Esther, complacida por la distancia de Mercedes, trata de relajarse. Peter, con sus reflejos de jamaiquino sobreviviente, nota la contrariedad, reduce la velocidad para ganar tiempo y lograr el contacto visual con George. Finalmente obliga su atención mirándolo fijamente a través del retrovisor. George hace un gesto rotatorio con el índice extendido y go around Peter, chasqueando los dedos.

—¡Ay! que maravilla —exclama Mercedes al ver la ciudad que gira a través del cristal. —Gracias George. Esto no tiene nombre. Parece un sueño. New York at a glance.

—¿Qué dijo? —interrumpió Esther a medio camino entre la sorpresa y el orgullo por su prima.

—Nueva York de un vistazo… la ciudad donde siempre hay algo nuevo.

—¿Y dijo todo eso?

—El agregado es mío —y Mercedes le hizo un guiño cómplice. George volvió a entusiasmarse con ese gesto que le pareció de una coquetería soterrada. Esther frunció el ceño.

Peter enfiló hacia el oeste, dobló a la izquierda en la 5ta Avenida y siguió derecho para el paseo obligado por el Rockefeller Center, el Empire State y otras construcciones que parecían haber crecido por generación espontánea. El edificio de oficinas que no existía ayer apareció hoy con sus gerentes, oficinistas, secretarias, portero y hasta la fila de gente que encuentra su razón de ser en las diligencias cotidianas. Giro a la izquierda y rodean Washington Square, Greenwich Village y su aire existencialista. La limusina baja en una marcha lenta por el elegante y exclusivo Soho, hasta empalmar con las impostergables Little Italy y Chinatown, como halada por el imán de la costumbre hacia el Bajo Manhattan y el distrito financiero de Wall Street.

—Ya tendremos tiempo para visitar todo con más detenimiento — reparó George, en el instante en que intercambió miradas con Peter. Actuaban como una dupla inseparable de voluntad compartida. Giro a la derecha hasta Trinity Place y ya, al fondo de la bahía, imponente, la Estatua de la Libertad.

—¡Dios mío! Ahora sí puedo decir que estoy en Nueva York, — exclamó emocionada Mercedes con el corazón vuelto tambor.

—Mercedeishion, esta ruta, más algunos lugares escogidos de la ciudad, es la que siguen mis auto Pullman para mostrarles a los turistas la maravilla que es New York. Éste es otro de mis negocios. Yorkers tour, es el nombre de la compañía, pero eso es para la gente común. Ustedes son mis invitadas VIP, merecen un mejor tratamiento y para eso cuentan conmigo.

—No sabes cómo te lo agradezco George, eres sumamente amable, pero la verdad es que me gustaría conocer New York como la gente común.

Mercedes hizo un silencio rotundo y pensó en la vida VIP que le había dado Elías Chocrón desde el momento en que Estrella Serfaty partió sin remedio. Elías se esmeró en darle una vida de distinción para paliar el desconsuelo que le deparó la suerte con el abandono de su mamá: la mejor casa, la mejor ropa, los mejores carros (su preferido era un Volkswagen escarabajo como regalo de su cumpleaños dieciocho), una acción en el exclusivo Club Puerto Azul para vacaciones y fines de semana, cruceros por el Caribe, viajes cuantos quisiera, menos los rituales a Disney World porque Elías le tiene miedo a los aviones. Su papá le fabricó una madriguera de lujos mientras el mundo ocurría allá afuera; todo compartido con sus hermanos, que no entendían mucho el percance que vivieron a edad tan temprana... Mercedes evitó las confesiones siguiendo el guion que le señaló Esther.

—Por eso querido George, y no lo tomes como un desprecio, me gustaría ver Nueva York con los ojos de cualquiera, por algo soy antropólogo. Es cierto que los grandes avances se deben a la genialidad de algunos, pero el mundo evolucionó gracias al empuje de la gente común que se tropieza con la vida como una necesidad.

George quedó desconcertado por la agudeza de alguien tan joven, arqueó las cejas levemente y sonrió con gesto de vencido. Esther empinó la nariz. Mercedes tuvo esa reacción espinosa porque en cierto modo, en el restaurante, se sintió tratada a ratos como un objeto que se tasa en la Bolsa de

Valores, el edificio por cuyo frontispicio pasaban en ese justo momento y afirmó, en un instante crucial, su autoestima. Vio el edificio con familiaridad y pensó en convencer a Elías Chocrón, el tosco mercader heredero de la fortuna de su familia, o sea, su propio padre abandonado como un fardo, para que invirtiera allí el resultado de tantos años de exilios y pujanza; puesto a distribuir bultos de tela, tapices, alfombras y ese asunto general que llaman mercerías y levantó a sus hijos sin una sola queja. Don Elías, le insistía su asesor financiero, la Bolsa de Nueva York es lo más seguro, después de la gran depresión se tomaron las medidas necesarias, ya eso pasó. Mercedes continuó montada en el carrusel de sus pensamientos, en silencio, contenta al ver cómo se le había enderezado la vida. "Éste no va a ser un trámite fácil, pensó George, mientras la miraba completamente deslumbrado y receloso".

—Pero sí te quiero pedir un favor, George.

—Lo que tú quieras.

—Que pasemos por esa iglesia —dijo al verla en el comienzo de la avenida. —What's its name?

—Trinity Church —contestó Peter en automático.

—Thank you, Pete.

—Él suele venir aquí aunque vive en Long Island —agregó George.

—Eso también es algo conmovedor —(Esther).

—La devoción es propia de la gente de espíritu común. Los que se sienten elegidos no tienen creencias, sólo convicciones. El buey y el percherón, pero ambos halan el carro.

—¿Y tú no eres judía?

—Nací judía, pero a veces la vida es tan difícil que se necesita más de un Dios.

—¡Mercedes!, —se alteró Esther —Eso es blasfemia.

—No te preocupes prima, mi abuelo decía que Dios siempre perdona.

George, judío sin judaísmo, se estremeció con aquella mujer de temple y por primera vez vio lo femenino como algo distinto a las aventuras frívolas a las que estaba acostumbrado. Tenía una expresión desencajada y Esther le tomó la mano como madre que protege crío. Mercedes ausente. Peter estacionó momentáneamente frente a los jardines de la iglesia, enclavada como un ángel proscrito en los predios de Wall Street. Mercedes salió seguida por Esther y George directo hacia el cementerio, tierra de nadie custodiada por aquellos árboles que vencían hasta el invierno más crudo y llenaban de hojas las tumbas mudas. Las observó con detenimiento, conmovida por la costumbre de la gente de grabar la huella de sus muertos en piedra. George señaló la del prócer Alexander Hamilton, con su mármol sin noticia del duelo en el que perdió la vida; plena de flores y banderas como saludo postrero. Se detienen un instante con la reverencia que merece un prócer malogrado. Luego de la modesta ceremonia continúan hacia la fachada de agujas góticas que apuntan al cielo. Entraron en aquel lugar de promisión con espíritu quieto. Caminaron hacia la nave central que permanecía abierta para los oficios desde las 8:30 a.m. de aquel sábado de acostumbrado recogimiento. Visitantes contritos. Mercedes se aventura de primero. Esther, George, Peter, en fila, marchan en busca del mejor lugar para apreciar el edificio deslumbrante, caminan por la nave central con el mismo fervor de los fieles. Bancos pulidos como antesala del cielo. Peter Davies se arrodilla en los reclinatorios cercanos a la entrada para agradecer que pudo vencer sus años difíciles en Kingston Town y Esther pide, sin saber a quién, por el éxito de sus obras teatrales. El ambiente es de compostura y Mercedes hace lo propio frente al vitral del fondo, con sus santos iluminados que parecen cobrar vida con el brillo intenso del trasluz. George la mira extasiado. Mercedes siente la pulsión en el cuello y voltea inconscientemente. George sonríe y se dice, voy bien. Introibo ad altare Dei, transgrede Mercedes el culto anglicano con el recuerdo de sus primeros años en la escuela católica de Maracay. El tiempo se impacienta. Todos se hacen expertos en lenguaje de señas y deciden continuar camino. Ya tendrán tiempo para la redención.

### Long Island

Regresaron a la limusina ahítos de parranda y virtud. Peter Davis encendió el motor y reanudó el camino a la inversa, esta vez, por Broadway con su fulgor de vodevil y marquesinas hacia el norte. George parece meditar. Mira a Mercedes aturdido y encantado por su talante. Esther contentísima porque Mercedes va inconmovible, dueña de sí misma. El peligro parece haberse extinguido. Mercedes pone ojos de gente común pero no puede evitar que un destello secreto brote de sus pupilas en señal de su espíritu recuperado. Mira a través de la ventanilla. New York tirita. Mercedes busca entre la muchedumbre y me gustaría que nos perdiéramos por las calles George.

Dispuesto a complacer todos sus apetitos, le hace una señal a Peter. La limusina da rodeos entre Broadway y Liberty, busca Worth y se tropieza con Lafayette. Peter pone la sobremarcha y la limusina avanza confiada al libre albedrío que desarrollan los carros cuando se acostumbran a su conductor. Los pasajeros van a sus anchas por el mapa que se ofrece como guía espiritual de la ciudad. Mercedes se asombra con tantos nombres de calles y avenidas. Se llena de palabras sonoras como repique de campanas: Spring, Bleecker, Watts, Greenwich. El libre albedrío es persistente y la limusina lo persigue como al viento que huye por las esquinas. Sopla nombres, recuerdos, promesas, traiciones y olvidos, ocultos tras las sombras de toda gran ciudad. Del Radio City Music Hall a la catedral de Saint Patrick sólo media la expiación de pecados que los neoyorquinos cometieron anoche. Otra vez al punto de partida, Stork Club, y definitivamente ya soy de aquí, dice Mercedes, al ver el toldo del restaurante. Luces, faros y farolas en seguidilla, le abren paso a la noche despierta para el disfrute. Los carros los imitan formando filas con su aspiración de divertimento. Caravanas de lujuria se detienen frente a night clubs y dancings en busca de una noche de excesos.

—Y ahora hacia Long Island, el reino del Gran Gatsby, personaje que le dio lustre a estos pantanos con su elegancia, buen gusto y hasta sentido trágico de la vida.

—Pero ese señor no existió ¿o sí? —preguntó tratando de mantener los pies sobre la tierra.

—Sí y no. Desde que Scott Fitzgerald escribió la novela, el personaje se regó por las calles de Manhattan hasta la costa de Long Island. Todavía aparece en cualquier bar. —Y preguntó con afectación—. ¿No lo vieron en el Stork…?

—Claro que sí George —contestó Esther siguiendo la pauta del parlamento psicotrópico—. Estaba frente a nosotras. Se parece a ti —y sonrió sardónicamente. Mercedes lo vio de arriba abajo. George se sintió desnudo pero reaccionó con acto reflejo del apostador que está a punto de perder la tirada.

—¿No debía ser al revés?

—No. Conozco la novela. En el teatro aprendí a construir un personaje por su manera de comportarse en el libro, sus hábitos, sus emociones, sus actitudes, y hasta sus trampas para hacer que el espectador crea que lo conoce a fondo. Pero, más importante, era descubrir la rendija por donde se cuela en el mundo a través de las palabras. El actor que encuentre esa rendija es el que verdaderamente logra meterse en sus huesos; no en su alma, que es muy volátil. Actuar es engañar al personaje para que se deje llevar. Por eso al final no se sabe cuál es uno y cuál es otro. Ese fue el caso de Esteban Herrera, un actor de los más notables, cuando hizo de Bernarda Alba. No podía despegarse del personaje y tuvo que ver a un psiquiatra. ¿Quién sabe si te está pasando lo mismo? Te lo aseguro, Jay Gatsby es George Kobel. —Un fogonazo le recorrió la espina dorsal porque no supo si era un elogio o una burla. Quedó sin palabras por un instante. Hasta que logró reaccionar con una evocación fantástica.

—¡Qué curioso!, hubo un sastre, el creador de la moda Gatsby, el aire de los tiempos. Lo llamaban The magic taylor, y de verdad era un sastre inaudito. Diseñaba trajes únicos para cada comprador potencial que tuviera con qué pagar. El modelo era Jay Gatsby, enigma y ostentación.

—Un acertijo.

—Sí, y quien lo descifraba no escapaba de su encanto... Luciano, Lucio para los amigos, logró diseñar sus patrones con pleno balance entre el carácter de Jay, el embrujo de su mansión y la empatía con el cliente potencial. Con sólo rememorar la adaptación de cada uno a la atmósfera de las fiestas y de su aplomo ante el ambiente de aquel castillo, hacía un diseño exclusivo para cada quien; que terminaba descubriendo su verdadera personalidad en aquellos trajes exclusivos. No hay más que imaginar el ambiente alrededor de la piscina para entender el mundo de incitación de aquella época. Lucio se especializó en materializar la ilusión de cada cliente. "¡Como usted lo soñó!", era el eslogan y vendía sus creaciones a precio de oro. Todos se sintieron con derecho a ser el propio galán. Así fue como Gatsby se apropió de la ciudad.

—¡Insólito!

—Esther. Hay personajes que de tanto empuje se le imponen a la vida. Gatsby es uno. Salió de un libro y ahora somos vecinos —replicó queriendo impresionar a Mercedes y lo logró. Esther se le quedó viendo como quien mira un iluminado.

—Y por fin, ¿existe?

—No. Pero ahí está. Siempre aparece, —agregó George en el momento en que Peter torcía a la izquierda, en la 1$^{era}$ Avenida, para salir de Manhattan por el túnel de Queens Midtown.

—Ésta es una de las cosas que más me gusta de New York, hay rincones que parecen de un tiempo irreal —dijo Mercedes al ver la entrada rústica con imitación de piedra, árboles, esos sí, naturales como la palabra, y concreto desteñido, primera escala en el viaje a su destination de aquella noche inaugural. La luna apareció con su timidez usual en las noches de verano y prestó algo de luz para que poetas, brujas y gatos, soñaran con los tejados y siguieran llenando de misterios la noche.

Un venado mira pasar el bosque sobre el brillo de la carrocería y huye por cautela. Mercedes gira con los árboles sobre el vidrio de la ventanilla. La limusina recorre impasible la carretera. Atrás quedan las ampulosas avenidas y entra en el país rústico, el countryside, lo llaman los estadounidenses, donde se comienza a respirar un aire antiguo de provincia. Algunas construcciones modernas se levantan con timidez, a pesar de que el concreto es siempre arrogante. George va narrando la historia civil de la línea costera y señala los lugares donde se levantaban las mansiones que inspiraron el ambiente señorial de Long Island. Todas habían sido demolidas pero aún se respiraba la atmósfera esplendente de los primeros tiempos. Aquí hasta las piedras respiran distinción, dijo George y Mercedes quedó impactada. Esther la miró, George miró a Esther y Mercedes dejó de mirar. Al cabo todos se hicieron los desentendidos. La carretera brilla de nostalgia y luna incipiente. Una nube de grillos se estrella contra el parabrisas y tiemblan como planetas heridos. Peter disminuye la marcha, se estaciona a un costado de la vía y limpia con un trapo enchumbado en agua los restos de la colisión. Enciende los limpiaparabrisas. Más carretera. Las carreteras se alargan cuando uno va y se acortan con el regreso porque ya se saben el camino. Peter enciende los faros y un caballo se encandila tras la cerca de palo y alambre. Curva prolongada. Conejos que pueblan de saltos la planicie sin fin. La carretera se adelgaza y una hilera de setos podados con perfecta simetría señala el fin del camino. Llegamos, dice Peter enfocando las luces altas sobre la colina. Mercedes le pregunta que cómo aprendió español. Con mi mujer que es panameña y de buen carácter, ya la van a conocer. Una interrogación clausura el viaje ¿Ya? Cuando la limusina atravesó el muro de hierro macizo y columnas revestidas de piedra, ya la servidumbre se alineaba en la fachada de la casa que George Kobel diseñó hasta el mínimo detalle al morir el viejo Aaron.

—¿Tú mismo, George? —preguntó Mercedes aun con cierta turbación. —Sí, es que no les he contado, soy ingeniero proyectista. Ya tendremos tiempo, sobre todo ahora que nos hemos vuelto más íntimos. Mercedes lo miró con la gracia que le causó tal incitación y George le correspondió con un guiño. Esther pareció pensar que esto se está complicando. Los tres se volvieron a mirar como si se espiaran y terminaron por abandonar toda suspicacia. Un cambio importante había ocurrido durante esas horas sin tiempo en que departieron como si se conocieran de toda la vida. Eso ocurre con la buena gente. Ahora no eran las amigas que les encomendó Margot Benacerraf, sino "sus" amigas, cercanía en la cual no tenía nada que ver su origen judío porque ninguno era practicante y esa condición fue una indulgencia que todos ofrecieron para acercarse con gesto especial.

El mismo George le abrió la puerta a sus invitadas sin esperar la usual atención de Pete. Y yo sé que esto es mala educación pero tengo las piernas entumecidas, dijo Mercedes mientras las estiraba con un paso de ballet cuando salía del carro. Esther la desaprobó con ojos desorbitados y George sonrió viendo aquella perfecta proporción entre pantorrilla y tobillos. Giró, levantó su brazo derecho y es hora de las presentaciones. Tú traduces Mercedes. Ok. Y, ceremonioso, George fue explicando quien era cada quien. Hizo su descripción meticulosa. Ambrose Kent, mayordomo de cincuenta y nueve años, de Kentucky, trabajó para su papá cuando la fortuna le comenzaba a sonreír a los Kobel en la constructora, después de tantos sobresaltos. Irenka Nowak, ama de llaves, Cracovia, se negó a decir su edad, pero Mercedes tradujo que los Kobel la habían conocido en el barco que los trajo desde Londres y Aaron cargó con ella cuando llegaron a Ellis Island. Le hizo un gesto a George con su dedo índice y George respondió con un "luego" de su mano derecha. Isabel García, una morena robusta, más bien de proporciones sugerentes, caderas firmes y carácter recio, dejó a Mercedes sin traducción porque soy de Panamá, esposa de Peter Davies, hablo español perfectamente y no soy cocinera sino Chef. Risas intermitentes de las huéspedes. Y una estrella de la Grecia clásica, repitió Mercedes las palabras de George: Stavros Ioannou, a quien Isabel García llama Esteban del Llano, para terminar de confundirle los idiomas, aunque les advierto que ya lleva más de tres generaciones en Estados Unidos. Stavros, o Esteban, era el responsable de una caminería que se bifurcaba entre las dos casas en que se repartía el mundo en aquella mansión.

Arquitecto de profesión que se hastió del trabajo en Kobel & Sons Constructions, decidió dar un giro hacia el paisajismo y diseñó la jardinería de aquella construcción monumental: la casa de siete habitaciones con sus baños, donde George Kobel compartía techo con la servidumbre, que terminó convertida en familia luego de una vida amorosa de tormentos y excesos. Y el pequeño Cottage, decía George poniendo cara de pobre, de tres habitaciones para que sus huéspedes se sintieran a sus anchas. Entre ambas, una piscina austera, a modo de espejo de agua, sin trampolín, escaleras a lado y lado del rectángulo, que invitaba a zambullirse para olvidarse del mundo. Y estos cipreses alrededor son una evidencia de su perfecta adaptación a nuestro clima. En un viaje a Italia, George manejó un carro desde Roma a Firenze y cuando entró en la Toscana, por la vía de Orvieto, vio una hilera de árboles delgados y tercos que resultaban el mejor ejemplo de la belleza natural. Compró unos retoños, se los trajo y me tocó a mí hacer el trabajo de adaptarlos a este clima tan extremo de Long Island, donde vamos siendo felices, a pesar de todo. Una vez sembrados los retoños que se fueron convirtiendo en árboles mayores de edad, Stavros y George fundaron un vivero para comerciar a gran escala los árboles larguiruchos.

Irenka insistió con su dedo índice para llamar la atención de George. Una llamada con información importante esperaba por su respuesta.

—Señoras, creo que es momento de un intermezzo dijo en su italiano cojitranco.

—Gracias George, necesito una ducha y cambiarme de ropa. Te lo digo así porque nos obligaste a entrar en confianza. Y Mercedes pensó que un agua de rosas no estaría de más.

—Tengo que responder una llamada importante. Pueden ser good news, se regodeó George con tono de intriga y se perdió por la puerta principal. Volteó a mirar a Mercedes en un último instante con el deseo inmenso de darle una buena sorpresa.

Peter y Ambrose se encargaron de las maletas. Esther y Mercedes hicieron un esfuerzo con sus maletines de mano y entraron en el modesto cottage buscando un baño con inmensas ganas de hacer pipí. Había tres y cada una entró en los de los extremos sin interferencia alguna. Peter y Ambrose dejaron una maleta en cada cuarto y salieron con la misma discreción con la que habían entrado. Sendos ramos de flores adornaban las mesitas de noche de cada cuarto. Mercedes se desnudó. Esther también. Mercedes abrió la regadera y esperó que se llenara la bañera. Esther también. Mercedes la roció con sales y yerbas relajantes que encontró en una cesta de mimbre sobre la repisa del baño. Esther también. Cleopatra entra en la bañera. Proserpina también. Y aquel baño digno de reinas les limpió las trazas del día delicioso con el caballero que les envió la fortuna. Salieron renovadas de las bañeras. Se esmeraron en sus afeites frente a los espejos. Alisaron la nueva ropa con una plancha de viajes convenientemente guardada entre el equipaje, detalle que toda mujer valida de su imagen jamás deja al olvido. Retoque final del perfume comprado en el duty free shop del aeropuerto. Angélique Noire de Guerlain, rocía Mercedes sobre su cuello y Esther no revela cuál lavanda la hace sentir tan fresca. Es extraño, mi mamá no se apareció en el espejo como es su mala costumbre, comentó Mercedes en voz baja. Eso es que no conoce los Estados Unidos, respondió Esther, obligando una risa que las dejó sin aire.

Renovadas ambas, se paran en el portal del cottage con vestidos vaporosos. En frente, George, que ha hecho lo suyo, aparece con pantalón y camisa de yute a lo paisano guatemalteco, con brocados multicolores a lado y lado del pecho, y sombrero panamá ladeado hacia el ángulo de la elegancia. Se las queda viendo, abre su sonrisa como un paraguas y las invita a sentarse en torno a un gazebo, puesto a propósito en una esquina del jardín. Un vapor masculino invade el espacio con su aroma de guardabosques. Jean Marie Farina Extra Vieille, dice Esther cerrando los ojos, la misma que usa mi marido. Ya sabemos que tu marido tiene buen gusto desde que te vimos Esther, la galanteó George cuando Ambrose aparece, como si siempre hubiera estado allí, con una bandeja de salmón ahumado, cebolla del huerto particular cortada hasta la imitación del diamante, alcaparras de Italia importadas al natural y encurtidas por Isabel bajo el cuidado de Stavros. Rayadura de huevos duros semejante a una guirnalda en torno al manjar. Pan de centeno acabado de sacar del horno de la casa y está servida la cena con un Albariño gran reserva que George descorcha con cara de anfitrión.

—Señora y señorita, ¿digo bien?

—Absolutamente —respondieron con risas a la insinuación.

—Sé que las dos nacieron de vientres distintos, pero les tocó igual suerte —dijo regodeándose en un bocado del salmón—. Es noruego.

—George, ¡por favor!, ¡suelta! —reclamó Esther agarrándole las manos a Mercedes.

—Muy bien. Me llamó Ruth Finley. Una emergencia. Un diseñador muy importante alquiló hace una semana un local en New York y piensa participar en el Fashion Week. Necesita quién le modele sus diseños en la pasarela de su agencia y una ejecutiva que conozca de organización de eventos. No hace falta que sepa inglés, allí todo el mundo habla español. Es un ensayo para ver cómo funciona el negocio. Después de todo es entrar en ese mundo por la puerta grande.

—¿Y quién es?

—Oleg Cassini, el diseñador ruso, se trae su colección a New York. Invité a Ruth a un brunch para que se conozcan. Mañana a las 11 a.m. comienza el trabajo. Así que a descansar.

### What a week!

Ruth Finley entró (mejor decir irrumpió), en el área de la piscina, con la actitud avasallante que tienen los triunfadores. Era la jefe del evento y se lo hacía sentir hasta a las baldosas del piso con el sonido firme de sus tacones. La altivez de su figura, lo decidido de sus gestos y la severidad del rostro, hacían temer un carácter despreciativo. Esther y Mercedes esperaron con cierto nerviosismo bajo la techumbre del gazebo, a que George terminara con los besos y abrazos de una recepción muy efusiva. En verdad eran amigos.

—My gosh, what a beautiful princess, the same one of the photos, identical. —exclamó con grandilocuencia.

—No te puedes quejar Mercedes, para que una mujer triunfadora diga de otra que es bella y que luce igual en las fotos, vaya…

Mercedes le agradeció el gesto yendo a su encuentro y Ruth le abrió los brazos. Mercedes abrió los suyos con calidez y discreción, dos besos a la europea, diciéndole en su perfecto inglés que si aquí hay algo de belleza está del otro lado de mis brazos, señora.

Ruth se derritió. La tomó de las manos para alejarse un poco y poder detallarla, como quien revisa la compostura en una hija. Mercedes no dejó de sonreír mostrando dientes perfectos tras los arcos de sus labios exultantes. Esther la recibió con delectación y un hello de marcada pronunciación que le ganó de inmediato la simpatía de Mrs. Finley, porque aquí la belleza está en todos lados, everywhere, repitió, y nunca pierdas tu acento. A Esther se le incendiaron las mejillas al sentir por primera vez que un defecto era tenido por virtud. George, con su costumbre de anfitrión espléndido, trajo él mismo una bandeja con las mimosas que iniciaron aquel brunch de cordialidad y todos se sentaron en torno a la mesa central del gazebo. El champán burbujeante en el jugo de naranjas le da un toque de cortesía tropical al ambiente. Fue un intercambio de simpatías en el cual nadie escatimó elogios y calificativos. Ruth destacó que con algo de maquillaje, ya que no llevas ninguno, podemos convertir este rostro en el de una deidad egipcia. Creo que Oleg estará de acuerdo, él es tan excéntrico que con toda seguridad le va a encantar la idea. (George tuvo cierto recelo. Sorbió). A medida que hablaba, una dulzura incógnita fue sustituyendo por completo la aparente aspereza de su intempestiva entrada en escena, con esa elegancia y desaprensión que sólo saben cultivar las mujeres con mundo. Esther soltó un atrevimiento en su idioma experimental: so much beauty for only one lady, Mrs. Finley. Y Mrs. Finley sonrió complacida con los oídos zumbantes por lo de mucha belleza para una sola dama. Ruth, please, call me Ruth. Esther sólo sonrió, según le recomendó María de las Casas, porque nunca sobra una amplia sonrisa cuando se te complique el inglés y comenzó a llamarla Ruth para cumplir el deseo de su nueva amiga, más bien jefe, a partir de ahora. Y continuó el domingo con una atmósfera de mutuo agrado que sólo se da entre quienes se han caído bien a las primeras, gracias a la mediación de George, quien propició una conversación hasta últimas horas de la noche, para desentrañar el enigma de Oleg Cassini. Please, Ambrose, tráenos otra botella, pero no más jugo de naranja.

En aquel firmamento de excentricidades Oleg Cassini tenía su propia estrella. Oleg Loiewski Cassini pasó rápidamente from person to character, continuó Ruth con tono festivo de Broadway, mientras el champán llenaba de burbujas la conversación. Oleg se transformó de persona en personaje. Ruth sintió que la frase le quedó bien y la repitió en su spanglish al tiempo que sorbía de la copa aflautada y detalló cómo se pasa de lo corriente a lo notable, al invertir el orden de los apellidos y adoptar como principal el de su madre, la Condesa Marguerite Cassini. Todo acrecentado por el título de su padre, el Conde Alexander Loiewski y el de su abuelo materno, el Marqués Arthur Paul Nicholas Cassini, quien había sido embajador de Rusia ante los Estados Unidos durante los gobiernos de McKinley y Teodoro Roosevelt. A very remarkable story, una historia muy notable, tradujo Mercedes el sarcasmo que sugerían los ojos punzantes y el arco pronunciado del ceño de Ruth, quien de súbito sintió que se había excedido en comentarios y tragos. Mercedes también. Ruth hace una señal discreta de su dedo meñique y George hace aparecer, de súbito, una bandeja plena de frutos de mar sobre la mesa y brinda con sonrisa exculpatoria de caballero oportuno. Mercedes emparejó el equívoco con un gesto que delataba su interés en el cuento y George se sintió preterido por la falta de sangre azul. Ruth tomó la cola de un langostino con tal delicadeza que parecía sujetar las alas de una mariposa. Cogió una servilleta de hilo y oprimió levemente sus labios sobre el tejido con la finura de un beso. Ruth se recompuso del traspié y continuó narrando la historia de Oleg y su familia, en trance de linchamiento, por las amenazas que los obligaron a escapar de la Rusia revolucionaria, abandonando riquezas, tierras y posesiones, que le fueron confiscadas por la nueva clase en el poder. Oleg nació en el París elegante como una predestinación en el mundo de la moda.

Ruth narró en torrentera todo lo que ya se sabía sobre Oleg Cassini en el jet set neoyorquino. Su interés era sólo que Mercedes viera a qué alturas la había empujado la suerte. Que fue contratado por la Paramount Pictures para vestir a las actrices del momento, entre otras a Rita Hayworth y Grace Kelly. Y, por puro atrevimiento y sentido de la oportunidad, desvestir (cosa que no estaba en el contrato), a varias estrellas entre las que deslumbraba Betty Grable, cuyas piernas estaban aseguradas en un millón de dólares. Pero Oleg era un tipo versátil y aunque seguidor de los preceptos de la Iglesia Ortodoxa Rusa, practicaba un cristianismo flexible hasta el punto de arrepentirse cada vez de sus liviandades con el sexo opuesto y, luego de perdonado en el confesionario, volvía a cometerlas como quien nace de nuevo. Oleg estaba enamorado de su esposa, Gene Tierney y fingía serle absolutamente fiel, absolutely faithful, remató con autoridad del cura de Saint Patrick Cathedral. George respiró lleno de dudas y temores. La vida de Oleg Cassini flotaba en una nebulosa de sucesos que amplificaban su imagen seductora. Había vivido en Florencia antes de ser Cassini. Vio cómo un primo fue asesinado. La intriga suspendió el cuento y todos preguntaron que cómo. Ruth sólo respondió bang, bang, bang, imitando los disparos, y abundó en otros detalles. Que fue campeón de tenis en Italia, jinete consumado, además de haber estudiado Ciencias Políticas en la Universidad de Florencia y tuvo que huir hacia los Estados Unidos después de sostener un duelo. Todos se le quedaron viendo a Ruth tratando de presionar una explicación y Ruth se encogió de hombros porque nadie explica por qué huye. Sólo quedó en el ambiente la figura heroica de Oleg Cassini con un bosque de medallas imaginarias en su pecho. George le vio el pecho y sintió que se fue apagando como las luces del gazebo a medida que Ruth Finley terminaba la retahíla de cuentos y pasó el suiche porque era muy tarde, damas y caballeros, nos vemos mañana: it's too late, ladies and gentlemen, see you tomorrow y se despidió de Mercedes con premura. Esther repitió cada sílaba con la emoción de quien aprende. See you tomorrow, dijeron todos. George acompañó a Ruth hasta el portón, donde la esperaba Peter para devolverla al Manhattan de sus orígenes. George regresó sobre sus pasos con ánimo de perdedor. Vio a Mercedes midiendo el cielo. Se sentó a terminar el champán que reposaba a mitad de la copa. Mercedes tuvo cara de adiós y se despidieron con algo más que cortesía. A George se le puso el corazón como la luz de un semáforo en amarillo que está a punto de cambiar a rojo.

—Querido George —susurró Mercedes en la puerta del cottage— perdóname si he sido un poco huraña, estoy muy agradecida por tu generosidad, pero es la primera vez que me meto sola en la vida. Es muy duro, es hasta difícil saber qué es la vida.

—Querida Mercedes —susurró George con sonrisa de pájaro bravo enternecido—. Créeme, es la primera vez que me meto solo en la vida, al menos en una vida que me resulta diferente a todas las que he vivido antes.

—Embaucador. ¿No crees que es muy temprano y exagerado?

—No, muy tarde. Demoramos mucho en conocernos. —Mercedes quedó aturdida por la ocurrencia y le respondió para salir del paso—. George, vete a dormir, nos queda mucho tiempo.

—¿Tú crees?

—Estoy segura. Sólo que me da miedo tu encanto. No voy a dejar que me marees. Hasta mañana.

—Hasta mañana —dijo sin darle mucho crédito a lo que estaba ocurriendo y remató con un desliz que sonó a final de opereta—. No me atrevo a engañarte —y bebió el resto del champán cuando Mercedes se marchó con una carcajada estridente. George se sentó al piano y tocó los acordes iniciales de Hymne a l'amour, con tal delicadeza que casi hizo creer a Mercedes que sería incapaz de hacerle una trastada. Mercedes sonrió y escuchó la música como un susurro hasta quedarse dormida

### El mundo cambia y es el mismo

George no durmió. El pasado se le vino encima con su avalancha de temores. La cara de Mercedes se fue fundiendo con las de todos sus fracasos, uno a uno, desde la más cruda infancia, hasta la edad adulta en que se quedó vacío. Christine en el kindergarten de Londres, una rubia con cara de ángel anglicano de ojos azules, que lo rechazó por judío. Actitud idéntica a la de Rebecca Duncan, escocesa sin Dios, arisca y agria, que lo dejó sin respuesta cuando se le acercó para invitarla a compartir un chocolate. Cierto que la barra estaba un poco derretida en el envoltorio de papel parafinado, pero no era un argumento razonable para que lo rechazara porque seguro que ya lo probaste y no te gustó, asco. George intentó explicarle que eran sus manos temblorosas y lo había apretado para que no se le cayera, pero la pelirroja altisonante se dio media vuelta sin escuchar al filthy polish. El polaco inmundo sonó en el pasillo con severidad de epitafio y George caminó cabizbajo con sus manos hundidas en los bolsillos del guardapolvo, reducido a una nada sin rumbo, vuelto cero, hasta que el eco se apagó en sus oídos de siete años. Un poco de jardín otoñal, el escándalo alegre de sus compañeros del kindergarten, pájaros sin nombre, el olor de hojas dormidas bajo los árboles y las notas destempladas de la banda seca del colegio, lo sacaron de su ensimismamiento. Y, la crineja de una catira luminosa, con su madeja de cabellos de amarillo imposible, lo alumbró desde el fondo del infierno y le devolvió el corazón a su sitio. No se atrevió a dirigirle la palabra. Sólo la miró con el asombro de quien descubre algo nuevo. El algo nuevo volvió a sonreír como quien duerme con la lámpara encendida para domesticar las sombras y se hicieron amigos a punta de saludos. Se quedaron mirando fijamente tratando de descubrir cómo es un amigo y se atrevieron a las palabras dulces.

—¿Cómo te llamas?

—Grace Mary O'Callaghan.

—¿Y de dónde eres?

—De Irlanda.

—Hola. George Kobel.

—¿Y ese apellido tan raro? —George tuvo miedo pero se atrevió.

—Porque soy judío.

—Ay, qué lindo, igual que Cristo. ¿Y eres de Belén?

—No, de Varsovia.

—¿Y cómo se llega de Belén a Varsovia?

George se envalentonó con el entusiasmo de la muchacha, respiró profundamente como quien resucita y la invitó a sentarse en el brocal que separaba el pasillo del jardín.

—¿Y cómo se llega de Irlanda a Inglaterra?

—Por barco, ¿nunca has viajado en barco?

—Sí y también por tren.

—¿Y cómo son los trenes?

—Tristes.

—Los barcos también. Pero ahora estoy contenta.

—¿Por qué?

—Porque es la primera vez que tengo un amigo.

George se sintió reconfortado de todos los sinsabores de su corta vida: trenes, alcabalas, andenes, Christines, Rebeccas y, lo más cruel, la muerte del abuelo Saúl. Descubrió que las cosas existen de acuerdo a lo que se lleva en el pecho y con Grace Mary entendió que allí quedaba el alma, ese ovillo sensible donde uno aprende a soñar, bueno, y a querer, que es lo mismo. George se le quedó mirando a la muchacha como quien busca respuestas para todo. A los siete años, el hombre sólo tiene preguntas. Y, a los mismos siete años, las mujeres ya se saben todas las respuestas. Grace Mary sacó de su cartuchera escolar un lápiz nuevo, para que me escribas todas tus cartas y George lo hizo girar de inmediato en un sacapuntas para que las palabras me salgan claritas. George le dejaba sus cartas bajo las ramas de unos cerezos del patio de recreos y Grace Mary escondía las suyas en una tapia cercana a los columpios. Inventaron un juego divertido. Cada uno trataba de averiguar el escondite del otro y el que primero encontrara su carta la leía en voz baja para ver quién quería más al otro. Al final eran tantas las exageraciones que ambos se llenaron de promesas que no sabían cómo cumplir. Se prometieron hacerlo en el futuro y cada uno guardó las suyas en lugares secretos. Grace Mary sintió que George era el príncipe de algún país desconocido, al verlo llegar en el tílburi tirado por aquel percherón majestuoso. En ese momento descubrió que la felicidad no sólo existía en los cuentos de hadas y aceptó a George como su príncipe único. De tanto verse y escribirse todos los días, pasaron de ser amigos a algo que no sabían cómo llamar, sólo, que cada día querían verse más a menudo. Se levantaban a las seis de la mañana con el corazón en la boca para llegar al colegio lo más temprano posible y descubrieron que se hacían falta, que de compañeros se habían convertido en amigos y de amigos en ese no sé qué suspendido entre recreo y recreo. Entonces, el mundo volvía a comenzar después de una hora de clases que se parecía al olvido, porque estaba prohibido hablar. Pero, al reencontrarse, una luz en sus ojos les daba ánimos para soportar la separación de la próxima hora. George también había encontrado su princesa, fiel como las hojas a los árboles del patio.

George miraba pasar a Christine y Rebecca por el pasillo, se hacía el desentendido y presumía ostentosamente de una barra de chocolate que compartía con Grace Mary, hasta quedar con las manos embadurnadas. Las pobres Christine y Rebecca huían por el pasillo como brujas de alambre. Grace Mary lo retribuía con unos sánduches de mermelada y queso crema preparados por su mamá, y con el intercambio quedaban satisfechas las comidas del día. Así, durante todo el año, hasta que los parlantes del colegio llamaron a los alumnos a concentrarse en el auditórium porque llegó el momento de su graduación de kindergarten. Salieron en estampida hasta el foyer del auditórium y se llenaron de fotos con la primera corbata y su nudo de fiesta, las muchachitas con sus vestidos de organdí planchado hasta la lisura celestial, sobre armadores de tul almidonado; togas, birretes y familia, para construirse su historia personal. George y Grace Mary se escaparon hacia el parque de la escuela y jugaron al me quiere, no me quiere, con cada vaivén de los columpios que, aún después de terminar las promesas, siguieron balanceándose con la ilusión del para siempre. Pero las bombas anunciaron la catástrofe por venir. El nazismo mostraba sus malas intenciones de acabar con los judíos. ¿Y por qué contra ti, que eres tan bueno?, preguntó Grace Mary con un hueco en el ovillo del alma. George, aturdido, no supo que responder y se puso a llorar con mucha vergüenza porque le habían dicho que los hombres no lloran. Grace Mary se desgajó en llanto y le explicó que las mujeres también. Las lágrimas comunes fueron un desconsuelo desde que se dijeron el más doloroso de los adioses. Llegaron las vacaciones después del acto de graduación y quedaron dos cartas que no lograron respuesta. Querido George, no te puedo ver de nuevo porque mi papá dice que llegó la guerra, un hermanito está en camino y no quiere que nazca fuera de Irlanda. Nos regresamos a Dublín. La confesión de Grace Mary quedó sepultada en la tapia de siempre y la de George aún tirita en solitario, bajo la sombra de los columpios que no han cesado en su vaivén: adiós Grace Mary, nunca te voy a olvidar. Estás en mi corazón como el lápiz sobre esta carta.

Los Kobel prepararon el viaje con la premura del amenazado y un mes después del comienzo de los bombardeos alemanes del 7 de septiembre de 1940, salían del puerto de Southampton hacia Nueva York en el Queen Elizabeth, trasatlántico empadronado como correo oficial de la Reina. Nunca fue más triste un viaje por barco para George. Un golpe de melancolía le entró por los pulmones con el aire marino del puerto de Cherburgo y se despidió del recuerdo de Grace Mary sin decir una sola palabra, acusando un dolor en el mismo lugar del pecho donde tenía alojado el sentimiento más grande que había conocido en su corta vida. Las tristezas terrestres dejan huellas difíciles de borrar, pero las marinas son una herida que sigue sangrando toda la vida y sólo queda el mar por testigo. Vas en el barco pensando en llegar al horizonte y el dolor recrudece con el crespo de cada ola.

Y eso le ocurrió a George con la fatalidad de quien vive en duermevela por el temor a un nuevo naufragio. El pecho se le constipaba, la lengua era un pedazo de trapo inútil y un pánico sordo se apoderaba de su voluntad, hasta el extremo de arruinar cualquier posible conquista con visos de seriedad, aún antes de haber comenzado. El miedo era recurrente. Sus asuntos profesionales en Nueva York, lo hacían abordar a menudo el ferry entre Manhattan y Staten Island, donde el solo rumor de las olas lo devolvía al tiempo doloroso de los columpios. Lo peor era que no se atrevía a confesar esa debilidad aniquilante en contraste con su imagen de hombre recio, triunfador indoblegable. Insistía con una u otra conquista, se daba una licencia desenfrenada con todos los halagos que un seductor prodiga hasta terminar donde suele terminar un seductor, y, cuando apenas sentía un atisbo de la pasión, asunto indefinible pero que me nubla el entendimiento y me pone a dudar de todo, regreso a la soledad que me quedó desde el adiós de Grace Mary. Y también, claro, después de que mis aprensiones lograran que el amor de Valentine Curtis se volviera añicos luego de salir de mi apartamento en Manhattan con un portazo definitivo. George cerró los ojos nuevamente y siguió dando vueltas en la cama… Así fue arruinando la mayoría de sus amores antes de que ocurrieran y echó mano de una coartada. No se los tomaría en serio y adoptó la actitud del casanova acostumbrado a vivir de amante en amante como si una lo salvara de la otra.

Pero, ahíto de tanta aventura sin resultados, llegó a desear que en algún momento le llegara algo definitivo. Y ese día llegó impensadamente cuando vio a Mercedes en el aeropuerto como si fuera la primera vez que se encontrara con una mujer y tuvo una premonición. Con el transcurso del corto tiempo compartido y lo agradable del intercambio de ocurrencias, la madeja de un sentimiento incipiente se le comenzó a enredar en medio del pecho y sintió miedo. Y, ante la competencia potencial de Oleg Cassini, cobró valor para cumplir el desafío y se prometió a sí mismo no perder esa oportunidad. Se levantó y entró en la ducha con el insomnio pesándole en la frente. Dejó que las gotas de la regadera le limpiaran los restos de noche y se dispuso a darle borrón y cuenta nueva a la mugre de los amores contrariados y a su pasado tormentoso.

### Semana de la moda

Llegó el lunes con su resplandor de lunes. Oleg Cassini esperó a Mercedes y Esther al pie de la pasarela en la sala de su agencia de modas: 45 West 25th Street de Manhattan. Contrario a la fama de diseñador de alta costura que puso sus creaciones a girar en el universo exclusivo de Hollywood, parecía más bien un discreto aprendiz de costurero que se gana el día por un salario clavando alfileres sobre el peto de una chaquetilla de dril. Oleg tomaba con devoción las medidas del traje con que aspiraba convertirse en el más cotizado diseñador del New York Fashion Week. Se separó suficientemente de la modelo despampanante, puso sus manos en cuadrícula como quien mira a través de un lente de cine, la midió con ojo riguroso y en un tris se transformó en modisto de alto coturno, el mismo que era disputado por todas las actrices de Hollywood. Copete engominado con el toque cosmopolita de jugador de golf, bigotico simétrico a lo Errol Flynn, camisa de seda amarilla abotonada hasta la mitad del pecho y pañuelo de seda florida al cuello con un leve anaranjado en fuga, hicieron marco a la sonrisa con que recibió a Mercedes y Esther, que se detuvieron frente a la pasarela donde conviven el éxito y el fracaso a un mismo tiempo. Oleg Cassini hizo una leve seña alzando su mano para que esperaran, un attimo, dijo con simpatía florentina, mientras terminaba de desenrollar la cinta métrica que le rodeaba el cuello. La pieza era, como había adelantado Ruth Finley, un diseño inspirado en el mundo egipcio y según ella podría ser perfecta para Mercedes con su porte exótico.

En la escena, una pelirroja de aspecto translúcido, como de bailarina en el momento del salto o duende en trance de sublimación, daba tal o cual opinión con una voz de oboe que le aportaba un aire sobrenatural. Encajaba y desencajaba alfileres arriba y abajo, ayudando a Oleg a darle forma a la tela sobre el cuerpo de la modelo, una mulata monumental y de piel lustrosa, dueña de toda la lujuria que cabe en uno ochenta y cinco de estatura, cuyas formas y prestancia opacaban los jeroglíficos y deidades de aquel diseño. La figura de piel translúcida se separó con discreción del monumento y le dijo a Oleg, en confidencia, que esta mujer es de una belleza indescriptible, parece un ser de otro mundo, los egipcios tienen la piel tostada pero no tanto, creo que te va a servir mejor para el otro modelo que está casi listo, el de Nigerian fantasy. Oleg le celebró la gracia con un guiño y estuvo de acuerdo. Se volvió a colocar el centímetro en torno al cuello, se empinó para despedirla con un beso y la modelo de azabache caminó hacia los camerinos con parsimonia de jirafa, ajustándose a duras penas una bata a todas luces insuficiente. Espérame en la oficina hasta que termine con esto. Esther y Mercedes se quedaron boquiabiertas porque el diseño dejaba ver los senos de la modelo como puntas de lanza de un guerrero Zulú. Oleg y el duende voltearon hacia Mercedes con miradas sugerentes. Mercedes tembló cuando Oleg Cassini le pidió que por favor fuera hasta los probadores y regresara con el semi traje puesto.

—¡Esther!, yo no me voy a poner este trapo ni mucho menos a mostrarme desnuda —dijo mirándose al espejo.
—Claro que no.
—Prefiero renunciar

—Eso si no, cálmate, no puedes quedarle mal a George quien hizo todo el esfuerzo.

—¿Y qué hago?

—Dile al tal Cassini que te haga un sostén. —Y regresaron a la pasarela mientras Mercedes se ajustaba la tela a la altura del pecho y recogía con dificultad el resto de la pieza que medía casi el doble de su estatura. Tardó cinco minutos en regresar a la pasarela y tuvo cierto rubor cuando Oleg Cassini le advirtió que no podía ser tan lenta, entre desfile y desfile sólo vas a tener treinta segundos para cambiarte de traje. Y Mercedes alzó la voz advirtiéndole a Cassini con que yo no voy a estar mostrando mis senos. What? se sorprendió Mr. Cassini

—Yes, my boobs are mine, forget it, se rebeló Mercedes con toda su malcriadez de niña bien.

La pelirroja singular tomó del brazo a Cassini, se lo llevó aparte y le pidió que no fuera tan drástico, que tuviera paciencia, que esa muchacha tiene todas las condiciones para el éxito. Hazle un brassiere de la misma tela y arreglado el asunto. Esther se hizo la entendida recordando las advertencias de María de las Casas ante aquella conversación que parecía hablada en jeroglíficos y Oleg puso cara de paciencia fingida. Dió media vuelta sobre sí mismo, caminó alrededor de Mercedes. Le ajustó la tela sobre los hombros y le hizo una mueca de it's ok, cuando la muchacha se tapaba el pecho con el vestido a medio terminar. Llamó a una de sus asistentes y le ordenó coser un pedazo de tela tomando de modelo un biquini de los muchos de la estantería, pero aclaró, para imponer su voluntad, que debía ser dorado; el contraste es importante. Comenzó de nuevo el malabarismo de los alfileres, se distanció de la modelo para ir viendo su obra y la pelirroja deífica, la Venus hollywoodense, la miró extasiada tras sus ojos profundos.

—Oh my dear, you are perfect for this model. Mercidis?

—Yes, Mercedes.

—Congratulations.

—Oh! thank you. May I finally know your name, please? —le preguntó Mercedes con la sola intención de conocer su nombre para agradecerle el gesto, en el momento en que los altoparlantes se abrieron como una revelación. Mrs. Rita Hayworth, Mr. Aly Khan is calling, is urgent.

—¡Coño!, ¿Rita Hayworth?

—¿Conio? —preguntó Cassini arrastrando la eñe con una "i" vacilante, sin entender de qué se trataba. Rita Hayworth esbozó la sonrisa inmóvil que suelen usar quienes alcanzan el rango de personaje, se despidió tomando a Mercedes por sus manos y dio media vuelta sin modificar la sonrisa.

—Esther, creo que estamos a punto de entrar en la historia —susurró Mercedes y Esther que no lo podía creer. Ambas se le quedaron viendo a la estrella mientras se alejaba de la pasarela como una actriz que sale de escena y quedó flotando en la misma atmósfera que exudan las celebridades, en el momento en que entró Eleanor Lambert con su aire de súper ejecutiva implacable.

—Bye Rita, hope to see you soon.

—Yes, a la tarde —le respondió Rita con simpatía destellante y miró a Mercedes y Esther a medida que se alejaba hacia la oficina —. Yo hablo español, uno poquito —se esforzó con su media lengua, aprendida cuando le tocó convertirse en la amante del torero protagonista de Sangre y Arena, película que duplicó la novela del escritor español Blasco Ibáñez. Mercedes y Esther, agradecidas por la atención, quedaron absortas con ese personaje que jamás soñaron conocer. Fue una tarde de deslumbramientos que sólo el azar prodiga como una señal de no se sabe qué. Rita Hayworth, la súper estrella que venía de compartir escena con Fred Astaire y Gene Kelly en coreografías de esplendor, estaba de paso en Nueva York con su más reciente marido, el príncipe Aly Khan y visitó a Oleg Cassini, diseñador de su traje de bodas, con quien cultivó una amistad cuyos límites nadie conoció. Y, Eleanor Lambert, artífice del New York Fashion Week, deslumbraba por su personalidad imponente y una elegancia con la que se suele reconocer a personas de abolengo. Su presencia intimidaba a primera vista por el énfasis que utilizaba para evitar cercanías inconvenientes, pero, luego, su trato amable, su don de gentes, te hacían sentir que estabas con alguien conocido desde hacía mucho tiempo. Sus años universitarios le permitieron descubrir los secretos de la publicidad y el mercadeo, pero, su visión de empresaria heredada del padre, la impulsó a darle carácter de trascendencia a los asuntos más banales con una maestría desprovista de arrogancia.

Cierto que la moda consagra el culto a la frivolidad, pero poner el acento en la estética es lo único que la hará trascendente, decía con vehemencia, la misma con la que estudió escultura en universidades de Indianápolis y Chicago, para convencer a diseñadores y modistas desde que fundó el New York Dress Institute, de que sólo lograremos el éxito si exaltamos la belleza como un valor absoluto. Lo demás, la promoción de eventos, la prensa, los desfiles, el cotilleo entre señoronas sin oficio, es lo aledaño, pero lo primordial es el concepto. Hay un circuito de las universidades más prestigiosas que se llama la Ivy League, donde los muchachos asisten a clases con una elegancia digna de caballeros de alta alcurnia... Eleanor Lambert tomó la idea de la elegancia difundida por el Ivy League y utilizó el gran slogan que puso a la gente a disputarse un espacio en ese mundo selecto. Todo comenzó una tarde en que escuchó por primera vez un slogan en una fiesta celebrada en el Morocco, bar restaurante frecuentado por el jet set, donde eran recibidos como grandes figuras Salvador Dalí y su esposa Gala. En medio de la exaltación y el alzamiento de copas, un dandi desconocido de nombre George Kobel, celebró los bigotes de manubrio del pintor catalán con una frase que Eleanor Lambert copió y le pidió permiso para usarla en sus eventos: Life is style. George Kobel la autorizó a usarla luego de haberla registrado como propia, lo que le permite seguir cobrando derechos de autor, cada vez que se celebra un evento del Fashion Week en cualquier parte del mundo, hasta el día de hoy. Eleanor y George se hicieron amigos íntimos y por eso apareció esa tarde tratando de averiguar quién era la próxima víctima del millonario seductor. Poor girl, se dijo en un susurro y se despidió como quien huye de un sacrificio a punto de consumarse, no sin antes recordarle a Mercedes que la belleza es un valor absoluto, eso es importante para ti que estás empezando y Mercedes, que desconfiaba del valor de la moda, se le quedó viendo con ojos incrédulos. La belleza es reflejo de la verdad, remató Eleanor Lambert recordando sus clases universitarias y se dio media vuelta como si le hubiera revelado la última palabra. Mercedes fascinada. La vio salir del salón con una elegancia y refinamiento sin poses, que decidió emular en su vida cotidiana.

### La gran pasarela

La suerte no tiene reglas. Ocurre o no ocurre. Y esa tarde de estreno se apareció en la pasarela de Oleg Cassini sin anuncio previo. El diseñador ruso se solazaba en la fama que Hollywood propaga como un incendio, pero la presencia de Rita Hayworth en aquella oficina de modas de reciente estreno y la sorpresa de Eleanor Lambert al aparecerse en el estudio, auspiciaban un acontecimiento novedoso. New York no resistió la tentación. Nada difunde más una idea que la envidia. Los grandes diseñadores y modistas participantes del New York Fashion Week se sintieron intrigados y enviaron a sus modelos de medio pelo como agentes secretos, simulando estar interesadas en participar para averiguar qué ocurría. Pero Oleg Cassini, curtido por sus malas experiencias, víctima de conspiraciones y conjuras contra su familia durante el latrocinio de la Revolución Rusa, sencillamente cerró las puertas de la agencia y evitó cualquier intromisión. Fue la mejor táctica publicitaria: el secreto, que al final tiene un efecto multiplicador. Todo se sabe y el hormiguero que gira en torno al mito del New York Fashion Week, se enteró de que Rita Hayworth y Eleanor Lambert habían estado allí haciendo no se sabe qué. Oleg Cassini acordó con su secretaria y comodín que le dijera en íntima confidencia a la recepcionista del Hotel Plaza, y esto no lo debe saber nadie, que Rita Hayworth y Eleanor Lambert, estaban promocionando a Coniqua Gaines, mulata del Harlem profundo y a Mercedes Chocrón, judía respingada de una república bananera, como las futuras estrellas del mundo del modelaje. Ya comenzaba el rumor de los derechos civiles y la gente abarrotó la agencia de Oleg Cassini, que no se dio abasto, para ver a la primera mujer de color (fioritura para las malas conciencias) en plan de estrella.

Llegó la hora. Puertas abiertas. Tras bastidores, Esther sostiene el guion del evento con temblor de primeriza. Los asistentes no saben si mirar las modelos sobre la pasarela o admirar a los personajes que se situaron a su alrededor. Coniqua Gaines sale de primera con un traje que le cuelga desde el cuello y se derrama sobre el cuerpo desnudo con los colores múltiples de las guacamayas. Es una escultura móvil. Oleg Cassini introdujo la modalidad de narrar lo que ocurría en escena para orientar el gusto de los asistentes. Ustedes sólo tienen que caminar con aplomo, la gente no suele tener criterio y yo se los modelo. Esther da la señal. Distinguido público asistente, suena por un altavoz totalitario, frente a ustedes, con su paso de fiera elegante, desfila Coniqua Gaines, dama que le ha dado relieve al mundo esplendoroso de la vida del África. Esta muestra que hemos dado en llamar Fantasía Nigeriana, no es otra cosa que un homenaje al país de donde procede una de nuestras modelos estrella. Coniqua casi se cae de sus zapatos de plataforma por el estruendo de los aplausos y por la mudanza súbita de Harlem a la República Federal de Nigeria. Esther, atenta a los pormenores planeados, indica la entrada de Mercedes. Y, con transición bien modulada, una música de bambúes suena su misterio por los meandros del Nilo. Mercedes camina sobre la pasarela como si estuviera flotando sobre las arenas del desierto, según le indicó Esther. Después de todo la vida se parece al teatro y se le quedó mirando para darle confianza. Lo más impresionante fue que aquella muchacha de tan baja estatura salió descalza para culminar el trayecto, pisando como quien anda sobre nubes. No se sabe qué fue más seductor, si los bambúes de sonido ululante, el sello lapislázuli de la corona o los pies desnudos con uñas de blanco que levitaron sobre la pasarela. Damas y caballeros, nuestra visión del Egipto eterno, clamaron los altavoces y ya no se escuchó más que el estruendo de los aplausos, entre los varios figurines que desfilaron con diseños de ambas colecciones. Esther aplaude y las hojas del libreto saltan como liebres celebratorias.

El primero en batir sus manos fue George Kobel que reía con delectación como si hubiera sido el diseñador y promotor del evento. A su lado, Eleanor Lambert, con aplausos comedidos al estilo inconfundible de su clase y, a partir de allí, aquello fue un bullicio general que decretó el éxito de la jornada. Ruth Finley, el verdadero espíritu del espectáculo, acostumbrada a ser la segunda voz de la partitura, se quedó inmóvil sobre su asiento, con el agrado mudo de estar acompañada por Jack Lemmon, estrella de cine que solía asistir a todo evento que tuviera lugar en la ciudad de Nueva York. Y confundidos entre el bosque silvestre de desconocidos, Rita Hayworth y su marido el príncipe Ali Salman Aga Khan, de la realeza paquistaní, hicieron desviar hacia ellos muchas de las miradas que llenaron el salón de la agencia, más por el imán de la curiosidad que por interés en los asuntos de la moda. Parece que hasta Grace Kelly se ocultó entre el público con una bandana de colores que le cubría la cabeza y hacía juego con un foulard de seda en torno al cuello. Tal acontecimiento convenció a Eleanor Lambert y a Ruth Finley de que debían cambiar la sede del espectáculo hacia los salones del Hotel Plaza, para darle el carácter que merecía un desfile de ese tenor en sus espacios originales. Al final, todas las modelos presentaron en escena al artífice de aquella noche en que el éxito fue un alarido común. Esther dirigía la orquesta de pasos y desfile esplendente con la discreción que su experiencia de productora le exigía. Oleg Cassini, dijeron los altavoces, y el diseñador sintió que había logrado dos propósitos: convertirse en la estrella del New York Fashion Week y elevar su nombre a la esfera de las celebridades que acumulan dólares en un evento de esas dimensiones, una manera de vengar la muerte del Zar Nicolás II y la familia Romanov, además de reparar el expolio de los bienes de su familia Loiewski Cassini, nobles rusos herederos del esplendor de los tiempos de Catalina la Grande.

El evento superó todos los pronósticos. Generalmente, al terminar un desfile, la celebración con sus saludos y abrazos se centra en el diseñador, pero Cassini, valido de su sangre azul y un sentido comercial endemoniado, compartió su lucimiento al pasearse por toda la agencia con Coniqua Gaines y Mercedes Chocrón, colgadas de cada brazo, para armonizar por contraste con sus figuras de colección. Al final, se detuvo frente a su queridísima Rita Hayworth y el príncipe Aly Khan, soplándoles un francés que lo devolvió a sus orígenes de París. Monsieur le prince et madame la reine, los saludó con una boutade, un gracejo acostumbrado entre nobles, pidiéndole disculpas al príncipe por llamar reina a su mujer, pero es así como la conocen en Hollywood. Aly Khan se murió de la risa y quedó como un rey en la fotografía que apareció en Harper's Bazaar firmada por el pintor Man Ray con todo el esplendor del momento. Eleanor Lambert, tomada del brazo de George Kobel, esmerado en lucir su apostura con smoking tropical y pajarilla negra que le aumentaban su aspecto de bon vivant, se acercó al grupo con especial señorío y garbo. Mercedes sintió un pequeño temblor en sus rodillas, pero se lo atribuyó al cansancio y se dejó besar con cierta displicencia. George la saludó con beso por mejilla y seguidamente le dio un fuerte apretón de manos a Oleg Cassini con un congratulations de altos decibeles, que rebotó en todas las paredes de la sala. Volteó hacia Coniqua diciéndole que tu sólo nombre es un poema y Eleanor Lambert la celebró tomándole una mano entre las suyas, con la delicadeza de una flor entre otra flor.

De pronto George voltea a lado y lado de la sala como si buscara un tesoro perdido. Ajusta el foco y descubre a Ruth Finley acompañada por un Jack Lemmon que celebraba con sonrisas el éxito del desfile. Salió cortésmente a buscar a la pareja y se extendió en elogios hacia Ruth, quien ha puesto a mi amiga venezolana a cumplir el sueño de toda su vida. Ruth se exaltó con cara de sorpresa ante lo que le pareció una exageración y abrazó a

Mercedes con ternura. Mercedes se hinchó de emoción porque no lo puedo creer. Jack Lemmon se le quedó viendo y abrió su sonrisa de vendedor de seguros. Mercedes le sonrió con gesto especial y George sintió que algo faltaba en el libreto. Señoras y señores, amigos todos, acérquense por favor, dijo en tono discreto a quienes quería incluir en su plan: tengo una reservación para diez en el Morocco y me complacería que aceptaran este pequeño ágape. Mercedes vio a Esther con rostro ausente y le hizo ojos de semáforo a George, quien al notar su falla remató. Y he dejado para el final nada más ni nada menos que a Esther Bustamante, celebrado ícono del teatro en Venezuela, quien armó la producción de este desfile y es el hada madrina de Mercedes Chocrón, nuestra Cleopatra latinoamericana. Todos rieron y salieron en comandita hacia las limusinas que esperaban ansiosas y Esther que no lo podía creer. La única que no asistió a la celebración porque tenía un compromiso previo, argumento que utilizó para esquivar la prohibición de negros y judíos en el Morocco, fue Coniqua. Una prescripción políticamente correcta comenzó a llamar african americans a su gente pasada de castaño a oscuro, pero su novio, un boxeador de uno noventa centímetros y piel prensada sin un gramo de grasa, orgulloso de su pinta de mandingo emancipado pero con la memoria exacta del vasallaje de su pasado, la esperaba a las puertas de la agencia para una cena tardía en el Smalls Paradise, del propio Harlem, con un bebop session donde Charlie Parker era la estrella de la noche. Night folks, dijo el noqueador local al despedirse de aquellas celebridades, mientras abordaba el respectivo taxi con su pantera monumental del brazo, pensando en la revancha. La mancha amarilla se perdió calle abajo.

### La historia oculta

Nada más desconcertante que el éxito: deslumbra como un rayo y se desvanece como el rayo. Su brevedad impulsa a perseguirlo con la urgencia de quien ha vivido en una atmósfera de fracaso, sobre todo Mercedes, por las pocas veces que la fortuna se puso de su lado: el resplandor sobre la gota de resina del mango en su jardín de Maracay, el día de su graduación en que le tocó hacer el discurso frente a sus compañeros, el baile portentoso con Gutiérrez y su intercambio de destrezas rítmicas sin ensayo previo. Y, más emocionante, los besos furtivos que la convirtieron en mujer apetecible. Pero el rayo benefactor tuvo un efecto que le hizo sentir algo singular sin saber exactamente qué. En verdad el viaje a New York no tenía para ella el verdadero interés por participar en el célebre desfile de modas al que la empujó (es un decir), María de las Casas, sino de aprovechar la oportunidad para romper con su rutina por si acaso la vida misma le resolvía el enigma. Y, en efecto, más allá de los aplausos y los gestos celebratorios de Ruth Finley, Rita Hayworth y Eleanor Lambert, un hecho aleatorio, como todo en su vida, le hizo pensar que ese imprevisto estaba ocurriendo. Sentirse celebrada por todos le acrecentó su autoestima siempre desfalleciente y le reafirmó su confianza en el mérito propio, especialmente porque un personaje corrido y de tal prestancia como George Kobel, le había dedicado toda su atención y le dio pruebas (las mujeres siempre exigen pruebas), de un interés verdadero. Pero la distancia que mostró esa noche cuando George le dedicó todo su tiempo y compañía a Eleanor Lambert, le hizo tambalear esa convicción que duró lo que un juramento en la lengua de un infiel. George conocía las claves que despiertan el interés femenino y las utilizó con indiferencia calculada.

Mercedes regresó a sus inseguridades, a su necesidad de atención para recuperar el aplomo y la firmeza que abundó al caminar sobre la pasarela. George se mantuvo incólume en su papel de conquistador y su desdén obró en Mercedes con el veneno de los celos. Pero Mercedes, que entiende de agravios y sabe cómo compensarlos, lució, después del desfile, un traje de cóctel con una abertura en su falda que mostraba, con alevosía discreta, la curvatura pluscuamperfecta de sus piernas que subía armónicamente desde los tobillos hasta las rodillas, donde cualquiera puede perder la compostura. La compostura de Jack Lemmon no estaba en su mejor momento y como disculpa por sus excesos, le invitó una copa de champaña que un mesonero traía en equilibrio sobre una bandeja de plata. La Cleopatra latinoamericana aceptó la copa y celebró con expresión de New York Fashion Week. Thank you, Mr. Lemon, you're very kind, dijo con sus dientes de mordida exacta para agradecerle la amabilidad y el actor se sentó a su lado sin pedir permiso, envalentonado por la cortesía de la modelo judía con aspecto egipcio que vivía en una república bananera. Ruth Finley no se percató del abandono porque estaba en la barra en una animada conversación con Oleg Cassini y su mujer, que sonreía como mecanismo reflejo de su convicción de estrella. Era un festival de sonrisas, de esos encuentros que hacen suponer que las cosas van de perlas, sobre todo, porque ninguno muestra desagrado, desaprensión o desgano. Jack Lemmon la invita a bailar. Mercedes accede con cara de celebridad. Y la música reproduce la mesura de la canción Don't be that way, con esos vientos melódicos que mitigan cualquier tormenta y el clarinete de Benny Goodman clava su quilla en el mar de alegría, que ambos bailarines lucen sobre la pista de baile. Swing suave a la izquierda, giro leve a la derecha y George Kobel los mira con gesto fingidamente apacible, pero una contrariedad se le cuela por la comisura de los labios. La pareja en su nube de cercanía ni siquiera nota que el mundo existe. El mundo siguió girando y la pareja ausente en lo que, a juzgar por las sonrisas, es un intercambio de lisonjas. Nada como el baile para que las pasiones se desaten y pongan las cosas a girar sin norte. A menos que la música suene con monotonía, cosa que Mercedes contradice con su entusiasmo desbordado.

Mercedes no sabía que ese ritmo se llama swing (¿y qué es un pobre swing al lado de un cha-cha-chá reverberante?, piensa) y hace que sus pies rompan con el sentido de rutina, el tiru-tiru facilito, sin aspavientos ni sorpresas. Los trombones, trompetas, saxofones y todos los instrumentos de viento, soplan su ritmo de mar apaciguado. Soltó a Jack Lemmon al recordar los pasos insolentes de Gutiérrez y se fue al centro de la pista. Jack Lemmon trata de acercarse en lo posible y Mercedes se aleja en lo posible. George mira desde lejos y sonríe sin convicción. Mercedes hace morisquetas de república bananera y míster Lemon, encantado, aplaude como quien mata mosquitos. Mercedes se quita los zapatos y danza en torno a la pista con la copa de champaña en la mano vuelta antorcha de estatua de la libertad, hace una seguidilla de pasos con el swing del cha-cha-chá qué bueno el cha-cha-chá. La pista de baile es un estallido de asombro en el que todos los trasnochadores repiten con su media lengua de gringos que cha-cha-chá, cha-cha-chá, mother fucker y uno de ellos trata de abrazarla. Hey sir, more respect, asshole y el tipo obedece con su cara de estúpido y se echa hacia atrás, en el momento en que Rita Hayworth se le acerca a Mercedes y le dice con voz estentórea que si yo tuviera tus pies jamás habría usado zapatos. El príncipe Alí Khan toma de la mano a su mujer y le dice que a mí me gustan los tuyos. Rita lo besa y quedan unidos por su frente. Mercedes es Mercedes en el centro de la pista y todo el New York Fashion Week que pudo entrar, sumado a los habitués del bar, aplaude. Ruth Finley y Eleanor Lambert observan extasiadas. Oleg Cassini, da cuenta de un Martini con distancia de regista de la orquesta, mientras golpea con su dedo índice un cigarrillo y se deslastra del cabo de ceniza. Mercedes siente compasión por Coniqua Gaines y se solaza en su segundo éxito, el que más le gusta, ese aplauso unánime en torno a la pista. Jack Lemmon le sostiene la copa. Mercedes junta con sus índices y pulgares los plisados de su falda gris incitante y se contonea con ritmo de olas, baila y ríe, ríe y baila, baila, baila y baila, hasta que sus pies le dicen basta y se descuelga en un sofá al borde de la pista. Jack Lemmon trae las sandalias de tacón alto, se arrodilla y le pone compresas con las servilletas de hilo empapadas en agua carbonatada entre los dedos, gozando la lujuria del momento. ¡Qué dedos!, le dice mientras se los soba como si quisiera besárselos. ¡Ay!, gracias Jack, el destripador de gigantes, le dice Mercedes exhausta y le saca el pie de sus manos deseantes. Ambos sonríen y Mercedes lo mira con cara de no te la pases de ocurrente mientras la música suena como un responso.

George Kobel siente que se le pasó la mano en su indiferencia y jamás creyó que Mercedes pudiera ser un espíritu tan libre para desafiarlo hasta el extremo del desprecio. Su fortuna, su éxito entre las mujeres y su enjambre de relaciones, solían ser la trampa cazabobos que ponía el mundo a sus pies. Pero Mercedes no tenía nada que envidiarle en materia de fortuna, y su encanto le permitía cualquier exceso como el que estaba disfrutando esa noche. George no se atrevió a acercársele hasta que Esther intercedió al darse cuenta de su desaliento y le hizo señas muy discretas a Mercedes, tanto, que ni las notó. No hay nada más triste que un dandi, un seductor que sólo vive por placer, con cara de derrota. Esther no hizo ningún aspaviento. Mercedes tampoco y George se mantuvo al margen con actitud prudente mientras despedía a Eleanor, exhausta, también, por el exceso de noche y mañana hay que continuar. George cumplió su rol de anfitrión en la celebración estridente, pidió un shot de ron dominicano, lo bebió hasta el fondo, terminó por despedir a Ruth Finley que iba del brazo de Jack Lemmon y sintió cierto alivio infantil. Mercedes se levantó del sofá, trastabilló, se calzó las sandalias como pudo y lo miró de arriba abajo. George se le acercó con aprensión. Mercedes lo miró poniendo cara de serpiente y le espetó, entre el vapor de la champaña y el baile, con aplomo de mujer herida: eres un farsante. George quedó estupefacto, sin expresión, con la mandíbula colgante de muñeco de ventrílocuo. Mercedes se le montó sobre aquel gesto disminuido. George mudo. Mercedes al acecho. Lo encaró con gesto desafiante de niña malcriada.

George puso cara del que pide perdón y, en acto reflejo de quien se ha visto al borde del abismo, le ofreció su mano izquierda invitándola a bailar. Mercedes se rindió. Se vieron largamente sin articular palabra. La respiración contenida. Parecían novios de balcón antiguo. Y un silencio de egos contrariados se interpuso entre ellos al aceptar que se habían enamorado. George la tomó por la cintura para el primer paso de baile. Mercedes dudó, hizo una mueca de desagrado y sorbió del resto de champaña boba. Dejó caer la copa que se estrelló contra el piso con sonido de vidrio sin alma. George, impávido.

Mercedes volvió a quitarse las sandalias, se montó sobre los pies de aquel gigantón de uno noventa y le siguió los pasos tras la ruta de Begin the Beguine, ese pedazo de pieza sensorial que inventó Cole Porter para amantes indecisos. Dos empleados limpian los restos de la copa insolente. Los pasos de baile son perfectos como el amor inconfesado de quienes comienzan. Artie Shaw se esmera con el clarinete y Mercedes se cuelga del cuello de George Kobel como mango maduro y deja su vergüenza para lo que Dios quiera. Esther se pone las manos en la cabeza como quien vislumbra una catástrofe y termina riéndose con expresión de impúber que se solaza ante un amor inevitable. Un señor la saca a bailar con cara de señor que la invita al centro de la pista. Esther accede. Todo está de lo más bien, como en una nebulosa de sueño hasta que la noche dice que basta y es la hora de partir. Esther se despide del señor con cara de señor y un gracias generoso. La limusina es un parteaguas que devuelve el mundo a la realidad. Mercedes continúa todo el trayecto hasta la mansión de Long Island recostada en el hombro de George que silba el clarinete de Begin the Beguine y se quedó dormida. George se quitó su paltó y la arropó con la dulzura varonil que sólo los mujeriegos conocen. Es de feria ver la cara de un mujeriego enamorado, con esa expresión de inocencia del que nació ayer. Esther se les quedó mirando enternecida mientras los árboles poblaban la carretera y recordó la primera vez que la limusina atravesó aquellos parajes, con la mirada benévola de todo viajero nuevo. Recordó al doctor Bustamante con mucha nostalgia y pensó en llamarlo al día siguiente.

La resaca del alcohol hizo que las cosas tomaran un matiz dramático. Mercedes se despertó con las manos de Esther que le sujetaban compresas de hielo sobre su frente. Afuera del blanco cottage, George prepara el desayuno en el barbiquiú del gazebo. Mi madre, dijo Mercedes y recordó que le era una palabra negada. Pero al pronunciarla sintió una mezcla de alivio y rabia contenida. Esther la vio con instinto maternal y le perdonó su metida de pata. Mercedes la abrazó sin reservas, sintió que la había metido hasta las rodillas y pidió perdón sin saber a quién. Será a Dios Esther para que me salve, porque la verdad es que me estoy muriendo. Esther la cobijó con sus brazos y le dijo que no había nada qué perdonar, todo lo hiciste muy bien, el desfile fue la apoteosis de la elegancia, el máximo esplendor y ello lleva a cometer excesos. Mercedes se horrorizó por la memoria rota y se tapó la cara con sus manos. No recuerdo nada. ¿Qué hice?, preguntó al borde de la bañera que colmó de sales aromáticas y al tratar de levantarse tuvo un vahído que la hizo sentir al borde de un precipicio. El corazón pareció perdérsele en el pecho. Se recostó a duras penas. Un desvanecimiento la hundió hasta el fondo de la bañera con la presión sanguínea por el piso y vio de cerca el hoyo final. Esther salió corriendo en busca de cualquier paliativo. El reflejo de la sobrevivencia sacó a Mercedes hasta la superficie, frente a una copa de jugo de naranja que Esther le trajo mientras disolvía una montaña de azúcar con removedor de plata. ¿Si no he muerto en situaciones tan humillantes, cómo me va a ocurrir ahora? Sería ridículo. Intentó salir de la bañera pero prefirió las aguas tibias. Esther le masajeó las coyunturas de brazos y piernas con alcohol y vigor de exorcista. Mercedes volvió a la vida y levantó la cabeza con la mirada perdida en la noche anterior.

—Prima, me enamoré. —Esther se le quedó mirando y puso ojos confusos sin entender la confesión.

—¿De quién?

—¿Cómo que de quién?

—Claro, coqueteaste con todo el mundo. Le bailaste a Jack Lemmon como una odalisca.

—Me invitó a salir.

—¿Y qué vas a hacer?

—Acepté. Es una disculpa porque siente que se le pasó la mano conmigo.

—Entonces te enamoraste de él.

—No, del degenerado de George Kobel.

—¿Por qué degenerado?

—Porque se dedicó a flirtear con Eleanor Lambert y me trató como un trapo.

—Pero después se dedicó a ti.

—Sí, luego de humillarme. Te juro que algún día me las paga.

Mercedes se levantó, se quedó quieta con una contradicción entre las sienes. Pensó en George con todo el encantamiento que le producía su figura imponente y en Gutiérrez con su no sé qué, donde se me quedó la vida después del baile delicioso. ¡Ay! Prima, ayúdame. Después hablamos. Deja que me quede un ratico más en la bañera.

—Está bien, así ayudo a George con el desayuno. —Recogió un poco el desorden de vestidos, bufandas y toallas tiradas sobre las camas sin concierto alguno. Salió.

El aroma etéreo de las sales minerales, la lavanda con su perfume de campo, el agua misma de temperatura vacilante después del baño, le exacerbaron las sensaciones de su piel dormida durante tanto tiempo. Comenzó a pasar sus manos por la piel lúbrica de aceites para quererse un poco, frotó piel contra piel en cada recodo de su cuerpo. La piel se fue convirtiendo en leña de chimenea y luego en fuego puro. Fuego que se le riega como un incendio forestal. De sus pechos sale la punta de dos lanzas hacia el fin del mundo. Arqueó los dedos de su mano derecha con el énfasis de quien busca placer y continuó acariciándose brazos y muslos. Le gustó. Pensó en que el amor debe nacer con un fuego devastador. Se abrazó a sí misma y ya, no aguantó más. Abrió su mano con el dedo anular vuelto flecha y comenzó a rozar con un vaivén placentero los pétalos de su flor virgen. Un pequeño gemido le comenzó a salir del fondo del ombligo. Continuó frotándose en el centro de la flor urgida, gimió sin pudor. Abrió las piernas hasta donde pudo sobre los bordes de la bañera y comenzó a rozar toda la piel que cabía en el propio centro del incendio. El agua de la bañera entraba y salía lavándole cualquier culpa, que terminaba goteando sobre el piso de mármol. Pensó en Gutiérrez. Pensó en George y se envolvió en un sopor confuso de excitación. Abrió los ojos para borrar la imagen de ambos y los volvió a cerrar a punto de incineración. Su anular comenzó a moverse acompasadamente en círculos. Insistió en el borde de su parte más sensible, gimió con el gusto del que se inmola, llegó hasta el sitio donde nace la vida y cerró los ojos con tal fuerza, que al abrirlos creyó ver al Creador. Cerró los ojos para solazarse en la imagen que se le apareció por primera vez y le provocó soñar el sueño de los justos.

Esperó algunos minutos hasta drenar completamente los restos del placer. Se envolvió en una toalla playera que la cubrió más que completa. Escuchó las voces y risas de George y Esther al borde del barbiquiú y comenzó a vestirse sin prisa, con el alma liviana de una mujer que acaba de llegar al éxtasis. Salió de su habitación con cara de virgen sin convicciones, vestido veraniego de algodón blanco recién planchado y le dijo a George, sin miramientos, desafiante. ¿Sabes una cosa? Sí. Me enamoré de ti y desde ahora me respetas, dijo sorprendiéndose a sí misma, al darse cuenta de que había desarrollado una irreverencia y valor, que no conocía. Stavros e Isabel vieron a Mercedes con ojos de conmiseración, como de quien dice "pobre", con voz desfalleciente. Esther abrió los ojos que parecíeron saltarle de sus cuencas. George quedó sin palabras cuando la espátula del pan pita se le resbaló de las manos y cayó al suelo. La vio con la primera mirada que posó sobre ella y se confesó en silencio. Yo sabía que no iba a ser fácil. Mercedes se sentó en su silla habitual (en sólo dos días ya tenía un lugar habitual) y le pidió a George una mimosa.

—Sólo una, querido, más naranja que champaña. —Puso cara de mujer fatal y dijo con desgano —es para reponerme. Ambrose sirvió la copa ipso facto. George sonrió, se concentró en el horno de ladrillos para terminar el pan. Revisó unos spanakopitas de hojaldre rellenos con su tesoro de espinacas, queso de cabra y feta. Le agregó aceite de oliva a un humus preparado por Stavros con la ayuda de Isabel, quien puso a remojar los garbanzos a la panameña, decía ella, desde el día anterior. Hay que regarlos de vez en cuando con agua fría mientras se cocinan después de una noche en remojo, para asustarlos, dijo autoritariamente, mientras cortaba trozos perfectos de un queso feta hecho por unos turcos instalados en Queens. Al final quedaron sobre una cama de cuartos de tomate y anchoas tan saladas como silentes. Y aquí están para quien les provoque unas aceitunas Kalamata traídas directamente de Creta, remató Stavros con cara de anfitrión. Cuando las hojaldres dieron señal de estar crujientes por sus bordes levemente tostados, George ordenó todo el condumio en sendas bandejas de porcelana blanca como la sinceridad de Mercedes, pero con orlas doradas que revelaban la infatuación aristocrática de su dueño, un poco disimuladas por las medias lunas del pan pita que arregló de contorno. Por estar pendiente de Mercedes sacó las pitas del horno sin mirar y se dio una quemada en la mano derecha. Mercedes salió corriendo hacia el botiquín de su baño y regresó con todos los aditamentos necesarios para asistir un moribundo. Esther ya le había sumergido la mano en una hielera. Mercedes esperó y al término, le secó la mano y comenzó a curarla con tal delicadeza que George puso cara de mártir, gesto que acostumbraba para seducir a las muchas de su lista. Esther bajó la mirada como si estuviera buscando al redentor por ayuda en el bar de George Kobel, el más libertino de todos los que existen en Nueva York, que había paseado su descaro desde Long Island hasta Brooklyn, luego de una pasantía por el Harlem oscuro, sin dejar de causar estragos en el Bronx latino y espirituoso. Encanto y dinero fueron los motores de aquel portento seductor que se parecía a Cary Grant y hasta sabía fregar platos y ordenarlos como ama de casa. Comieron con urgencia sin perder las buenas maneras porque se acercaba la hora. George recogió la vajilla de porcelana y los cubiertos de plata, para fregarlos con cara de esclavo contento de su oficio. Al final, quedaron ordenados con el mismo rigor de naipes en la caja de un croupier y puso cara de víctima al verse con detenimiento la mano quemada. Mercedes miró a Esther, quien le devolvió la mirada, incrédula. Eso es para impresionar prima, no te fíes, le dijo al oído forzando el disimulo. Mercedes se dejó impresionar con mucho gusto, George, pobrecito, mientras le cambiaba los esparadrapos de su mano. No tienes por qué fingir, le dijo Mercedes con mirada condescendiente. Te juro que no finjo. Yo también me enamoré de ti. Primero que tú y sin miedo. Bueno. Hasta cierto punto.

### La vida gira muy rápido

Mercedes y Esther llegaron al hotel Plaza a las cuatro de la tarde, después de aquel almuerzo que quisieron pasar por desayuno. El estudio de Oleg Cassini fue habilitado como tienda al por menor y no se dio abasto para atender la marejada oscura que buscaba los modelos desfilados en la jornada anterior. Cuando estaba por comenzar el desfile de Coniqua, fuera de todo libreto, una turbamulta prieta vestida con destemplanza abarrotó el Gran Salón del Hotel Plaza y no dejó espacio para más nadie. El novio de Coniqua, de acuerdo a las presiones de su suegra potencial, Bobbie Johnson, valido de su fama de buen pegador y futuro campeón de los pesos pesados, se había dedicado a promover la nueva moda entre dueños de gimnasios de box en el Bronx, restaurantes de su barrio y tiendas de ropa al menudeo, regadas por toda la franja de necesidad hasta el río Harlem. Aprendices de boxeador disfrazados de bailarines con bombachas en sus mangas y flecos sobre sus pantalones, se apostaron en las esquinas del hotel y en las entradas del salón, para evitar cualquier intento de sabotaje o signos de rechazo de la jauría blanca, dijo Bobbie mientras les daba instrucciones. Su única manera de entrar en sociedad, aunque fuera a medias, era dándose trompadas contra el mundo para ganar un poco de respeto. Don't worry about your gay look. Y la verdad es que nadie se iba a meter con aquellos tipos musculosos por muy maricones que parecieran, de una musculatura esculpida a punta de sudor, pesas y ejercicios extenuantes, sin pausa durante día y noche de aquel martirio: no pain, no gain, decía un cartel y sin dolor no hay ganancia, les traducía el de la limpieza a todo principiante que se inscribiera en el gimnasio. Excepto un intransigente que después de innúmeros pescozones salió en ambulancia hasta el hospital más cercano, luego de haberle tocado la barbilla con caricia provocadora a uno que no tenía cara de matón, más bien, un rostro indefinible que el osado tomó por ambigüedad. You look beautiful, nena, con su dedo índice en la quijada dividida en dos y la nena reaccionó con un recto al mentón que dejó al temerario convertido en alfombra del Hotel Plaza.

Y como el dinero no tiene color, los dólares negros valían lo mismo e impusieron su poder en el New York Fashion Week, cuyos promotores no tuvieron manera de oponerse a que todas las réplicas de modelos desfilados por Coniqua fueran adquiridos en tiendas de abalorios del barrio, bajo un slogan desafiante: Africa is back! En un día se agotaron las existencias. Y, poco a poco, el populacho mulato acabó todo inventario, comprando vestidos a plazos en tiendas que se multiplicaban como motas en los antiguos campos algodoneros. Oleg Cassini se empleó a marcha forzada convocando empleadas a destajo para coser modelos que dormían sobre patrones de papel cebolla. El día se hizo noche sobre los mesones, los vestidos salían como pájaros multicolores hacia las calles de la ciudad y las tiendas se vieron obligadas a vender a plazos mediante reservación previa. Harlem se armó de colores y la estridencia cromática que causaba roña entre los blancos, se convirtió en emblema y desafío de aquella gente postergada durante tantos años.

El concierto que prendió la conjura contra toda humillación, fue iniciado por las voces de Billie Holiday y Ella Fitzgerald. Pero fue la de Nina Simone, bautizada como la Gran Sacerdotisa del soul, con su desparpajo tonal y el desacato a las convenciones musicales a pesar de haberlas estudiado todas, lo que le puso el carácter a la batalla contra la postergación de los negros, aun a costa de su salud vital y de su fama, que ha podido producirle mayor fortuna. Los instrumentos sonaban su discordia a través de altoparlantes en tiendas de música regadas a lo largo y ancho del barrio y afirmaban su queja erizada de orgullo por el desfile de Coniqua Gaines. Y Mercedes, que traía su pasado podrido de abandono y la misma postergación, tuvo simpatía por aquellos seres agraviados que pujaban por encontrar un lugar en el mundo. Los trapos de moda se convirtieron en bandera florida desde que Coniqua Gaines los vistió con tal garbo y desafío, que de la postergación humillante saltaron al comercio de... bueno, del comercio, que también sirvió para que algunos mulatos se lucraran de la miseria de la mayoría. Al final todos estaban agradecidos a Oleg Cassini, quien con su olfato para aprovecharse de todo desencuentro, invitó a Coniqua a participar en "su" desfile y descubrió el gran negocio.

Sólo un ser extraño exhibía su ensimismamiento frente a un tugurio donde vendían periódicos, revistas, cigarrillos, tapitas para zapatos de tacón, chicles, botones, cromos de las grandes ligas adosados a tabletas de chicle de Joe Palooka, y tengo agujeros para regaderas, decía su dueño burlándose de su oferta de poca monta con la boca de dientes escasos, mientras colgaba en los orificios de un aparador de cartón piedra, preservativos, uñas postizas, analgésicos prohibidos en farmacias legales y cualquier cosa negada en lugares de bien. Muddy Waterson, expresidiario que había regresado a los olores del barrio luego de cumplir su condena, leía, sentado en un taburete de mecate tejido a punto de estallar bajo su gordura, Cuaderno de un retorno al país natal, que le regaló un evangélico en The Sing Sing Correctional Facility, y cárcel es cárcel por muy gringa que sea. Punteaba con una uña de plástico las cuerdas oxidadas de un banjo y hacía su perorata evangelizadora: Hermanos en el color, la tristeza y el hambre, por la gracia de Dios, conozcan a Aimé Césaire, un negro como nosotros que nos inventó otro barrio más justo, se llama Negritud; y recitó en voz alta.

> La muerte galopa en la prisión
> como un caballo blanco
> la muerte brilla en la sombra
> como ojos de gato
> (…)
> La muerte es un pájaro herido.

A Muddy le quedó claro que la prisión era aquella vida de gente de segunda a la que ni siquiera se les llamaba ciudadanos, al devolverles las andrajosas pertenencias que trajeron al llegar a la cárcel. Muddy mira a lado y lado pero nadie escucha. Prende un pito de marihuana y sigue conversando, impertérrito, con un sin patria y sin barrio, Peter Miles, the ant, mendigo que solía deambular como las hormigas por las calles de Harlem, con lo que usted pueda darme y el altísimo se lo agradecerá por mí. Su perro, que parecía hecho sólo de costillas de hambre, lo vio como si entendiera que la plegaria iba por los dos. Dió una o dos vueltas, quizá tres, y ladró arrepintiéndose de todos los pecados de su dueño, que hasta para eso sirven los perros.

### La rutina

Los días se repitieron como vagones de tren. Después de ese segundo momento de éxito en materia de escándalo y negocio, que esa vez ocurrieron juntos, todo se repitió sin sorpresa alguna. Mercedes, niña bien sin hábitos severos, comenzó a fastidiarse desde el miércoles porque no soporto esta rutina anestesiante, se le quejó a Esther en los camerinos, en el tercer cambio de traje. El próximo fue el mismo desfile sobre las mismas riberas fingidas del Nilo y su ulular de bambúes. Esa noche sufrió la primera crisis con los aplausos que le sonaban a vacío. Mercedes terminó hastiada de lo mismo después del segundo evento. Sintió que la sonrisa se le congelaba en los labios como una mueca y se dijo a sí misma, sin confesárselo a Esther, yo no nací para esto, tan frívolo y vano que los pasos suenan huecos como quien pisa sobre una tumba. Pero, por un sentido de cumplimiento y consideración con la buena fe de Esther, sintió en su pecho que no debía abandonar el asunto y, por un salto nuevo en el corazón, decidió que no quería dejar de ver a George. Así que mantuvo en precario equilibrio los dos mundos que le resultaban dispares y soportó estoicamente la participación en el mentado New York

Fashion Week, hasta el último sábado en que se perdieron todos los atractivos. Te entiendo, le dijo Eleanor Lambert y la abrazó como una consolación afectuosa. Ruth Finley la felicitó por su aguante, aunque lamentara en su fuero interno esa decisión, y Oleg Cassini la vio de arriba abajo y no sabes lo que te pierdes, fille mal gardée, dijo en francés para humillarla. Mercedes, le respondió en español que conocía a la perfección esa coreografía gracias a sus estudios de ballet y aceptó orgullosa ser una niña malcriada. Giró sobre sí misma dándole la espalda, como quien desprecia a un aristócrata decadente. ¿Qué dice? Le preguntó Oleg Cassini a su asistente. Translate it: ella dice que también estudió ballet y conoce la pieza. ¿Cuál pieza? Preguntó Cassini y una bruma de vergüenza ajena quedó flotando en el aire. Pero hubo un argumento de mayor contundencia para abandonar el mundo del modelaje. En la edición de la revista del Fashion Week, no apareció ni una sola foto de Coniqua Gaines, a pesar de que Man Ray se esmeró en los mejores encuadres con el portento moreno, en aquel evento que resultó apoteósico. Coniqua no existe, los negros no existen, dijo la niña malcriada que revisó enteramente el ejemplar de la revista y se vio a sí misma sobre la pasarela, cortada por la imagen de Oleg Cassini junto a Rita Hayworth y Ali Khan, que despedían el espectáculo. O sea que yo tampoco existo. Como siempre.

## Todo se complica

Jack Lemmon se apareció a la hora exacta para la cena acordada.

—George, yo soy una mujer libre y ese señor me invitó a cenar para disculparse.

—Disculparse de qué.

—De haber intentado pasarse conmigo. ¿No viste cómo halé los pies cuando estaba a punto de besármelos?

—Pero si no lo logró no tiene de qué disculparse. A menos qué…

—¿Qué? Preguntó altanera

—No, nada.

—Ok. Piensa bien lo que vas a decir desde ahora en adelante. No te voy a aceptar una sola insolencia. Ni se te ocurra. Hasta la noche. Calma que nos queda una semana. Y ve pensando qué vas a hacer porque en esta aventura aprendí que ser una fille mal gardée da sus frutos. ¡Ay! Perdón, que tú no hablas francés. La niña malcriada emprendió la retirada con toda la petulancia de quien se niega a ser ofendido. George estuvo a punto de aplaudir la actuación de aquella muchacha que acababa de confirmar su entrada en el doble filo del carácter y se alegró de haber contribuido en algo. Entró en la limusina de Jack Lemmon, que no envidiaba en nada a la de George. El galán abandonado puso cara de pocos amigos, pero cambió rápidamente a su rictus de hombre corrido y despidió con una sonrisa de resignación, a la pareja que se perdió como un punto en la carretera de asfalto. George volteó y se encontró con Esther. Acababa de hablar con el doctor Bustamante y te lo juro Georgi, como te llama Margot Benacerraf, no me hallo sin él, es sólo una semana y me parece un año.

—Por cierto, creo que deberías llamar a Margot para agradecerle.

—Ya lo hice, justo antes de hablar con mi marido. Te mandó un abrazo y perdóname el abuso.

—No es ninguno, bien bueno que la llamaste, estoy en deuda con ella por el regalo.

—¿Cuál regalo?

—Mercedes.

—¿Mercedes?

—Sí. Es un regalo del cielo por intermedio del ángel de Margot.

—¡Ay! George, por favor, ten cuidado. Pórtate bien.

—No te preocupes. Siéntate, please, tomémonos un vino.

—¿Te soy sincera?, prefiero irme a descansar. Quiero pensar en él. Perdóname y gracias por todo.

George, que era un sentimental herido, la vio partir con admiración hasta que Esther se borró tras la puerta del cottage y deseó ser querido así. El verano alargó la duración del día. Llamó a Ambrose, quien no escuchó, porque merodeaba por los jardines bajo la malla del sombrero de apicultor, ordenando marcos de madera y su contenido de labor infinita en un lugar cercano al huerto de Stavros. Ambrose presionó la válvula del ahumador. Las abejas escaparon y los panales quedaron brillando con el oro de su miel. Ambrose tomó la espátula para esos menesteres, raspó las celdas ahítas del elíxir natural y lo derramó en un frasco de los que tenía por cientos en su galpón, donde guardaba las conservas en sociedad con Stavros. Llenó dos, uno para la señora Bustamante y otro para la señorita Chocrón, ambos, con trozos de panal para que se llevaran el sabor más dulce de Long Island, cuando les tocara partir, fecha ya cercana. George se le quedó mirando extasiado con la certeza de que su bondad era la de un padre, el que le quedó después de que el viejo Aarón se despidió del mundo luego de tanto bregar. Al verlo con aquel traje de astronauta industrioso se disculpó para que siguiera en lo suyo y él mismo descorchó un albariño de una hielera. Extrajo el corcho con un tirabuzón estrenado para la ocasión y sirvió el vino en una copa aflautada con arabescos dorados. Se recostó en su hamaca de blanco perlado y pensó en lo de sentimental herido. Compartió la culpa con el azar y su propio miedo.

El azar tenía nombre propio: Grace Mary O'Callaghan, el primer amor que le marcó su infancia y su secuela de fracasos. Pero la desgracia que sufrió fue marcada hasta el día de hoy por sus inseguridades que tuvieron un momento culminante con la hija de un magnate textilero, cuyo nombre prohibió mencionar, porque arruinó toda una pasión prodigiosa debido al miedo que se le transformó en pánico y lo incapacitó para el amor espontáneo. Y también porque era un descrédito haber perdido aquel primor por pura torpeza. George conoció a Adele, digamos por nombrar un sonido con resonancias de alta alcurnia, en una fiesta en la que el viejo Aarón, hacía una importante donación a la alcaldía de Brooklyn, como agradecimiento a la primera ciudad donde vivió luego de escapar de Europa y se enrumbó en una exitosa carrera de ingeniero. El alcalde de la ciudad hizo una apología de los que como él, un español de Valencia, de lo que me siento muy orgulloso, quiero celebrar la progenie de un polaco que llegó a nuestro país sin miedo de sembrar sus raíces judías, donde han germinado como plantas de libertad y progreso. Culminó el alcalde su exordio con los ojos vibrantes de quien pronuncia su mejor discurso. Aarón Kobel y el alcalde habían trabajado juntos en sus comienzos en la empresa de un español singular. Rafael Guastavino escapó de Barcelona, España, luego de montar un fraude con el conocido esquema de estafas piramidales, con lo cual pudo costear sus primeros tiempos en Nueva York. Llegó con treinta y nueve años, su esposa, un hijo de nueve, su amante, las dos hijas de ésta y los cuarenta mil dólares de su aventura financiera.

La vida parecía hecha para desbordarse por calles y avenidas de Nueva York y Guastavino logró instalarse en aquella ciudad de edificios que parecían crecer como árboles silvestres. La exuberancia de los edificios tropezaba con un problema: sus estructuras de madera los hacía proclives a frecuentes incendios. Pero Guastavino tenía la solución. Patentó la Volta catalana, que ya había utilizado para la construcción del Teatro La Massa, en Vilassar de Dalt, o la fábrica textil Batlló, ambas en la Barcelona catalana. Y excéntrico como era, decidió dar un golpe publicitario. Construyó una bóveda en la calle, convocó a la prensa y le prendió fuego para demostrar los alcances de su invención. No obtuvo éxito inmediato pero logró llamar la atención de uno de los estudios de arquitectura más importantes de Boston, el McKim, Mead & White, que lo contrató para construir las bóvedas de la Biblioteca Pública de la ciudad. Luego vendrían las obras de la Estación de Ellis Island (punto de llegada de todos los inmigrantes del mundo), la Estación Central de Nueva York e innumerables obras, tantas, que a su muerte, The New York Times lo llamó El arquitecto de Nueva York. Guastavino había fundado la Guastavino Fireproof Construction Company, empresa donde Aarón Kobel y el actual alcalde cultivaron una amistad duradera y comenzaron a ganar suficiente dinero, hasta que juntaron lo necesario, se hicieron socios y montaron tienda aparte. Aarón Kobel se acercó al pódium con cara de agradecimiento, lo abrazó visiblemente conmovido, con el amor que es más fiel entre amigos que con las mujeres, y entregó el cheque de su donación, que ya aparecía en gran formato en un póster detrás del escenario.

Pero en aquel evento celebratorio hubo dos miradas deslumbrantes. George se fija en Adele desde el presídium y Adele, que parecía descender de los mejores abolengos del Sistema Solar, lo mira con ojos de quien sueña. Adele es la hija de un señor de prosapia, obligado a participar en todos los eventos protocolarios debido a sus contribuciones a la ciudad, que iban desde la celebración de eventos en apoyo de expatriados de cualquier frontera, hasta aportes considerables, cuando los fondos de la Nueva York múltiple desfallecían en la lucha contra el crimen, cuyo origen y diversidad repartían las culpas igualitariamente. Viudo, se hacía acompañar por su hija en tales actos. Los cabellos de miel de la muchacha caían sobre los hombros desnudos como un adelanto de la eternidad. ¿Por qué?, porque sí, porque nadie tiene cabellos como esos y, si su dueña te sonríe, es porque promete la vida misma, se dijo George al retribuirle su encanto con otra sonrisa. Terminó el acto y comenzó el drama. George y Adele intercambiaron simpatías, copas y direcciones, porque ambos creyeron ver su correspondiente en el otro. Se pusieron de acuerdo y comenzaron las salidas de fines de semana. Solían frecuentar cafeterías, restaurantes, heladerías y paseos por la playa que sirven de exaltación a todo amor primero. La alegría brillaba en sus rostros como una estrella compartida. Y sus padres se entusiasmaron con aquel acercamiento y decidieron ahondar en la frecuencia de los encuentros. Pareciera que los padres estaban más enamorados de la idea que los propios hijos. Míster Kobel y Míster X (George prohibió mencionar el apellido) se encontraban en el Belmont Park para las apuestas del fin de semana de tal o cual caballo, en compañía de sus dos príncipes perfectos para una boda de aristocracia moderna. En verdad George parecía un príncipe, pero Adele era un ángel carnal que encantaba a todo ser terrestre que pasara junto a ella, despertando los más diversos apetitos. Al principio, George lo tomó a bien. El orgullo que le causaba llevar del brazo a la más bella de todas bastaba para sentirse complacido y la respuesta de la princesa, resultaba un reconocimiento a su propia condición de gran partido. Es inevitable reafirmarlo, Adele era extraordinariamente bella. Hasta que de tan repetidos los elogios, las galanterías y lisonjas que ella retribuía cortésmente, se convirtieron en un atentado contra la propia seguridad de George, lesionada desde el mismo día en que perdió su primer amor.

### El fracaso es como la muerte

George y Mirko se encontraron en los funerales de Katarzyna Kowalenko, la abuela de todos los polacos que le pidieron la bendición en los salones de Ellis Island y asistieron a la funeraria con tristeza inmensa. Los viejos y sus nietos besaron su frente para decirle hasta luego. Lloraron como se llora a una abuela, y Mirko, el único nieto de sangre, agradeció a todos los dolidos, e invitó a George a unos tragos en un american bar que le pareció adecuado para seguir llorando. Mirko levantaba la jarra de cerveza y brindaba con rigor dolido: babcia, babcia, babcia, como si fuera la primera vez que la abrazara en la baranda de inmigrantes en Ellis Island. George repetía babcia, babcia, babcia, en agradecimiento por haber tenido abuela. Mirko y George se abrazaron mientras bebían de las jarras de cerveza que tanto ayudan a despedir un deudo. O a un amor que no dio frutos. Se apaciguaron. Pidieron sendos tragos de Tennessee Whiskey e intentaron ponerse serios. George quedó emulsionado por toda la tristeza de los funerales y por el reciente desastre que tenía atravesado en el alma. No fue fácil. Casi vuelve a llorar sin saber por quién. Al fin se atrevió a confesarse.

—Escúchame Mirkowsky, de esto quería hablarte.

—¿Y qué puede ser tan grave. Si tienes a la más linda de todas. Tu papá está orgulloso—. El ruido del televisor los obligaba a subir la voz.

—Ok, te lo cuento y por favor no lo repitas.

Era un asunto largo que no sabía cómo hilvanar porque le contradecía el recuerdo de todas las conquistas que logró en Nueva York, desde que descubrió que era bueno para el amor.

—Te lo juro Mirko, todas las mujeres que han estado conmigo terminan satisfechas por la dedicación con que me entrego y por mis habilidades de buen amante. Pero me acaba de ocurrir algo que me da vergüenza contarte. —En el televisor el árbitro pitó un faul grosero.

—Para eso somos hermanos Georgesku —lo animó Mirko haciendo énfasis en su apodo eslavo.

—Prométeme que no lo vas a repetir.

—Te lo prometo.

—George pidió otro trago. —Mirkowsky— dijo dubitante. —Alquilé una suite en el Waldorf Astoria con terraza y vista al East River. Ordené una botella de Dom Pérignon Rosé Vintage que llegó con un ramo de flores rojas. Mirko, prométeme que vas a guardar el secreto.

—Te lo prometo Georgesku.

—¿Sabes lo que me pasó?

—No.

—No sé cómo decírtelo.

—Inténtalo.

—No me sale de la garganta.

—Mi madre. Ya lo sé Georgesku. No tienes ni que hablar.

Se hizo un silencio de camposanto. Mirko pidió unas tortillas de cangrejo y camarones rebozados. Le pasó el brazo por el hombro a George que se volvió un nudo de ausencia, volcado hacia la escena que trataba de armar en su mente atormentada por aquel fracaso tan estruendoso.

—¿Cómo me va a ocurrir esto a mí después de tantas aventuras?

—Porque te enamoraste brother y te dio miedo fracasar. Lo malo es que ya habías fracasado antes de atreverte.

—Es que hubo un incidente anterior. —En el televisor se escucharon los hurras agresivos de las tribunas y George hizo una pausa.

Adele vestía un traje de taller blanco y negro en degradé del gris discreto, coronado por perlas al cuello y sombrero con velo de tul e incrustaciones de pedrería fina, que reproducía la elegancia de reina de los Países Bajos, su lugar de origen. Una verdadera princesa. Era una tarde placentera hasta que el ambiente se puso viscoso. Un patán con ademanes de conquistador, dueño de una cuadra de caballos en aquel hipódromo de lujo, que lo hacía presumir de dueño del mundo, elegancia estudiada para impresionar, sombrero de pajilla, bigote engominado, ademanes de play-boy como George, luego de dar varias vueltas rasantes en torno a la mesa y mirar de soslayo la figura luminosa de Adele, decidió acercarse sin ningún recato.

—Míster Kobel —se dirigió sin cortapisas a don Aarón— qué bueno verlo por aquí después de tanto tiempo, además con tan distinguida compañía, especialmente la señorita y le extendió la mano. —El papá de la señorita enmudeció.

El conquistador esperó a que la muchacha se presentara a sí misma y se quedó con la expresión de dandi arrasador sin decir una palabra. Una pausa incómoda se posó sobre la mesa. George volteó hacia Adele. Adele impávida, sin reacción alguna. El papá de Adele sonrió tratando de obviar la embarazosa situación. Y George se levantó viéndolo de arriba abajo para hacerle sentir la diferencia de veinte centímetros de estatura. Quién sabe si de haber adivinado esa pequeña diferencia, el tunante se habría atrevido.

—La señorita se llama Adele y yo soy George Kobel —dijo en tono áspero aguzando su mirada fría y amenazante.

—Ah Caramba, George Kobel, muy conocido en los grandes salones.

—Le apreté la mano Mirko —dijo al borde de la barra—. Me le quedé viendo con toda la deshonra comiéndome las entrañas, pero con una sonrisa amplia para ocultar mis ganas de romperle la cara. Sentí la mirada de Adele pidiendo compostura. Le apreté la mano con fuerza pero siempre sonriente. —En la pantalla continuaba el torneo de empujones—. Al mequetrefe casi se le salen las lágrimas, trató de zafarse y se la seguí apretando sin conmiseración. Su anillo de oro con incrustaciones de diamante se le clavó en los dedos.

—¿Y qué hizo?

—Nada. Al fin se la solté cuando le vi la cara de grillo pisado —remató George en el justo momento en que el árbitro del partido decretaba un touch down—. Pero la cosa no tuvo un final feliz.

Mirko pidió la cuenta y salieron a caminar por el East Side con el sol poniente a sus espaldas. George le contó que Adele quedó molesta desde ese día. —Has debido ser más comprensivo, George, esas no son maneras de un caballero como tú.

—Y me advirtió que si algo así se repetía, lo nuestro no iba a ser posible. Siempre va a haber un petit maître abusador —se solazó en su francés de diccionario y George entendió petimetre. —¡Tienes que aprender a controlarte¡

—O sea Mirko, que yo era el culpable. Que un patán te falte el respeto no importa, lo malo es que lo pongas en su lugar. El mundo al revés Mirkowsky. Lo dice el tango.

—¿Y qué pasó al final?

—Que al salir del hipódromo me lo encontré en el estacionamiento y le di uno solo. Le partí la boca y ahora tengo un parole por agresión y debo presentarme en la estación de policía cada quince días.

—¿Y qué pasó con Adele?

—Dejé que transcurriera un tiempo y finalmente, cuando me sentí perdonado, la invité a salir de nuevo. Hasta que creí que había llegado el momento y me la llevé al hotel. Un fracaso.

—Hermano.

—Fui a ver al psiquiatra.

—¿Y qué te dijo?

—Que eso sólo se cura cumpliendo.

—Entonces hazlo.

—Mirko. ¿Te digo la verdad?

—Sí.

—Ésta fue la segunda vez.

## La mar, la mar, que siempre recomienza

No habían transcurrido más de tres horas cuando los faros de la limusina iluminaron la hamaca de George. El chofer frenó entre la piscina y el gazebo. Un halo de luz se reflejó en el agua prístina y rebotó sobre la hamaca dibujando una sombra de cocodrilo volador en la pared. Jack Lemmon se despidió agitando su brazo derecho a través de la ventana y George lo retribuyó con idéntica simpatía. Mercedes se acercó a George con los zapatos en la mano. George le miró los pies y sintió una excitación de la que sacó provecho durante toda la noche. Sorbió del vino. Se miraron sin pronunciar palabra. Mercedes aprovechó para metérsele en la hamaca buscando la misma sensación de cuando regresaron del Morocco. Hace frío. George la abrazó. Mercedes lo dejó hacer y de pronto se sintió con diez años menos. Fue una sensación súbita, extraña. Durante todo el trayecto de regreso a casa pensó con deleite en que se había enamorado, pero ahora también sentía el abrazo de George como una protección paterna. Era la primera vez que le ocurría algo parecido. Se enamoró de alguien que le colmó todo su vacío familiar y por fin sintió que pertenecía enteramente a algo. Ambos suspiraron como si escaseara el aire. Mercedes lo miró y comenzó a besarlo con el hambre de quien ha dado pocos besos. George se los retribuyó con el mismo hambre de quien ha dado muchos. Se volvieron a mirar con placidez, a la manera de quien encontró la fotografía que buscaba en el álbum de la memoria. Eso le ocurre a todo el que quiere hallar el verdadero amor y presiona al corazón para que vea con la fidelidad de un ojo. Les gustó mirarse frente a la franja anaranjada que el sol dejó sobre el poniente. El reflejo se metió en el iris de Mercedes y George lo besó para beberse el último fulgor de la tarde. Se abrazaron como si fuera la primera vez que daban un abrazo y se quedaron en duermevela, pensando en todo lo que les quedaba para el disfrute.

La noche sopló una temperatura más amable. Setenta y ocho grados que se refrescaron con los vientos del norte, pusieron aquella franja costera a tiro de navegación. Mercedes se despertó con la presión de un promontorio exacerbado en su muslo y la brisa soplando sobre su cabello. Se levantaron. Mercedes miró con disimulo la entrepierna de George y sintió que se encendía toda. Pero su sentido de conservación hizo que se inhibiera como quien no mira. George sonrió y trató de ser prudente. La tomó de la mano, ella se le acercó al hombro y se dejó llevar a través del traspatio de la mansión, hasta que los pies pisaron arena y una memoria antigua la puso a caminar sobre los desiertos. Anduvieron sin prisa. Había luna con su cuarto menguante mezquino. Pero sus ojos brillaban con tal pasión que no hacía falta luz. Llegaron al muelle y allí estaba uno de los barcos de George, con sus velas que bastaban para soñar. Era un bote de paseo de veinte pies, foque y mesana volanderas, y motor Mercury de quince caballos que desencantó a Mercedes, quien se había enamorado de uno de setenta pies y más velas de las que se puede utilizar en una noche de luna pobre. George se rió mientras le daba la mano para el abordaje. Encendió el motor y maniobró hasta salir completamente del muelle. Lo apagó para dejar que la brisa sonara su canción nocturna. Se le acercó a Mercedes, la cargó como quien saca una sirena del mar y la sentó en el cojín adosado a la popa del velero, donde Mercedes suspiró con el recuerdo de los bambúes del Nilo. La brisa le dio en la cara y creyó que no había sido tan inútil el desfile por la pasarela con su murmullo de río. Cerró los ojos mientras George izaba las velas y desenredaba nudos como quien desata los secretos del mar. La mesana se infló como se inflan los corazones de quienes quieren amar. George se quitó la camisa empapada por la faena y los músculos de la espalda parecían un mapa por donde podía respirar el amor de Mercedes. Mercedes se quedó quieta como quien espera todo de la noche mirándolo manejar el timón y creyó verse en esas carabelas que descubrieron el continente donde nació. Y dio gracias a las velas del barco. Sobre éstas, cocuyos para alertar a otros veleros. El barco surcó la línea costera de Long Island hacia el sur y George se abandonó al furor que causan en los marineros los vientos, las estrellas y el mar.

Anudó la caña del timón a una cornamusa de estribor. Buscó en la cabina solitaria un astrolabio que nunca había mostrado. El velero siguió la ruta adquirida por esos mares indóciles sin temor ninguno. El instrumento, un artefacto que su papá Aarón compró en una tienda de antigüedades marinas, parecía tener toda la memoria de lo que ocurre en el mar desde que nació el primer barco. George se lo llevó hasta la popa donde Mercedes dormía como una reina. La despertó. Merceducha. Este aparato lo he llevado en mis viajes por todos los mares y siempre pensé que al final iba a encontrar el verdadero amor. ¿Serás tú? Mercedes quedó hipnotizada porque jamás pensó que un ingeniero pudiera tener sueños y que, además, le tocara a ella. No aguantó. Se despojó de miedos. Abrazó a George para que no se le fuera a escapar con una de esas ventoleras que soplan sobre la costa de Long Island en la madrugada. Separó sus piernas. Masajeó la espalda desnuda de George que se volteó para abrazarla. Las ropas desaparecieron por puro instinto. La virilidad de George tuvo un leve decaimiento. Mercedes lo vio a punto de desfallecer y lo apretó con sus piernas como una pertenencia que le venía legada de años. Se lo puso en el medio donde un amor comienza y termina. Le gustó el tamaño balbuciente. Lo acarició. George le pidió que le diera respiración artificial. Mercedes se la dió y lo humedeció para que cobrara confianza. George se sintió dueño de sí mismo. Se levantó. Los cuerpos se acercaron tratando de fundirse en el otro. George se recuperó al vencer su miedo y se empujó hasta más allá del final del mundo. Una dureza imprevista, un muro de contención que jamás pensó encontrar, le impidió el paso y contuvo sus afanes. El deseo de ambos fue mayor. George tuvo confianza en sí mismo, la que había perdido en el Waldorf Astoria. Se empujó sin miedo y el ¡ay!, de Mercedes, en el momento en que el bote tropezó con una ola cómplice, le acrecentó toda virilidad. Se montó sobre sus propias ganas. Mercedes lo retribuyó con igual ímpetu. Los cuerpos se acompasaron con el vaivén de las olas y ambos se desahogaron como el río que acaba en el mar. Gimieron salvajemente. George intentó separarse para no causarle daño y Mercedes se quejó como quien quiere seguir sufriendo por amor. Lo haló hacia sí y lo obligó a la quietura de su cuerpo exhausto, pero aún ardiente.

—Tengo miedo dijo Mercedes con todo él dentro.

—Tengo miedo —dijo George completamente dentro de ella. Y continuaron sofocando sus temores hasta que la luna se bajó del cielo.

—Me duele —dijo Mercedes.

—Me duele —dijo George y terminaron gozando como el mártir que se inmola para alcanzar la gloria eterna.

George acercó el velero hacia la costa, arrió las velas con el cansancio del día muriente, lanzó el ancla en una zona llana y encendió una pequeña luz para alertar a cualquier otro navío aterido de amor.

### Otro día es otra vida

La carraspera del radio sonó su diana marinera. Aló, aló, aquí puerto, el comodoro Ambrose, aló, aló, favor reportarse. Cambio. Carraspera. Aló, aquí el capitán Achab. Acabo de despertar y me dispongo a freír huevos y tocineta para alimentar al personal. Cambio. Aquí puerto, acabamos de tocar a rancho y disponemos de huevos y tocineta, más menú alternativo de panquecas con fresas, sirop y queso crema. La almirante Esther se queja, estaba preocupada por falta de noticias. Pidió jugo de melón para aplacar los nervios.

Cambio. Dale doble ración. Cambio. Aquí puerto. Carraspera. Aumentó el personal de tierra porque llegó una delegación del West-Side, la gobernadora Gertrude, la Administradora de la ciudad, licenciada Janine, viuda de Cohen, y estamos a la espera del Jefe de Obras Civiles, el ingeniero David Kobel. Cambio. Aquí Achab. Va a faltar bastimento. Cambio. Peter Davis, el jefe de intendencia salió temprano en busca de provisiones. Cambio. Ese mulato vale oro. Cambio. No, esa es la panameña que lo afila todos los días. Cambio. Aquí la marinería está a salvo. Un poco estropeada por la faena pero todo sin novedad en el frente. Algunos piratas intentaron el abordaje pero fueron repelidos. Cambio. ¿Cómo está la guardiamarina Mercedes? Cambio. Debe andar en el tercer sueño, combatió con ahínco. Maneja muy bien la espada y el combate cuerpo a cuerpo. Por favor, cuando terminen vengan por nosotros y Stavros que los acompañe para que suba a Moby Dick hasta el muelle. Por favor, comunicarle a Irenka que lleve los visitantes a la sala para que nos dé tiempo de reparar el estropicio de la batalla. Cambio y fuera.

Mercedes comenzó a abrir los ojos lentamente. George le tenía una botella de agua mineral para un enjuagado de emergencia. Salió del pequeño camarote y vio la bandera de los Estados Unidos con sus alas abiertas como gaviotas. Su cuerpo a contraluz era una ofrenda de los dioses. George se le acercó, la abrazó y fue recibido con un hueles a desayuno rico. Quedaron de pie viendo toda la costa sur que faltaba por recorrer y Mercedes se asombró al reconocer el skyline del Bronx. Dieron cuenta de aquel desayuno de hambriento con una prevención de Mercedes: faltó un tomate. George memorizó la sugerencia y la anotó en su mente de capitán de barco costero. Al terminar se lanzaron en un chapuzón que les cosió el alma al cuerpo. Cuando acabaron sus abluciones mañaneras, un Jeep que sobró de la II Guerra Mundial y George había refaccionado con sus propias manos, se estacionó al borde de la carretera con Peter al mando del pelotón. El teniente de fragata Stavros bajó un bidón de gasolina, just in case, my Captain, le dice a Achab, por si acaso no había recargado el tanque del velero. Not to worry, Stavros, the tank is full. Se despidieron con saludo marcial de batallón triunfante. Mercedes se puso un sombrero alón semejante a una mexicana de vacaciones en el norte y hasta las arenas se complacieron. El jeep dejó una estela de nave feliz que parte sobre el horizonte temblante. Lo del sol es un asunto serio.

Cuando Mercedes salió del cottage y vio la familia de George convertida en comité de recepción, sintió que todo se le imponía en la vida por una voluntad oscura. Aún no era público su... (no supo cómo llamarlo), asunto con George y ya tenía organizada media vida, a juzgar por aquella visita que la sorprendió con agrado y la desconcertó al mismo tiempo. Aunque no era su fuerte, reflexionó. La verdad es que no tenía por qué sentirse contrariada. George se enteró de la llegada de los Kobel estando aún en el velero y si habían ido a visitarlo sin consultar es porque las familias son así, un nudo de gente de la misma sangre y circunstancias que se quiere sin previo aviso. ¿O serán sólo las familias polacas?, se preguntó Mercedes. Pensó en el día en que su mamá dio el último portazo y le partió la vida en dos. Sintió el contraste y se deshizo de la molestia inicial. Caminó con altanería de novia primeriza. Perdonó a la vida, que siempre se le había entregado a medias y le surgió una entereza desconocida. Respiró profundamente. Hizo una pausa y entró al área del gazebo con renovada confianza en sí misma. Esther la recibió tras su mirada reprobatoria. Un abrazo y un beso para las apariencias. Su Angélique Noire de Guerlain invadió el área del gazebo precediendo su autoestima, su aplomo personal que fue sentido hasta por las espinas del rosal de Stavros. Y, paradójicamente, aprendió una palabra excluida de su diccionario personal: humildad.

Ya no tenía de qué defenderse y la soberbia se le convirtió en modestia. Sonrió complacida. Gertrude le correspondió con una expresión que a Mercedes le pareció la totalidad del afecto materno, esa otra mitad de la vida que nunca tuvo. Los ojos se le humedecieron pero se contuvo con la misma reciedumbre que la ayudó a enfrentar las adversidades, especialmente crueles con ella. Perdonar a la vida fue un gesto magnánimo que se le retribuyó con un sentimiento de aceptación total, incluso, con el disfrute de esa otra parte que le había sido negada y recuperó con el abrazo de Gertrude. Continuó abrazada con un gusto desconocido y se sorprendió a sí misma al cerrar los ojos. Pensó en cómo cambia una mujer luego de haber hecho el amor por primera vez y recordó por momentos a George, con cierto ardor en sus entrañas. Se le presentaron todos los olores y sabores y sintió aquello como una pertenencia merecida. Gertrude se separó suavemente y se le quedó mirando con la expresión absorta de quien tiene una revelación. Se volvieron a abrazar sin decir palabra.

Janine aprovechó para acercarse a la escena y las abrazó también con emoción de viuda doliente. Algo las hizo aceptarse con delectación y agradecimiento sin saber exactamente qué. Fue un sentimiento súbito. Ambrose había encendido varios trozos de leña en el horno de barro recubierto de cerámica. Y una columna de humo les devolvió el olor de los trenes que las habían convertido en sobrevivientes. Janine vio una expresión similar en Mercedes, ajena a las chimeneas, y tuvo un enternecimiento que le hizo flaquear las rodillas. Todas habían perdido algo. Esta vez fue Mercedes quien la abrazó dándole esa protección que sólo las mujeres saben dar aún sin tener edad suficiente. Janine todavía era joven. Tenía una belleza mustia, exactamente de mujer sin marido que decide quedarse sola por el resto de sus días, esa vieja tradición que condenaba a las viudas a la ocultación, los velos y el ostracismo. El resultado es una belleza latente que uno no sabe si puede estallar en cualquier momento y hacerla proclive a otra pasión, generalmente prohibida, o si es un regusto por el sufrimiento. O un aniquilamiento que las convierte en porcelana apetecible para algún aprovechado que las embauque. Mercedes se le quedó viendo con un sentimiento que nunca tuvo y aprendió otra palabra: compasión. De pronto se le revolvió la memoria y descubrió que su vida había ido avanzando a punta de palabras. Las primeras que recuerda al borde del abandono se le quedaron indelebles en sus recuerdos: miedo y odio, voces inasibles que aprendió a pronunciar apenas la desgracia la convirtió en adulto. Ambas retumbaron con la saña de un dolor antiguo. Se recompuso al mirar los rostros amorosos de Gertrude y Janina, más el gesto pícaro de David que trajo cara de desparpajo exprofeso, de quien no se disculpa por llegar tarde.

David era divertido como suelen ser los hijos menores criados por padre, madre, tías, hermanos y hasta por el perro de la casa, haciéndoles creer que ningún sufrimiento fue hecho para ellos. Si ya otros los padecieron, ¿para qué repetirlos?

—Cuñada —le habló con tono adulante, mientras la abrazaba valido de su uno ochenta y cinco de estatura y sus brazos de leñador. Mercedes lo dejó hacer. —Irenka no me previno de que eras tan bella cuando nos dijo que Georgiskovesku tenía novia. Mercedes, debes tener cuidado —le advirtió mientras la llevaba del brazo hacia el asiento que le tenía reservado, encabezando la mesa del gazebo que Ambrose amplió con unas extensiones especiales. —Cuñada, cuando quieras lograr algo de él, sólo tienes que morderle la oreja.

—Duro o suave —le preguntó Mercedes siguiéndole la corriente mientras Gertrude y Janine pusieron cara de contrariedad.

—Depende de la oreja. —Rieron.

David era el menor de la familia y siempre contó con la complicidad de todos porque, no siendo tan atractivo como George, apelaba a una simpatía y encanto que cautivaba a la gente igual que su hermano plenipotenciario. Millonario, más que George porque no gastaba tanto en parrandas, aún andaba soltero en busca de una candidata que valiera la pena. Hizo su fortuna trabajando para el viejo Aarón, modelando los encofrados de todas las construcciones de la compañía. Su mejor virtud era lo buena gente y los ojos que brillaban como cuentas de vidrio y cautivaban a cualquiera. También a Mercedes. Cuando David la sentó a presidir la mesa de aquel almuerzo emotivo, ayudó a que Mercedes descubriera una nueva palabra: familia. Y la hizo tan feliz como su hermano mayor la noche anterior.

—Gracias cuñado —dijo Mercedes sorprendiéndose a sí misma, en el momento en que George entraba en proscenio acompañado por Bucéfalo, mientras ajustaba unas compresas nuevas en la quemadura de su brazo, ya casi curado por la sal del chapuzón y… el resto de resto. Caminó sin pausa hacia Esther, que lo recibió con la ansiedad de un náufrago. —Primo —lo abrazó Esther, contrariada ante las evidencias y George le dio un beso.

—George, no te lo perdono —le dijo Gertrude con carácter impositivo—. Es inconcebible que no me hayas dicho lo linda que es esta muchacha. —Mercedes y George se miraron como quien cae en una celada y quedaron mudos—. Eso no se hace. La primera que debe enterarse es la madre. —El estallido de risa fue general y un fulgor santificó la mesa del gazebo, en el momento en que Stavros llegaba con unas paletillas de cordero, hojas de menta, cebollas colgantes como perlas, ajos en ristras de plata, y vino Retsina, sólo para cocinar. Llegó directo al horno que Ambrose ya había encendido dándole tiempo a que las brasas se convirtieran en infierno para ese agnus dei que estaba a punto de redención. Acomodó las piernas de cordero según el pecado de cada uno y las dejó estar hasta purgar todas sus faltas. Los olores del perdón se esparcieron y Ambrose organizó el condumio con orden civilizado. Comieron y bebieron para que aquello estuviera en tono de fiesta. Y la fiesta se prolongó con sus alardes de celebración hasta agotar todo lo bebible y comestible. George fue hasta la sala, se sentó al piano y, para celebrar los ancestros sefarditas de Mercedes, puso las teclas a sonar una canción lejana que se escuchó más allá de la quietud de Long Island:

> Se ha callado la soledad
> en esta alborada nueva
> a orillita de la ciudad
> duerme la primavera

La noche se volvió madrugada con la gente gobernada por esa torpeza que causa la felicidad. Son las tres del antes-meridiem desvelador. Mercedes se levantó de su asiento que más bien parecía un trono. Alzó la copa de no se sabe qué, aún burbujeante. Gertrude, que había aprendido a beber desde el día en que se murió el viejo Aarón y renovó su fe, reconvino a George. Hijo mío, tú que no has sido especialmente un modelo de conducta, te pido, como madre esperanzada en un futuro para ti —sorbió de la copa de champaña marchita— que te apersones de tu responsabilidad con esta muchacha que nos dará hijos para continuar la descendencia de Israel. Te pido que lo jures por nuestro profeta Abraham. Shalom.

Y el Shalom beatífico se regó por el jardín para terminar aquella fiesta con un compromiso que tomó a Mercedes por sorpresa y cierta desazón. Shalom, se oyó cerca de la piscina y Stavros, que conservaba su amor propio nacido en el Peloponeso, gritó ¡¡¡Opa!!!, con el último sorbo de su trago de retsina.

George comenzó a encender los candelabros de bambú tejido y el entorno de la piscina se alumbró como el lugar de culto de la más antigua de las diosas. Gertrude apuró el paso de su prole que estaba muy a gusto, pero en algún momento había que irse porque el camino hasta el West-Side es largo. Ambrose los condujo amablemente hasta sus carros. David entendió que debía partir a pesar de las ganas de extender la fiesta y de media paletilla de cordero que reposaba junto a las brasas. La envolvió en papel de aluminio y se la llevó de lo más contento, cubierta con hojas de menta. Esther dio media vuelta y desapareció con las luces murientes. Cuando George y Mercedes terminaron los abrazos de despedida, se miraron con ojos de ojos. Regresaron tomados de la mano hacia el borde de la piscina. George se cercioró de que Stavros hubiera recogido los enseres de su asado y entró en el agua atemperada cargando a Mercedes como a una virgen vestal. Le desanudó los dos lazos que sostenían el vestido sobre sus hombros y la hizo flotar en la tela que se extendió sobre la superficie con la majestad de un nenúfar gigante. Recordó las pinturas de Monet en su jardín de Argenteuil, la tomó de las manos y la fue paseando sobre la superficie con una cadencia de vals. Más bien con el vaivén dulce del Begin the Beguine que le silbó cuando bailaron en el Morocco. El vestido flotaba milagrosamente con su desdén de flor. Mercedes se dejó llevar. Cerró los ojos abandonándose al roce de la tela sobre su piel. Fue tal la sensación de despojo que se hundió completa hasta el fondo de la piscina y, al flotar, se le ofreció a George completamente desnuda. Sus cabellos se deslizaron libres sobre los hombros para mayor incitación. Fue una flor de Monet mojada con vida propia y George la poseyó con ímpetu de jardinero en su propia fuente. El Begin the beguine continuó su silbido en los labios de George, quien la cargó entre sus brazos y la llevó hasta las escaleras de la piscina. George se la apropió enteramente. Fue una posesión deliciosa con las caderas de Mercedes reposantes sobre el último escalón, sus carnes tersas a medio camino entre el agua y el viento que soplaba en pequeñas olas sobre su piel ardiente.

La luz de los candelabros tiritaba sobre la superficie y le daba un brillo inédito a la morenura de su piel temblorosa bajo la luz, y el empuje de George que no dejó nada a la imaginación. Mercedes lo mordió en la oreja como le indicó David y George le preguntó qué quieres. Mercedes le respondió que todo y George se lo dio completo sin que le quedara nada por llenar. Mercedes gimió con el dolor del goce una y otra vez sin reparar en que alguien pudiera oírla. Y alguien de oídos muy sensibles escuchó todo el concierto del disfrute. Irenka Nowak, ama de llaves de los Kobel desde que llegaron de Londres y se convirtió en la nodriza de George, sucumbió al recuerdo de sus pecados con el muchacho cuando la pubertad se le anunció como trompeta de Jericó, y ella se le entregó con todo el deseo de quien nunca tuvo amor. Irenka se quedó viendo la escena tras las persianas de la sala con su entrepierna húmeda de deseo. Se tocó con urgencia su parte mojada, blanca de tanta lujuria y deslizó sus dedos regresando a las noches en que gozaba con el joven George. Y, ahora, mirando en directo esa entrega ajena, recordó lo feliz que fue cuando inició al muchacho en los callejones del placer. Escuchó a Mercedes gemir de nuevo. Irenka gimió en silencio. Mercedes soltó sus estertores del amor en un grito ahogado. Irenka soltó los suyos en el momento en que sintió un cuerpo extraño aproximársele con fortaleza contra su espalda.

Ambrose había visto todo aquel espectáculo de lujuria y se quedó atado a la maniobra solitaria de Irenka. Se atrevió. Puso su mano inmensa sobre la entrepierna sedienta, que cedió sin oponer resistencia alguna. Sus dedos derramaron un néctar olvidado. Y aprovechó el líquido fructuoso para mojar completamente la vulva carnosa. Se introdujo completo en las ganas de Irenka, que estaba a punto de terminar su recuerdo delicioso y volvió a comenzar. ¿Ambrose? Yes. Irenka separó sus piernas que destilaban un fuego guardado desde hacía tanto tiempo, y se dedicaron a su entrega con la misma fruición de George y Mercedes. Irenka se acostó en el suelo con Ambrose sumergido en su caverna sedienta. Dámelo todo y lo recibió con el deseo de tantas noches sin hombre. ¡Ay! Mercedes gimió en el justo instante en que Irenka exhaló su eco anticipado ¡ay!, que le recordó el momento en que inició a George en los pecados necesarios. Con los años de abstinencia en la garganta y el instrumento apetecible de Ambrose dentro de sí, Irenka juntó pasado y presente en una entrega que la hizo feliz. Lo poseyó toda la noche, una y otra vez sin descanso, y casi acaba con aquel señor de 65 años, que hacía tiempo se había olvidado de tales aventuras. Ambrose, creyendo que se iba a morir, cerró los ojos, se encomendó a Dios, y le dio las gracias por todo lo que había en la tierra. Pero despertó inesperadamente con los apremios de Irenka, que comenzó a ponerle compresas de hielo en su miembro desfallecido, creyendo que por ahí se le escapaba la vida.

## SEGUNDA PARTE

McGill, completó con tono impositivo y almibarado María de las Casas, al reconocer la voz de Mercedes al otro lado de la línea. No se te olvide el abolengo, es mi único capital. Rieron. Mercedes había llegado de visita desde los Estados Unidos y quiso encontrarse con la amiga y benefactora, factótum de su debut y despedida en ese laberinto insondable del modelaje. Tenemos asuntos urgentes que conversar. Click, y ya están en el lugar sugerido por María. Al fondo, la silueta inconfundible del cerro Ávila aparece como marco vegetal de la vida que transcurre en Caracas. Todos los tonos del verde y la montaña dibujada contra el azul muriente de la tarde, ponen a Mercedes en trance de melancolía. Se abrazaron con emoción en el foyer del cine La Castellana, después de tanto tiempo. V I N, aparece en las luminarias de la fachada el acrónimo de vespertina, intermediaria y noche. Intermediaria, decidió María para que nos quede tiempo de una cena larga. La elegancia discreta de alfombras en distintos tonos del ocre al naranja, lámparas de pantallas con colores cálidos y su semi-luz, hacen más acogedor el encuentro. Las cotufas saltan en la máquina incandescente como ovillos de maíz frito. Huele a caramelos y a infancia. Chicles tutty-frutti, mazapanes, pirulíes, las infaltables bolsitas de maní Savoy, chupetas, confituras de toda forma y sabor, son el abrebocas de la fantasía hecha realidad sobre la pantalla. Fue idea de María de las Casas ver el estreno de Charada, film al parecer policial, en el que Cary Grant y Audrey Hepburn son protagonistas, en aquel año convulso de 1963. María de las Casas, una mujer especial que cultiva sus afectos, quiso constatar el parecido al calco de Mercedes con Audrey Hepburn, que habían descubierto por casualidad en una sesión creativa de Alter Ego Fashion. Y la noche se llenó de casualidades.

Se atenúan las luces del foyer. Los asistentes esperan en la antesala con sus medios tickets en la mano. Un halo de luz y la voz susurrante del portero las guía en la sala oscura. Los primeros acordes de la banda sonora las sorprenden antes de que logren ubicarse. El portero las urge moviendo el haz de luz entre las filas de asientos e ilumina dos disponibles. Mercedes recuerda cuando jugaba con su hermano Isaac debajo de las camas como quien persigue espectros con linterna, desde que su mamá los abandonó. El portero apura. Ambas se sientan dando apenas tiempo para que la película comience. Las cotufas van declinando en sus bolsas con un murmullo de papel que se arruga y arranca la acción. La cámara panea de derecha a izquierda sobre un panorama neblinoso con sonido lúgubre de pájaros y ladridos a lo lejos. Descubre (así suelen decir los guiones) la línea inconfundible de los rieles. El tren viene a toda máquina y un cuerpo es lanzado hacia un costado de la vía. Corte. La víctima rueda cuesta abajo de una colina leve. Corte. Cara de la víctima en primerísimo primer plano. Sangra. Corte. Música de percusión que aspira ser alegre e intrigante a la vez. Créditos de la película con efectos lumínicos. Violines resbalosos. Una guitarra eléctrica sugiere suspenso. Cary Grant y Audrey Hepburn, transcribe el rótulo de luces esplendentes. Charade, se anuncia el nombre de la película con el desarrollo melódico de la musiquita anterior y luces tiritantes. El elenco es notorio y experimentado. Luces, luces, luces, efectos, musiquita de lo mismo. El fondo de la pantalla donde transcurren los títulos semeja un laberinto. Los títulos dicen que es Givenchy quien viste a Audrey Hepburn y Cary Grant pone cara de pícaro porque sabe que es él quien la va a desvestir. Henry Mancini le aumenta el dramatismo a la música. Corte.

La cámara abre con esquiadores en segundo plano mientras atraviesan un prado de los Alpes suizos. En acción continua, la cámara hace un zoom-out que descubre a Audrey Hepburn mientras almuerza ensalada verde, como contorno de un pollo que parece haber muerto de tristeza. María de las Casas se queja con su tono de vestuarista profesional. ¿Cómo es posible que la estrella de la película coma con los guantes de invierno puestos? ¡Mira como agarra el pan! Ssshhh, suena en las filas posteriores. María baja la voz entre avergonzada y molesta. La cámara panea a izquierda y descubrimos en primer plano una pistola Luger modelo Gestapo. Suspenso. ¡Se acabó la película!, dice María de las Casas y ambas se ríen sin control. La mano aprieta el gatillo y un chorro de agua baña la cara de Audrey Hepburn. Es el equívoco que da nombre a la película. Exactamente una charada que Mercedes y María aceptan de mala gana, especialmente porque con ese frío tan extremo la Hepburn ha debido reaccionar de manera contundente. ¡Eso es inverosímil!, dicen ambas sin haberse puesto de acuerdo. Esto es lo que las productoras llaman "trama de baja intensidad", situaciones sin mucha veracidad dramática que permiten a la historia desarrollarse a empujones, dice María y resuelve el desaguisado con frase lapidaria: estas son las vainas de Hollywood. Arruga la bolsa de cotufas vacía y la mete en su bolso de mano.

Audrey Hepburn, en la película Regina Lambert, grita: ¡Sylvie!, quien aparece y reprende al muchachito. Le ordena irse y con cara del que le mete el dedo a la torta, desaparece. Continúa el entramado de ambigüedades. No sabemos si es hijo de Regina o si es Sylvie su niñera —sorprende Mercedes extrañada.

—Baby sitter, dicen los gringos —la corrige un espontáneo gracioso y Mercedes replica que yo hablo inglés perfecto. —It's not your business, sir, sorry. —El espontáneo se calla entre sonrisillas. María se muere de la risa. Mercedes y María se quedan viendo fijamente la pantalla con cierto fastidio por la conversación sin picos dramáticos, hasta que aparece el nudo de la escena.

—Sylvie, le he pedido el divorcio —confiesa, abúlica, Regina.

—¿A Charles?

—Naturalmente, es mi marido.

—Qué pregunta tan fuera de foco —se queja María.

—¿Y a quién más se le puede pedir un divorcio? —Replica Mercedes con voz quebrada. —A mí me pasa lo mismo.

—No me digas que te vas a divorciar.

—No estoy segura, por eso quería hablar contigo —dice Mercedes en voz baja cuando la película la interrumpe.

—He intentado que todo fuese bien —dice Regina.

—Pareciera estar hablando de George y de mí —murmura Mercedes.

—No puedo explicármelo —insiste Regina —me siento tan desgraciada que no puedo seguir así.

—Lo mío es distinto —replica Mercedes variando el tercio. —Yo no me siento desgraciada, la he pasado muy bien y casi no tengo de qué quejarme. Pero el resultado es idéntico al de Regina.

—Si quieres nos vamos y me cuentas —le dice María angustiada e incrédula y se le queda mirando.

—No. Sigamos, ¿quién sabe si Regina me da la solución? —Y continúan tratando de seguir la secuencia de la película como quien consulta un oráculo. —De verdad no tengo de qué quejarme.

Los decibeles de las contertulias aumentan y atraen la atención del portero, quien les reclama con discreción. ¡Señoras! María y Mercedes se avergüenzan. ¡Ay! Señor, discúlpenos, es que tenemos tiempo sin vernos, —dicen en el momento en que la luz del cinematógrafo ilumina la sala con el resplandor de la nieve y le piden que las cambie hacia unas butacas vacías en el fondo. Se apuran para no perder detalle. La trama sigue siendo débil a pesar del grave asunto de la separación. Pero se sienten bien de haberse mudado de sitio porque con la oscuridad hasta un divorcio duele menos, dice María, y ambas se lo toman a chanza.

—No comprendo. ¿Por qué quieres el divorcio? —Pregunta Sylvie en la pantalla con cara de secretaria.

—Porque no lo quiero y él a mí tampoco —responde Regina.

—El amor es así, impredecible —acota María de las Casas con su autoridad de sangre azul. —Lo de siempre —se queja, sotto voce, y a Mercedes se le forma un nudo en la garganta al recordar su historia con George.

—Esa no es razón para pedir un divorcio —insiste Sylvie en la pantalla —con un marido rico y vistiendo como viste, no le será difícil hacer nuevas amistades.

—¡Qué disparate de parlamento! No tiene sentido. Menos mal que está escrito y filmado para que no quede duda —se exaspera Mercedes. Pero piensa en George que ha quedado a su libre saber y entender por el mundo libertino de Manhattan donde lo reciben como a un lord americano. María le quiebra su ensimismamiento.

—Mercedes, tranquila, trata de calmarte —le pidió María con el mejor cariño. —Yo sé que ese diálogo es pésimo, sin sentido. ¿Qué diría tu hermano Isaac?

—¡Ay!, perdóname, María de Las Casas, heredera de los McGill, es que tengo el asunto como un clavo hirviendo en la frente —le replica Mercedes en el momento en que le tiemblan las piernas por la imagen que acaba de entrar en pantalla.

Cary Grant aparece en primer plano con el terrorista infantil tomado del brazo.

—Dios mío, igualito a mi marido, me parece estar viéndolo.

—¿Quién, Cary Grant? Pero eso es un portento. Y tú, una loca. ¿Cómo se te ocurre dejarlo?

—No lo he decidido, pero casi sentí que me estaba persiguiendo.

—¿Y te acosa?

—No, perdóname, George es un caballero, demasiado discreto, tanto, que a veces creo que me oculta algo—. Cary Grant se pone galante y se presenta.

—Peter Joshua —Y Mercedes pega un brinco en la butaca.

—Dios mío, mi hijo también se llama Joshua.

Hace silencio con cara de quien no lo puede creer. Y queda ausente de la historia, impactada por las coincidencias. Se repite el gag de la pistola mojante, esta vez en la cara de Cary Grant. María comienza a impacientarse por el acto manido y se le queda viendo intrigada a Mercedes quien parpadea con la mirada ausente. Mr. Joshua y Regina continúan conversando en un coqueteo ostentoso, que termina con el teléfono y la dirección de ella en poder del galán. Podrán encontrarse en París. Luego de tanto menudeo de situaciones de poca trascendencia, ocurre algo de verdadero impacto. Regina abre la puerta de su apartamento y no encuentra un solo mueble. Presa de la angustia comienza a recorrer las habitaciones y constata que ha sido desmantelado. Regresa a la sala y se topa abruptamente con un personaje de cara anodina que trata de imponer su autoridad.

—¿Madame Lambert?

—Sí.

—Soy Edouard Saint Pierre, Inspector de Policía Judicial —y le pide que la acompañe. Terminan frente a una camilla de la morgue. Regina reconoce a su difunto. Y continúa una conversación que quiere ser graciosa. El inspector trata de poner cara de circunstancia y casi lo logra. Corte. Cámara sobre una gaveta del escritorio del Inspector. En la agenda de monsieur Saint Pierre aparece una fecha que desconcierta a Mercedes.

—¿Cómo se escriben las fechas en francés?

—Igual que en español.

—María, están ocurriendo muchas cosas extrañas. Primero, el divorcio de Regina en la película, como si yo la hubiera convocado en busca de consejo. Luego, la coincidencia del Joshua del protagonista con el de mi hijo. Y, ahora, la fecha en la agenda del Inspector. Como para jugársela en la lotería. 5-4-1963. Es la misma de una exposición que va a haber en la Unión Israelita de Caracas, este próximo jueves.

—¿Exposición de qué?

—De pintura, es por el aniversario de la fundación. ¿Me acompañas? Esto no me da buena espina y a mi papá no le gusta el arte.

La película continuó sin concitar el interés de Mercedes, cuya atención fue absorbida por el entramado de coincidencias atraídas por el imán de la casualidad. Algo va a pasar ese día, dijo María de las Casas con énfasis de pitonisa a la carta y se rió sin poder contenerse. Mercedes también, y no tuvieron más remedio que seguir viendo la película un poco distraídas por el azar que comenzó a rondar las circunstancias de Mercedes, como la abeja al panal. Aprovecharon la soledad del fondo de la sala para soltarse a sus anchas en la conversación y alternaban comentarios, amparadas en la oscuridad y la lejanía del portero. María agregó con la mente puesta en Agatha Christie y en el teatro español de Lope de Vega, porque una le venía por esa afición de las mujeres a la intriga y, el otro, por las venas: los policiales suelen presentar un homicidio como resorte de las acciones para enganchar la curiosidad del espectador con un enigma, hasta la resolución final de la gran pregunta. ¿Quién mató al comendador? Fuenteovejuna, señor, exclama el tino colectivo del público y Mercedes escucha las briznas de sus recuerdos universitarios, cuando al final se descubre quién fue el asesino. María se empeñó en dejar las intrigas en pañales hasta que las desnudó.

## Una pesquisa sin peces

Las novelas policiales son variantes más o menos ingeniosas de la famosa Comedia de las equivocaciones de Shakespeare. Los misterios de una trama enrevesada suelen ser descubiertos por detectives como Hércules Poirot y Sherlock Holmes, con las astucias aprendidas de Agatha Christie y Sir Arthur Conan Doyle. En este caso hay un crimen cuyo autor se desconoce y su búsqueda distiende el relato tras la pista de múltiples indiciados, ávidos por quedarse con un botín que no aparece. Monsieur Saint Pierre es un émulo de los clásicos sabuesos, aunque sus ocurrencias nunca llegan a tener la elegancia ni el fino sentido del humor del "Elemental mi querido Watson". Como siempre la trama se complica. Todos desconfían de todos y en el transcurso de la narración van siendo descartados: el verdadero asesino ha creado indicios falsos que incriminan a cada uno de ellos y son eliminados como cadáveres por entregas. El penúltimo de los sospechosos termina asesinado, pero antes de morir garrapatea un nombre sobre la alfombra de su cuarto del hotel. Regina queda presa de incertidumbre al leer el nombre del supuesto asesino. Es el de la persona en quien comenzaba a confiar. Ayuda a descartarlo (un poco, no mucho, sólo para los espectadores) que el indiciado por el cadáver es el personaje representado por Míster Cary Grant, la estrella masculina del film que no debe sufrir ni un rasguño. La situación se constriñe a sólo dos personajes conocidos por la protagonista, quien comienza a ser amenazada por el verdadero asesino. La vida de cada uno depende del otro. Sólo la futura víctima podrá resolver el enigma pero no se fía de ninguno de los sospechosos. Planos y contraplanos de la cámara para aumentar la intriga. Hasta que en un traspié, por impaciencia o cálculo dramático del libretista, el verdadero asesino se desboca y queda en evidencia ante su víctima potencial. Al final, el asesino resulta ser quien apareció al inicio como el salvador, representado con ademanes leves e insospechables por Walter Matthau, el tercer actor en la nómina del film. Y se forma un tiroteo de sálvese quien pueda que mantiene a Audrey Hepburn, es decir, a Regina, fuera de peligro tras las columnas de Les Tuileries. Cary Grant afina la puntería de la intriga, se esconde tras una columna providencial, hasta que lo ve descubierto y le dispara en pleno corazón de la película que llegó a su fin. Nunca se ve al muerto porque las estrellas de Hollywood resultan muy caras para mostrarlas en ese estado.

Mercedes. Éste es un policial con visos humorísticos o, al revés, un enredo humorístico con estructura policial. Es, en definitiva, una comedia de las equivocaciones que sólo encuentra solución al final de la historia, como en todas. Este género, escúchame bien, una comedia de las equivocaciones, exige tal maestría en la elaboración de una trama confusa, que obliga a presentar tragedia y comedia, realidad y ficción, como las dos caras de un mismo equívoco, sin que se pueda distinguir entre una y otro. Al final, Merceducha, se ríe y se llora por lo mismo. El policial perfecto sería uno en que el muerto resulta ser el propio asesino, quien finge su muerte para dejar el botín a buen resguardo. ¿Cuál?, un maletín repleto de dólares en la vía de transeúntes de una gran avenida, por donde deambulan mendigos sin casa ni pan. El cadáver del asesino está entre ellos para rescatar el maletín sin sospecha alguna. La brisa de los carros mueve las asas del maletín que no encuentra dueño. La cremallera queda abierta por un milagro de la casualidad y los dólares salen volando a imitación de gaviotas sin propósito. La cámara hace un black-out porque se acabó la película, pero gravita en la esperanza de cualquiera la posibilidad de tener una sola gaviota.

—María ¿dónde aprendiste eso?

—Yo he leído muchas obras por mi oficio, pero también en mis clases de teatro con Horacio Peterson, un maestro que importamos de Chile, que en paz descanse. Y pensar que todo nació de una obra de Shakespeare.

—Pero Shakespeare no tiene nada que ver con mi matrimonio.

—No estoy segura, los escritores tienen que ver con todo. Especialmente los que escriben policiales. Y, del matrimonio, mejor ni averiguar mucho, bastará con preguntar por el crimen de Fuenteovejuna.

### Da Pepino

María de las Casas hincó con su tenedor una lonja de anchoas y la envolvió en torno al corazón de una alcachofa, la más fresca que encontré en el mercado a las cinco de la mañana, se ufanó Pepino, chef y dueño del restaurante. Especial para señoras como ustedes. María hendió el cuchillo hasta el centro de la alcachofa y separó sus láminas como quien hojea papel biblia. El manejo de los cubiertos fue una esgrima de los buenos modales. Mordió con el deleite de quien descubre el secreto de los sabores, la mixtura del salado marino y la neutralidad hortelana de aquel bocado que le supo a gloria, después de la película insípida. Sorbió de su copa de Pinot Grigio Santa Margherita. Mercedes se esmeró enroscando una rebanada de prosciuto, el mejor de los jamones —dijo con apetito de gourmand— en torno a un grizzini. Mercedes, no seas pretenciosa, señoritas se llaman aquí. Pero el jamón es prosciutto, aquí y en China, pronunció, con la torpeza de quien no habla italiano pero hace mofa de sí misma y remató, di Parma. Ambas se mofaron de ambas. Daba tanto gusto ver aquel par de damiselas comer con tal elegancia y disfrute que si uno quisiera inventar el mundo debería hacerlo a la manera de ellas. El capitán las miró extasiado mientras ordenaba a un mesonero servir el plato principal y ambas señoras respondieron con sonrisas de quien se siente atendido con esmero. Claro, también había un dejo de coquetería, porque si hay algo de lo cual no puede prescindir una mujer, es de esa pulsión llamada lo femenino que le llega por el ADN. Antonuccio ajustó el faldellín de su esmoquin, soltó la servilleta de su manga izquierda como quien despliega una bandera para la vela de armas de una gran batalla, y puso su mejor sonrisa cuando tomó la botella de vino. Volvió a servirlo en aquellas copas como cálices para celebrar la victoria de su commanda. Las damiselas rendidas de gratitud. Y la confitura de pechugas de pato, acompañadas de un puré de castañas y funghi porccini, el gran botín de la refriega, que duró en los platos lo mismo que un caramelo en la boca de un inocente. Estaban deliciosas, con esa sensación de sorpresa que causan las cosas buenas, pensó María, pero le pareció muy pedante repetir esa frase que aparece por montones en recetarios de cocina.

Mercedes miró hacia el techo con cierta nostalgia. Después de siete años placenteros con George Kobel no iba a ser fácil desprenderse del buen gusto, y gozó la cena con la delectación de quien no tiene problemas con el costo de la vida. Hizo una pausa, sorbió nuevamente de su copa y continuó en torrentera, tanto, que María, gran conversadora, no tuvo más remedio que hacer silencio, extasiada con todas las historias de Mercedes en los Estados Unidos. La que más me gusta es la de tu desfile en el New York Fashion Week, yo te lo pronostiqué. Más aun, has podido convertirte en la súper modelo de la esfera terrestre. ¡Mercedes!, la increpó María, Oleg Cassini es el modisto de Jaqueline Kennedy, Jacky, la llama con la cercanía de su amistad, y ha logrado crear una moda que le da la vuelta al mundo. Sí, pero eso de ser la esposa del Presidente de los Estados Unidos debe ser muy duro. Yo prefiero la historia desafiante de Coniqua Gaines. ¿Sabes que Coniqua utilizó su fama momentánea para lanzarse hacia la vida cuando conoció el deslumbre de los trapos? Venía de una familia de nueve hijos y un padre borracho que los dejó en una pocilga de Harlem. Sí, ahorró suficiente dinero con los vestidos que pudo vender en su propia tienda y se puso a estudiar psicología, para tratar a los vencidos por la droga en su barrio. No me volví rica, me dijo la última vez que la vi, pero ahora soy gente. Me casé con Bobby, que perdió la última pelea y no pudo ser el campeón de los pesos completos. Tuvimos dos muchachos que se parecen a nosotros y montamos un gimnasio en el que contratamos un especialista en romper narices. De eso vivimos.

—¿Y qué pasó con Bobby?

—Dios mío, quedó parapléjico a raíz de su pelea por el título mundial —respondió desconsolada Mercedes con el recuerdo de los padecimientos de su amiga. Sorbió nuevamente de su copa y continuó imparable. Después de eso me sentí afortunada, María. Yo no sé si es que cada quien tiene lo que se merece, lo que la suerte le pone en el camino, o lo que inventa y le sale bien. Algo me quedó de mi mamá, no sé cómo se hace para merecer algo. O si es que se le puede hacer trampas al destino. Yo he tenido uno bien duro que ya tú conoces. Pero el día en que me monté en el velero con George, luego de tanta mala pata que me tocó en la vida, me sentí afortunada y creí que aquello era un premio por mi sufrimiento. Su don de gentes, su ternura de hombre recio me conquistaron, lo confieso con orgullo, y por eso me le entregué. A una le hace falta que la conquisten. Sentirte deseada, querida, buscada después de que has sufrido el mayor de los desprecios, que tu propia madre te deje por un amante, ya no es algo prescindible, es una obsesión que te ciega y te pone el próximo paso como la única salida. Sorbió del vino y pidió un reemplazo. El mismo, por favor, Antonuccio. No es que lo pensara, pero creo que fue por eso que me le entregué. Bueno, aparte de que me gustaba por su físico perfecto, el porte de George no lo tiene nadie, ni Clark Gable. Por eso lo hice sin pensarlo mucho, por el contrario, deseándolo con la piel hirviendo. Y no por liviandad como hizo mi mamá, que Dios la perdone, señora de Las Casas McGill de los cojones de la Mancha, ¡uyy!, te quedó bien el título nobiliario. Mercedes se sonrojó por la procacidad y ambas rieron hasta perder el aliento. Cuando se repusieron Mercedes afirmó: fue por lo que fue, una mujer nunca tiene absolutamente claro por qué se entrega más allá de las ganas, pero te juro, María, lo hice con gusto y fui feliz. María la celebró levantando la copa y continuó como radioescucha de Mercedes. El resultado, un ornitorrinco tremendo, bello como su papá y arisco como yo, pero dulce y con los pelos amarillos. Inés vendría dos años después. Mercedes continuó con la copa al aire y Antonuccio acudió sin demora.

—¿Llamaba la señora?

—No… bueno sí, tiramisú.

—Por favor, señor, dos.

A Joshua lo he criado como me habría gustado que me criaran a mí, pero me tocó otra suerte y terminé siendo la mamá de mi papá, el gordo Elías Chocrón, como lo llamó mi mamá en la carta con la que se despidió de Medina Angarita, cuando el general la despreció. Elías Chocrón, el gordo querido, a quien le agradezco todo y le perdono su debilidad. ¿Te puedo confesar algo, María querida? Lo que tú quieras. No me importa haber tenido este fracaso. Todavía espero el amor absoluto. Te aseguro que sueño todas las noches con él. Brindaron con el resto de llanto de la botella del Pinot Grigio. Levantaron las copas y se vieron con la transparencia de dos amigas irrenunciables. Amén, remataron al unísono. Había un resplandor sobre la mesa. Una amistad como la de aquellas dos mujeres que tenían vasos comunicantes entre sus destinos, es como para concitar la admiración de cualquiera.

### Long Island no es una isla larga

Pepino se acercó a la mesa para saber cómo había resultado la cena y las comensales sonrieron con inmejorable convicción: deliciosa. Pepino sonrió a la italiana, dio media vuelta, apuró a Antonuccio con el postre y se fue a buscar el obsequio de la casa. Mercedes, contenta hasta el delirio, continuó con la catarata que se le había quedado en la memoria…

Después de la primera vez, pasamos una semana completa haciendo el amor en el velero y al final de largas parrandas, me enamoraba más de aquel ingeniero con cara de actor de cine. Pero la verdad, es mejor que el señor Gable, porque habla un español aprendido en Bogotá que resbala "eses" como susurros. Su merced, me decía, con ese tono condescendiente de caballero, parecido a un terrateniente que hubiera llegado a la ciudad con sus maneras de campesino dulce, mientras me pedía que hiciéramos el amor, remató en el momento en que Antonuccio apareció con el postre. Perdón. Carraspeó al sentir que importunaba, sonrió como una disculpa torpe y dio media vuelta. Mercedes se sonrojó, hizo un silencio prudencial y, al verlo partir, continuó. ¿Quién se va a negar con esa ternura? Su merced, repetía, y yo me volvía panela derretida, el mismo papelón, ese terrón compacto de azúcar crudo que tu abuela de Las Casas utilizaba para hacer jugo con limón. María, créeme, George era mejor que el papelón con limón. Dulce y acidito. Perfecto para que yo me entregara sin reservas ni miedo. Y, una noche, luego de navegar por la costa de Long Island, como hacíamos a menudo, mientras lanzaba el ancla por la borda, me dijo, Mercedes tú eres la luz que me duerme y me amanece. Y ahí fui yo quien se lo apropió hasta hacerlo llorar. No hay otra manera de decirlo, me lo apropié, me lo cogí y perdona el exceso. María, te lo juro, lo hice llorar de placer, de entrega que un hombre no puede evitar y siente miedo porque ya no se pertenece. Me lo dijo. Ya no me pertenezco. Lo único que me hace existir Mercedes, es la manera como me haces el amor. Es la primera vez que una mujer se me entrega sin reservas y yo le correspondo sin miedo. Quedamos abrazados en el camarote diminuto. Los pies no le cabían en el colchoncito y entonces me decía, todavía dentro de mí: Eres mejor que el agua de papelón con limón. Y yo le miré sus pies inmensos sobre la baranda y se los chupé como si fuera a salir el mismísimo jugo del que tanto hablamos, acidito y dulzón. María, no sé cuántas veces llegó al éxtasis, pero fue como si el mundo se estuviera acabando en chorros.

—¡Mercedes!, por favor, ¡para! no aguanto —e introdujo sus dos manos en la entrepierna.

—Perdóname, pero te hablo de esas cosas que pueden sonar a ingenuidad por el alma campesina que me quedó de mis años en Maracay, de hija de un mercader rico de provincia que me dio todo lo que necesitaba, excepto una madre. No lo culpo. George es otra cosa, todo lo resolvía con una botella de champaña y una cena en cualquiera de los mejores restaurantes de Nueva York. Y quedaba extasiada con el baile apretado en el que yo me sentía como en un mar eterno. A estas alturas no me quejo, pero ese "pequeño asunto" que tú conoces, dijo con la picardía de quien parece haber superado sus traumas, tuvo consecuencias. María, creo que la vida normal debe ser algo sin aspavientos, sin pretensiones, como el agua que cae de un filtro de piedra, de un aguamanil, sin sobresaltos, gota a gota, que te da absoluta seguridad para seguir bebiendo. Tomó con la cucharillita el último bocado del tiramisú y bebió del aguamanil para mitigar el exceso de dulce. Al instante se apareció Pepino con dos copitas de Grand Marnier y ¿desean café las señoras? Por favor, Pepino, un marroncito. Y para mí un negro corto, dijo María de Las Casas al cerrar la jornada con un prego de la Toscana.

—Lo que no entiendo es por qué con tanta plenitud fracasaron.

—María. Es muy difícil vivir con el abandono a flor de piel. Es como hacer equilibrio al borde del precipicio. Mientras más era complacida mayor era el miedo a perder aquella delicia y lo mismo le ocurría a él, a pesar de que yo me le entregué completa. Bastaba el mínimo desacuerdo para que el infierno nos quemara. Cada vez que George se molestaba por cualquier asunto insignificante, yo sentía que iba a salir corriendo por la puerta, igual que mi mamá. Y aquel hombre dulce y potente, viril, bello, insaciable, capaz de hacer feliz a cualquier mujer sobre la tierra, se convertía en un monstruo inseguro. María. Un monstruo inseguro es peor que un diablo sin infierno. Perdóname tanta confesión.

—Es que si no lo cuentas te envenenas.

—A un judío que escapa de tres países la vida no le resulta fácil. Aunque no sea practicante, todo judío nace con la persecución y el miedo a la espalda, especialmente si la primera novia, la de los siete años, la edad en la que se aprende a soñar, decía él, lo deja porque su papá se vio obligado a irse del país, de la Inglaterra que también se volvió un desastre por la guerra. Todo resultaba una pesadilla. Cuando se emborrachaba comenzaba a quejarse y se volvía una estopa de miedo, un ser desvalido como oveja que acaban de trasquilar en pleno invierno. No te miento María, aquello era una escena de pánico que lo anestesiaba y ningún gesto que tuviera para apaciguarlo lograba reconfortarlo. Por el contrario. Se paralizaba con la sensación de que yo era capaz de hacerle daño. Era un desvarío recurrente que se convirtió en tormento. Así estuvimos durante un buen tiempo hasta que me harté. Estábamos en una fiesta en el Stork Club, y puso cara de pánico porque los habitués, tú sabes cómo son los hombres, se me insinuaban sin ninguna discreción. Y a pesar de mi indiferencia, George me reclamaba como si yo estuviera a punto de entregármeles. Una noche especialmente agradable, cuando comenzó a tocar el saxofón, un músico que sonaba con mayor encanto de lo habitual, me miraba insistentemente tras su saxofón. George se le fue encima sin mayor reclamo que el What the hell is wrong with you? Le quitó el saxofón y se lo pegó por la frente sin darle chance a reaccionar. Llegó la policía y fue un escándalo. Hasta una mujer que vio toda la escena le dijo: Tú no cambias. De vuelta a casa le pregunté quién era y no quiso darme explicaciones, una tal Adele que nunca le escuché nombrar. Supongo que alguien con quien vivió algo parecido. Eso fue disminuyendo el amor que se convirtió en amenaza y tortura. Es terrible María de las Casas, para ti es difícil entenderlo porque tienes tu McGill como mundo de repuesto, creo, si te falta el primero. Pero yo sólo he tenido uno, el de la soledad a juro. Por eso creo que esto se acabó.

La noche cayó sobre la ciudad como caen las noches cuando dos amigas se reencuentran luego de tanto olvido. Se despidieron con la nostalgia de todos los cuentos por contar y la amistad quedó intacta después de la aventura neoyorquina de Mercedes.

## Ciudad de siempre

Mercedes tomó su primer café en el balcón del antiguo apartamento en El Bosque. Una maravilla mirar con ojos nuevos la vieja ciudad tras una taza de café humeante, le dijo a Eugenia, la misma señora de servicio que la acogió a ella y sus hermanos, desde el trágico suceso que los dejó casi solos. De hija sin madre terminó teniendo dos.

—¿Y no quieres desayunar?

—No, mi reina, gracias, María de las Casas viene a buscarme. Comeremos algo en cualquier cafetín, en Caracas hay más cafetines y panaderías que gente. No te molestes. Pero a la noche sí me tienes que dar algo, aunque sea ligero.

—¿Un sánduche?

—De salmón con queso crema y brotes de alfalfa.

—Cuídate mucho. —Mercedes la abrazó y se despidió al ver el carro de María despuntar en la avenida principal.

Mirar la ciudad otra vez es renacer para ponerle nombre a todo lo que se ha ido borrando. Y por primera vez sintió que el olvido duele. La verdad es que Caracas no había envejecido, y además había ido adecuando, con brusquedad, su apariencia a los nuevos tiempos de bonanza y esplendor petrolero, aun cuando le aparecieran algunas zonas vetustas por puro desdén. Ciertas paredes descascaradas, escombros aquí y allá. Es triste ver que una ciudad crece dejando ruinas como heridas de un tiempo pasado. Pero Mercedes era una afortunada al haber llegado a una parte de la ciudad que olía a nuevo, un apartamento que su papá le compró en el edificio Michelle de la calle La Arboleda, para cuando quieras venir de vacaciones con tu marido y los muchachos, cosa que no hizo muy frecuentemente. El edificio, una construcción con aires Bauhaus en el propio corazón de El Bosque, exactamente al lado de una iglesia evangélica tapizada de una enredadera que puso en sus paredes el verde absoluto, era un lugar ideal para alguien de buen gusto.

—Bello, yo no sabía que el subdesarrollo tiene cosas tan bonitas —dijo George cuando llegó allí por primera vez. Yo le respondí cualquier barbaridad, entre otras la de imperialista.

—Y se acostumbró a caminatas mañaneras bajo la sombra tupida de los jabillos, conmigo persiguiéndolo porque no lograba emparejarle sus zancadas.

María subió con su Mercedes Benz de ejecutiva publicitaria por la principal de la urbanización hacia la avenida Libertador y se estacionó en la Panadería Selva, donde habían quedado para desayunar. Mercedes ya estaba parada frente al mostrador con sus jeans y botas vaqueras, que la hacían parecer diez años menor. La camisa a cuadros fue un regalo de amistad de George cuando la despidió en el aeropuerto para que los venezolanos sepan cómo es una cowgirl, mi ex muchacha vaquera y le dio un beso en la mejilla que Mercedes correspondió con un pórtate bien Georgi y cuídame los muchachos.

María dejó caer el filtro encendido de un cigarrillo sobre la acera y entró en la panadería echando humo por las narices como toro bravo, haciendo alarde de los jeans que estuvo de acuerdo en vestir ese día veraniego. También aparentaba diez años menos. Ambas mostraban posaderas muy apetecibles que los clientes de la panadería miraron con deseo contenido. Abusaron de su look artificial y comieron varios croissant de emergencia acompañados de respectivos jugos de naranja, frente a la vitrina que mostraba cuanto bocado parió el mundo para complicarle la vida a los diabéticos. Completaron con unas tartaletas de fresa, cafés con leche de crema espumosa hasta los bordes y, Joao, por favor, una cajetilla de cigarrillos Belmont, dijo María con la urgencia de quien acabó el último del paquete anterior. Invito yo, remató, y esgrimió una tarjeta dorada de crédito que la compañía de publicidad le da a sus altos ejecutivos. Abrió el nuevo paquete y encendió uno. Aspiró una bocanada infinita y le dio un acceso de tos que sonó a tambor que se rompe. Mercedes la vio sin atreverse a decir nada. Ya repuesta, se encaminó hacia el carro y Mercedes la siguió con cara de preocupación. Subieron al carro y enfilaron nuevamente hacia la Libertador, que las condujo directo a la Avenida Francisco de Miranda, como quien desfila por un mausoleo patrio. Entraron en la plena boca del lobo manso de Chacao y Mercedes sintió que pasaba hacia el futuro sin pagar peaje, en aquella avenida custodiada por edificios de toda índole. Residencias que se imitan obedientes sobre el concreto. Oficinas bullentes de personas en busca de sus ahorros que duermen en los bancos para cumplir con el mandato de los tiempos y su voracidad: consumir. Tascas, bistrós, restaurantes, entre los cuales se mezclan sin distinción pequeñas taguaras disfrazadas de cafés, improvisadas con toldos bajo salientes de edificios para pagar menos impuestos, y poblarse de habitués ansiosos por consumir lo mismo que en las anteriores, pero a mejores precios. Las avenidas, todas, son el hervidero de una ciudad que respira con los pulmones de su gente, casi siempre amable, gozona y despreocupada. Mercedes, extasiada ante aquel espectáculo de pueblo moderno, que cambió su rostro provinciano por el de metrópoli pujante con edificios que viven de beber en las nubes.

La Castellana, Altamira y Los Palos Grandes, en las fronteras porosas de Chacao, el pueblo primigenio, son un territorio de mutuo acuerdo entre la modernidad insaciable del concreto armado y el paisaje rural del cerro Ávila, que el pintor Manuel Cabré santificó en sus cuadros vegetales. Y, de un modo inadvertido, nacen palabras excluyentes. La Castellana, Altamira y Los Palos Grandes, se agrupan bajo el vocablo urbanización, reducto vital que resume todo el fulgor de lo estimable, elegante y deseable, es decir, donde cualquiera aspira vivir. Mientras que en la periferia de la ciudad va creciendo como hierba silvestre, sin ambición ni credo, un término que en el país suena como una acusación: barrio, lugar donde la gente vive tratando de purgar el pecado original de la pobreza. Ya les tocará su turno a las tres señoronas cuando Caracas crezca, dice una voz anónima con resentimiento escondido. De todos modos, el cerro Ávila, que resulta tan exclusivo porque aparece en cuadros de casas selectas en el cercano Country Club, es emblema generoso de la ciudad y sirvió de muralla contra toda especie de corsarios y bucaneros que surcaban el trajinado mar de Colón. El pirata Francis Drake, nombrado Sir por la Reina Isabel en pago por sus servicios, ordena a uno de los bucaneros más sanguinarios, Amyas Preston, con quien había realizado incursiones y saqueos de perlas en las Islas de Margarita, Coche y Cubagua, que tome por asalto la ciudad oculta tras la montaña. Preston mira a través del catalejos en busca de algún atajo que le permita entrar furtivamente en el pueblo apetecible. Es el año de 1595 y lo único que encuentra como obstáculo es el pundonor, palabra en desuso en un mundo de filibusteros, que Don Alonso

Andrea de Ledesma, natural de Ledesma, villa cercana a Salamanca, blandió como la mejor arma para enfrentar las hordas invasoras.

La primavera infinita era el resultado de un pacto entre Caracas y el clima que se extendió a lo largo y ancho del valle florido. En provecho de tal ofrenda, Don Alonso guardó en un desván los instrumentos de la guerra y los cambió por el azadón y los efectos de labranza para dedicarse a las faenas de la siembra, la trilla, la molienda, el pastoreo y el ordeño. Ya había tenido suficiente al perseguir al Tirano Aguirre hasta reducirlo. Los afanes cotidianos convirtieron a Don Andrea en Alcalde y Corregidor de la ciudad. El valle es una fiesta de colores que florece entre el espinazo de montañas frente a los vientos del sur y, la cordillera norte, donde el Waraira Repano está sentado como un príncipe de piedra que defiende a sus pobladores contra huracanes y piratas, tormento principal del Caribe. Amyas Preston, desde la rada de Guaicamacuto, se prepara para el asalto con la tropa aventurera de seis barcos artillados. La ciudad está protegida por el Camino de los Españoles hacia el oeste, con el denuedo de sus soldados dispuestos a dar la vida por ese territorio encogido que es su nueva patria. Pero el cerro tiene muchos recovecos y un traidor de apellido Villalpando, copia del Efialtes que vendió a los espartanos en la batalla de las Termópilas, le muestra a los bucaneros la entrada de Chacao por un desfiladero que les permite llegar de manera inadvertida al villorrio caraqueño.

A Don Alonso lo previenen de la traición. El hidalgo ajusta de nuevo su armadura sobre el cuerpo endeble, desenvaina la espada, le raspa el óxido con arena del río, monta sobre el lomo mineral de su caballo y vadea la falda oriental de la montaña que parece un molino de viento. Don Alonso baja la visera de su yelmo quemante bajo el sol de mayo y la Nueva España en el corazón.

—Catch him alive! —ordena Amyas Preston para conservarlo como prenda en cualquier negociación futura.

Don Alonso no se intimida y, por el contrario, espolea su caballo contra la horda invasora. La lanza recupera su costumbre de aniquilar enemigos y comienzan a caer una, dos, tres, quién sabe cuántas almas de aquellos piratas que retroceden en desbandada. Amyas Preston cambia la orden y el estruendo de un arcabuz parte en dos el cuerpo hirsuto de Don Alonso. Preston se le acerca a la figura enclenque, inerte y atrevida, aún rumorosa por el estruendo del disímil combate. Le desprendió la armadura, levantó la celada del yelmo y un gesto de estupefacción se dibujó en su rostro, al ver la barba blanca y despoblada, de aquel anciano obstinado que murió sin pedir ni dar cuartel. El espíritu del pirata inmisericorde quedó sobrecogido por primera vez en su vida y ordenó colocarlo sobre el escudo del gladiador vencido, de cuyo nombre jamás tuvo noticia. Disparos de salva le rindieron honores militares, y la imagen de Alonso Quijano, fundida con la triste figura de Don Andrea de Ledesma, quedó flotando para siempre sobre el cielo de Caracas.

### Amar otra vez

Después de varias vueltas por aquel crucigrama de calles, avenidas, fuentes, plazas, y terrenos baldíos aquí y allá, Mercedes se reconcilió con la ciudad de la que había partido hacía siete años, como quien huye de un miedo de carne y hueso. Recibir en su rostro aquel sol que tiene el mismo abecedario en todas partes, pero que cobró en Caracas el no sé qué indescriptible de un idioma antiguo, el que nació de la juntura de rugosos vocablos indígenas con la tradición castiza de España, le hizo sentir que volvía al lugar exacto para reordenar su pasado disperso, incluso, el de su espíritu de antropólogo, que le obligó una tesis de grado acerca de las raíces Tupi-Guaraní, origen del espíritu Kariña, o sea, Caribe, remató frente al jurado presidido por Carmen Helena Parés, aristócrata convertida en investigadora y tutora de su tesis de grado. No era algo pensado, sino un optimismo que le temblaba como intuición bajo su piel. Regresó con más entusiasmo y ganas de reconstruir ladrillo a ladrillo los vestigios de la Caracas que se le había perdido en su memoria, y comenzó a recogerlos como quien reúne las cuentas de un collar roto. María fue la mejor cómplice. Bueno, María siempre fue la mejor cómplice para todo propósito a contracorriente de lo convencional o de intención desmelenada, y la apariencia juvenil de ambas, por los bluyines, fue un acicate para reír, a pesar de que se les notaba lo señoras.

Mercedes tenía una contentura como la que logran las mujeres cuando cumplen quince años y se convierten en toda una señorita, dijeron los invitados a la fiesta, en la que su papá le compró una tiara de oro blanco con un diamante que le iluminaba su frente desdichada, pero a tono con el Vals del Emperador. Strauss era sinónimo de alegría y elegancia. Lo de bailar fue un poco engorroso porque aquella figura menuda que se movía sobre olas aéreas, contrastaba con la obesidad de Elías Chocrón, bastante torpe para combinar un paso con otro. Mercedes se le separó, lo miró sonreída, y lo abrazó como si fuera el oso más dulce de todas las montañas que rodean el mundo. Elías se rió a mares y la abrazó con el mejor abrazo que sabía dar, el del oso más dulce de todas las montañas que rodean el mundo. Esther Bustamante no supo qué hacer con las lágrimas que se le saltaban de emoción. El doctor Bustamante, pretendiente de aquella Esther llorosa, la sacó a bailar con la corrección con que la gente de su generación baila el vals vienés. Los más jóvenes se fijaron en la pareja bamboleante tratando de aprender cómo es que debemos ser elegantes para girar con nuestra pareja, dijo un muchacho molesto por la torpeza de todos y sacó a bailar a una morena, con su melena de negro total y rizada sobre sus hombros de reina impúber, que tenía un atisbo de elegancia en sus maneras adolescentes. Compartieron la elegancia inédita con el garbo que alguna gente ya trae en la piel. Bailaron y la pareja se convirtió en modelo de todos aquellos sordos que no sabían cómo colocar un pie junto al otro con armonía y ritmo. Y el mundo siguió girando mientras Mercedes le averiguaba su historia, tras los mismos pasos de Esther y su pretendiente, ya muy doctor y casi adulto de veintiséis años. Isaac, su hermano melancólico, se le quedó mirando con ganas de bailar y Mercedes lo tomó de sus brazos y le hizo dar unas vueltas de pasos largos en torno a la sala, que le dieron un soplo de contento. Vueltas y vueltas. Mercedes trompo. Isaac trompo. Risas de amor compartido en soledad, como el mundo que gira para que la vida continúe. Te quiero Isaac. Te quiero, hermana y madre. Elías los abrazó a los dos con sus brazos de oso y, aunque tarde, se encontraron con algo parecido al calor familiar. Mauricio, el más chiquito, vio aquel carrusel de cariño y se abrazó a los tres sin saber qué se celebraba. Y se puso a dar vueltas con el desorden de un trompo entusiasta. Rió con todo el exceso de quien descubre la risa. Fue una noche que todos recordaron hasta que les duró la vida. Y mientras tanto todo pareció una eternidad, como ocurre durante la infancia, que los años pasan como si no pasaran.

### Chacao es más que un grano

El pueblo de Chacao cultivó su memoria con fervor de fraile hasta convertirse en ciudad adulta, desde el día en que el padre Mohedano, a quien la liturgia ortodoxa llama presbítero, molió la primera cosecha de café tostado en 1786. Ese día inventó la historia aromática del país. Mohedano, cura hortelano y laborioso, logró la hazaña de derrotar a los británicos dos siglos después de que la Reina Isabel, con antipatía, cañones, barcos, la trapacería de Sir Francis Drake, pero sobre todo con el mal tiempo frente a las costas de Inglaterra, derrotara a la Armada Invencible del tenaz Felipe II. Bastó un grano bisílabo, café, para poner de rodillas a la tiranía monosilábica del té, que ameniza las tardes inglesas con corrección flemática y puritanismo anglicano.

Chacao huele a café colado y ciudad que despierta. Pueblo, parroquia y municipio, Chacao llenó el este de Caracas con sabores de toda jurisdicción y procedencia, a medida que el tiempo puso a andar los relojes. Chacao era tan nueva y desafiante que parecía haber inventado todas las geometrías de la pasta que Marco Polo se llevó a Italia. En Chacao la pasta apareció con todas sus formas múltiples en cuanto restaurante surgió en cada esquina fundado por oleadas de inmigrantes italianos. Unas tiras delgadas con su promesa de camino hasta el cielo, linguinis los llaman los cocineros tras una frontera de cocina, ollas y mesoneros, que van poniéndole orden a las comandas de una clientela estridente y permite que los comensales vean cómo se hacen las cosas aquí; immacolato. Fetuccini per piaccere, grita un cliente habitual, di Napoli, dice con fruición, porque tiene que salir a clavar tachuelas en una poltrona de la mueblería de al lado. Senta, per favore, lasaña, dice un italiano de Friuli, para confundir a los caraqueños, acostumbrados al pasticho que se come todos los domingos casa de las abuelas. Y, a partir de las doce del mediodía, resbalan en los coladores todas las pastas posibles como variaciones de espaguetis versátiles: linguinis, vermicellis, papardelles, macarrones, farfalli, con toda la varianza que el ingenio italiano, desarrollado a través de la historia y por necesidad durante la guerra, pueda prodigar con su abuso de sabores y una que otra innovación incorporada por cada cocinero motu proprio.

Tripa, los mismos callos madrileños que venden en el restaurante de al lado, pero a la parmesana. Funghi trifolati, unos champiñones guisados a la perfección con ajo en cuadros de diamante y el prezzemolo de sabor igual que el perejil, servidos gratis en las barras para bebedores consecuentes. Mas amores perdidos que siempre es bueno recordar, ampliaron las fronteras de la ciudad hasta el otro lado del Atlántico. En la misma calle pueblera y citadina, barras a todo dar con jamón serrano y queso manchego, ahijados a la costra de un buen pan campesino horneado aquí, con su chorrito de aceite de oliva extra virgen, prensado en frío, dice la etiqueta, acompañado con vino de la casa. Sopa castellana, con su ajo y su huevo en connivencia gustativa, magnífica y emoliente para los amanecidos, codornices al horno dormidas sobre cama de eneldo para los más exigentes, cocido madrileño de garbanzos tercos y unas morcillas del carajo conseguidas en el mercado libre de Petare, paella al gusto cambiante según el cliente, y, salpicones de cuanto marisco se salvó de morir ahogado en el torbellino del Mar Caribe, ponen el sabor a pedir de boca para los nietos de inmigrantes de cualquier lejanía. Esa es la literatura que aparece en la portada del menú, Ristorante Da Sandra, escrita por Tonnino, el dueño que dice ser poeta y siempre quiere redimir al muchacho pobre frente al juguete caro y va fangulo i ricci, (los ricos siempre pagan el peo) mientras su mujer, Sandra, dobla el lomo sobre la cocina para asegurar el sustento y él anota la faena sobre las teclas de la caja registradora.

Y, para más deslumbre, humus, tabule, falafel, kafta a la parrilla en sus pinchos de madera junto a trozos de pollo o carne en el kebab nutrífico, alternado con cebolla morada y pimentones, más la baklaba de hojaldre, pistacho y miel derramada, abrieron un abanico de alevosía gastronómica que clausuró toda disputa entre árabes y judíos, que se encontraban al azar fuera de toda mezquita y sinagoga municipal. Chacao heredó todos los residuos humanos que se salvaron de las guerras europeas, gustosos de brindar en todas las barras, aún sin conocerse, sellando la barbarie de los Balcanes y del medio oriente. Y, del Bogotazo, que plenó nuestras mesas de ajiacos en franca competencia con el sancocho criollo y el chupe que, en el Siglo XIX, Simón Bolívar se trajo del Perú; eso sí, de gallina, porque el hombre era alérgico a los camarones. La negra Matea se lo preparaba como le saliera del forro al Libertador de cinco países. ¡Uyy! Pobrecito. Tanto para nada. Chacao se volvió mundo y se convirtió en uno de los aposentos de un nuevo espécimen en la piel ciudadana: la clase media que se regó por todo el cuerpo del país, dándole identidad, razón de ser y piel fértil para los sueños, a ese territorio que pocos años antes había sido pasto de la malaria. Antes de que Venezuela se convirtiera en país, Chacao fue parte de una provincia infectada de todas las enfermedades tropicales hasta que la democracia le ajustó sus anticuerpos vitales. Chacao es la exaltación civil de gente que pisa sobre las calles con la frente hacia el cielo y desayuna, almuerza y cena, con beneplácito de sus naciones perdidas para que la vida continúe sin miedo.

Chacao también era testigo silente de cierta herida bajo la piel de Altamira y los Palos Grandes: una falla geológica nacida de la rivalidad entre las placas tectónicas del Caribe y la de América del Sur, desde que la madre Pangea se fragmentó para gestar los cinco continentes. Ya se sabe, América del Sur, con su espinazo de los Andes gélidos, indígenas y firmes, no se aviene con la placa Caribe, díscola, lasciva y mudable, capaz de acabar en un tris con todo lo que habite en su superficie. Las tragedias tienen vocación de imprevisto, pero, en los anales de Chacao, no hay anotación de catástrofe alguna desde que Colón inventó el Nuevo Mundo. Hay algo singular que protege a la gente que vive, ama, peca y merca en Chacao, la alegría de vivir que nubla cualquier infortunio. Igual a los habitantes de Pompeya que nunca imaginaron su destino de barro cocido. Pero lo de Chacao, a todo tren sobre los olores de la ciudad, tiene un comienzo y final en las mañanas y tardes de café junto a los amigos.

María de las Casas estacionó en el espacio que un carro dejó libre frente a la Tasca da Ponte, en pleno medio de la calle Urdaneta, ayudada por un italiano con chimenea en los labios. Avanti belle signori. Y las bellas señoras entraron sólo para un café imposible dándole tiempo al tiempo porque llegaron muy temprano. Seis mesoneros rodearon la mesa ofreciendo el menú. Varios tragos de cuanto aguardiente ha sido destilado llegaron sobre el mantel y le belle signori dijeron que gracias, se tomaron sendas tazas de café, y salieron en volandas porque el gordo Elías las esperaba en una oficina de arquitectos de la avenida Francisco de Miranda. Gracias señores, son muy gentiles, será en otra oportunidad.

Bajaron hasta la avenida, cruzaron la franja gris con la aprensión de Mercedes, acostumbrada a la disciplina de los semáforos de Nueva York, y se abismó cuando vio un muchacho haciendo cabriolas en una silla de ruedas, que atravesó la avenida sin esperar el cambio de luces. ¡Muchacho!, le gritó María, pero el muchacho se licuó entre aquella fila de carros, como quien sortea troncos en un río, le tiró un beso cuando llegó a la otra acera y la luz cambió a rojo. Mercedes y María esperaron con paciencia ciudadana y en el momento en que los semáforos se llenaron de verde, atravesaron por las líneas blancas paralelas de la avenida, con el miedo de campesinas que acaban de llegar a la ciudad. Es aquí, dijo Mercedes, frente a un edificio cuyo nombre no recuerda, donde el chofer de Elías las esperaba para acompañarlas hasta la oficina de arquitectos, Blomberg e Hijos, en el piso doce, donde un plano del edificio Neverí estaba abierto sobre la mesa de conferencias.

María se sintió de plácemes con aquellos galimatías visuales de líneas a diestra y siniestra, porque en Alter Ego Fashion sobraban mapas donde se asentaban ilusiones que debían ser vendidas a como diera lugar: la campaña en la que Mercedes apareció por primera vez poniendo cara de Audrey Hepburn. Patrones de vestidos de tal o cual desfile, o maquetas de utilería para la presentación de un proyecto, que son la savia de nuestra agencia. Pero Mercedes tuvo una emoción sin precedentes porque estaba viendo los planos del apartamento en el que su papá hacía indicaciones, tan extremas y meticulosas, que Mercedes sentía recuperar todo el afecto que le había faltado en su vida. Matatías Blomberg, el jefe de arquitectos estuvo de acuerdo en cada detalle. Tu papá nos habló de elegancia y aquí la tienes en cada rincón, hasta cuando cierres los ojos. Le digo más, señora Kobel... (hizo una reverencia). ¡Eso si no! Mercedes Chocrón, el apellido que me viene por mi rama judía de Sefarad y se me metió en la sangre. Aunque no sea un ratón de sinagoga, ese es mi origen y mi credo.

Fue el regalo de Elías Chocrón para Mercedes, un apartamento en el edificio Neverí, con su nombre de río que nace en el caserío Las Culatas, del estado Sucre, y se desahoga en el Caribe como una tromba de agua para que el mar no se muera de sed. Aún en construcción, uno de los más singulares que nacieron entre las avenidas Luis Roche y San Juan Bosco, en el plexo solar de Altamira, el edificio Neverí es sueño y promesa. Elías se sintió feliz cuando firmó el cheque y Mercedes no se abismó con la cifra. Diez plantas con un solo apartamento por piso y ascensor privado, diseñado con ese sentido de exclusividad que convierte al propietario en único, irrepetible y excluyente ejemplar de su especie, era un palacio aéreo para vivir por el resto de sus días, por la módica cifra que sumaba cinco ceros. En su cara sureste, los balcones a todo lo ancho flotan sobre un panorama de vértigo: el valle de Chacao, al este de Caracas, que fuera aposento de vaqueras, cañaverales y trochas, partido en dos por el río Guaire, fructificador y serpenteante. Al sur la franja gris del aeropuerto de La Carlota y, al norte, inevitable, el cerro Ávila con su imponencia de verde sobre el valle de Caracas. Al oeste, la vieja ciudad que pierde vigencia cada vez que se oculta el sol, pero, aun en su decadencia, recibe comerciantes de toda índole y abogados que pululan como hormigas en el laberinto de tribunales, cada vez más alejados del sentido de justicia. Un nuevo tejido de autopistas prodiga futuro. Urbanización refulgente de supermercados, bancos, salas de cine, tiendas de mercería, concesionarios de carros, muchachas que llenan de risa el espacio, enjambres de bicicletas en tour concéntrico por la plaza, paisanos absorbidos por el tráfago de sus deberes, señoras ennietecidas al borde de la fuente, veleros que peinan el laguito artificial encrespado de la plaza, y semáforos con sus luces de penitencia, hacen que la vida reverbere en aquel lugar prodigioso que se llama Altamira. Es el este de Caracas, por donde sale el sol y las clases en ascenso se asientan con espíritu de conquistadores. En fin, un palacio en medio del Paraíso.

### Día de sorpresas

Cuando Mercedes abrió la puerta del apartamento encontró a Eugenia untada al televisor, hipnotizada por la telenovela del momento. La consabida fábrica de lágrimas que saltan de la pantalla, siempre, por las mismas razones de todos los demás melodramas, se convirtió en huésped obligatorio de toda casa que antes llamaban hogar. Teatro sanforizado, lo llaman los críticos del género, sin ninguna consideración por el esfuerzo que hacen sus libretistas para darle veracidad a historias inventadas o copiadas de libretos viejos, y concitar el favor del poderoso caballero es don dinero, que espera por ellos en la caja del canal cada quince y final de mes. Mercedes se quitó los zapatos y caminó descalza para sacarse el cansancio del día, que resbaló de sus pies convertido en un estoy muerta. No digas eso que es de mal agüero, le advirtió Eugenia mientras le traía sus babuchas hasta la sala y se fue a la cocina a prepararle el sánduche con el que venía delirando Mercedes. Lo comió con la fruición del desesperado y qué rico estaba Eugenia, me vas a tener que dar esa receta. No se puede Mercedina, secreto profesional y mi propia mano, pero te lo preparo cada vez que quieras. Mercedes le voló un beso y Eugenia regresó al sofá. Se sentó a su lado. Terminaron de ver la telenovela Historia de tres hermanas, drama en el que tres mujeres de una familia se odian al estar enamoradas del mismo personaje. Se han visto casos. El protagonista saca provecho de la historia y corteja a las tres. Todo queda en familia, piensa Mercedes.

—Hay que ver, las mujeres de hoy en día sí son sinvergüenzas, yo no apoyo esas vagabunderías —dijo Eugenia con estupor.

Mercedes sonríe por el drama teatral y con el amor por las viejas que se han pasado la vida junto a uno, le pide por favor: ¿me puedes dar un chocolate caliente? Es una manera de quererla. Eugenia sacó un paquete La India, que de inmediato dejó caer con delicadeza en una ollita con leche puesta a hervir lentamente y la pastilla ni se quejó en su tránsito a chocolate derretido. Sirvió dos tazas que ayudaron al brindis de Mercedes a la salud de Eugenia y gracias, mi nona, por haberme dado tantos años de cuidado. ¿Qué es eso de nona? Abuela. ¡Ah no!, a mí no me digas vieja. Perdona, es que me acabo de aprender la palabra porque anduve por un barrio de italianos que son muy cariñosos, mi nona querida, dijo, no me vas a negar que es linda la palabra, cuando sintió que la noche se dejó de pendejadas y entró en la ciudad sin pedir permiso. Eugenia se levantó del sofá y fue hacia su cuarto a esconder su vergüenza ajena por lo de las hermanas promiscuas. Mercedes la ve con indulgencia mientras la nona se escapa entre las sombras del pasillo pero no hace ningún comentario.

A Mercedes le provocó quedarse en el sofá mientras la televisora comenzaba a despedirse y le gustó la semi penumbra intermitente que la pantalla proyectaba en la sala. Eugenia sintió que le faltaba algo y le trajo una almohada y una cobija de lana, muy útiles para capear la fresca que soplaba desde el balcón. Eugenia la ayudó a ponerse unas medias gruesas que combinaban perfectamente con lo rústico del bluyín. La nona la recostó en su hombro y Mercedes se dejó llevar un buen rato hasta el sumun del cariño por tantos años. Y los grillos comenzaron su concierto. Eugenia se despidió de la jornada en la que su único interés era mantener contenta a Mercedes, con el mismo cuidado que le prodigó desde que era casi una niña. Los grillos aprovecharon que la sala se fue quedando casi sola (eso lo saben sólo los grillos) y aumentaron el volumen de su canción nochera, a la que se sumaron unos sapos de la fuente a la entrada del edificio. Mercedes sonrió al darse cuenta de que nada desentonaba y que los grillos vernáculos cantan igual a los de Long Island, con el idioma universal de la melancolía. Quiso imitarlos pero no le salió el silbido y se contentó con despegar la oreja de la almohada para percibir mejor aquel arrullo natural. Siguió atenta al televisor. El capítulo de la telenovela terminó con la escena en la que una actriz le puso resonancias gringas a su nombre natal, y terminó con un Doris Wells ajeno a su natal Caripito del estado Monagas. Doris, la estrella en ascenso en el canal, reprende y advierte a Raúl Amundaray, el galán apetecido del momento, que no te voy a perdonar tu traición, y menos porque se trata de mi propia hermana, a quien soy capaz hasta de matar. Pero al final se besan apasionadamente para calentar la pantalla y prolongar la acción hasta el capítulo de mañana. Se acaba el episodio con la imagen de Doris que maldice y llora con malcriadez de niña de Caripito. Corren los créditos de arriba abajo de la pantalla. Corte. Suena música de suspenso con fuerte tono de intriga. Es el espacio de noticias. Cambia de canal y lo mismo. Pero en una última imagen, al cierre del Informador, en la sección de eventos, el periodista interroga a uno de los pintores cuyas obras forman parte de las instalaciones de la Asociación Israelita de Caracas.

—Señor Severino —pregunta con grandilocuencia luego de entrevistar a los otros artistas plásticos—. ¿Qué significa para usted formar parte de una exposición con escultores reconocidos como Harry Abend y Annie Abadie Abbo.

Mercedes pegó un brinco en el sofá como si una premonición le hubiera revelado alguna pista.

—Seguramente soy un buen discípulo —respondió Ariel sonriente y Mercedes quedó boquiabierta, muda, con la mirada fija en el televisor que balbuceaba imágenes. El Informador se despidió con la misma estridencia del comienzo y Mercedes terminó de tomarse el chocolate, ya casi frío. Puso la taza sobre la mesa de centro y se recostó en el sofá con una satisfacción secreta, la misma que sienten los libretistas cuando terminan el capítulo yugular de su telenovela.

### La realidad es muy dura

Despertó en un lapso tan corto que no supo si verdaderamente había dormido. El televisor quedó encendido durante toda la noche y al final sólo permaneció el penacho de un jefe apache dentro de un conjunto de círculos concéntricos; único lugar donde al parecer sobrevivieron indios en Estados Unidos. Se desperezó sin mucho entusiasmo, se levantó y escuchó que la puerta del cuarto de Eugenia se abría con un buenos días bien parecido al de una mamá. Buenos días, respondió al momento en que apagaba el televisor. Eran las seis de la mañana y Eugenia ya salía porque no tengo nada para el desayuno. No te preocupes Eugenia, en la panadería de enfrente hay unos cachitos de jamón y quesadillas, siempre recién salidos del horno. Así trabajas menos. ¿Y para tomar? Me conformo con un chocolate igual al de anoche, tu mano hace que todo sea mejor. También hay churros, los hacen solamente los jueves. Uy sí, de postre, mojados en el chocolate. Intercambiaron gestos de alcahuetería y Eugenia salió con sus mismos pasos eléctricos de siempre, tiesa sobre sus piernas de alambre, aún a sus sesenta y ocho años. Mercedes entró y salió de la regadera en un santiamén, aún con el sopor que las agujas de agua no lograron remediar completamente. Eugenia tenía la mesa dispuesta para una princesa. Dos, porque ella también se sentó como acostumbraba desde hacía muchos años, reina madre, lo de siempre, que de tanta dedicación se convirtió en una más de la familia, tanto, que aceptaban como propio su espíritu católico. Que Dios te bendiga Mercedes, cuídate. Amén y le dejó un billete de cien bolívares sobre el chifonier, múltiple de gavetas, mueble de apariencia imperial que presidía la sala.

El chofer de Elías esperaba a la entrada del edificio con el motor encendido y Mercedes no perdió un segundo para montarse en el carro. No hubo sapos. Pero sí grillos, los mismos que solían poblar de saltos los jardines de su casa de Long Island. Buenos días Farnesio. Buenos días Mercedes. ¿Descansó? Creo que sí, yo no duermo mucho, aunque me pesan las pestañas. ¿Adónde vamos? Por aquí hacia Sabana Grande, necesito ir a la peluquería para quitarme este estropicio. Quedé en verme con mi prima Esther, tengo tres días aquí y todavía no hemos hablado, esto va a ser largo. No se preocupe. El carro enfiló dócilmente hacia donde lo conducían los deseos de Mercedes, cosa que todo el mundo cumplía con agrado. Mercedes tenía tal capacidad de encantamiento que resultaba difícil llevarle la contraria por una dulzura que a la larga resultaba impositiva. Esther no tuvo más remedio que aceptar su propuesta de encontrarse en la peluquería, a pesar de cierto desacuerdo entre ambas. Además, había un detalle que le dio más cercanía a su sangre de primas. Esther siempre le contestó las cartas que le enviaba desde Long Island y terminaba con un final de choteo amoroso, te quiero a pesar de ti. Pero el rencor sólo se da en gente sin grandeza y a pesar de que Esther siempre objetó el matrimonio de Mercedes con George, y luego estuvo en desacuerdo con su decisión de separarse, (lo que le causó extrema molestia por la irrenunciable convicción de que los compromisos son para siempre), no le guardaba el mínimo resentimiento. Le echó tierra al promontorio de su orgullo y aceptó encontrarse con Mercedes, porque hay demasiado qué conversar. Tenemos que arreglarnos para la noche, hasta mi papá va a ir. Tráete tus cosas, te arreglas aquí y así aprovechamos. Ya van dos años que no nos vemos Esther y el tiempo acumula cosas como los baúles y maletas de los antiguos clápers, ¿te acuerdas?, esos marchantes obstinados que salieron de la pobreza gastando las suelas de sus zapatos para vender todo lo vendible. ¡Corte barato, señora! Esther, a Isaac lo invitaron especialmente y no sé por qué, tú sabes que él no es muy practicante. De todos modos me hace sentir orgullosa. El Rabí Pynchas Brener lo mandó a invitar especialmente. Eso dijo mi papá, confesó Mercedes, quien nunca dejó de pensar en su hermano Isaac, quizá, el más afortunado de todos los Chocrón, incluyendo aquel alter abuelo Saúl, piedra angular donde le comenzó su solo apellido como un orgullo ancestral. Esther guardó un silencio suspicaz.

Isaac Chocrón tuvo varios destinos que partió como mazo de barajas. El primero fue heredado del abandono de su mamá, que lo dejó a él y sus hermanos con la penuria irremediable de la orfandad. Si bien tenían casa y manutención de lujo, debieron aprender a vivir con el alma rota para nacer de nuevo a como diera lugar. El segundo ocurrió con su nombre inicial, Samuel, quizá el único gesto amable que se le conoció a Estrella, al ponerle el nombre del abuelo Serfaty, muerto recientemente. Enfermo de meningitis, Isaac casi muere de no haber sido por una antigua tradición hebrea: Si un niño está a punto de morir, se le cambia el nombre como santo remedio. Shalom, y se lo cambiaron a Isaac, el hijo único del profeta Abraham y nombre de un rabí de Melilla, para más señas Bengualid, tenido por un verdadero santo, un justo, un Tzadik, para cocerlo en su propia salsa, recordó Elías, agradeciendo a Hashem con los ojos cerrados, que es como se debe agradecer. Isaac abrió los ojos a la nueva vida y aprendió a burlarse de todo. El tercero, como todos los demás, le vino de cuna. Era zurdo, lo que para la época resultaba un estigma. A falta de escuelas judías en Maracay, Elías, padre y madre, inscribió a sus hijos en el Colegio de Nuestra Señora de la Consolación, donde la madre superiora, Sor Suplicio, ató la mano izquierda de Isaac al espaldar del pupitre, para que se hiciera diestro, porque la izquierda es la del diablo, dijo al terminar el último nudo. Y, por añadidura, Isaac llegó a los predios del Señor, católico sin mucha dedicación, rezando el Padre Nuestro y el Ave María, que solían salvarlo cuando se encontraba frente al peor de los peligros. A Isaac, al igual que sus hermanos, siempre se le impuso la vida sin consideración ninguna. Tres caminos pedregosos que cada uno aprendió a desandar como pudo.

En suma, vivió en un desencuentro constante que, luego de su abandono del colegio militar, eso es demasiado rudo para alguien tan sensible, lo llevó a estudiar economía sólo por cumplir los deseos de Elías Chocrón, y, de quiebre en quiebre de su voluntad, terminó un doctorado que lo hizo ostentar un cargo poco significativo para su espíritu ambicioso, pero le permitió demostrar (alguien abandonado siempre necesita demostrar algo) que sí servía para las cosas mundanas y terminó convertido en funcionario administrativo de la cancillería venezolana. Pero el último y más definitivo de los tropiezos del destino fue que no cabía en sus zapatos, no me siento bien haciendo de varón, lo masculino me asfixia en una constante angustia, hasta que Neruda llegó en su auxilio y le cambió la piel:

> Sucede que me canso de ser hombre.
> Sucede que entro en las sastrerías y en los cines
> marchito, impenetrable, como un cisne de fieltro...
>
> Sucede que me canso de mis pies y mis uñas
> y mi pelo y mi sombra.
> Sucede que me canso de ser hombre.

Ocurrió a raíz de un suceso definitivo. Se enfermó gravemente por segunda vez y el tifus amenazó con llevárselo a la tumba. Permaneció en la cama durante varios meses, debatiéndose en una fiebre de inculpaciones, hasta que un día, ya a punto de rendirse frente al soplo de la muerte, reflexionó, en las últimas, un muerto no tiene género. Cuando estés en la urna serás sólo un cadáver, Isaac Chocrón, ni hombre ni mujer, se dijo, así que déjate de vainas y sal de ese infierno. Y, como por arte de magia, comenzó a mejorar ostensiblemente, hasta el punto de levantarse de la cama, ya sin fiebre y con la certeza de que en su interior se había librado una guerra en la que derrotó al demonio de la culpa. Se sintió libre y se asumió en su ambigüedad que le había pesado como una mácula imborrable. Se lo tomó a chiste, tanto, que un día, muchos años después, llegó a una fiesta en la que estaban varios de sus congéneres, acompañado de un mancebo que se parecía al Antínoo del emperador Adriano. Buenas noches, dijo pomposamente, les presento a mi sobrino. Y Elías Pérez Borjas, exbailarín, gestor de procesos culturales, iconoclasta, la venadita lo llamaban sus detractores, dueño de un humor de ponzoña, en fin, un maledicente convicto y confeso, le replicó con voz gangosa y cejas enarcadas: ¡Ay!, pero él fue sobrino mío el año pasado.

## Peluquería y confesionario

Esther recibió a Mercedes como si hubiera dejado de verla durante la mitad de su vida. Besos y abrazos de gente que tiene tiempo queriéndose de verdad, más una noticia del diario El Nacional que apareció en la sección de Cultura. Abrió el periódico frente a los ojos de Mercedes. Animales feroces, de Isaac Chocrón, obtiene el premio del Ateneo de Caracas a la mejor obra de teatro del año. El estruendo de la risa de Mercedes pareció un abuso a los oídos de la mayoría de clientas que no conocen la alegría que causa una victoria. Mi hermano querido. Esther y Mercedes permanecieron abrazadas por un lapso que ninguna supo medir y decidieron tomarse un café en el negocio de al lado, aprovechando que no les había llegado su turno. O sea que tenías un genio en tu casa y no lo sabías, Mercedes. Es que de tanto sufrir uno pierde el sentido de lo bueno. Pero esto es inmejorable. Un éxito como éste borra cualquier rastro de fracaso y te convierte en un triunfador para siempre. Los triunfadores no tienen pasado. ¡Prima!, gracias por haber venido. Pensé que estabas tan molesta que no querías hablar conmigo. No, ¿cómo crees?, además tengo mucho que contarte, eso si acaso nos da tiempo. Lo importante es que quedemos bellas para la fiesta en la asociación. Mañana amanecerá distinto. Van a estar todos los judíos de renombre, incluido mi hermano Isaac, ahora me doy cuenta, es que le acaba de cambiar el mundo con ese notición. Se lo merece. ¡Seguro! Se instalaron en una mesa del café y se desgranaron en los cuentos que Mercedes le había derramado como catarata a María de las Casas, McGill, agregó Esther, recuerda que ella es nuestra única amiga aristócrata. Y siguieron en una conversación que dio vueltas en torno a lo mismo. Su separación, sus dudas y la necesidad de entender lo inoportuno de ciertas decisiones, en fin, el deseo de lograr la cuadratura del círculo vicioso de sus complejos, que siempre la devolvían a la postración y el miedo. Pero, paradójicamente, el hecho fortuito del premio de su hermano Isaac, le dio una pista para reencontrar sus ganas de vivir y la ayudó a confiar en sí misma.

Prima, no sé qué decirte, la vida está adelante, dijo, como si le tuviera miedo al silencio. Esther la interrumpió y comenzó a hablar sin tomar aire. Mercedes, mi familia eres tú y no George, quien también tiene derecho a equivocarse y tú sabes cómo son los hombres, excepto mi marido que es un ángel. Lo adoro desde que tuve quince años, lo sé porque el día en que se me declaró, del susto, me bajó el período, pero no me importó porque él es médico y seguramente me vio como a un paciente. Es que los médicos tratan a todo el mundo como enfermos. El otro día, íbamos en el carro y vio a una señora tosiendo en el semáforo y se bajó a ver qué le pasaba. Pues qué le va a pasar, que fumaba como una loca, igual que María de las Casas y le recomendó que dejara el cigarro, le dio una cajita de pastillas Pentro, que eso te hace bien para los pulmones porque están hechas de eucalipto y menta, y sólo regresó cuando los carros comenzaron a tocar corneta porque trancó el tráfico. Es que la gente no tiene el menor sentido de conmiseración con una pobre anciana, protestó. Las venas de la frente se le iban a reventar, hasta que logré meterlo en el carro a troche y moche. Prima, a los hombres hay que ponerles carácter.

Y a las mujeres también, dijo la peluquera en la puerta del cafetín, cuando se cansó de llamarlas porque les había llegado su turno. Esther se sentó en aquello que parecía una silla eléctrica y sólo lávame la cabeza y me la secas para que quede bien liso, al natural. Mercedes sacó una foto de Audrey Hepburn con el mismo peinado con que apareció en Desayuno en Tiffany's, y le pidió por favor, déjame igualita. Cortes aquí y allá para emparejar el cabello de Esther, siempre a tirito de olvido porque de tanto arreglar la apariencia de actores y actrices de las obras que le tocaba producir, se olvidaba de sí misma y tenía unas greñas selváticas. La peluquera de Mercedes tuvo menos trabajo, los cabellos obedientes que parecían juncos del Nilo, pero domesticados ancestralmente por las aguas eternas, se acomodaron a sus manos y se dejaron llevar hasta la coronilla, donde caían como cascada auspiciosa… Es que Mercedes tenía una ventaja inocultable, la de su cuello largo como el del cisne que apareció en uno de los lagos de la Creación, y terminó inevitablemente en la envidia, ese pecado capital que nos llegó en las carabelas de Colón.

Cuando vio su obra terminada, le paseó un espejo por todos los ángulos donde podría haber habido alguna disconformidad, y le dijo, ¡ay! Mercedes, perdón, pero sí, quedasteis como Audrey Hepburn (hizo una mueca por donde brotó la pronunciación como un manantial de piedras), vos sois igualitas. No debería cobrarte si me regaláis una foto para ponerla allí, y le señaló la pared junto al espejo. Seguro que voy a tener más clientela, le dijo en perfecto maracucho, ese idiolecto que pone a la gente del estado Zulia a existir con una conjugación indescifrable de macho cabrío. ¿Y qué es un macho cabrío? Lo mismo que un chivo pero de Grecia. ¿Vos te estáis burlando de mí? No, Ifigenia, cómo crees, estoy contenta porque encontré peluquera. Estilista, no se te olvide. Qué bueno, estilistas y psiquiatras son lo más difícil de conseguir, te lo digo por experiencia. Como sea, de todos modos me respetáis, recuerda que te conozco desde chiquita, desde que Eugenia te traía para cortarte esas babas que tienes por cabello. Entonces soy tu clienta más asidua y tendrás tu recompensa. ¡Cuando te llame me atiendes inmediatamente! Y para que no quedara duda alguna, le dejó cuatro billetes de cien. Por las dos, Ifigenia, incluyendo a mi prima Esther, quien es como mi hermana. Ifigenia las vio y dijo que la verdad es que sois igualitas. Entonces somos dos las que nos parecemos a Audrey Hepburn. No, Mercedes, como creéis, aquí no hacemos milagros. Y las tres se rieron como amigas de toda la vida. (A veces las mujeres se contentan con muy poco). Dio media vuelta moviendo los dedos como quien despide al viento y te mando la foto con Farnesio.

Salieron batiendo las melenas para convencerse de que habían quedado bien y bastó la mirada lúbrica de dos señores de cierta edad, que sacaron pecho y carraspearon con talante de conquistadores. Buenas tardes el par. Buenas tardes el par. Y quedaron tablas. Esther y Mercedes pusieron cara de damas ofendidas por no dejar, pero contentas en su fuero interno porque todavía gustaban, en el caso de Esther, quien mostraba una seriedad de camposanto, y lograban despertar pasiones ocultas, como Mercedes, bajo su estado civil indeciso, que eso siempre se nota. Y, con cara de circunstancia, caminaron apuradas hacia el carro donde Farnesio encendió el motor al apenas verlas venir. ¡Ay! Farnesio, gracias por estar aquí, hay cada abusador, y Farnesio sonrió no muy convencido. De la peluquería al apartamento de Mercedes no hubo sino un suspiro. Si las mujeres saben de algo es cómo convertir el tiempo en trizas cuando les conviene. De resto, llegar tarde es un atavismo. Mercedes vistió un taller de lino rosado con blusa de seda de menor tonalidad, pañuelo también de seda pero aún más rosado hacia el fucsia en el bolsillo superior del taller, y una orquídea de plata repujada sobre la solapa. Esther, más teatral, vistió un blanco de seda como el del día en que Otelo mató a Desdémona, pero con cara de quien sobrevive a cualquier atentado. El carro subió por la avenida Libertador y llegaron en un santiamén a la calle los Mangos, en la Florida, donde el gordo Elías Chocrón aún vivía después de que Estrella salió huyendo. El carro llegó en un tris y Mercedes lo vio caminar ansioso en la fachada del caserón, con un flux negro a rayas que lo hacía ver más flaco y elegante. Y más alegre cuando vio estacionar a Farnesio.

Papá, ¡qué elegancia!, le dijo Mercedes, cuando se bajó del carro y lo abrazó con el amor de quien recupera a un padre con hijo exitoso. Sí, por eso Pynchas Brener lo mandó a invitar con mucho orgullo. Esther también lo abrazó y todos celebraron el primer triunfo que habían tenido después de tantos años de fracaso. Farnesio, quien conocía la historia de aquella familia de múltiples tristezas, sintió que llevaba en el interior del De Soto 1960, un tesoro del amor no correspondido, que finalmente encontraba una razón para celebrar. Elías Chocrón sonreía con el sol en la boca en medio de Mercedes y Esther. De tener sólo una hija a tener dos, era un salto como el del atleta que gana su primera medalla olímpica. El Olimpo es una corona donde el triunfo se manifiesta para premiar a las personas que uno quiere. De verdad que Elías, desapegado de todo tipo de boato, se esmeró aquel día y estaba tan elegante que hasta yuntas de oro usó en sus puños. Su sonrisa era la de un patriarca que va a recibir a su hijo pródigo. Y cuando llegaron a la Asociación Israelita de Caracas y vio a Isaac con aquel flux de príncipe de ultramar, entre la comitiva del acto, tembló como el día en que le tocó nacer.

## La vida entre flashes

Atónita, como alcanzada por el rayo, quedó Mercedes cuando Ariel Severino le dio la mano con aplomo varonil y sólo quedó en sus oídos el eco del mucho gusto, encantado de conocerte, gracias por venir, que se abrió paso entre el aroma boscoso del agua de colonia Old Cottage. El placer es mío, respondió Mercedes, sin poder controlar el comportamiento de sus rodillas tembleques, cuando descubrió que había recuperado su capacidad de asombro. Los flashes estallaron con premura de bombillos efímeros, mientras caían al suelo inútiles y candentes. Pero contentos de haber iluminado una fotografía que vivió para siempre en los anales del instituto y de la revista Memorias telúricas, donde quedó registrada la historia de judíos y asimilados, desde que aprendieron a vivir en Caracas. Ariel y Mercedes se miraron a través del bosque perfumado. Se hizo un silencio atronador. Flashes. Mercedes aturdida. Ariel encantado. El salón del Instituto Israelita de Caracas fue esa noche como el escenario de estreno de una película en la que todo es fotografía y luces. El tiempo se armó de paciencia para guardar memoria exacta del momento y comenzó a marchar más lentamente. Mercedes también y Esther tuvo que tomarla del brazo para que avanzara en la fila sin saber a quién saludaba. Flash. La fila se congeló. Esther le soplaba los nombres y Mercedes respondía automáticamente a pesar de que se había quedado atrapada en el mucho gusto, encantado de conocerte, gracias por venir, deslumbrada con el encanto del señor Severino. Más aún, ella, que solía ser muy comedida y distante ante una figura masculina, sobre todo después de su fracasada experiencia con George, se sorprendió con el gusto es mío, que dijo fuera de toda formalidad y con agrado ostensible. Volteó a mirar, halada por el magnetismo de Ariel. Ariel hace una leve venia caballeresca y Mercedes sonríe con el mejor regalo de sus dientes perfectos. El comité de recepción permaneció como una sombra donde la única cara visible era la de Ariel Severino: de verdad que encantado, repitió, y un flash congeló el momento. El corte perfecto de su flux navy blue, de un azul profundo que casi llega a negro, pero con más garbo, le dijo Álvaro Clement, sastre del expresidente Betancourt, cuando le entregó el traje para esa noche memorable. Que tú sí eres bien parejero, pretencioso, le dijo Guillermo Zabaleta, su jefe y amigo en Radio Caracas Televisión, cuando lo acompañó a recoger aquel traje de porte imperial. No, perdóname Guillermo Tell, lo que pasa es que fue Clement quien le cosió su flux a Betancourt sobre las quemadas el día del atentado en el Paseo Los Próceres, para que hablara por televisión y demostrara que estaba vivo. Se trataba de salvar al país. Lo hago por cábala, para tener muchos años de vida. Silencio de la memoria. Zabaleta casi le pide perdón.

Lo vio sin ningún pudor en el lugar del pódium donde Harry Abend y Annie Abadie, los artistas que quedarían para siempre en esas paredes celebratorias, acababan de decir sus palabras de emoción. Ariel dijo las suyas sin dejar de mirar a Mercedes con el pequeño cortocircuito en el corazón que produjo aquella noche, en la que se inauguraba como artista plástico que desde ya entraba en ese camino difícil del arte, las más de las veces, repleto de fracasados y locos tirados a la vera del camino. Y de una señora muy elegante, con maneras que imitan las de Jackie Kennedy, de negro cerrado con lunares y perlas como una viuda del amor, que se mostró contrariada cuando notó el intercambio de miradas entre Ariel y Mercedes. La señora recordó toda su aventura con Ariel Severino, chevalier mon ami, hombre mío, que me mentiste amores.

Ariel Severino ajustó el micrófono a su altura y sólo dijo que estaba muy agradecido porque lo habían invitado a compartir el honor de los dos artistas que me precedieron en la palabra. Aportar un cuadro elaborado con mucho afecto para esta gran comunidad de descendientes del profeta Abraham, es algo de lo cual no me sentía merecedor. Hasta este día tan importante en que por primera vez una obra mía va a estar colgada en las paredes de un recinto donde se honra a un pueblo que ha sobrevivido a todas las calamidades. Gracias a Pynchas Brener por esta oportunidad que es más un elogio que una contribución. Y aprovecho para felicitar a Isaac Chocrón, dramaturgo premiado con la mención de mejor obra de teatro, por Animales feroces, obra a la que espero contribuir algún día con una de mis escenografías. Sería un honor. Especialmente porque según entiendo, allí aparecen sublimados los espíritus de sus hermanos Mercedes y Mauricio, más la figura del patriarca, Elías Chocrón, quien no ha escatimado esfuerzos para levantarlos como familia. Los aplausos se regaron por la sala, Elías aplaudió con sus manazas de elefante judío, hasta las últimas palmas que resonaron en el espacio. Isaac aplaudió cortésmente sin levantarse y Mauricio hizo lo que Isaac. Y Mercedes quedó en shock cuando se escuchó mencionada por aquel galán que se le quedó viendo a propósito, con su uno ochenta y cinco de estatura y ojos líquidos de emoción, que también mojaron los suyos. Pero, una mirada de cinabrio, de esas que sólo cultivan los que pierden algo, se le clavó en sus ojos que no supieron dónde mirar. Se sintió intimidada y sorprendida. Se concentró en la mirada de Ariel, quien volteó su vista hacia el pájaro elegante, negro y agorero. Una bruma se extendió entre los tres. Pero, superando su rubor inicial, Mercedes se afirmó en su mirada y Ariel le correspondió en un nudo sentimental que comenzó a trenzarse entre los dos. Se ve que ya Mercedes había aprendido a desafiar la vida sin temor alguno.

Los aplausos decaen en un degradé sonoro. Pausa en el evento y María de las Casas que llega un poco tarde, con alguna vergüenza pero no es mi culpa. Un fotógrafo la aborda. María posa y flash. Tiene una doble figuración: directora de Alter Ego Advertising Company y miembro del Ateneo de Caracas. Llega a la mesa donde está su nombre junto a los de sus amigas de siempre, la Cofradía Fashion. Acabo de comprarle cauchos nuevos al carro y ya se me espichó uno. No tuve fuerzas para montarlo y esperé a que llegara alguien. Por mi abuela McGill, lo juro, apareció como el mago de la lámpara un muchacho de uno noventa, bello, y se ofreció a montarme el repuesto. Habría preferido que me pidiera matrimonio. Pero los jóvenes de hoy lo que quieren es sexo. Bueno, que sea lo que Dios quiera. Y aquí estoy. Me dio pena con Pynchas, pero los santos entienden todo. Y miró de reojo a sus amigas de la directiva del Ateneo de Caracas. Aquella mesa parecía una conjura de brujas ansiosas de chismes nuevos, lo de siempre y se sentó junto a Mercedes para renovar los votos de amistad, después de la última noche de licores y nostalgias.

—Pero bueno Mercedes, cuéntame qué ha ocurrido desde anteayer. Si uno no habla todos los días es capaz de perder la amistad.

—María, no sé qué decirte. Lo más importante es que tengo una tembladera en las rodillas y sí sé por qué.

—¿En serio? Entonces tienes que contarme. —Esther intervino con ciertos celos que se dan entre amigas, pero María la interrumpió para no dejarse apabullar por su talante teatral—. Tranquila Esther, que si admite que le tiemblan las piernas es porque ya distingue entre lo bueno y lo malo. ¡O sea!, Mercedes llegó a la madurez. Risas compartidas.

—¿Te digo algo María?, a Mercedes hay que cuidarla porque es muy inocente, no como tú, que eres una bruja de largo aliento, deja que se desarrolle a su libre albedrío. —Y todas en la mesa se rieron como en un aquelarre alterno en el que habían derrotado al demonio. María de las Casas se alegró por su propósito cumplido: joder.

—Les pido un favor —reclamó Mercedes—. Si equivocarme me lleva a vivir lo que viví con George, les confieso que me provoca equivocarme otra vez. —Y el primero que aplaudió la ocurrencia fue su papá, contento de tener una hija con los reflejos vitales que él nunca tuvo.

—Esther, no seas tan estricta, la única manera de triunfar en la vida es viéndose cara a cara con el fracaso. Déjala quieta. Mercedes, amiga querida, equivócate todas las veces que quieras y sé feliz —remató María de las Casas, gozando el atrevimiento de Mercedes, quien había demostrado con creces que no era una frívola. La mejor prueba fue haber renunciado al mundo de la moda porque... me dió la gana señoras, la vida está en otra parte. Creo que por los lados de las amigas.

—Prudencia María, que el infierno aparece en cada esquina —recomendó Esther con cara de maestra de tercer grado.

—No, la que debe tener prudencia es Mercedes. Llevaba dos días sin verla y ya está enamorada.

—No exageres María —la exculpó Esther.

—Es que últimamente el tiempo anda apurado. ¿Quién sabe qué es el amor? A mí me tiembla el pecho. —Dijo Mercedes sonreída, desafiando al cúmulo de señoras mayores que ya no tenían mucha esperanza.

—Está bien, dejémonos de catecismos civiles y hablemos del malhechor. ¿Quién es el indiciado? Dímelo sin culpa, Mercedes, que merced significa favor, ¡ay!, Mercedes Chocrón, de los santos ángeles del mundo desconocido.

Se hizo un silencio de orquesta cuando termina un set, Mercedes aguzó el oído, se hizo la pendeja (de verdad había aprendido) y aprovechó al ver a María Teresa Castillo, con cara de presidenta del Ateneo de Caracas e Isaac colgado del brazo, como la prenda literaria del momento. Se sintió orgullosa otra vez, emoción vivida raras veces.

—Me le escapé a ese nido agorero del Ateneo y me vine a estar con muchachas de mi edad y alegres como ustedes. —Todas celebraron la

ocurrencia de aquella señora sacrosanta que apoyaba todos los desmanes teatrales que estaban por ocurrir.

Isaac se sintió encantado con todas las atenciones y los flashes estallantes. Se dejó llevar por María Teresa, pero cuando vio a su hermana Mercedes la abrazó y le dijo a su benefactora, mire, esta obra que ustedes acaban de premiar, es, en el fondo, un escudo para proteger a mis hermanos de todo mal, especialmente a Mercedes, que ha sido padre y madre. Una obra de teatro es mi manera de hacer un conjuro.

—¡Ah no! Pero hay que brindar por eso. Dramaturgo y brujo —dijo María Teresa levantando su copa exangüe, al tiempo que llamaba a un mesonero—. Champaña, por favor. —El mesonero vació la bandeja ofreciendo copas entre el grupo. Isaac bebió, y continuó impertérrito.

—El cariño es como un saco en el que uno va metiendo gente, en especial, a la familia adquirida. Allí está, de primera, Esther Bustamante, prima querida y no sé cómo llamarla, pero amada con todo el pedazo de corazón conque sobrevivo.

María Teresa se emocionó. Esther aplaudió y pidió un whiskey cuando vio llegar al doctor Bustamante, mientras María de las Casas intentaba averiguar cuál era el candidato de Mercedes. Calma María, que el mundo tardó en hacerse, dijo la consciencia oculta de la mesa.

Un estallido de flashes iluminó aquel grupo celebrante en el justo momento en que Ariel Severino, quien tenía sus lejanías uruguayas, se acercó a la mesa entusiasmado por el afecto desbordante del grupo. Mercedes abrió su sonrisa como un paraguas benéfico y un pacto secreto continuó expandiéndose entre ambos. Fue tan notorio que Isaac puso cara de desagrado al ver su posesión a punto de ser asaltada por un play-boy que se hacía pasar por escenógrafo, y, más aún, contrariado por la complacencia de Mercedes que lo recibió como azúcar a punto de caramelo. Gracias por venir. La señora con cara de mujer fatal lo vio pasar a su lado mientras rumiaba su descontento, con rictus de me las vas a pagar hasta el día de tu muerte y susurró: maldito. Ariel la vio con cara de perdonavidas y le dijo en tono quedo, como Don Juan Tenorio, acusado de tantos desmanes contra féminas indefensas, ¡tan largo me lo fiais!, calculando cuánto le faltaba para morir, y siguió derecho hacia el grupo, sin miedo a cometer su próximo pecado.

## Animales feroces

Se sentaron en las últimas filas del teatro del Ateneo, separados sólo por el aroma del Old Cottage que se convirtió en el bosque preferido de la pareja. ¿Pareja? Sí. Inevitablemente el futuro se les vino encima como un alud que ambos provocaron de tanto desearlo. Quedaron sorprendidos. Cada uno andaba por su lado buscando el amor absoluto y el azar se los concedió sin aviso ni protesto. Aún no sabían que era absoluto, pero una pasión creciente se precipitó entre los dos como río salido de madre. Después del evento en la Asociación Israelita de Caracas, quedaron unidos por un halo invisible que iluminaba con voluntad propia. Ariel tuvo la ocurrencia de llamarla esa misma noche. Mercedes sabía de quién era la llamada, pero trató de darse importancia. ¡¿Quién?! Y Ariel, que tenía el conquistador a flor de piel, le respondió desafiante. Si esperas la llamada de otro, lo nuestro se acabó. Mercedes trató de encubrirse tras una risa nerviosa y Ariel le pronosticó el futuro ipso facto: señora Mercedes, vengo a hacerle una revelación, la felicidad existe y a usted le ha tocado el turno. Estoy lista, sonó desde el otro lado de la bocina con la misma risa nerviosa y la conversación continuó sin pausa. Intercambiaron historias como ofrendas. Las más enaltecedoras y las más duras porque la vida es un sube y baja. Estuvo queriendo contarle la tragedia que tenía atrapada en su garganta desde que tomó el auricular, hasta que se atrevió a confesarle el abandono de Estrella, aquel sábado en que estaba a punto de amanecer. Se hizo un silencio profundo. Ariel no se dio por enterado y Mercedes aprovechó para anotar la fecha de aquel sábado en una servilleta de orlas barrocas que se trajo del evento. Continuaron conversando sin reparar en el tiempo que siempre apura a los amantes de estreno y, a las seis de la mañana, Mercedes le dijo despegándose del teléfono que hervía, dame un segundo. Sopló la bocina para atemperarla, respiró profundo y le leyó la esquela amorosa. Estoy lista, hoy, sábado 6 de mayo de 1963, día en que comenzó mi nueva vida.

Santa Rita de Casia, cuídame a mi muchacha, dijo Eugenia desde el balcón, mientras se santiguaba al ver un carro que se estacionó frente al edificio. Despidió a Mercedes cuando entró en el ascensor, sonreída como una pascua, que es cuando las mujeres son más vulnerables. Se preocupó más al ver al hombre bajarse del carro y abrir la puerta del acompañante. Mercedes entró en el convertible y Eugenia adivinó que sonreía como una muñeca en flor. Este señor es un caballero o un embaucador, se dijo Eugenia, y prendió el televisor para la telenovela de las seis que estaba por comenzar. El carro rugió por toda la avenida y Eugenia la volvió a encomendar para protegerla de cualquier accidente. Ariel aceleró con ánimo de piloto Fórmula Uno y Mercedes lo previno porque no tienes que exagerar, ya es suficiente con la velocidad con que estamos viviendo. Ariel se sintió avergonzado, disminuyó la marcha y Mercedes se reconfortó al ver que Ariel era alguien razonable. Gracias, le dijo cuando Ariel la miró con necesidad de indulgencia y la obligó a pensar en que este señor vale la pena. Es que quería alcanzarme a mí mismo. Bueno, de todos modos vamos a ver, es sólo el primer día, aunque parezca una eternidad. ¿Sabes algo, Mercedes?, aunque suene a frase trillada, siento como si te conociera de toda la vida. Yo también Ariel y lo mejor es que no tengo miedo de equivocarme. ¿Y por qué miedo a equivocarte? Deberías más bien apostar a que acertaste y así todo marcharía mejor. Sí, perdóname, es que resulta más fácil el fracaso que el éxito. Ariel se emocionó y buscó un espacio donde estacionar. Se detuvo en zona permitida hasta para el amor, y sacó un bolívar del cenicero donde colocaba las monedas para pagar los peajes. ¿Cara o sello?, precisó a Mercedes, emocionada como quien se juega el gran premio de navidad. Cara. Y puso la suya en prenda.

Ariel respiró profundamente. Sello. Y lanzó la moneda al aire. Vueltas como las del primer día del mundo y Ariel la atrapa con su mano derecha. La presiona sobre la muñeca izquierda para provocar su suerte y descubre el sello resplandeciente en las últimas horas de la tarde. Gané. ¿Y qué apostaste? Qué seas mía toda la vida. Y ¿tú? Que seas mío para siempre. Ariel pulsó un botón del tablero y la capota comenzó a extenderse sobre el cielo con un despliegue de alambres, que hizo absolutamente íntima la emoción que manaba entre ellos. Fue un beso que alumbró como el sol que se esconde en el oeste de Catia, con el mismo fulgor de cuando nace y bautiza cada día. El perro de una señora que paseaba por la acera los vio como si pensara, moviendo su cabeza de lado a lado. Hicieron silencio. Ariel se aseguró de que la máquina estaba en neutro, aceleró y la palpitación del carro imitó el mismo temblor de los corazones que comenzaban a latir con igual ansiedad. El perro ladró su despedida. Mercedes cubrió con la suya la mano de Ariel sobre la palanca de velocidades, ayudándolo en los cambios y Ariel se sintió resguardado de todo mal. Cuando un bon vivant deja a una mujer sabe que le van a llover infinidad de maldiciones, pero, también, basta con un amor absoluto, para disolver cualquier hechizo. Mercedes sonrió y sintió que lo protegía con el instinto de madre que toda mujer lleva por dentro. Se le quedó viendo y entendió que todo hombre enamorado es como un niño indefenso, al que se debe proteger para que no se convierta en animalejo depredador. Lo besó y el animalejo se rindió ante aquella evidencia del amor nuevo. Y definitivo, le dijo Mercedes al escucharlo con titubeos. Estacionaron en la Plaza de los Museos siempre pródiga para el amor. Mercedes lo tomó de la mano y se quedó un poco atrás para que él indicara el camino. Ariel correspondió amoroso y Mercedes sonrió con la luz de sus dientes, aprovechando que el sol terminaba su función.

¡Señor Severino! Buenas noches, lo recibió la portera del teatro cuando Ariel le entregó el ticket. ¿Y ya tú lo habías comprado? No, es un obsequio porque yo también trabajo aquí. No, yo preferiría pagar por la obra de mi hermano. Tienes razón. Perdona Mercedes. Te perdono si me compras cotufas. Y se fue hacia taquilla a comprar la entrada. Apareció de inmediato con un paquete gigante de rosetas de maíz frito. Estaban tan frescas que todavía algunas crepitaban en la bolsa. Y Mercedes comenzó a habituarlo a un estilo que al principio no se supo si era humor o mal carácter. Te advierto que a mí no me vas a llenar de aire. Al terminar nos vamos a cenar a un restaurante que yo no conozca, me gustan las sorpresas. Ariel le dijo que no faltaba más, encantado por sus desplantes. Mercedes muerta de la risa por haber asustado a un león con un estornudo. Ariel, eres tan dulce que me provoca quererte. Se murieron de la risa y se sentaron en la última fila del teatro, a punto de que empezara la función, aprovechando que a la gente le gusta sentarse en las primeras. Ariel la tomó de la mano y Mercedes lo dejó hacer. Ambos voltearon a verse y se sintieron cómplices de un sentimiento que se hizo más íntimo cuando se apagaron las luces del teatro. Eso da una emoción que no se acaba, incluso, después de que los personajes comienzan sus parlamentos, porque el olor de las butacas es el preludio de todas las historias habidas y por haber. A Mercedes le gustó que todo comenzara por coleccionar olores: el agua de colonia Old Cottage, las cotufas frescas y el aroma de las butacas cuando se apaga la luz.

Comenzó Animales feroces con el tono hostil de un texto que confundió a Mercedes. Las palabras se sucedían en catarata como si buscaran acertarle a algún significado sin lograrlo. O al menos sin que Mercedes lo entendiera. Y transcurrió el espectáculo con unos diálogos llenos de acritud y difíciles para ella. Bajó la voz y se acercó a la oreja de Ariel para no tener testigos. Ariel se estremeció con el murmullo y no tuvo más remedio que ser todo oídos. ¿Es como quien va a buscar una plaza y se pierde entre las calles del pueblo? No entiendo. Y Ariel le murmuró, ten paciencia, en el teatro los significados se van armando poco a poco, a los escritores les gustan los atajos y desvíos. Las cosas no se dicen directamente sino con rodeos, ocultamientos; elipsis, las llaman los profesores. Mercedes comió de sus rosetas y continuó con los susurros de doble intención. Ariel se volvió a estremecer. Eso es como dar vueltas sin llegar al meollo del asunto. Cosquilleo en su oreja. ¿Como en las películas de policías y ladrones? Exacto. Pero es que ni siquiera veo la intriga. Mercedes, en el teatro todo es más sutil. Ah, puede ser, lo que voy entendiendo es que nosotros aparecemos con nombres cambiados. Mi mamá es Sol, cuando de verdad es noche. Esther sí es más dulce, la llama Titonga, ella fue la que nos crió, aun siendo de una edad cercana. Entendía nuestro problema porque su mamá también la abandonó. Pero eso de que me llame Mercha sí que no. No tiene personalidad y a mí me ha costado mucho labrarme la mía. Mercedes. ¿Y si te llamo Merceducha? ¡Ay sí!, ese es más lindo porque suena con cariño. Dímelo otra vez. Y no dio tiempo porque una frase altisonante rebotó en las paredes del teatro.

—¡Esto no es un país! ¡Esto es un clima!, ¡Por eso, pocos seres humanos sobreviven! ¡A la mayoría nos entierran vivos o nos empujan al suicidio!

Mercedes entra en pánico con el parlamento de ese personaje llamado Isaías. Ariel, ¿crees que mi hermano sea capaz de suicidarse? No, Mercedes, ese es un personaje que él creó para decir lo que siente pero que no es capaz de hacer. ¡Ay! Ariel, pobrecito. Pero eso no se hace. Es como ponerme a vivir mi tragedia otra vez. Y se recostó de su hombro sin atreverse a llegar al desenlace de la obra para no ver a Isaías, o sea, su hermano Isaac, suicidarse en público. Vio el espectro de la horca como una acusación frente a sí y pensó en su propio cuello. Por primera vez sintió a la muerte como un hecho posible. Pensó en su mamá, entendió que el abandono es como la muerte y la vio hundirse en una sepultura como la del olvido. ¿Es olvidar lo mismo que morir? Pensó en sus casas de la infancia, en los pasillos que no conducían a ningún lugar. Se fue poniendo triste a medida que avanzaba por los pasillos de su pasado y descubrió que todo era sombras confusas, muertas. Entonces, ¿por qué Isaac quiso meter el dedo en la llaga? Aquello era una herida múltiple y no sólo de él. Se le mojó el corazón, y por favor Ariel, si me estimas un poquito, vámonos, esto es muy duro. Hace tantos años que logré exorcizar la figura de mi mamá, para ahora verla inmortalizada. Porque después de que aparece en una obra de teatro es como si viviera para siempre. ¿O no? Carajo. Esta obra es como convertirse en estatua de sal, como la mujer de Lot cuando volteó en su huida de Sodoma.

—Merceducha, tienes razón en todo lo que dices, pero no debemos irnos sin saludar a Isaac. Todo artista necesita el aplauso del público, más aún, el de su familia es imprescindible. No importa si habla de una tragedia.

—Pero yo no puedo aplaudir eso que me ha hecho sufrir tanto. Vine contigo para celebrar y he terminado llorando.

—Haz un esfuerzo, yo no he visto mujer más fuerte que tú. Vamos, lo saludamos, lo felicitas y salimos de aquí con el mismo ánimo con que entramos.

Isaac vio a Mercedes con la alegría con que un hijo perdido encuentra a su madre. Mercedes lo abrazó, lo besó, mi hermano querido, me encanta verte triunfar, en el momento en que María Teresa Castillo se les acercó para santificar aquel encuentro que fue la mejor oportunidad para una foto con la presidenta del Ateneo de Caracas, junto al dramaturgo premiado. Al lado de ellos, su hermana vuelta personaje en la obra que recién terminaba, del brazo del escenógrafo más celebrado del momento, Ariel Severino. Isaac lo vio como si sobrara y apareció contrariado en la fotografía que fue publicada en las páginas culturales del diario El Nacional, la capilla literaria que decía el santiamén a cualquier evento que oliera a cultura.

El MG descapotable de Ariel parecía esperar ansioso. ¡Ah¡ no. Era el destello de un farol que tiritaba nervioso sobre la manija del asiento del pasajero. Tiró de ésta y sintió cierta compasión por Mercedes al verla abordar el bólido. Se preguntó si acaso era amor o clemencia lo que sentía por aquella muchacha que parecía un conejo asustado. O, si acaso, la compasión también forma parte del amor y entonces era algo superior a las pasiones corrientes. Pero algo si tuvo claro, Mercedes llevaba, indeleble, un espíritu infantil que alternaba con una madurez frecuentemente perturbada por el trauma que le dejó su mamá como única herencia. Ariel tomó entonces una decisión súbita. Desplegó la capota del carro. Le pidió a la muchacha que cerrara los ojos y buscó el distribuidor que lo condujo a la autopista del Este. No los abras hasta que lleguemos. Manejó con prudencia para no sobresaltar al conejo y el camino se le hizo corto por el solo deseo de contentarla. Llegaron. Una música de tiovivo resonó dentro del carro y se fue apagando a medida que la tela de lona se cerraba. Mercedes abrió los ojos y regresó a su primera visita al Coney Island. Rió emocionada, agarró la mano de Ariel y se la besó. Volvió a cerrar los ojos y se recostó del espaldar buscándole acomodo a sus recuerdos. Ariel le puso la mano en la frente, la invitó a bajar del carro y ya están frente a la taquilla. Ariel compró un paquete para múltiples atracciones y Mercedes caminó ansiosa hacia la rueda gigante. Lo haló y Ariel caminó casi arrastrado con todo gusto hasta llegar a sus asientos.

Fue una emoción compartida que los devolvió a la infancia en aquellas alturas. Mercedes por nostalgia y Ariel por teatrero. La rueda rueda. Ariel y Mercedes hacen equilibrio entre el sueño y la vigilia. Ariel le pasó el brazo por el hombro y Mercedes se sintió acariciada con una costumbre de años. El Old cottage perfuma impulsado por la brisa. Los Palos Grandes deslumbran con sus luces de edificios nuevos y ventanas que compiten con las estrellas. Mercedes señala con el dedo extendido el lugar donde ella cree que va a crecer el edificio Neverí que le acaba de comprar su papá. Pero no veo nada. Claro tonto, hace falta regarlo para que crezca. Tienes razón, apenas le construyeron las raíces. La rueda gira, ellos ríen y gozan las alturas como pájaros debutantes. La rueda los hace aterrizar. Descienden. Mercedes lo hala por la mano y busca el redondel de los caballos. Una, dos, tres, cuatro vueltas y la sensación es la misma en tierra. Arre, dicen al unísono. Los sueños les bajan por las gargantas convertidos en una sola voz. Tú ser Cara pálida. Y tú Conejo Asustado. Intercambian piropos en la conquista. Risas estentóreas. Mercedes lo hala hasta el laguito artificial y compran unos perros calientes inmensos para apaciguar el hambre que las cotufas no pudieron vencer. El exceso de salsa de tomate se chorrea por la comisura de los labios de Mercedes. Ariel se los limpia con una servilleta. Ahora es Mercedes la que se estremece. Una, dos, tres vueltas con Ariel que parece atado a los remos, mientras la luna parte en dos las aguas mansas del lago. Cansancio y frío. Ariel se quita el paltó y arropa a Mercedes. Rema, pero le gusta decir boga para emparejarse con navegantes antiguos.

Se termina el paseo con un torbellino de risas compartidas y Mercedes quiere ir al baño. Ambos salen refrescados, se toman de la mano y ya la noche comienza a bostezar. Te quiero confesar algo Mercedes, contigo he comenzado a sentir emociones que creí apagadas desde hace tiempo. ¿Cómo es eso? Me hiciste regresar a mis años de Montevideo. No te creo, cuéntame. Se montan en el carro. Te quiero hacer una invitación. La que tú quieras. Podemos ir a mi castillo si no te importa y pone cara de Domenico Modugno cuando canta Volare. Oh, oh, completó Mercedes la canción. Y se besaron para celebrar el coro. ¿Castillo? Ya verás. De acuerdo. Así te descubro por dentro. Llegaron a una quinta de blanco virreinal y tejas en La Castellana, una casa dividida en varios apartamentos de los cuales Ariel ocupaba dos. Uno comenzaba con un pequeño porche de enredaderas, jardineras y macetas como de pasillo andaluz y ventanas a los lados que dan la impresión de campo. Rosales a lado y lado de la reja de entrada que Ariel abre con su abracadabra de simpatía. Poltrona de mimbre tejido para exteriores, acompañada de una mesita esquinera donde Ariel enciende una vela votiva dentro de un candelabro manual. Lo levanta para ver el rostro de Mercedes. Bienvenida, al Castillo de Elsinor. Aquí yace y padece la sombra del padre de Hamlet. Pero no tienes cara de sufridor. Y Ariel puso cara.

Entran en la sala adornada con múltiples motivos que hablan de un gusto distinguido. Mercedes se deslumbra con una armadura medieval colgada sobre un arnés de hierro viejo, celada abierta, y cota de malla de un caballero que no fue invitado al siglo XX. Todo cabe en aquella sala inmensa. El escudo de armas de un noble italiano bordado en seda sobre la pared izquierda. ¿Y eso? Lo compré en una feria de teatro en Spoleto, cuando fui a trabajar con Zeffirelli en Milán. ¿Zeffirelli? Sí, haciendo las escenografías para la Scala de Milán. Mercedes se le queda viendo como a un espectro. Y Ariel imita una voz de ultratumba. Uuuuu, mia cara, sono il fantasma dell'Opera. Mercedes explota en risas. Máscaras de la tragedia y la comedia la acompañan. ¡Eso es de Venecia! Te voy a invitar a los carnavales para que las veas en vivo. Un disfraz de Rigoletto sobre un porta-trajes fuera de época. Réplicas toledanas de Tizona y Colada en cruz sobre la pared principal. Media luz de una lámpara que Ariel acaba de encender y lo que parecían fantasmas se convierten en personajes relucientes, que Ariel ha venido coleccionando desde que comenzó a viajar por Europa. Una biblioteca con libros de diseño, arquitectura, escultura, las pinturas del Vaticano y todo lo que la vista pueda archivar. El espacio comunica con otra estancia más grande. Caballetes. Una princesa abstracta, repujada en bronce, recibe a las visitas sobre la pared del fondo. Mercedes simuló indiferencia. Un caballo desbocado arde en llamas por la llanura de metal martillado. Una heráldica italiana con su león infaltable y yelmo caballeresco repujado en plata. Es una copia hecha por Ariel con su técnica del repujado sobre metal. Restos de latón aquí y allá. Un soplete y herramientas múltiples para ponerle carácter a la realidad. Ariel me encanta que sepas trabajar con las manos. Pero nada de esto tiene que ver con Montevideo. Sí y no. ¿Seguro? Por favor, no me mientas, que es la infancia en donde verdaderamente existimos. ¿Quieres un vino? Yo también. Y se sentaron a mirarse como si se estuvieran descubriendo, bebiendo a sorbos, lentamente, para bajar con mesura lo que estaban viviendo con ese atropello sentimental. Tan rico, dijo Mercedes, delicioso, completó Ariel.

### El eco de sangre

Montevideo, verano de 1933. Juan Severino, actor de carácter en el Uruguay de aquellos años, está a punto de entrar a escena para ensayar su papel en "El pequeño héroe del Arroyo del Oro". Hace calor en el estudio instalado en la avenida Pablo de María, entre Charrúa y Canelones. Carlos Alonso, director de la película, se impacienta cada vez que tiene que parar los ensayos por el paso de los tranvías con su ruido de cuchillería. Juan seca el sudor que mana sin tregua del sombrero panza de burro sobre el cuello de su camisa, airea el pañuelo y termina de revisar el libreto de la última película uruguaya del cine mudo. Ariel entra en escena en la piel de Dionisio Díaz, muchacho de nueve años del Departamento de Treinta y Tres. El muchacho presencia el asesinato de su madre y su tío a manos del abuelo trastornado por una afrenta de juventud. Su hija ha concebido una niña de su más encarnizado rival, móvil de todo el desaguisado. Todo es un equívoco, como un drama que la casualidad inventara para justificar una película. El viejo enloquece y mata a sus propios hijos. El desenlace salda el equívoco: Dionisio, el nieto, herido de muerte en la refriega, logra salvar a la niña al ponerla fuera del alcance del abuelo y recorrer a pie nueve kilómetros hasta la comisaría del pueblo. El heroísmo del muchacho tuvo varios resultados que enaltecieron hasta la altura del mito al pequeño caserío de la provincia uruguaya: la historia dio pie a la construcción de un monumento en las lindes del Arroyo del oro y la película que narra el sangriento episodio, se convirtió en un ícono creador de una discordia que, paradójicamente, esclareció el futuro de Ariel Severino quien soñaba con convertirse en actor.

—¿Y eso ocurrió de verdad?

—Tal cual.

—Pero ese señor debe haber estado loco.

—Es que uno no sabe del infierno que alguna gente lleva por dentro.

—Y pensó en tragarse sus palabras.

—¿Me lo dices a mí? —Y se quedaron mirando hasta que Mercedes hizo una morisqueta para que continuara.


Lunes. Ya se han enfriado los ardores del estreno y sólo queda esperar el juicio de la crítica. Ariel sale de la escuela, llega a su casa y encuentra a su papá con un periódico entre las manos.

"Ha de resultar asombroso que en el Uruguay se filmase una obra usando una técnica tan rudimentaria como la empleada en esta película, más propia del cine primitivo que otra cosa".

—La madre que lo parió —estalló Juan. Paró en seco la lectura después de haber repasado varias veces el texto fatal, estrujó el periódico, lo tiró al tacho de la basura y se encerró en su cuarto sin dirigirle la palabra a nadie. Ariel quedó devastado sin creer lo que había escuchado. Su mamá entró en el cuarto y le estiró la cobija hasta cubrirle los pies, duerme hijo, no les hagas caso. Ariel dejó caer su cabeza desconsolada sobre la almohada y ya comenzaba a quedarse dormido cuando el grillo de la curiosidad lo llenó de resortes. Recogió el periódico de la basura, leyó las páginas arrugadas y sintió cierto alivio cuando llegó al final del artículo: "Sin embargo, y dentro de un panorama afligente, El pequeño héroe [...], film sincero e ingenuo, con un impensado realismo, más burdo que estético, resulta ser la única película uruguaya, hasta esta fecha, poseedora de una autenticidad y frescura narrativas que la validan por encima de sus imperfecciones".

Durante la cena del día siguiente Ariel intentó consolar a Juan.

—Papá, pero lo que dice no es malo.

—Ariel, lo leí tres veces —replicó molesto—. No es bueno ni malo, es un sí que es un no, es lo que hacen siempre los críticos. Dicen lo mismo de una película, de una pintura, de una obra de teatro o de una caja de zapatos. Le cambian el título al escrito y meten ideas raras para tratarte como a un imbécil. En estos días uno hablaba de metempsicosis. Averigüé. Es la misma reencarnación de siempre, pero hablan de metempsicosis para echárselas de científicos o filósofos ¿qué sé yo? Saben mucho, sí, saben tanto que confunden crucigrama con diccionario.

—Papá, pero…

—Ariel, hijo, por la guita te morfan ¿viste? Escriben en los periódicos y se sienten autorizados para decir cualquier disparate. Afligente, qué carajos es afligente, lo busqué en el Larousse y no existe. ¡Canejo!...

Mercedes, te juro que me quedé sin argumentos —Dijo Ariel al verla bostezar. —Merceducha, querida, te llevo, te estás cayendo. Seguimos por el camino.

—Pero no dejes de contarme, aunque me duerma, me gusta tu voz.


¿Cuánto había transcurrido?, ¿veinte, treinta años? La memoria no se aviene bien con los números pero deja un regusto que obliga a escudriñar a menudo sus rumores. Como siempre, la familia Severino se reunió un sábado en torno a los fogones del Santa Rita, Colonia, vista sobre el Río de la Plata y Buenos Aires a tiro de ferry, a dos horas y media de Montevideo, para celebrar el cumpleaños de la abuela.

Ariel da cuenta de un bife angosto, trozos de costilla en un extremo de la mesa y ve venir al abuelo Jeremías junto a su papá con una botella de vino y tres copas. Jeremías pone cara de confidencia y sirve el vino.

—¿Papá, no, que es un pibe?

—¿Pibe a los trece años? A su edad yo cortejaba a tu madre. Tomá Arielito, aunque sea un cachito, es bueno para el carácter. —Juan consiente pero le retira la copa luego del primer sorbo, e increpa al viejo Jeremías. —Decime qué ocurre ¿por qué tanto misterio?

—¿Vos creés que es justo lo que hizo la prensa?

—No, es una salvajada. —Ariel mudo.

—¿Tirar por el suelo la actuación de un pibe que recién empieza?

—Pero no fue conmigo abuelo.

—Fue con todos —se impuso Juan y Ariel insistió.

—Pero no es para tanto.

—Arielito, sí. Ha podido decir, fijáte vos —y extendió los brazos hacia el titular imaginario—. Qué buena película, qué bien la actuación del joven talento. Ariel Severino. Acaba de nacer una estrella.

—¡Papá!

—¿Qué le costaba? Pero en este pueblo prefieren destruir a cualquiera para hacerse los entendidos. Tenés que abrirte cancha Arielito. Vos tenés madera, cualquiera lo ve en la película. Tenés que irte de este pueblo. —Y canceló la recomendación con un trago.

—¿A dónde?, —preguntó Juan mirando a lado y lado de la mesa.

—Adonde está su sangre.

—Su sangre está aquí —replicó Juan con el puño en el corazón y Jeremías lo miró compadecido.

—Arielito, querido. Vos tenés sangre italiana, de Nápoles, de donde son nuestros ancestros. —Y Ariel se quedó extasiado con aquella iluminación del abuelo verboso—. ¿Vos sabés qué significa Severino? Severino viene de incorruptible —enfatizó el viejo con ojos de oráculo gaucho—. Severo es respeto. Sencillo ¿no? Inno sí es más complicado, no sé y bueno ¿viste?, —lo miraba el abuelo Jeremías como quien ve un chinchulín in crescendo—. Todo lo complicado es bueno. Inno debe significar bendición. Vos sos una severa bendición. Arielito, estás hecho pibe, salí pal mundo. Vos tenés vida de sobra.

Ariel creció como las historias que narran las páginas de un libro. Y Jeremías, quien siempre tenía el futuro en la punta de la lengua, no dejó de nombrarlo hasta que llegó el día agridulce de la partida. Todos los momentos de su vida se le agolparon en una sola imagen, la del abuelo Jeremías que le insufló el espíritu de aventura y la de su papá que apostaba a evitarle contratiempos. Escucha bien Ariel, hijo mío, un genio es quien descubre su destino a tiempo y lo cumple, dijo su papá al despedirlo junto al abuelo Jeremías en el aeropuerto de Carrasco, en Montevideo, pero olvidó el resto del consejo. A su lado, el abuelo Jeremías lo recordó. Cuando quieras algo, pídelo y se te da, Ariel bendito. Ninguna de las mujeres de la familia vino a despedirlo porque ellas son la madre tierra y sólo saben ver a los hijos regresar. Ariel caminó con el brazo del abuelo Jeremías sobre su hombro y llegó directo a un rincón experto en guardar confidencias. Uno, dos, diez, no se sabe cuántos minutos y Juan Severino se impacienta porque los ve abrazados sin término. El abuelo Jeremías desprende el reloj de su muñeca, lo ajusta en la del muchacho, ambos lloran y se secan las lágrimas con el puño de sus camisas. Sos un macho, pibe, le dice el abuelo Jeremías, te atrevés a llorar en público. Juan no llora y se hace el duro cuando Ariel regresa hasta asfixiarlo en un abrazo postrero. Que Dios te bendiga pibe, que las tenés todas en tus faltriqueras. Juan no lloró porque él era un macho distinto. Decíle adiós a la abuela, aquí llevo su rosario y caminó hacia el área de abordaje con la respiración contenida, pensando en cómo hacerle gambetas al incierto porvenir. Y, de súbito, cuando se montaba en el avión, logró su primer vaticinio: el futuro es inmediato como la palabra, apenas lo nombras y allí está.

—¿Con sólo nombrarlo? —preguntó Mercedes incorporándose en el asiento—. Lo mismo decía mi abuelo.

—Sí, Merceducha, la vida se endereza sola. Crecí. Dejé la actuación, estudié en la Escuela Superior de Artes Plásticas y me dediqué a la escenografía, al grabado, pintura, a eso que suena a nebulosa, las artes plásticas. Pasó el tiempo y crecí trabajando en varias obras de teatro como escenógrafo. Haciendo exposiciones de mis grabados. Hasta que un día Carlos Hugo Christensen, el director de "La balandra Isabel llegó esta tarde", de Guillermo Meneses, me contrató para hacer la escenografía. Y se cumplió el vaticinio de mi abuelo. Siempre acertó.

—Qué historia tan bonita. Debes tener un montón más y para eso nos queda toda la vida. Gracias por esta noche tan deliciosa. Mañana no nos vemos, voy a llevar a mi papá a que vea la obra.

—Te voy a extrañar.

—Ya yo te estoy extrañando.

### Caracas, flor de trinitaria

El Uruguay era un amor diferido y se le quedó alojado en los pliegues del espíritu como un asunto para después. Abordó el cuatrimotor que prometía dejarlo en Caracas, en un viaje hacia sí mismo, luego de diez horas de vuelo con escala en Río de Janeiro. El trueque era riesgoso. Ariel estaba cambiando la Suiza de América por una aventura cinematográfica sin garantía alguna. La verdad es que en la vida nunca hay garantía de nada. Pero a los treinta años ni siquiera la realidad existe. Sólo "La Balandra Isabel llegó esta tarde", que Carlos Hugo Christensen, cineasta argentino notable, convirtió en película y promesa futura, acompañado en el guion por Aquiles Nazoa. El pélida Aquileo, porque iba siempre a pie, más caraqueño que griego, Aquiles Nazoa, gran fabulador, titiritero, vicario del mester de juglaría, duende de El Guarataro, rincón de la parroquia San Juan, se quedó en el alma de la gente porque vivía jorungándole la paciencia al mundo o inventando quimeras posibles para encontrar amigos. Él mismo era una quimera que a veces pisaba tierra para que la gente no lo olvidara. Y cuando Ariel lo vio, pensó en su abuelo Jeremías antes de ser abuelo. Juana Sujo le dijo a Ariel que le había encantado la historia de su abuelo, a pesar de que Ariel no dijo una sola palabra. Eso debe ser que como los actores tienen que memorizar tantos libretos ya saben todo lo que pasa en la vida y hasta adivinan el pensamiento.

Don Guillermo Meneses, autor del cuento y caballero de los de antes (dicen algunos para reconocer la justa bonhomía de gente noble), organizó un almuerzo de bienvenida porque en Venezuela se celebra todo, dijo Sofía Imber, su mujer, periodista de carácter que vivía de entrometerse en las arrugas de lo convencional, porque le gustaba descubrirle todos los secretos a la vida. Se habían venido de París donde Guillermo hacía las veces de diplomático, para asistir al rodaje. Sofía hizo un gesto con su mano de escribir cartas y el dueño del restaurante se acercó obnubilado al ver el staff de celebridades en torno a la mesa. Arturo de Córdova, único andaluz que usa una "v" ambidiestra, saludó con venia mexicana, Ándele, con el rigor de sus sienes plateadas como el tango gerontológico. Pero cuando vio a Aquiles Nazoa, quien aparecía todos los jueves en televisión explicando que hay otros mundos pero están en éste, se dedicó sólo a él y preguntó a los demás, sólo por cumplir.

—¿Qué desean los señores?

Sofía pidió un Pouilly-Fuissé. Juana Sujo dijo que en Argentina ella tomaba vino pero en Venezuela el whiskey es la bebida nacional y pidió un Ancestor doce años. Don Guillermo pidió lo mismo, no hay como regresar a los sabores de la patria y Sofía le dijo que has perdido el charm. ¿Y qué quiere usted Ariel?, le hizo un gesto Don Guillermo. Lo mismo que usted, quien más sabe de literatura y bebidas en esta mesa. Póngale el mejor, capitán, ordenó Meneses. ¿Y usted, míster Christensen? Lo mismo de todos. ¿Y cómo es eso? Sofía lo miró con cara de madre superiora. Que me den un traguito de cada uno, un chorrito de cada vaso para probarlos todos, en el momento en que Cacho, el pianista, arrancó metido en el corazón de la fiesta… Bueno, ahora sí, prefiero un Malbec para no olvidarme de Argentina. Y las notas del piano colmaron aquel restaurante de prodigios, carnes y nostalgias, que vendrían con el tiempo.

> Sapo de la noche, sapo cancionero
> que vivís soñando, junto a tu laguna
> tenor de los charcos, grotesco trovero
> que estás embrujado, de amor por la luna

Ariel cantó con voz doliente y Don Guillermo se emocionó con tal sensibilidad que se atrevió a entonar algo un poco desviado de los tonos. Sofía dijo que este muchacho es un artista y con razón es uno de los mejores escenógrafos. Siga así, hijo, y Meneses le reafirmó que viste que tengo buen ojo. ¿Y lo dices por mí? Meneses se rió con ganas y ordenó servir aquel manjar que cada quien fue pidiendo y el capitán había copiado en su libreta. No hay nada más alentador para un extranjero que comer carne. Los uruguayos fueron norma. Chorizos como ofrendas de cerdos vegetarianos para que hagan menos daño. El bife que se puede cortar con un tenedor por lo tierno de su centro y todo el mundo dijo qué delicioso. Sólo los sureños saben qué es la molleja y por favor, dice Ariel, dale un pedacito a don Guillermo. Meneses cortó el trozo que le tocó y lo puso sobre la esquina de un bife, el mejor corte de cualquier animal de sacrificio, y le pidió perdón al dios de los toros. Sofía se bajó de su pedestal de reina y le pidió a Guillermo, dame aunque sea una ñinguita, sólo para probar, es que vi cómo te gustó. Doña Sofía, voy a pedir más porque éste se acabó, le aproximó Ariel una atención. A mí no me digas doña, pero pídelo que me encanto. Finalmente, gracias a esa tripita llamada molleja, doña Sofía Imber entendió que el mundo es una cosa normal, a veces sublime y, las más, burda.

Y toda fiesta entre gente virtuosa hace que los personajes iluminen con luz propia. Ariel había quedado por suerte al lado de Juana Sujo, cuya mirada era toda una aventura. Ariel la veía a menudo entre bife y costillas, con cierto pudor, porque una señora tan bonita habría que haberla encontrado en el medio de la primavera. Pero los elegantes también tenemos derecho a una parrilla, dijo Juana, y Ariel casi se atraganta con el pedazo de asado que acababa de morder. Tragó ayudado por un sorbo de whiskey y Juana Sujo, aquella señora arquetípica, le dio golpecitos en la espalda para ayudarlo a bajar el tarugo. Señora, es usted el mejor consuelo para cualquier desorientado. Y atragantado, completó Juana.

Juana Sujovolsky, judío-argentina, se había acriollado en Caracas con el Sujo, después de salir huyendo de los nazis en Alemania y del fascismo en Argentina. Perón, Perón, que grande sos, fue el coro que Eva, la mujer del coronel dueño del país, impuso para vetar, perseguir y execrar a cuanta artista de verdad le hiciera competencia. Libertad Lamarque voló cucurrucucú paloma hacia México. Y la señora Sujovolsky se reinventó en Venezuela con nombre propio y libertad sin precio. Las dos eran más bellas y talentosas que Evita Perón, lo que la cortesana no les perdonó. El espíritu de Juana Sujo ronda por las calles de Caracas desde que se presentó en el Segundo Festival de Música Latinoamericana durante la dictadura de Marcos Pérez Jiménez. La concha acústica de Bello Monte deslumbra con su escenario y gradería recién construidas en remembranza de un anfiteatro griego. Silencio. Aparece en escena el compositor Aaron Copland, hermano siamés de George Gershwin, los dos músicos más importantes que incorporaron aires del jazz, ragtime y el swing, a música sinfónica moderna de Estados Unidos. Su obra, El retrato de Lincoln, es la estrella del programa con sus stacatos de gloria. Incluye extractos de documentos del mártir más notable de la Guerra de Secesión de los Estados Unidos, donde son exaltadas la libertad y la democracia, palabras que suenan como blasfemias en aquellos tiempos de la Internacional de las Espadas. El oboe sopla el la natural para que los demás instrumentos se pongan a tono. El público aplaude al terminar la afinación creyendo que ha sido parte de la pieza. Risas de los entendidos.

Los textos de la obra sinfónica, desde su estreno en Nueva York, han sido interpretados por una voz masculina. Pero el maestro Copland ha venido madurando una decisión que revela de manera sorpresiva a los espectadores, incluido el dictador Marcos Pérez Jiménez, quien ocupa el territorio central de platea. Míster Copland se para en proscenio con su paltó levita impoluto y se anima con voz de profeta para invitar a una actriz a proscenio.

—Ladies and gentlemen, I would like to invite to this stage a prominent lady who counts on our more significant affect. Mrs. Juana Sujo, please, join us.

La figura de traje largo plisado en blanco absoluto y porte de reina de Argos, camina hacia el centro del escenario entre el bosque de aplausos que la recibe. Juana, nombre frugal de evocaciones múltiples, se sonroja por el halago, toma aire para reponerse del ahogo y espera su momento en la sinfonía del maestro Copland. El público atento. La orquesta arranca con una modestia de vientos que pareciera compuesta para la señora Sujo. Es un aire de pradera, llano, pampa o terraplén sonoro donde la gente puede vivir en paz, o sea, la apuesta de Abraham Lincoln para su país. La narradora cuenta el nacimiento del prócer, su educación, su drama al conducir aquella guerra que defiende a los preteridos y lo eleva a la categoría del mito, según Jorge Luis Borges. Una emoción subyace en el corazón de cada instrumento. La música es un alarde de acordes imprevistos, sorpresivos, borrosos, puntillistas, estacatos dolientes, sugerencias de un drama que ya ocurrió pero que aún lastima con el recuerdo. Y entre los acordes de angustia hay una voz que convoca paz y celebración. Baste oír otra vez al oboe, trompetas y flautas que le ponen amor al viento. Amén. Transcurre la sinfonía con notas de exaltación, como un credo para la vida y, también, una admonición. Patriotas, nadie se escapa de la historia, dice Lincoln. Y los patriotas se contentan aunque estén olvidados bajo las tumbas. Las tumbas también son la patria y allí descansan los héroes que construyeron esta tierra de todos. Continúa la sinfonía con acento que parece sotto voce, pero un aserto del presidente Lincoln implica a todos al final del concierto, Juana Sujo se esfuerza: "Jurémonos que las muertes no han sido en vano, que en esta nación de Dios Padre, va a nacer la libertad y que jamás va a desaparecer de la faz de la tierra el gobierno del pueblo, para el pueblo y por el pueblo".

Un rugido plural salió de las gargantas del público con tal estrépito que el mismo Copland no pudo escuchar el final de la obra.

—Igual que Beethoven cuando estrenó la novena —dijo Juana Sujo mientras bajaba del proscenio, donde Ariel la esperaba.

Las palabras de Juana Sujo aún retumbaban en los oídos del general Marcos Pérez Jiménez y, providencialmente, siete meses después, caía la dictadura con todo el estruendo que causan las dictaduras al caer.

## Yo quiero ser como Ariel

Ariel había dejado Montevideo después de apostar todos los números que había en la ruleta del Uruguay. El cuento no era cuento. La vida iba agotando cada gota del calendario y lo puso en la pista de lo que sería su mester para el resto de los días. Desde 1942 hasta 1948, Ariel fue contratado para cuanto espectáculo aparecía en el Montevideo de aquellos tiempos, después del desencanto por el fracaso de su primera aventura en el cine. A pesar de que esa experiencia no era suya, la vivió como el que navega sobre la cresta de una ola. La recomendación del abuelo marchaba como mecanismo de relojería que hizo su efecto y seguía retumbándole en los oídos con el martillo de la suerte, que solamente le falló el último día de su vida. Se esforzó en hacer unos cursos de italiano que daba el consulado a precios económicos para ir acortándose el camino hasta Roma. Apenas terminada cada sesión del rodaje, aprovechando que los decorados estaban listos, abandonaba el set para no perderse una sola palabra del idioma de Paolo Maldini; defensa, lateral izquierdo, capitán eterno del Milán, la oncena rossonera, pronunciaba Ariel resbalando las eses que soplaban en la camiseta, después de cada jugada maestra. Lo que más admiraba Ariel en Paolo era aquella manera perfecta de armar el catenaccio, sistema que los defensas utilizaban para dejar literalmente "encadenados" a los delanteros que intentaban hacerle el gol. ¡Ah! Y que su esposa Adriana era de Venezuela, país que se le metió por una esquina del corazón. Ariel cumplía su compromiso y se quedaba hasta el final de cada clase del italiano flotante y resbaladizo como un balón. Y, por las noches, para suavizar el rigor, practicaba con las canciones de Gianni Morandi, Gino Paoli y su inmortal Senza Fine. Pero la que más lo subyugaba era la infaltable letra de "Non credevo possibile, si potessero dire, queste parole", con la voz de seda planchada de Emilio Pericoli, que siempre lo llevaba más allá de la vida, al di la della vita, repetía en perfecto italiano, hasta quedarse dormido al terminar la lección.

Al día siguiente, el mismo ritornelo camino a los estudios, para completar aquel desafío que había aceptado con espíritu de explorador. No era poca cosa, sobre todo porque el protagonista era Arturo de Córdova, la estrella del momento, quien se disfrazó de pescador margariteño con acento mexicano (¡qué onda!), y, salvó a su hijo de morir ahogado, cuando éste buceaba a pulmón libre en busca de unas monedas lanzadas al mar de la isla de Margarita desde un ferry, por un gringo abusador (no faltaba más). Pero el esfuerzo dio sus frutos y los nombres de artistas, técnicos y del propio autor, Guillermo Meneses, aparecieron deslumbrantes en los titulares del Festival de Cannes. La película ganó el "Premio a la mejor fotografía", con sus palabras desafiantes en una alquimia de luz y celuloide. Ariel compartió el fogonazo del éxito que lo sacó definitivamente de su Montevideo primigenio y se acostumbró al mundo del espectáculo que lo hizo vivir la vida dos veces. Tal vez tres, porque la suerte se le volvió a aparecer con el oráculo del director Horacio Peterson, chileno reciclado en Venezuela, como muchos sureños que escapaban de toda estrechez. En aquella función pública de la película estaba le toute Caracas, y, entre el enjambre de luminarias, el nieto de Jeremías Severino, compartiendo celebraciones con Juana Sujo.

—¡Gran dama del teatro! —saludó con toda parsimonia Horacio Peterson y la gran dama del teatro le correspondió con un abrazo en aquel estreno de lujo—. Qué bueno verte Ariel, —lo precisó Horacio—. Conversé la semana pasada con Guillermo. Estoy organizando la muestra venezolana en el Festival de Spoleto y le hablé de ti. Ya tengo espacio en el avión para José Ignacio Cabrujas, Alberto Sánchez, Herman Lejter, los directores jóvenes de hoy. ¿No te dijo nada? —Ariel sólo atinó a balbucear que no lo veía desde que terminó el rodaje y quedó sin habla.

—Prepárate, es en un mes.

—Yo salgo en quince días a Roma.

—Mejor, así sólo te doy el boleto Roma-Spoleto. Hasta te puedes ir en tren.

—Sí, voy en plan de conocer.

—Pasa mañana por mi casa para revisar los diseños, te pongo un asistente por cualquier cambio. Llevo Carmen, una versión libre de ballet. La coreografía es de Nina Nowak. La hice el año pasado pero quiero actualizar los decorados. Tengo los planos listos, los de John Lange, pero él no puede ir y me gustaría que los revisaras con tu buen gusto, tú sabes, por cualquier eventualidad. Los carpinteros tienen que ser de allá, lo exige el sindicato, pero eso se arregla. Estoy un poco nervioso porque va a participar el Bolshoi y tú sabes cómo son los rusos. Te espero lo más temprano que puedas.

—Gracias Horacio. No sabes cuánto te lo agradezco ¿A las ocho?

—Tampoco exageres, eso es como llegar hoy, la noche va a ser larga. Ciao caro —y se marchó hacia el asiento que tenía reservado.

Juana Sujo se le quedó viendo a Ariel con ojos resplandecientes y la imagen de Jeremías se vino a la memoria de aquella actriz que pareció hecha para las ensoñaciones.

—Ariel, usted tiene mucha suerte, esas son maquinaciones de la mente de Jeremías. Un abuelo como el suyo vale la vida. Yo no tuve la misma fortuna. Los míos murieron en Auschwitz.

Se apagaron las luces y se apagaron las palabras de aquella sorpresa.

Italia, más que un país, era una alucinación que se metió entre las sienes de Ariel con la voz del abuelo. Llegó al aeropuerto de Maiquetía con la emoción desbordada, recordando cuántas parole, parole, parole, la canción de Mina, le causaron su aturdimiento. Hizo el chequeo. Las maletas parecieron viajar con voluntad propia sobre una carrucha empujada por mulatos de La Guaira, y leyó cuidadosamente las indicaciones del boarding pass en su nuevo idioma. Caminó hasta la barra de una cafetería y pidió la primera cerveza de la tarde. La botella brilló en sus manos con la fortaleza de un oso polar. Sacó de su maletín de mano un folleto que le habían regalado en el consulado, pensando en hacer el recorrido exacto de aquel librito bellamente ilustrado con fotos de piedra: Roma, Pubblicazione ufficiale del ente provinciale per il turismo. Y no había comenzado a hojearlo cuando una voz lo sacó de su ensimismamiento. Señores del vuelo 526 con destino a Roma, favor abordar el avión por la puerta A12. Se levantó de su asiento y se encontró de frente con la línea de pasajeros en el pasillo donde nace el avión. Ya esto emociona, es como volar antes de que comience el viaje. La aeromoza lo hizo avanzar por el pasillo del avión siguiendo la ruta del boarding pass, que le asignaba ventanilla en la hilera 28. Tante grazie, dijo para echárselas de cosmopolita, a la aeromoza que le retribuyó el gesto con sonrisa corporativa. Pero Ariel no era tan zoquete como para adueñarse del Prego, palabra neutra que es todo y nada. Ya se había montado en un avión con diez horas de vuelo, en el que las sonrisas flotan solas. La vio con cierto desdén. Ella también.

Trató de continuar con la lectura del folleto, pero lo dejó sobre sus piernas y se solazó en esa sensación etérea que tiene todo el que viaja a Europa por primera vez. Se sintió importante. La aeromoza se acercó para ofrecerle un trago y se le quedó mirando como si fuera la primera vez que veía una aeromoza. ¿Qué whiskey tiene? Che cos'è il whisky. Scotch, respondió Ariel con cara de experto y mirada dulce. A la aeromoza le gustó la mirada, tanto, que le trajo un Buchanan's doble, repetido en cada ronda hasta el infinito. Grazie carissima. Y fueron tan buenos los tragos que aquellas piedras del foro romano sobre el catálogo parecían balones para hacerle gol a la vida. Se leyó completo el folleto de turismo, siguiendo con la imaginación la ruta que le marcaba cada monumento. Y también se desveló con el encanto de la primera vez y porque las aeromozas tenían una amabilidad que no daba chance para preocuparse por nada. Scotch. Sería una maravilla conocer Italia guiado por cualquiera de ellas y la imaginación siguió haciendo su trabajo. Comer en el restaurante que ella prefiera y luego irnos a hacer el amor en una habitación con vista al Tevere, que había reservado, pero abandonó el proyecto cuando el menú del vuelo llenó la precaria mesa con unas lonjas de jamón de Parma. ¡Oh¡ bello prosciuto, dijo para presumir con la aeromoza. La muchacha se parecía a Gina Lollobrigida, no, más bien a Sofía Loren, no, a Virna Lisi, y se le llenaron los ojos de todas las estrellas que había visto desfilar por las cintas de cine en Montevideo y Caracas. Y cada uno de los platos fue acompañado por las actrices que hacían de aquel vuelo el más florido del universo. Todas se esmeraron, pero la mayor sorpresa del vuelo fue una cotolleta alla parmigiana que lo devolvió a los años de Montevideo, donde la probó por primera vez en un cumpleaños de la abuela Justina. La comió lentamente, mordiendo cada bocado de sus recuerdos con delectación y reverencia, de la manera como debe hacerse una celebración. ¡Salud!, dijo mirando a la aeromoza y ella respondió ¡Salud!, sin mucho entusiasmo. Sonido de aire que entra por un tubo y Ariel comienza a quedarse dormido como el carajito que durmió por primera vez sobre el pecho de Obdulia de Severino, abrazado a la almohada más oportuna del mundo.

### Siamo arrivati

Señoras y señores, estimados pasajeros del vuelo 526 con destino a Roma, el mismo murmullo de todos los aterrizajes, y Ariel se despierta con una resaca de cuatro pares de balones después de innúmeros escoceses. Sonrió por no dejar y se fue al baño a cepillarse los dientes, a pesar de que habían anunciado el desayuno. Sorbió del café mezclado con el sabor a menta del dentífrico y tragó a duras penas. Pidió más jugo de naranja para remediar la sed que a esas alturas del vuelo hacen la resaca más cruda. Nueces, mermelada, croissant, bollería, mantequilla y queso en bolsitas son la versión continental del desayuno. Prefirió tocineta sobre cama de huevo escaldado término medio. Se sirvió un bocado sobre una lonja de pan campesino y los huevos eran tan frescos que parecían haber sido puestos en el avión. Aquello duró lo que los ejecutivos de la aerolínea calculan para que un pasajero puesto a remojar en alcohol se recupere. Llegó el postre: una bandejita con fresas y arándanos en crema, que le dieron nuevo nombre a las moras, frutos como uvas del paraíso, que Ariel comió cuando invitó a la maquilladora de la película a pasar un fin de semana en la Colonia Tovar, asentamiento de campesinos alemanes que metieron su país gélido y nebuloso, en las montañas del estado Aragua. Y pensar que estamos a media hora del mar Caribe, le dijo Ariel a Lucía, una portuguesa ardiente y agradecida, luego de hacer el amor en una habitación olorosa a madera en el bosque del Hotel Kaiserstuhl, el Pozo de la Dicha en cristiano, donde se acostumbraron a ser felices cuando se acababan las filmaciones semanales. Minha garota

Ariel recordó con mucho cariño las moras y las caricias de Lucía, con quien pensó hasta ponerse en serio, le dijo antes de partir, pero el aeropuerto de Fiumicino le cambió la ruta y lo puso en otra más cercana a sus obsesiones. Todo aeropuerto huele a los alerones de cada avión cuando empieza a aterrizar. Éste no fue la excepción y Ariel le dio las gracias al vuelo, a los aviones, a los alerones y al aire, cuando llegó hasta un taxista con quien pudo practicar su italiano de cartilla. Senta, per piacere, a l'hotel Diplomatic, Via Vittoria Colonna. Y el taxi, verdaderamente una limusina, lo dejó a las puertas del hotel tres estrellas por la módica suma de treinta dólares que le dolieron como un gancho al hígado. Hizo el registro. Un ragazzo molto agile le cargó la maleta y se la dejó en la habitación 302, a cambio de cinco dólares bien recibidos. El ragazzo se fue más contento que el carajo. Ariel sonrió frente al espejo. Le había caído en su rostro la sombra de las cinco de la tarde y decidió rasurarse. Se metió en la regadera un poco incómoda porque debía descolgarla y manipularla dentro de una bañera como quien riega un jardín, y al final la dejó drenar el líquido benefactor a su antojo, no sin antes haberse dado unos codazos con la pared. Cerró el grifo, se cubrió con una toalla del tamaño playero. Se recostó en la cama y se solazó en los pensamientos de todo lo que quería hacer.

Abrió los ojos con ímpetu de bebedor recuperado. Sacó un bluyín de la maleta. La combinación de camisa de lino crudo con el pantalón rústico le dió un carácter de hombre de mundo al desgaire. Se miró al espejo, roció un poco de su acostumbrado Old Cottage en el cuello. Y salió de su habitación con porte de triunfador. Caminó por el pasillo y la señora encargada de su habitación se le quedó viendo con ojos perfumados. Ariel la miró y pensó que esta señora está en situación de merecer. Le voló un beso y la señora, consciente de su merecimiento, se lo devolvió entusiasmada. El hotel acababa de ser refaccionado y tenía ascensor de puertas corredizas. Las abrió como quien bate el fuelle de un bandoneón y se tiró a la calle. Se estremeció frente al basamento que sostiene la historia de la Vía Vitoria Colonna y lo grandioso del Palazzo di Giustizia, al entroncar con la Piazza Cavour. Caminó arrobado, animoso como el Zeus que se complace en lanzar rayos y se tiró calle abajo para buscar el origen de sus huesos. Cruzó a la derecha por la Via del Lungotevere y quedó extasiado con los muros del Castel Sant Angelo, a orillas del Tevere (se negaba a decir Tíber para afirmar sus raíces latinas que llegaban hasta los primigenios Etruscos). Fue un descubrimiento cuando subió por el vericueto de sus escaleras circulares y llegó al tope. Miró en derredor, detuvo sus ojos en la cúpula de San Pedro y dijo en la lengua de su tatarabuela: "Tutto è vicino qui". Y como todo estaba cerca, decidió que iría en busca de redención en los próximos días para observar en vivo los mármoles sagrados, en especial el de Moisés, en la Iglesia de San Pedro Encadenado, San Pietro in vincoli, dijo altisonante, que lo había catequizado estéticamente en el "Art history" del bachillerato en Montevideo. Todas las calles tenían un mismo fulgor, como si se imitaran, y Ariel, deslumbrado, salió nuevamente al Lungotevere, guiado por los reflejos del río. Hasta el musgo aferrado a las orillas del Tevere eran un pedazo de arte espontáneo en aquel museo al aire libre que es Roma. En las tardes los ríos tienen un brillo especial, como de espejos rotos, porque saben que llega la noche y después van a volver a la luz. Decidió en los días siguientes andar río abajo de su voracidad viajera, en busca de rutas y sorpresas, hasta llegar extenuado al hotel.

Se levantó temprano para no perder un minuto de asombro. Sorbió el café con el desaliento de quien bebe agua inodora, incolora e insípida, y decidió salir del hotel sin desayuno, a la espera de algún menú más atractivo, fuera de la opción Continental de la carta hotelera. No hay como una calle para el viajero. Atravesó el puente de Sant Angelo y decidió caminar sin norte, guiado sólo por los arcos del puente que dormía sobre las piedras tercas. Decidió perderse en ese laberinto de tiempo y, cada vez más encantado, desvariaba como el que sueña que la vida no tiene final, ni aquí ni en el más allá. Allí, según decía el folleto, estaban las estatuas de los héroes como prueba de esa vida infinita que llaman la historia. Y, sin saber cómo, entró en una plaza amplia, pero de piedras más jóvenes que aún no sabían lo que les vendría con el tiempo, paciendo estáticas, solemnes, sobre avenidas y calzadas, para rendirle homenaje a Vittorio Emanuele. Tuvo cierta vergüenza por su ignorancia y apeló al mentado folleto que había guardado una y otra vez. Lo sacó del bolso que traía terciado al hombro, se sentó en las escalinatas laterales y se aprendió ese tramo de la historia de Italia en un tirón. Y, de súbito, sintió que ya no tuvo vergüenza, aunque sí un resto de ignorancia que juró remediar en su viaje a Spoleto, a medida que consumiera tiempo en el tren pero, no sin antes averiguar que había sido el primer rey de Italia. Guardó el bendito folleto que más sonaba a registro de catastro ciudadano, que a catálogo turístico y continuó calle abajo por la Via Sacra, siguiendo al pie de la letra sus instrucciones. Se dejó llevar por los tipos impresos a través de los dos mil años que laten bajo edificios y monumentos del Foro Romano. Resguardó sus ojos del sol con las manos haciendo de visera, levantó la mirada sobre aquellas ruinas vivas de nostalgia. Ariel no exageraba. Sintió un arrebato místico, de esos que lo transportan a uno más allá de sí mismo y vio a Roma como el lugar del cual partió en un pasado remoto. Se sintió único y pensó que los días que decidió permanecer en Roma serían suficiente para ir acostumbrándose a sí mismo.

Ser alguien después de vivir sin brújula es una suerte que se debe celebrar. Se detuvo frente al Arco de Septimio Severo y tuvo resonancias atávicas con su "Severino" de acuerdo a las especulaciones genealógicas del abuelo Jeremías. Le metió el ojo a cada detalle para memorizar las dimensiones de las escenografías por venir y por el solo gusto de saber. (Se sorprendió a sí mismo con esta reflexión). Midió sus arcos con exactitud de geómetra subliminal, grabó, como un tatuaje en el músculo de su memoria, el diseño de las cuatro columnas que sostienen la plataforma superior y aspiró el aire que los capiteles Corintios retienen para gloria de sus hojas de acanto. Todo aparecía en el folleto en letras apretadas. Pisó sobre el recuerdo de la casa de Cicerón, recorrió los templos de Rómulo, Saturno, Venus, Jano, Cástor y Pólux, basílicas de toda raigambre, propósito y fe, como las de Emilia, Majencio y Constantino, y la iglesia de Santos Luca y Martina, que parecían perdonar todos los excesos del imperio contra los primeros cristianos. ¡Ah! y la Curia Julia, el edificio más próximo a la tábula rasa del gobierno, donde los Senadores discutían sus pareceres y arriesgaban la suerte del mundo conocido.

Ariel estaba aturdido por tanto nombre de alcurnia y se sentó a coger pausa en el lomo de una columna trunca. El sol le quemaba la coronilla y pensó comprarse un sombrero cuando su mirada se tropezó de frente con el Arco de Tito, donde quedó grabado para siempre el asedio, destrucción y saqueo de Jerusalén. Continuó hacia el Coliseo. Se metió en la fila de turistas ávidos de un ticket para entrar en el viejo edificio somnoliento. Compró la entrada, dio un paseíllo de torero por aquel óvalo de muerte, miró fijamente los sótanos donde almacenaban cristianos como desechos y ni siquiera escuchó un ¡Ayyy! Al salir de la mole se encontró con unos gladiadores de cartón que simulaban un combate para atraer turistas. Ariel prefirió fijarse en una alemana que pasó meneando sus excesos provocantes frente al cadáver de aquel monumento, como estrella en medio del musgo. La miró con hambre de hembra y la tedesca lo abordó sin pudor alguno, insinuándose con aquellas piernas que parecían columnas del Templo de Venus, hablando en su italiano sauerkraut con ademanes de Valquiria asesina.

La rubia infernal le preguntó como pudo que si no había visto a Antínoo, Il mio fidanzato. Ariel, que era un sentimental, llegó a sentir algo de compasión por la pobre alemana que había perdido al novio entre aquella colección de piedras, como quien se pierde en los rollos de una película histórica, y regresó a la época en que el amante del emperador Adriano se ahogó en las aguas del Nilo, hace más de dos mil años. ¿Se habrá ahogado en el Tevere?, pensó, pobre Antínoo. La alemana sonrió con esa picardía natural en las mujeres corridas que se ofrecen y se niegan a la vez. Volvió a interrogarlo poniendo los labios en punta como quien ofrece un beso. La alemana sin nombre, como ocurre con toda turista que sabe que está bien buena, daba carreritas frente al templo de Venus, meneando las nalgas con perfecta alternancia, sin la mínima consideración por aquellas columnas tan antiguas y respetables. Y Ariel, acostumbrado a tomar la iniciativa, se quedó congelado sin atinar respuesta alguna, sin saber si Antínoo había resucitado. De súbito, abriéndose paso entre la multitud, apareció un tipo imponente, mulato profundo, ojos amarillos, como copiado de una estatua de roca imperial; uno noventa de estatura y músculos tallados a punta de necesidad, narcisismo y ejercicio, se acercó a la Valquiria sonriéndole con su aplomo de quien se sabe dueño, justamente, de una Valquiria. —Oh, ecco che arriva. Antínoo, amore mío —dijo con gesto exhibicionista ante aquel figurín de ébano. Se le colgó del cuello, le estampó el beso que se le había quedado en los labios minutos antes, lo tomó del brazo, lo ayudó a cargar peto, escudo y espada de utilería, lo hizo girar sobre sus pasos y lo arrastró entre arrumacos bajo el cielo sacro del lugar. De pronto volteó la cabeza para lanzar las sobras del beso que le dio a su gladiador, alzó el culo con insinuación postrera y Ariel se quedó enano con el peso del ridículo en los hombros. Ciao, dijo resignado y volvió sobre sus pasos con los rayos calcinantes del verano. Gastó unos minutos entre las columnas del Templo de Vesta y lamentó el desperdicio de tanta virgen impoluta. ¡Qué lástima!, dijo en silencio, y se despidió del cúmulo de nombres gloriosos caminando con cuidado para no herir la memoria del mundo. Volvió a guardar el folleto en su bolso viajero.

Tomó la Vía de los Foros Imperiales para andar más rápido, seguir palmo a palmo el mapa de la ciudad que indicaba el folleto, y se fue acostumbrando a los deslumbramientos. Caminó a la bandolera, como hace todo el que quiere conocer una ciudad hasta el tuétano. Calles, memorias, lo que más le gustaba es que cada una guardaba el recuerdo de momentos de gloria y se preguntó, ¿qué es la gloria?, ¿sólo un pedazo de piedra? Sí y lo que la piedra ha visto con el mundo construido sobre sus lomos inertes. Caminó, nunca antes le había gustado tanto caminar porque al final había siempre una sorpresa. El Museo de las Ánimas del Purgatorio se le apareció de improviso y se les encomendó como le había enseñado la abuela Justina con padre nuestro y todo. Llegó de nuevo a la Via Vittoria Colonna acosado por el hambre. Detuvo un taxi que abordó con premura. El carro cruzó a la derecha donde reconoció el puente Cavour sobre la Via Tomacelli, cruzó nuevamente a la derecha hacia la Via del Corso, hasta llegar a la Via Condotti y se enfiló en dirección a la Piazza di Spagna. Pasaba obnubilado por esas calles como si conservara de ellas una memoria antigua. Hasta que se topó con la hilera de restaurantes donde podría reponer sus fuerzas de boy scout arqueológico. Allí estaban, como quien los busca, todos los restaurantes a cual más delicioso. Cerró los ojos, los abrió de pronto y le pidió al taxista que se detuviera. No supo si era hoy o ayer, pero se dejó llevar por el instinto de lo imposible. Un anuncio se anuncia sin mayores explicaciones. Ristorante Nino, specialità di cucina toscana. Entró en aquel restaurante de decoración escueta, algunas flores aquí y allá y dió gracias al dios de las piedras por haber llegado temprano. Ariel se apuró ante el avanti cavalliere de una bella ragazza que le dio la bienvenida y le ofreció una mesa cualquiera porque todas eran provocativas. Benvenuto.

Birra per piacere, e inmediatamente le llegó una cerveza con su copete de espuma, que le recordó a la Colonia Tovar y a la portuguesa Lucía. Sorbió y Lucía le entró vuelta espuma como la garota que lo llenó de besos. Levantó la jarra y brindó por ella. Ariel era fiel a sí mismo. Leyó la carta al tiempo que una garrafa de vino apareció en la mesa, gracias a la gracia de la muchacha que lo atendía. Di primo, spaghetti alla vongole, pidió pensando en los chipichipis que comió en Cumaná, con esa costumbre de mar que trasladan de la concha hasta la pasta. También tenemos a la carbonara, le sugirió la ragazza, menuda como cabello de ángel. Tante grazie, pero prefiero il vongole porque yo vengo del mar. Vero? Cierto, mis amigos me llamaban Moby Dick y la ragazza se murió de la risa mientras que le preguntaba acerca del segundo plato. Spezzatino con pure di patate e melanzana, dijo pensando en algo que sonara al italiano que aprendió gracias a Paolo Maldini y a Mina. Pero no supo qué responder cuando la ragazza le preguntó que quale spezzatino, di manzo, maiale o tacchino? El pobre Ariel se volvió un culo y sólo atinó a decirle el que prefieras. Y la muchacha, una española, vasca, que estudiaba en Roma, le dijo que el mejor es el de ternera.

Ariel se murió de la risa y le dio las gracias de verdad, no como un cumplido, más como un deseo. Y Arantxa, que prefería su nombre en italiano pero que sonaba igual, Arancia, con su olor a vapores de naranja, le dijo, te voy a servir lo que me apetezca, cariño. Y su perfume precedió los espaguetis a la vongole, seguidos por una merluza al horno con gambas a mi manera, ¿cómo es tu manera?, con cariño, que sois muy majo y un chorrito de vino. Y

Ariel comienza a pensar que hay un duende metido en los rieles de este viaje. Piensa en los vuelos, los aviones, los trenes y cuanto artefacto sirva para soplarse los sueños con los que vengo cargando desde el aeropuerto de Maiquetía y me hicieron aterrizar entre los gajos de esta naranja dulce. Gozó los espaguetis alla vongole con los recuerdos de Cumaná, palabra que fue la primera del continente con río Manzanares y todo. Bueno, como en Madrid… Está emocionado. Sorbe de un vino blanco de la casa que le trajo la señorita Naranja. Sorbe, lo riega entre su boca y va comiendo trozos de la merluza que pareciera nadar aún de lo vivo de su sabor. Qué delicia comer lo que uno quiere. O lo que otros recomiendan. Mira la cara cansada de Arancia, ahíta de turistas que exigen la mejor atención y queda en éxtasis con su buen carácter de mesera ocasional y de señora que también aspira a otra vida. Señora Naranja. Es lo mejor que me ha ocurrido en este viaje. La invito a un postre donde usted diga. Muy bien, termino en una hora, que Ariel esperó como quien espera que la bella Durmiente despierte. Te espero en las escalinatas de la Piazza di Spagna, pronunció en italiano para no parecer un turista transitorio.

### Ti voglio un sacco di bene

Hacer el amor con una italiana es como hacer el amor por primera vez en la vida. Pero recordó que Arantxa es vasca, cosa que vino como pájaro al árbol porque, como no se conoce el origen (ni destino de los vascos), se podía adaptar a cualquier lugar con total adecuación. Con razón parecía de allí. Arancia tenía ese aire de quien se avecina al sitio donde llega con total armonía, como si su piel fuera un abrigo que cambia según la estación. Era un verano largo, de esos en que los días se prolongan a su gusto. Y su alegría era absolutamente ajustada con ese solsticio caluroso del miércoles 2 de junio de 1951, que propiciaba un alineamiento de todos los astros para que ocurriera cualquier casualidad. La ragazza Naranja apareció desde dos cuadras atrás, bordeando las escalinatas de la Piazza di Spagna, ornada con macetas de flores de bienvenida, que Arancia atravesó con el desenfado de una muchacha que sabe que le sobra mundo. Es ese aire desembozado de las universitarias que tienen el valor de dejar su país para aventurarse en lo desconocido, porque lo habitual no tiene encanto. Entró en la Sapienza, Università di Roma, a estudiar arquitectura, gracias a un tío, hermano de su mamá (siempre los mejores) que decidió pagarle los estudios. Eso sí, tú tienes que ganarte el día a día como hacen todos los universitarios. La biblioteca, un café, hay lugares a montón para ganarse la vida. Gracias, osaba, le aumentó la cercanía familiar en euskera, lo abrazó, y el tío se sintió pagado en idioma y cariño, tanto, que acordó con su hermana mandarle una mesada incógnita. Bueno, era eso que llaman el tío rico que no todos tenemos.

El primer año se dedicó a aprender el italiano, mientras vivía en una residencia de señoritas que no lo eran tanto. Allí se juntaban enfermeras, contabilistas, peluqueras, profesionales de bajo rango venidas de cualquier necesidad, con estudiantes y muchachas de dudosa labor, que decían estudiar alla universitá, y llegaban todos los días casi al alba, muertas de hambre. Arantxa se reía y compartía montaditos y bocadillos con aquellas mujeres olvidadas de la fortuna, que no tenían un osaba como ella. Pero tampoco se mezclaba. Era ese espíritu universitario que prohíja la compasión y ve en cualquiera algo como… bueno, como un ser humano. Arantxa estaba en ese interregno en que aún no se sale de la adolescencia y todavía no se es mujer. Como el equilibrista que gira sobre la cuerda floja y no sabe si está al comienzo o al final. Se preguntó: ¿qué me falta para ser una mujer? Y no se refería a perder la virginidad, cosa que había ocurrido con un jugador de fútbol del equipo del liceo. El centro delantero se metió en el medio campo con una exageración de gambetas y llegó hasta el arco con el sólo impulso de su juventud. Arantxa quedó dolida e insatisfecha y dijo que más nunca con un futbolista. Quizá con un gimnasta, un compañero del salón que la veía con insistencia, pero me parece demasiado gilipollas. Total, se quedó quieta distrayéndose con el amor consigo misma, hasta que le ofreció la merluza con gambas al uruguayo de sonrisa enigmática que le tocó atender. Hasta el momento se había conformado con hablarle a un fantasma que aparecía en el baño común de la pensión de señoritas, improvisada como hospital de campaña durante la guerra, pero, al parecer, el fantasma se fastidió y no volvió más.

Salió del restaurante respirando como flor nueva. Bordeó las piedras ordenadas en las escalinatas del lugar donde Ariel le propuso encontrarse y cuando lo vio sentado como quien espera un gol del equipo contrario, se estremeció. No es que Ariel fuera el buenmozo convencional que llaman galán y conquista cualquier mujer de puro parecido al adonis griego, pero tenía un encanto secreto que ponía a las mujeres a temblar. Por supuesto que Arantxa soñaba con estrellas como Alain Delon, Gian Maria Volonté, Marcelo Mastroianni, ilusiones de toda mujer, pero deseaba el amor verdadero, que nadie sabe cómo es. Puede ser que Ariel, con su cara de Cristóbal Colón perplejo frente al Nuevo Mundo, unida a una expresión de pendejo que no quiebra un plato, (lo que hacía que las mujeres se enamoraran sin previsión ninguna), también sedujera a Arantxa, Arancia, Naranja, olorosa y cítrica, como sabe el amor en la primera mordida. Se vieron desde lejos y fue una emoción compartida a distancia. Aún hoy se le pregunta a Arantxa qué ocurrió y no sabe explicarse: que me apeteció, le comentó a su prima Nekane. Ariel tampoco, sólo recuerda el olor de la naranja que lo acompañó durante su paseo por Roma.

Ariel le sonrió con la emoción que causa una muchacha en un país distinto al de uno. Gracias por venir, querida Arantxa, ¿puedo llamarte Arancia? Es la misma naranja.

—Claro y gracias por preguntar. ¿De dónde eres?

—De varios lugares.

—Hombre.

—Sí, nací en Uruguay, pero vengo de Venezuela. Allí trabajé en mi oficio.

—¿Cuál?

—Depende.

—¿De qué?

—De lo que toque. Escenógrafo, pintor, grabador, escritor y actor si falta el protagonista.

—Entonces sirves para todo.

—Menos para caminar solo por Roma.

La tomó de la mano con todo el entusiasmo que le causó aquella muchacha con su olor floreciente. Ella lo dejó hacer. Tú que sabes dónde queda todo, llévame a conocer el mundo de mis ancestros, todos están aquí. Ariel, no seas presumido, le replicó Arantxa con dulzura de fruto maduro para el amor, y rieron al unísono, con el estruendo de quien sabe que no debe perder la oportunidad que le regaló el azar. En ese momento hay como una omnipotencia del deseo que inmuniza contra toda inseguridad. Y cuando una mujer ríe es porque está lista para lo impredecible.

La semana y media transcurrió como aceitada por una cáscara de naranja. Se acostumbraron uno al otro con más rapidez y armonía de la que pudieran creer y permanecieron juntos durante la eternidad que les tocó vivir. De pronto Ariel sintió nostalgia del futuro y se puso un poco triste por la inevitable partida. Tengo que ir al Festival de Spoleto, donde he sido contratado para el montaje de una pieza de ballet. ¿Cuál? Carmen, una adaptación de la ópera de Bizet. ¡Ay! Qué curioso, vienes de tan lejos y terminas encontrándote con España. Sí, y con Italia, las dos viven en ti. Qué lindo, pero es al revés, yo vivo en las dos. Y, encantada por las palabras de carrusel lo llevó a conocer todo el mapa que alguien debe descubrir la primera vez que llega a Roma. Ya conocía una, la profana y callejera, que le sirvió de marco a su ensoñación de ciudadano del mundo. Ahora, con Arantxa de Cicerone, quería meterse en los mármoles eternos. Ariel entró en la basílica de San Pedro con los ojos cubiertos por las manos de la muchacha. Una vez dentro, lo hizo girar a la derecha y le dejó la mirada tan libre como se lo permitieron sus manos de algodón. Al fondo, el blanco hiriente de La Pietà, un amor tan claro como jamás había visto. De súbito, entró en el éxtasis más absoluto que pueda insuflar mármol alguno y pensó que así debía ser el soplo de la muerte. Las lágrimas se escaparon de sus ojos como el día en que se despidió del abuelo Jeremías.

Todos los museos que en Roma suelen vivir en la calle. Venían de ver el Moisés del mismo Miguel Ángel, que a pesar de estar en el lugar donde reposan las cadenas con que apresaron al mártir, resultaba uno de los mayores cantos a la vida que había visto en todos sus años. Se dice, querida Naranja, que cuando Miguel Ángel lo vio terminado con tal perfección, le lanzó el cincel contra la rodilla y le dijo "parlami!, perche non vuoi parlarmi?". Ariel, mudo. Arantxa se le quedó viendo y repitió suplicante, casi con reverencia, Prego. Ella misma hizo silencio y exhaló: háblame, ¿porque no quieres hablarme? Y un beso selló el silencio frente a la piedra herida.

Arantxa lo vio sobrecogido en las dos oportunidades y se sintió con más confianza para entregarse al sentimiento que germinaba como espiga de trigo romano. Dos días gastaron en aquella orgía visual que comenzaba en la misma Piazza de Spagna y culminaba en cualquier lugar donde soplara el viento de sus emociones. Ambos estaban hipnotizados por aquel paseo y, después de ver las bóvedas de la Capilla Sixtina, Arantxa decidió que ya tenían suficiente santidad y pidió un taxi que los dejó cerca de las tavolas caldas del Trastevere, esos restaurantes rústicos sin lujo pero de sabor infinito, con pastas hechas para todas las hambres de la classe operaia, se regodeó Arancia, para impresionar a su fidanzato explorador. Dieron cuenta de cuantas pizzas aparecían como joyeros en los aparadores. Pidieron tal cantidad de trozos variados (con vino de la casa, le dijo Arantxa, porque son más baratos), que decidieron caminar para reposar aquel banquete campesino que tanto gozó Ariel como Arancia. Conversaron de todo, exactamente como quienes se acababan de conocer, pero se sentían familiares por la afinidad de vocaciones, gustos y las vueltas por Roma. No se sabe si fue producto de la casualidad o del deseo compartido, que la pareja terminó frente al hotel Diplomatic, después de 37 minutos de viaje a pie. Arantxa se le quedó viendo con cierto rubor, pero Ariel le allanó el camino con un beso prolongado que, sin mediar una palabra, la invitaba a subir a su habitación. Y entre silencios y miradas cómplices entraron en la 302 con vista al Tevere. (Ariel sintió cierto pesar por la señora de merecimientos anónimos). Fue una noche de ensueño, Ariel le hizo el amor con todo el desenfreno de que era capaz y no supieron cuántas veces gozaron el fin del mundo. Arantxa recordó con un sentimiento de venganza a su futbolista tosco y Ariel descubrió, finalmente, que hacer el amor con una italiana es como hacer el amor por primera vez en la vida.

### El laburo

Ariel entró en la Stazione Termini con la inevitable sensación de pérdida que dejan los trenes al partir. Y la imagen de Arancia, con su mano levantada en gesto postrero, era una fotografía del desconsuelo que persistió hasta que su cuerpo menudo se fue borrando en el andén. Ariel miró por las ventanillas cómo la ciudad corría en sentido inverso y tuvo esa sensación del tiempo que se devuelve, como a veces le ocurría con algún episodio del pasado. Y, sin poder evitarlo, repitió paso a paso todo lo vivido con la muchacha en su aventura romana: su encanto, su sentido del humor y su total complicidad, cuando se entregó a la pasión fulminante que lo hundió en un pozo de melancolía. Se preguntó si, por un sentido caballeresco, había hecho bien en postergar para el último día la entrega magnífica, pero se recriminó no haberle dado rienda suelta desde el primer momento a sus instintos, que ahora lo perturbaban. No había marcha atrás, se trataba de seguir empujando hacia adelante porque la próxima parada es Spoleto, ciudad que lo ponía a un paso más de su futuro exitoso. El futuro era una exhalación que corría por las ventanillas del tren sin pausa alguna y se sintió reconfortado. Tuvo hambre y tristeza, ambas por Arancia, la naranja prodigiosa que se le aparecía en cada respiración con su perfume de fruta de estreno.

Se levantó y buscó una cafetería que, según Arantxa, debía estar exactamente en los vagones del medio. Caminó tambaleante con el bamboleo del tren sobre los rieles y se aburrió de la tristeza. Ahora recordaba a la muchacha con alegría y el deseo de volver a verla. Apenas tenga un fin de semana libre me monto en las ventanas del tren que se devuelve. Sintió una alegría de sol. Después de todo era una hora y media a tiro de tren. La palabra, por sí sola, acelera la vida y se burló de sí mismo al descubrir que parecía gustarle la tristeza; esa manía de los artistas. Pero todo comenzó a resultarle bonito, disfrutable. La madera pulida entre los asientos de pasajeros, el vidrio claro y premonitorio que anunciaba en cada ventana el próximo paisaje, sus árboles bien vestidos por el verano, casas acostumbradas a la compañía sonora de los campos, en fin, toda la vida que transcurre tras los ventanales para felicidad del viajero, son la exaltación pura. Es que viajar, mudarse, cambiar de mundo, es la mejor manera de ver al mismo mundo pero desde una ventana más esplendente. ¿Cuál? No se sabe, en todo caso nueva y cambia con cada parada. Pero al ver la maleta a tu lado gozas porque sabes que tu vida puede estar en cualquier parte. Pensó en Arantza como una de las mejores partes que le había tocado en su vida. Y respiró con el pito que sale de las chimeneas de los trenes antiguos, en el justo instante en que la máquina de café expreso estallaba por sus narices de aluminio. Se emocionó como un carajito que ve por primera vez una chimenea de tren haciendo café.

Bebió el espresso como un veneno amable. Ese amargo y dulzón que tiene el café, como una milonga, es bálsamo regenerador para quien emprende camino, sea por esos mundos de Dios o por los vericuetos interiores del espíritu. Bebió y se fue por sus caminos interiores, no sin haber desaparecido un sánduche que le supo a gloria después de una noche sin dormir y con exceso de ejercicio. Se acordó de Don Quijote por el poco dormir y tuvo miedo de que se le secara el cerebro. Pero se sintió castellano, redimido por su idioma, que lo esperaba en la próxima estación de Spoleto, donde Raúl Artahona parecía un poste inmóvil con el sólo propósito de llevarlo al teatro. ¡Negro!, le gritó emocionado desde el descanso de la escalinata y cuando el tren se detuvo, bajó con la solemnidad del amigo que arriba al amigo. Se abrazaron. Pareces un carajito, le dijo Artahona, para celebrarlo después de una amistad de pocos pero intensos años. Se habían caído bien desde el comienzo y compartieron trabajo duro y mieles en "La balandra Isabel llegó esta tarde", cuando le tocó construir las escenografías diseñadas por Ariel. Artahona era un artesano de la carpintería que aprendió a construir escaleras secretas para toda complicidad; incluidos los tragos después de cada función en el Ateneo de Caracas. Y hay que decirlo con toda discreción, para procurar algunas actrices que veían las tablas como una posibilidad de salir de sus vidas sin mucho futuro. Artahona tenía una buhardilla en la avenida México, diagonal a la estatua del prócer Morelos, muy cerca del Ateneo, donde hacían fiestas todos los fines de semana, y acudían estrellas noveles en busca de una oportunidad bajo los cenitales. Unas lo lograron por su talento probado, más la ayuda de Ariel y Artahona, que las pusieron en contacto con directores notables. Otras fracasaron porque no tenían muchas virtudes histriónicas, a pesar de la ayuda del par de profetas escenográficos que trataron infructuosamente de secundarlas en su afán de notoriedad. Pero todas quedaron agradecidas por las noches que compartieron y durmieron juntos.

Tarazona. Deja la vaina Ariel, Artahona, no me compares con el guardaespaldas de Gómez, un dictador no tiene alma y su guardaespaldas tampoco. Pero los dos están muertos. Ariel, déjate de vainas, hay muertos que ofenden. Es verdad, perdón. Artahona le pasó un brazo por el hombro y con el otro le cargó un gusano de ropa limpia porque se había cambiado pocas veces para ahorrar. ¿Un trago? Un trago. Y entraron en el bar del hotel Odeón, donde estaba hospedada la troupe teatral a su real saber y entender. Pidieron par de tragos de scotch, aturdidos por la estampida de actrices monumentales que huían en tropel de sus habitaciones hacia los teatros. Las polacas eran un exceso de carnalidad que provocaban cualquier asesinato, digo, de sus novios exhibicionistas.

—¡Arta! Demasiadas hembras.
—Y demasiado converso mirándonos raro. Mira ese.
—¿De Italia?

—De todos los apetitos del mundo. Y hablando redundancias. Ahí viene Horacio.

Míster Peterson se secó la frente con un pañuelo y se sentó junto a sus muchachos, quejándose del calor tan, tan, ¡Ay!, no sé cómo llamarlo, es que pica en la nuca.

—Ragazzo, per piacere —reclamó con voz estentórea— por favor, un vodka con succo d'arancia, enfatizó con labios torcidos por la sed. —Se abanicó con un posavasos de la mesa, se recompuso y empezó a quejarse de que esto es un desastre. No por los italianos, que son una maravilla además de bellos. Tengo una semana tratando de arreglar todo el montaje y resulta imposible. Se supone que los planos de las obras debían haber llegado hace una semana y todavía no los tengo. ¿Te imaginas Artahona?

—Es que llegaron adonde debieron llegar. Yo los tengo.

—¿En serio?

—En serio. Pero dejemos que Ariel termine de instalarse para que resuelva todo. Los carpinteros están esperando y todavía nos queda semana y media.

Terminaron sus tragos. Artahona le entregó la llave de su habitación y quedaron en encontrarse en el lobby del hotel. Ariel se dio un baño para sacarse el cansancio y se compadeció de su amigo, quien tenía que resolver todos los problemas de su jefe, generalmente contrariado por sus caprichos. Pero Horacio era bien tolerante y tenía un gran sentido del humor, como todo ser inteligente. ¡Ay! negro, qué lástima que seas tan machista, porque podríamos ser familia. Artahona se moría de la risa y salía hacia el teatro a lidiar con sierras, martillos, clavos, metros, ceguetas, serruchos, cola de pegar, escuadras, escalímetros y reglas de todo orden, para que los diseños de Ariel Severino cuadraran en el imaginario de los espectadores, que suelen denostar de cualquier escenario que nadie sabe cuánto ingenio, dedicación y riesgo, les costó a sus constructores. Artahona esperó por Ariel en el lobby del hotel y sólo le dijo que vámonos al bar, los planos no necesitaron ni un solo retoque. Ya los carpinteros los están armando. El escenario quedó como si hubiera nacido de un pensamiento silbante. ¡Ariel!, dedícate a pensar, que los escenarios los fabrico yo, como hacíamos en el Ateneo. Vamos a comunicarnos mentalmente y reinventamos el mundo. ¡Hágase el mundo! Dijo Ariel y salieron a buscar un restaurante donde comer buena pasta, beber por la amistad y celebrar por los personajes teatrales, muy parecidos a los amigos que nos hemos encontrado en la vida. Vamos Raúl, que comienza la función. Terminaron de comer y regresaron al teatro. Así durante toda la semana, viendo cuanta obra se presentó en aquel festival de lujo. Hasta que les tocó su turno.

Horacio, Ariel y Artahona, se extasían tras bastidores por la figura de Carmen que se mueve sobre el escenario con soltura de alma inalámbrica. Varios giros de la bailarina ambientan el clima sevillano que dicta la orquesta y refrenda la escenografía. Los timbales cubren de solemnidad las tablas, acompañados por el timbre metálico de campanas. Violines en pizzicatos sugieren asuntos ocultos e intriga que Carmen disipa con repique de castañuelas. Horacio se separa tratando de observar más de cerca los movimientos. Ariel y Artahona se van hasta el fondo porque se los conocen de memoria. Habanera festiva que corona con la coreografía exultante, versión libre, de Nina Nowak. El ballet transcurre con toda la delicadeza y elegancia de bailarines que levitan sobre el entarimado con su motor de pájaro. Despliegue de acrobacias con todo el drama y la alegría andaluza. Un soldado de espíritu altivo entra en escena, marcando pasos marciales a ritmo de redoblante, como en un desfile. Vibráfonos acentúan el coqueteo pícaro de Carmen con su despliegue de seducción. La habanera es el fondo sonoro que la ayuda en sus pasos sensuales para ejecutar con el soldado un pas de deux que culmina en una pirueta doble, y el público aplaude entusiasmado. Entran todos los bailarines con el desarrollo del ballet porque todo drama necesita pueblo. Carmen continúa su danza seductora. El soldado hace varios movimientos que culminan en éxtasis. Pero algo de tragedia se oculta entretelones. Entra un torero a realizar la faena con toda su bravura de matador. Piruetas, gracejos, saltos, arabescos y audacias que el bailarín hace pasar por suertes frente al toro. Banderillas. Aplausos. Los bailarines vuelan sobre las tablas desafiando la fuerza de gravedad con el solo impulso de su instinto. La muerte danza con piel de luto. Pas de deux de los protagonistas estiliza el sentimiento amoroso que anuda uno al otro. La sensualidad es absoluta y se desata el drama que conduce al clásico enlace amor, celos, traición y crimen. Y ya, sin más demora, se precipita el asesinato.

Carmen cae sin vida.

—¿Te das cuenta Ariel? Tú te quejas de las lágrimas de las telenovelas y esto es lo mismo. —Le dijo Artahona protegido por los telones de fondo.

—Pero esto es un ritual, las emociones van in crescendo, la música es cómplice de cada movimiento, la escenografía es el marco de ese universo autosuficiente, todo el espectáculo es una metáfora de la vida. Las telenovelas aplanan el drama humano, le quitan su estatura.

—¡Ayyy! A ti te pasa algo.

—Sí, estoy muy sensible.

—Tienes cara de telenovela.

—Creo que me enamoré —alcanzó a decir Ariel en el momento en que la orquesta sonó la estridencia de los acordes finales.

Y Olé. Que hasta la muerte es un pase de torería celebrado desde la platea hasta las gradas. Todos aplauden el drama, donde no ha habido sangre sino salero y elegancia de los bailarines para bien del mundo… La troupe hace la venia a medida que escucha los aplausos y llaman al director, a la coreógrafa, al asistente de dirección, y Artahona se trae a regañadientes a Ariel Severino, el diseñador de esta escenografía espectacular. Aplausos de pie y un orgullo estruendoso levanta su espuma de celebración en el proscenio.

### El viaje inverso

Ariel regresó de Roma desconsolado a encontrarse con Artahona en esas horas de descanso. Es una conversación en la que predomina la voz de Ariel al narrar su drama, bastante menor si se compara con el de Carmen. Pero drama al fin que la víctima necesita confesar. La sensación de pérdida es la misma. Cuando Ariel llegó a la Stazione Termini, el corazón de Roma, una emoción le llenó el pecho como un balón y decidió caminar sin rumbo fijo para hacer tiempo y llegar cerca del mediodía al Ristorante Nino. La ansiedad lo había hecho levantarse a las 5:00 de la madrugada, a pesar del cansancio del día anterior. El corazón le marcaba su ritmo de tambor. Roma se le hizo infinita, alargada por las ganas de llegar que le aumentaban su ansiedad. Entró en el Museo Nacional Romano para hacer tiempo y poco a poco fue perdiéndole el gusto al italiano que no era el mismo sin la muchacha Naranja. Las esculturas estaban desprovistas del encanto que les encontró cuando paseó con ella por Roma. Tal era el desconsuelo por su ausencia. Gastó dos horas mirando todas las esculturas que se le aparecieron en las salas y trató de llenarse de ánimo. Se lamentó con la suerte de Julio César, cubierto por su toga magnánima antes del atentado. El busto del emperador Adriano se le apareció en uno de los pasillos y le trajo el recuerdo intacto de la alemana y su gladiador de utilería. Le llamó especialmente la atención un fresco que formó parte de la decoración de los baños romanos, por su combinación de tonos del ocre y del amarillo, que solía utilizar en sus cuadros. Le gustó coincidir en algo con los clásicos aunque su estilo es más vanguardista, pero se sintió instalado en lo que los críticos llamaban la tradición del cambio. Y continuó en automático por aquellas galerías llenas de años. Cuando vio al "Boxeador en reposo", con su hambre de victoria, haciendo una pausa en el combate y listo para saltar nuevamente al cuadrilátero, decidió emularlo. Caminó con sentimientos encontrados y finalmente bordeó las escalinatas de la Plaza España. Entró ansioso al restaurante Nino.

—¿Y tú sabes lo que pasó? —Artahona puso cara de Sherlock Holmes.

—Dime

—Que todo el personal era nuevo. Había terminado la estación. El verano traidor. Hablé con el capitán de mesoneros, le pregunté por Arantxa y me respondió que no trabajaba allí desde hacía una semana. Le pregunté la dirección de la residencia donde vivía.

—Señor, yo no estoy autorizado para eso.

—Pero yo soy su amigo, Ariel Severino.

—A usted menos que a nadie.

—No puede ser.

—Mi scusi signore, devo lavorare. Y se dió media vuelta sin compasión por este artista abandonado. ¿Qué habrá pasado?

—Las mujeres son complicadas —lo reconvino Artahona con un viejo adagio sin encanto ni sabiduría.

—Decidí caminar de regreso a la estación y creía verla en cada esquina, en las heladerías. Miré en otros restaurantes. Pasé por una librería y la vi envolviendo un libro detrás de un mostrador. Entre y la llamé.

—¿Y qué pasó?

—No era ella y para no hacer el ridículo me compré este libro con un estudio y fotos de la cúpula de la iglesia de Santa María del Fiore. Tú sabes, para parecerle interesante

—Es bien extraño todo eso. Pero me atrevo a adelantarte una conclusión.

—¿Cuál?

—No estoy muy seguro. No te vayas a molestar.

—Tú eres mi amigo —dijo viendo el libro.

—OK. Lo más seguro es que haya vuelto con su futbolista.

—¿Cómo crees?

—Sí, se dice que a las mujeres les gusta un hombre que tenga algo de canalla. Es una cuestión atávica.

—¿Tanto así?

—Sí, lo peor es que ser galante y dulce resulta un sentimiento muy débil para mujeres sufridas. Es bueno por un rato.

—¿Y qué hago? Yo soy así.

Artahona le agarró el hombro afectuosamente.

—Si hubieras hablado conmigo antes de irte te habría convencido de asistir a un taller que dictó José Ignacio Cabrujas, el dramaturgo del momento, con monólogos de Alberto Sánchez y dirección de Herman Lejter, los mejores de la nueva generación de teatreros, fue una cátedra de buen teatro, los italianos quedaron hipnotizados. Y las italianas se les entregaron como ofrendas.

—¡Qué pena!, tengo que saludarlos.

—Te dejo, hermano, voy a revisar la escenografía para la función de esta noche, el burladero de la plaza de toros se desprendió de su base. Nos vemos.


Ariel tuvo necesidad de un trago fuerte y pidió un Martini doble con dos aceitunas, mientras hojeaba las páginas del libro. Fijó su atención en la cúpula y la estructura que la sostiene: Spina di pesce, leyó con admiración. De pronto, una voz de carácter lo sacó de su ensimismamiento con una ocurrencia.

—Las dos grandes invenciones de la humanidad: la pasta y la espina de pez.

Una risa conjunta acercó la simpatía de ambos y Ariel lo invitó a sentarse.

—Mucho gusto, no es usual ver gente culta suelta por el mundo.

—Mucho gusto, Ariel Severino.

—Sí, ya lo sé, vi los créditos del ballet anoche. Muy sugerente su escenografía, totalmente distinta a lo usual, pero con la esencia de la pieza. Un gusto conocerlo —y le dio la mano tratando de retenerla—. Franco Zeffirelli.

—Caramba —replicó Ariel con evidente asombro y se zafó—, yo pensé que usted sólo existía en los créditos de las películas y en libros de ópera y teatro.

—Pero de vez en cuando me les escapo para ver mundo. Y fíjese, me encuentro con usted. —Y se quedó mirando la copa del Martini—. Voy a pedir lo mismo para comenzar nuestra amistad con fuego. Me provoca el Martini por su campana invertida, todo lo invertido guarda un fuego secreto. Un silencio súbito mantuvo al tiempo en ascuas. Ariel se le quedó viendo con gesto fruncido, cruzó la pierna izquierda sobre la derecha para quedar más alejado.

Zeffirelli levantó la copa, hizo una discreta venia en señal de disculpa, y quedaron claras las cuentas de esa amistad que estaba por comenzar. Continuaron conversando sin que Ariel saliera del asombro, lo que logró disimular con su simpatía natural y a Zeffirelli le cayó bien el aplomo de su reciente amigo. Fue una estimación mutua. Ariel tenía una profunda admiración por el maestro y le agradeció que hubiera reconocido su talento. Era un buen comienzo después del traspié. La tarde transcurrió entre ambos abundando en detalles sobre la estructura autoportante de la spina di pesce, que Bruneleschi inventó para levantar la cúpula de la catedral sin basamento alguno. Zeffirelli sacó de su maletín carboncillo y papel. Se extendió en el dibujo de la estructura de ladrillos horizontales interrumpidos cada tanto por ladrillos verticales, que hacían lucir cada porción de la cúpula como secciones de la columna vertebral de un pez. Dibujaba y explicaba como si estuviera dándole los últimos toques a su propio invento.

—Me maravilla lo riguroso de tu formación—, lo interrumpió echándole el cuento de la propia. Zeffirelli era desbocado y no perdía oportunidad para contar al detalle cada asunto de su vida, episodio tras episodio, como si más nada existiera a su alrededor.

Academia de Bellas Artes y estudios interruptus de arquitectura en la universidad de Florencia. La II Guerra Mundial se le atraviesa entre maquetas, mesas de dibujo, escalímetros, plumillas y frascos de tinta china, cambiados sin transición por el fusil de partisano contra el fascismo. La guerra, que siempre pone la vida en vilo, lo impulsó a entrar en la Primera Guardia Escocesa del Ejército Británico, donde terminó siendo intérprete y traductor mientras el futuro se le iba tallando con precisión obstinada.

—Italiano, Español and English, mio caro —abundó Zeffirelli con actitud sobrancera.

Al finalizar la guerra regresa a la Universidad de Florencia y comienza a realizar decorados para un escenógrafo del teatro local. El azar ronda por los suburbios de Florencia sustanciado en una figura con aires aristocráticos y maneras extremadamente delicadas, que se aparece sigilosamente en el taller. Zeffirelli diseña los interiores de una película que va a ocurrir en un pueblo de pescadores. Sicilia copa aquella geografía de abandono. El protagonista de la película decide hipotecar su propiedad para comprar un bote y liberarse del yugo explotador del comerciante que les compra el pescado a precio de usura. El director ha exigido todo el dramatismo de la miseria que corroe a la Italia fascista y Zeffirelli cumple todos los extremos para terminar el encargo. La mugre se apropia de todo lo visible. Faltantes del precario friso dejan sus ladrillos desnudos sobre las paredes y la pobreza del lugar preludia el fracaso de la empresa. Una tormenta destroza el bote nuevo y la familia no tiene cómo repararlo. El protagonista vuelve a emplearse con los mayoristas de pescado que han comprado barcos nuevos. No hay salida inmediata para los desvalidos. El hombre se resigna. La hoz y el martillo de un afiche colgado en la pared de un restaurante son la endeble promesa de futuro.

Zeffirelli ha hojeado infinitas veces el libreto para lograr el máximo ajuste a las exigencias del director. Toma un descanso. Cierra el cartapacio de imágenes quietas. En un extremo de su mesa de dibujo, una reproducción a escala de la catedral de Santa María del Fiore y su domo imposible. El caballero misterioso toma con sus dos manos la cúpula exterior. Pasa su dedo por la curvatura ovoidal. Voltea con parsimonia hacia el muchacho y le tiende la mano.

—Il mio piacere, Luchino Visconti. Zeffirelli tomó de nuevo el libreto y notó un detalle en el que no había reparado: "La terra trema", regista,

Luchino Visconti. Volteó sobre el personaje. Lo miró fijamente. Volvió al libreto. Lo miró de nuevo y trató de cerciorarse de que nombre y figura se correspondían con exactitud. Hay Andreas que tienen cara de Luigi. Pero con Visconti no había desacuerdo alguno.

—Franco Zeffirelli —atinó a decir el muchacho, casi petrificado.

Visconti sonrió encantado por la pasión de Zeffirelli, le dio unos toquecitos en el hombro, revisó hoja por hoja el diseño que acababa de terminar el muchacho, admirado por la excelente interpretación que había hecho de sus indicaciones. Se le quedó mirando fijamente y, sin más vueltas, le propuso que se convirtiera en asistente de dirección de su próxima película.

—Quale? —preguntó Zeffirelli sorprendido.

—Questa, La terra trema.

—Mio Dio! —y le pidió a Visconti que le autografiara el libreto que ya estaba casi descuadernado y lleno de sus propios borrones.

El cielo del Neorrealismo Italiano fue un resultado del azar que lo puso en el camino de Roberto Rosellini, Vittorio De Sica, De Santis, Antonioni...

—E tutte le stelle del mondo —remató Zeffirelli mirando la bóveda celeste.

Ariel sintió que la tierra le temblaba bajo los pies al darse cuenta de que la vida se cumplía en Zeffirelli con un itinerario prodigioso. Pensó en sí mismo y el corazón le dio un vuelco, un pálpito que no supo cómo interpretar.

Y amigados por una suerte similar, Zeffirelli y Ariel trabaron esa amistad que comenzó por las afinidades profesionales y estéticas, como preludio de una real identidad humana entre ambos, que condujo al me gustaría ver más trabajos tuyos Ariel. Se encontraron nuevamente al día siguiente para almorzar y descubrieron una afinidad más entre ambos: el gusto por la cocina. Comieron pastas y chuletas de cordero hasta el hartazgo y abrieron espacio en la mesa al borde de sendas copas de Grappa, para dedicarse a revisar el portafolio de Ariel. Zeffirelli observó meticulosamente cada página de aquella colección de planos y fotos de sus escenografías y, con especial atención, grabados y pinturas que resultaron una revelación. Luego de revisar el portafolio con especial delectación, quedó encantado por la finura y logro estético de sus escenografías. Pero lo que más lo cautivó fue la técnica empleada para hacer sus repujados en bronce y el atrevimiento de combinar cerámica esmaltada sobre láminas de metal repujado. Aquí está tu signo personal, no lo abandones nunca, porque inadvertidamente le impones ese estilo a tus escenografías y materiales de diseño. Esa es tu firma. Y debes trasladar ese logro directo a los escenarios que van a lograr la mayor aspiración de todo artista, la grandeza. Ariel se sintió intimidado por el elogio y no pudo disimular su turbación cuando Zeffirelli le preguntó, no sin cierta reticencia por miedo a ser malinterpretado:

—¿Qué vas a hacer al acabarse el festival?

—Regresar a Venezuela. Se terminó el trabajo.

—¿Y no te gustaría conocer Milán?

—¿Qué?

—Sí, tengo una plaza alla Scala di Milano. Non ti piace? Serías mi asistente.

—Todavía no me lo creo —le dijo a Artahona cuando se encontraron en el teatro—. Pero acepté sin una sola sombra de duda. Sobre todo ahora que no tengo que hacer nada en Roma ni en Caracas. Es la gran oportunidad para salir del embrollo de Madame Pompadour y trabajar en la Meca de la Ópera, El teatro Alla Scala de Milán.

—Ariel, ni lo dudes. Hay dos tipos de personas, las que buscan el futuro y las que el futuro viene a buscar. Tú eres de los segundos y si no lo sigues, te abandona. Y si algún día quieres regresar, porque lo tuyo va para largo, allá tienes el amigo de siempre.

### Milano viccino de Europa

La amistad entre Zeffirelli y Ariel superó todas las fronteras que podrían separar a un maestro de su asistente, quizá porque Ariel ya tenía el camino andado y Zeffirelli lo sintió muy cercano y afín. Entre ambos había un territorio común de afecto, respeto y admiración, que Ariel asumía con entereza, y un sentido profesional que imponía cercanía y distancia en justo equilibrio. Las cercanías entre ambos se acortaron con la delicadeza del trato y el toque de identidad que sólo se da entre quienes desafían la vida sin miedo.

—Carissimo Ariele —le dijo efusivamente el maestro cuando llegó a la mesa acostumbrada en la terraza del hotel Lancaster, a una cuadra del apartamento que le tocó en suerte cuando llegó a Milán—. Benvenuto, commendatore.

—Tante grazie gonfaloniere. Prego. —Y levantó la copa de vino de una botella que ya Zeffirelli había ordenado descorchar.

Commendatore y gonfaloniere solían reunirse al salir de la Scala para compartir secretos, mitigar sus desacuerdos sobre uno que otro cantante (este lírico es más bien épico) y tirar a pérdida el tiempo que les sobraba de sus provechosas juventudes. Tanto, que ese día en que celebraban los seis meses de Ariel en Milán, el gonfaloniere se extremó en confidencias.

Miserias y fortunas se juntaban en la vida de Zeffirelli sin preferencia alguna. A sus treinta y cinco años, tres menos que Ariel, ya le había dado varias vueltas a la vida, algunas de ellas por caminos tortuosos que se empeñaba en rememorar. Nació contra la opinión de todos y anduvo sus primeros años como perro callejero, le confesó a su abuela, cuando ésta le confió, en un último arranque de intimidad, que su mamá siempre se negó a abortarlo. Florentine Alaide Garosi, diseñadora de modas, pianista, entusiasta de Mozart, mantenía una relación a espaldas de su esposo con el comerciante de sedas y lanas Ottorino Corsi, quien tenía familia constituida en Vinci, la misma ciudad de Leonardo, "l'infinito", remató Zeffirelli con autoridad de lugareño y sin complejo alguno.

No hubo traje ni costura surgida de su mano que pudiera ocultar la prominencia del vientre. Y comenzaron reproches, recriminaciones y sermones, para que se deshiciera de la vergüenza. Nadie pudo contra su voluntad irrevocable. Hasta que el doce de febrero de 1923 abrió los ojos en el Hospital de los Inocentes de Florencia un bel ragazzo, dijo la enfermera. Nació sin dificultad alguna. Su madre, entrenada en estos agobios, ya tenía tres muchachos y él se coló en el mundo por el mismo conducto con total presteza, como si lo hubieran mandado llamar para vencer toda precariedad. La primera cayó demolida por la propia Florentine en el registro civil.

—Nome? —preguntó ásperamente el empleado municipal con arrestos de pretor de la moralidad.

Silencio. El tiempo transcurre con el frío de una oficina del gobierno. Muebles quietos. Oficinistas hipnotizados sobre sus folios de rutina. Turiferarios como moscas alrededor del escritorio del Jefe de Registros.

Aburrimiento civil. Una ragazza voluminosa que parece salida de las novelas de Alberto Moravia pasea sus redondeces entre las filas de escritorios. Florentine la mira con desdén. La muchacha ni se entera. El mundo gira indiferente a la cantidad de partos cotidianos porque sabe que hay suficientes nombres para todos.

—Nome?, —repitió el interfecto con acritud.

—Franco —dijo Florentine con tono altivo y mirada desafiante, satisfecha, al darle al muchacho el trozo de tierra firme de una palabra certera. El escribano dobló la testuz y fijó sus ojos sobre el documento en ciernes.

—Cognome?

Florentine zurció a duras penas los retazos de su maltratada reputación mirándolo de soslayo. Bastó un segundo. Alzó los hombros con porte de dama ofendida y regresó a los días de Lorenzo el Magnífico, cuando a cada criatura le correspondía una letra del abecedario, según día y mes. "Z", le había dicho la enfermera después de hurgar en el calendario de onomásticos y efemérides del hospital. Florentine cierra los ojos. Se inspira, espira el torrente de pecados y maledicencias. La zeta le zumba en los oídos con el nombre del tercer acto del Idomeneo de Mozart y goza la epifanía: Zeffiretti lusinghieri, repite mentalmente. Se infla los pulmones de pundonor y desacato. Bendice a Mozart por darle domicilio musical a sus liviandades. Se persigna. Observa al funcionario como quien mira una larva de mosquito.

Ariel Severino interrumpe a Zeffirelli con la interrogación entre las cejas, ¿Zeffiretti lusinghieri?, pensando en Florentine. "Brisas complacientes", traduce el maestro en su español emergente, para mostrarle a Ariel una utilidad más de sus conversaciones diarias. Sonrisa cómplice de Ariel que imagina la escena de aquel febrero luminoso de 1923 en la adusta oficina. Sorbe de su copa y brinda por eso. Dice que el Zeffiretti le suena a luz. El maestro rememora a Céfiro, el dios griego de los vientos apacibles. Lanza su mirada hacia el infinito de aquella tarde ventosa. Voltea hacia Ariel invitándolo a fijarse en la raya del horizonte y culmina con el último sorbo de vino.

—A Firenze il vento è splendente.

¿Cómo será el brillo del viento?, se pregunta Ariel en silencio. Zeffirelli llama al mesonero.

—Espresso, per piacere. —Ariel, mudo, señala con el índice que lo mismo, levanta el dedo hacia el cielo y se pregunta a dónde lo llevará el viento de Florencia. La ciudad responde con voz de funcionario.

—Cognome?, se queja ansioso por la demora con la plumilla en la mano.

—Zeffiretti —responde Florentine ensimismada.

El escribano moja la plumilla en el frasco de tinta con la mano temblante de dudas. Florentine continúa extasiada, siente que ha dado a luz dos veces. El funcionario, carcomido por las malas pulgas del momento, por el frío de febrero que engarrota los dedos, o, por simple desdén, cambió las "t" por las "l" y terminó dándole ciudadanía luminosa a un ser de origen viscoso. Franco Zeffirelli, repitió Florentine Alaide Garosi, orgullosa del nombre que le prodigó la música, mientras abandonaba el edificio del registro civil. Bordeó las orillas del Arno con ilusión de primeriza. Acunó al hijo entre sus brazos y caminó con la frente en alto adonde la llevara el futuro.

La tarde transcurrió entre reminiscencias que Ariel Severino escuchó como se escucha al vate de una tribu ancestral. Zeffirelli parecía programado para tropezarse con asuntos manejados por una mano secreta tras bastidores, como si un universo paralelo le soplara los secretos que lo ayudaron a vivir. El siguiente capítulo de la vida de Ariel fue el éxito absoluto y desde entonces no lo abandonó. Era una vida de lujo, no sólo por lo monetario, sino, más aún, por el vapor de las celebraciones que surgía luego de cada estreno y la fama que logró en el mundo del espectáculo. Todo en el entorno amable de tenidas gastronómicas que hacían la delicia de ambos, cada vez que tenían una oportunidad, cosa que ocurría casi a diario. Risotto ai funghi porcini para un almuerzo rápido en La padella ristorante al terminar el trabajo. Ensalada mediterránea de tomates cortados en cuartos, juliana de cebollas moradas, anchoas sobre lonjas de queso feta, trufas de contrabando con la complicidad del chef, todo bañado con una reducción de vinagre balsámico de Módena. Para cerrar la faena, cuando quedaba apetito, era un día especial o la jornada había sido larga, abbacchio alla romana, receta de paleta de cordero al horno que se trajo Ariel del Restaurante Da Guido en Caracas y que nunca quiso revelar. Causó estragos en los restaurantes de la competencia.

—¡Flavio!, —santo y seña para que el chef lo dejara solo en un rincón de la cocina, aprovisionado de un bosque de finas hierbas y sazones que llevaba siempre en un saquito de lino. Se encerraba en aquel templo de olores y sabores gesticulando como un alquimista a punto de lograr la piedra filosofal. Hasta que de tanto conjuro apareció en la mesa, como resultado de la alquimia misma, el platillo delicioso.

—Agnus Dei, lo santificó Zeffirelli, y dieron cuenta del manjar acunado entre papas horneadas en mantequilla y tomillo. Un Brunello di Montalcino regó el condumio en maridaje fragante.

Cada uno pontificaba sin recato. Ariel hacía elogios desmedidos de las combinaciones de ingredientes en cada receta y Zeffirelli completaba con una opinión desconcertante: esa receta tuya es tan complicada como las obras de Wagner. Y reían hasta que un sonido escalofriante inundaba la escena. El asedio de violines, violas y vientos estridentes en la Cabalgata de las Walquirias, ¿te imaginas que una tropa de mujeres salvajes acabe con nosotros?, y Ariel le ríe la ocurrencia. Las hijas de Odín cabalgan por el campo de batalla. ¡Horror! Rescatan cuerpos de guerreros muertos para llevarlos al Paraíso. Violas y Violines narran el suplicio. Moscas, tábanos dan cuenta de los héroes caídos. Flautas y flautines preludian la entrada de Gerhilde. ¡Hoyotoho!, ¡Hoyotoho! ¡Heyaha!, Heyaha! El grito de guerra rezuma pánico. La atmósfera se plena de glissandos, notas ululantes como fantasmas. O como viento entre cañas de pavor. Irrupción de trombones, metáfora sonora de la guerra. Zeffirelli y Ariel confiesan que causa más temor escuchar esa ópera que verla, porque el miedo tiene sonido pero no forma.

Commendatore y Gonfaloniere llevaron su amistad a los extremos de la alcahuetería; lo que resultó evidente en la oportunidad en que el Ballet Bolshoi llegó a Milán para una Temporada de Invierno. Ariel, hipnotizado con aquellas muchachas que parecían mariposas entrenadas para el encantamiento, se regaron por todos los rincones del teatro con absoluto apego a la obediencia. Más allá de su delicadeza, se movían como un pelotón en rutinas militares. Del teatro al autobús y del autobús al hotel, todos los días, bajo la mirada vigilante de unos tipos grises, de vida y vestimenta, que les seguían los pasos con severidad de policía secreta. Maya, la prima ballerina de aquel cuerpo sublime, una ucraniana de 20 años que parecía de goma espuma, sorbió, entre todas, la atención de Ariel, encargado de diseñar la escenografía para El lago de los cisnes, pieza obligada en aquella temporada. Imitando los movimientos de la sinuosa policía secreta, logró mimetizarse en uno de ellos, hasta que pudo toparse con Maya a la hora del refrigerio.

Se acercó a la barra de la cafetería con total disimulo, el mismo de un espía encubierto en busca de amor, que los hay. Pidió un sánduche de los infaltables prosciuto y formaggio y comenzó a comerlo como barricada para las miradas furtivas. A Maya le hizo gracia tanta destreza actoral y se llenó de sonrisas desde una mesa donde departía con sus compañeras del ballet. A los policías también les había dado hambre y salieron de aquel cafetín sin ser notados, cosa que aprovechó Maya para señalar una silla que Ariel ocupó ipso facto en torno a la mesa. Maya continuó sonriendo tras la cortina humeante de unos crujientes Biscotti mojados en chocolate y Ariel se entusiasmó con la visión de aquel figurín evanescente. No se sabe en qué idioma hablaron, pero en esos casos basta con señas y jeroglíficos aéreos para que una pareja se entienda hasta darse cuenta de que no les hicieron falta las palabras.

Jugaron a inventarse gestos en una comunicación urgente, esa que le ocurre a todo el que encuentra una aventura fuera de su país y sabe que el reloj avanza rápido. Pensó en su Arantxa fugitiva y sintió que esta vez no habría engaño porque las bailarinas sólo pertenecen a la tierra en el momento en que las puntas de sus pies se preparan para el salto. Y, de salto en salto, Maya y Ariel, ayudados por la complicidad de las muchachas del ballet y de Franco Zeffirelli que les sirvió de Cicerone, acordaron encontrarse en el apartamento de Ariel cada noche después de los ensayos. Maya salía por la puerta trasera del teatro con una que otra pieza del vestuario y caminaba sigilosamente por la Via Andrea Massena, en un trayecto nocturno de pocas cuadras.

No había resultado muy complicada la operación, incluso, una madrugada en que Ariel la retuvo más de la cuenta, Maya fue sorprendida por uno de los agentes, quien al percatarse de lo inútil de reprimir a una mujer enamorada, la dejó entrar al hotel con gesto cómplice, a cambio de otra complicidad por una bailarina menuda y discreta. Hasta el momento las precauciones de la policía se habían relajado gracias a la Guerra Fría, hasta que Nureyev logró escapar hacia Londres, donde se hizo parte del cuerpo de baile del London Royal Ballet y se cancelaron todas las distensiones. Ariel quiso evitar alguna represalia contra Maya y decidió contentarse con verla bailar todos los días en sus presentaciones. Hasta que llegó la última función de aquellos cisnes fatídicos y se apareció en platea con un ramo de flores y una esclava de oro, con el nombre de la bailarina que dejó caer una lágrima sobre la placa de metal precioso. Él compartió aplausos por su trabajo en la escenografía y ambos se vieron como iguales en aquel paraíso temporal, que terminó por estrechar la amistad entre Ariel Y Zeffirelli. Verlo enamorado y en tal disminución anímica, hizo que su jefe terminara asumiéndolo como a un hermano menor que debía proteger, especialmente en las adversidades. Los aviones fueron hechos para volar y en uno de ellos iba Maya, que se le quedó en la memoria como una muñeca imborrable.

El trabajo era una prolongación del afecto mutuo. Todas las óperas en las que les tocó trabajar juntos contaron con el aplauso inusitado del público, el fervor de la prensa que se extendía en elogios y la confianza de Zeffirelli, que cada día más lo dejaba a su libre albedrío después de discutir uno que otro detalle de cada decorado. Arte a tiempo completo. Su oficio le dejaba tiempo para dedicarse al diseño de su propia obra y había aumentado el número de cuadros por concluir, siempre con acuerdo a las primeras recomendaciones de Zeffirelli y ésta es tu firma, recordaba a medida que llenaba de trazos los lienzos ansiosos de mundo. Hasta que la fiesta llegó a su fin. Todo lo que comienza tiene que terminar, incluso lo mejor.

—Commendatore.

—Gonfaloniere.

—Tengo una noticia que no se si es buena o mala. Voy a firmar un contrato para dirigir varios espectáculos en la Ópera Metropolitana de Nueva York.

—Pero eso es muy buena noticia.

—Sí, la mala es que no me aceptaron mi propio asistente. Tienen el staff completo, muchachos egresados de su propia academia.

Se quedaron mirando con los ojos llenos de todos los adioses. Y un abrazo a las puertas de la Scala selló una amistad que duró hasta el resto de los días de Ariel.

## Vuelta a la patria

La amistad con Artahona fue el lubricante para que Ariel entrara sin ningún obstáculo en Radio Caracas Televisión. Había continuado en su oficio de multioficios en el mundo del espectáculo, y logró entrar como Gerente de Producción de dramáticos de la televisora. ¿Y te puedo seguir llamando negro? La eterna risa de complicidad explotó entre ambos, reafirmando la amistad que habían cultivado a través de cartas durante los cuatro últimos años. Todos los meses ambos recibían respuesta y se mantenían al corriente de cada novedad, incluso, de las que ya tenían cierto añejamiento en la memoria. Siempre que me encuentro con Madame Pompadour me pregunta por ti. Más de una vez había intentado convencerme de que le diera tu dirección. Se va a alegrar cuando te vea. ¿Te imaginas que se hubiera aparecido por allá? Ahora también me odia a mí y eso que yo no le hice lo que tú le hiciste.

—Yo no le hice nada.

—¡Ah!, entonces por eso es que te odia, a una mujer le puede faltar la comida, pero nunca el cariño.

La conversación fluía con su río de recuerdos cuando fue interrumpida por Guillermo Zabaleta, quién entró en la oficina con la familiaridad que se macera con los años.

—¿Éste es el candidato?

—Tanto que se parece a sí mismo.

—Mucho gusto, Ariel Severino, —dijo levantándose caballerescamente de su asiento mientras le estrechaba la mano.

—Yo te conozco —Y deshicieron las historias que Guillermo Zabaleta conocía desde la época en que llegaste importado del Uruguay, directo a La Balandra Isabel llegó esta tarde. También Horacio Peterson me habló muy bien de ti.

—Él fue mi jefe en Spoleto.

Resultó muy sencillo pactar las cercanías porque Ariel tenía un alma liviana y Guillermo se daba a la confianza con tal naturalidad, que su descaro resultaba divertido. Déjame ver y comenzó por revisar el curriculum vitae encuadernado con buen gusto de diseñador. Esto es perfecto. Pero tienes un problema. Ariel puso cara de alarma y cruzó los brazos. No, no te preocupes. Primero que nada te felicito porque es una experiencia única, lo malo es que conociste el éxito muy joven. Dime algo ¿adónde piensas llegar después de tan alto? Trabajar con Zeffirelli es algo que no todo el mundo logra. Imagínate, con una de las estrellas del Neorrealismo Italiano, los que reinventaron el cine.

—Muchas gracias, pero yo lo único que quiero es trabajar, ganarme la vida y poder pintar mis propios cuadros —y le extendió el portafolio.

Guillermo se quedó mirando las páginas con verdadera atención. Ariel y Artahona se miraron intrigados. Artahona le hizo un guiño. Ariel respiró confiado. Guillermo demoró como cerca de quince minutos, suspiró, y rompió el silencio.

—Aquí hay verdad. Tienes un trazo muy personal y la distribución del espacio respeta casi todas las reglas, es bueno transgredirlas de vez en cuando con mesura. Ahí está tu originalidad. Pero lo que más me gusta es que sabes diferenciar una cosa de la otra. El escenógrafo que tenía tu puesto decía que él era artista y lo que quiero es dejar huella. Y yo lo que quiero es que hagas un rancho que esté en ruinas para la próxima escena de Doña Bárbara.

—En eso estaba Zeffirelli cuando Visconti lo descubrió y lo hizo su asistente en La terra trema.

—Bienvenido Ariel y te prevengo de algo fundamental. Aquí el trabajo es rutinario, lo importante es tener las cosas a tiempo.

—No te preocupes Guillermo, yo uso dos relojes para no atrasarme. —Zabaleta se le quedó mirando con ojos de éste es un jodedor, le estrechó la mano y cerró el diálogo —pásate por personal y Artahona que te acompañe.

Fueron cuatro años de labor sin el deslumbramiento de la época de Milán. El trabajo del escenógrafo en televisión es quizá uno de los más ingratos. Los decorados aparecen en el fondo de las escenas olvidados en su anonimato. Y, al final, la quincena deja la única gratificación de un cheque famélico que Ariel complementa con sus trabajos en el Ateneo de Caracas. Ariel disfrutaba hasta la extenuación sus dos ocupaciones remuneradas, porque finalmente podía entregarse a sus cuadros que iban apareciendo en los caballetes del taller, hasta completar su galería de seres imaginarios. Los fue organizando pacientemente y comenzó a tener compradores dispersos que, sin proponérselo, se convirtieron en una sociedad secreta que coleccionaba sus cuadros como obras compartidas en silencio; más bien eran compradores anónimos que le iban dando un valor desconocido a cada pieza. Se corrió la voz con el poder de difusión que tiene la voz, sin que Ariel se percatara de la importancia que iban alcanzando sus repujados sobre metal, cada vez más innovadores con la incorporación de materiales disímiles. Los cuadros tenían un valor agregado: siendo obras de arte, lograban cierto acabado decorativo que les permitía estar en cualquier lugar, pero, bien vistos, cautivaban por lo riguroso de su elaboración. Hasta que un viernes fue a cenar en La Estancia, como hacía siempre con Artahona y Zabaleta, a la salida de la televisora. El reclamo llegó junto con el primer trago cuando el dueño del restaurante, Amadeo Costa, un argentino perito en cortes de carne, lo mandó llamar con el capitán de mesoneros.

—Yo creí que eras mi amigo —Y Ariel se cortó sin entender de qué se trataba cuando entró en la oficina—. Me enteré de que le vendiste un cuadro tuyo a Eleazar López-Contreras y a mí no me has ofrecido ninguno. Claro, como él es nieto de un expresidente de la república…

—Caramba, disculpa, pero es que nosotros solemos vernos en casa y me compró uno al que ya le había puesto el ojo donde puso la bala. Es verdad, hay otra gente que también ha comprado, pero sólo los que me visitan.

—¿Y cuando quieres que te visite?

—Okey, mañana mismo a las tres de la tarde.

Se incorporó a la mesa con sus amigos y llegó el capitán con una botella de Buchanan's en la mano —Esto es un obsequio de la casa.

La visita ocurrió a la hora convenida. Unas empanadas argentinas que trajo Amadeo fueron el comienzo del convite y par de whiskeys que sirvió Ariel. Amadeo se extasió con la cantidad de cuadros que había en las paredes y en el estudio de la Castellana, el castillo de Elsinor. Un toro repujado en bronce que destacaba sobre un fondo rojo incendio, le llamó la atención. Parecía haber salido indemne de la faena y el soberano lo premió con el indulto.

—Me gusta éste Ariel, lo quiero para colgarlo en la entrada del restaurante. Y quiero otro para mi casa.

—Está bien. Pero tienen que ser los del estudio, estos de la sala están comprometidos, fíjate que están sin terminar.

—Me gustaría que fuera un gallo como el que tiene Eleazar.

—Perfecto, hay varios. Escoge el que quieras.

El toro amaneció el lunes siguiente en la pared principal de la entrada del restaurante. Un faro hacía de ruedo de luces y nadie podía escapar de las llamaradas de aquel cuadro donde comenzó la historia pública del Ariel Severino, que canta, escribe, diseña y hasta le baila ballet. Los cuadros comenzaron a ocupar las salas de la gente más adinerada de Caracas, incluida Madame Pompadour, viuda de un francés representante de la casa de licores Pernod Ricard, que nunca bebió un trago y murió de cirrosis a causa de una hepatitis. A la muerte de su marido, la señora María Beatriz Casañas, viuda de Moreau, se dedicó a coleccionar obras de arte y en una subasta a beneficio de las Hermanas Salesianas, se sacó el número de Ariel, quien ya se cotizaba como artista plástico de renombre. Fue una relación tormentosa desde el comienzo. El encanto de Ariel con las mujeres le resultó un incordio a madame Moreau, que fue bautizada inmediatamente por sus cómplices, como Madame Pompadour, para aplanarle la montaña de celos y arrogancia que mostraba en público. Artahona y Guillermo D'Artagnan Zabaleta (el tercero de los mosqueteros), vivían previniéndolo de que esas manías persecutorias son peligrosas y a veces terminan en sucesos graves, tanto, que un viernes se la apareció en Elsinor sin avisar, Ariel se descuidó y no pasó el pestillo de seguridad de la puerta. La señora entró con toda la furia de una mujer abandonada y lo encontró en la cama con una aventura nueva.

A partir de allí debió andar siempre fugitivo, tratando de evitar aquella dama inflamada de celos, que siempre llevaba una tijera en su bolso por si se le presentaba la oportunidad. Tales eran las bajas pasiones que inspiraba el señor Severino. La última vez que la vio fue en la Asociación Israelita de Caracas cuando se encontró cara a cara con su destino.

—Mucho gusto, encantado de conocerte, gracias por venir— y Mercedes Chocrón casi se congela con palabras anestesiantes en la boca: el gusto es mío.

### A palacio

El castillo de Elsinor cobró un aire de hogar desde que Mercedes comenzó a frecuentarlo y perdió el tufo de libertinaje que la soltería prodiga. Mercedes se sentía bien y muy pronto logró que sofás, poltronas y cojines, se amoldaran a su contorno como la piel al cuerpo. Llevó un plumero para deslastrar cada mueble del polvo incógnito que siempre se riega como los recuerdos. Se sintió el orden de la mano femenina que había organizado cada rincón con denuedo amoroso, mientras se deshacía de objetos pertenecientes a pasadas aventuras del dueño. Cada espacio se llenó de objetos con el sello personal de Mercedes, que trató de poner en armonía con los que tenían la firma de Ariel; sus cuadros colgados en las mejores paredes rescatadas del ocio. Le gustaban las cerámicas de textura rugosa con esmaltes de figuras abstractas e incorporación de tejidos crudos, como centros de mesa, macetas multiformes para las esquinas, pequeñas esculturas compradas en tiendas de artesanía, bomboneras, objetos de cestería puestos a florificar geranios, rosas, girasoles, portalibros para la biblioteca y cualquier otro arreglo que instalaba en extensión de sí misma. Colocó un florero de cristal biselado en la mesa del comedor, con claveles rojos que compró al pasar por Chacao y se sentó en una poltrona a mirar cómo Ariel ordenaba herramientas en un cofre de latón. Ariel la miró encantado por su voluntad autónoma y le gustó que hiciera y dispusiera las cosas a su manera. Siempre lo atrajeron las mujeres con carácter, excepto las que pudieran llevar tijeras escondidas en sus bolsos.

Había estado un poco preocupado desde que Mercedes decidió llevar a su papá a la función de Animales feroces. Temía que el desasosiego que sintió la muchacha causara igual efecto en Elías Chocrón, víctima primera del pecado original de la familia. Pero no, el dolor en los hombres se adormece con el tiempo de modo más definitivo de lo que logran las mujeres. O sencillamente estaba obligado a ser fuerte para no causarle mayor pesar a sus hijos. Pero Mercedes también tenía un talante que, por decisión propia, había aprendido a exteriorizar sólo para lo amable, a pesar de lo grave de cualquier percance. Y su hermano Mauricio, indiferente, interesado sólo en saber si la tierra seguía dando vueltas. Se fueron a cenar y celebraron el éxito de la obra junto a Isaac.

—Fue una noche deliciosa con la familia, hasta Eugenia me preguntó por el señor del convertible. Sólo faltaron Esther y tú. —Ariel dio un respingo al verse incluido en la celebración que, pese a no haber participado, le allanó el camino a seguir. Una mariposa de colores atravesó la sala y Ariel siguió la ruta de su vuelo quebrado hasta que se posó en el cabello de Mercedes. La flor volvió a volar y no se supo más de ella.

—Qué lástima no haber estado allí, pero me habría dado pena con el viejo.

—Él te conoce, hablamos de ti, que le había gustado mucho tu cuadro en la asociación y quiere comprarte alguno. —Ariel vio una oportunidad de oro para congraciarse con Elías Chocrón.

—No, ¿cómo crees? Qué venga cuando quiera y escoja el que más le guste.

—Zalamero.

—Cortés.

—Está bien, un zalamero cortés.

Ariel dio media vuelta y caminó hasta la cocina.

—¿Hambre?

—Todavía no, lo que sí quiero es darme un baño.

Se levantó de la poltrona. Entró en el cuarto, recogió una bolsa de ropa interior femenina que había ido encontrando mientras ordenaba el cuarto y la dejó al descuido bajo el dintel de la puerta. Ariel se llevó las manos a la cabeza y salió corriendo a deshacerse del paquete acusador. Cerró la puerta y comenzó a buscar en el closet donde ya había ordenado sus ropas para el fin de semana. Puso a llenar la bañera y la colmó de esencias que sacó de su neceser. Fue una inmersión vivificante. Le gustó entrar en una bañera que no era la suya pero igual de limpia. Le gustó también la sensación de hacer su rutina en una casa ajena, que a partir de ese momento comenzaba a ser suya. Le gustó aún más ese trasvase de sensaciones de una vida a otra y decidió que definitivamente pertenecía a ese espacio de olores y colores que estaba estrenando. Se preguntó cómo sería compartir la cotidianidad con Ariel y comenzó a desearla. Lo deseó a él también. Sus hombros anchos, su sonrisa de yerbabuena, su musculatura sin vanidad y el aroma del Old Cottage que más nunca podré olvidar. Salió de la bañera. Enrolló una toalla en su cabeza a manera de turbante, cubrió todo su cuerpo con cremas hidratantes y se puso un negligé azul claro que insinuaba en vez de mostrar. Se vio en el espejo y se sintió como un regalo que iba a ser entregado. Sonrió, giró a la izquierda y salió del cuarto con paso resuelto hacia la poltrona donde se sentó cruzando las piernas, con toda la sensualidad que pueda caber en unas piernas. Y en los pies desnudos, de uñas pintadas de blanco, que semejaban caramelos.

Ariel se congeló frente a aquella visión que había imaginado muchas veces y jamás alcanzó a suponer con tales encantos. Sintió un súbito endurecimiento de su otro yo. Se le acercó. La besó con fruición. Le acarició el rostro, Mercedes se separó con rechazo fingido, y se murió de la risa porque se te acabó el aroma de tu Old Cottage bendito. Dió media vuelta para verla desde la distancia del seibó del fondo. Parecía la escultura de una reina arcaica. Juntó sus manos para honrar a la Dama de Elche y le voló un beso.

—Me toca a mí.

Entró en la regadera con ansiedad de primerizo. Intentó aplacar su otro yo con las agujas de agua fría. Se envolvió en la espuma del champú y la pastilla jabonosa, imaginando las palabras con que iba a resbalar por los poros de Mercedes. El baño duró lo que un guiño. Se perfumó con una nueva agua de colonia, entró en la sala envuelto en una nube fragante, enfundado bajo la capucha de un traje bereber. Sonrió a todo lo ancho de la capucha y Mercedes sintió que se derretía a pesar del negligé vaporoso. Qué rico, ahora tengo dos hombres, el de la Old Cottage y el de esta nueva. Jean Marie Farina, le contestó Ariel mientras se sentaba en el apoyabrazos de la poltrona. La besó con delicadeza. Dos copas de vino blanco reposaban sobre la mesa de centro y ambos bebieron con sorbos cortos. Ariel se sentó con la discreción de quien llega a casa ajena. Se miraron y decidieron mudarse al sofá. Ariel descolgó una orquídea de un trozo de turba que colgaba de la pared de la terraza. Despegó una de su capullo y comenzó a pasársela por el rostro, bajó por el cuello y le susurró catleyas al oído. ¿Qué es eso?, suspiró exaltada. Orquídeas, las usaba en el pelo Odette, amante de monsieur Swann, en la famosa novela de Proust, En busca del tiempo perdido. Cuando el carruaje en que viajaban tropezó con un obstáculo, la orquídea le cayó en las piernas. Terminaron haciendo el amor en el carruaje y desde entonces se dedicaron a hacer catleyas. ¡Qué bonito!, es una manera muy elegante de llamar al deseo. Sí. Entonces rescatemos el tiempo perdido, dijeron al unísono y la picardía se les metió en los ojos.

Ariel se enciende. Mercedes le acerca su cuerpo tembloroso y ambos comienzan un intercambio de desnudos. Ariel desata el lazo del negligé de Mercedes. La besa. Toma con sus dedos la cintura de la pieza y comienza a halarla lentamente para gozar sin prisas la seda de su piel. Fija su mirada en los dedos de caramelo. Detiene la falda a la altura de sus rodillas, se reclina sobre la alfombra y se las besa. Comienza a levantarse y se encuentra con el principio y fin de las cosas. Se extasía con el triángulo descolorido que le dejó un trozo del biquini en su pubis. Toca la flor. Los pétalos se abren ansiosos. Mercedes no aguanta. Deshace el nudo que cuelga al cuello de Ariel y hala la capucha que arrastra entera la túnica complaciente. Ariel se levanta y queda al desnudo. Mercedes se queda mirando lo armonioso de sus proporciones, toma el otro yo entre sus manos y se dedica a las confidencias. Ariel toma la orquídea y comienza a pasarla por la frente de Mercedes; acaricia su rostro. Y continúa por el torso desnudo hasta llegar al corazón de la flor. El pistilo tiembla. Ariel pone su dedo sobre el penacho balbuciente. Acerca sus labios carnosos y resbala hacia la fuente del Edén que ahora es un géiser ardiente. Bebe del líquido dispuesto a inmolarse. La acuesta en la alfombra de la sala. Se hacen uno entre jadeos. Sienten que se les acaba el mundo. Repiten el acabose una y otra vez, sin fin, sin comienzo, en un padecimiento continuo, hasta quedar exhaustos. La estrella matutina se cuelga en el firmamento del verano. Cuando abren los ojos el sol comienza a despuntar sobre los árboles del jardín. Clímax que anula el tiempo y abre un atajo por donde se cuela la vida. El amor existe.

Quince días de sus vacaciones permanecieron en el castillo de Elsinor en luna de miel adelantada, coleccionando orquídeas de toda especie y dándole fuelle a su amor desbordado entre Elsinor y las trochas del cerro Ávila. Luego Mercedes viajó a Nueva York en busca de sus hijos Joshua e Inés, acostumbrados a pasar el verano con su papá, el magnate George Kobel, que les daba todos los gustos que el dinero permite y les consentía ciertas malcriadeces que ella después tenía que corregir.

—¿Y qué vas a hacer?

—Lo que te dije, contarle todo, menos lo de las catleyas que me volvieron loca. No quiero herirlo porque él ha sido muy bueno conmigo y es un papá perfecto, no tengo de qué quejarme. Pero el amor es el amor y llegó el momento de la ruptura definitiva. Hasta ahora todo quedó stand by. Pero no quiero engañarlo. Aquí el único culpable eres tú, un abusador que no me dio ni tiempo de pensar.

—¿Y cómo crees que reaccione?

—No sé, pero tengo que tomar una decisión. Por fortuna nos vamos a encontrar en mi apartamento, viví allí desde que nos separamos hace un año, no sé si venderlo o dejarlo para las vacaciones. Te voy a dejar la dirección por cualquier cosa. 1050 Park Avenue. 10th floor. 102, New York, NY 10028. Pero no te preocupes, lo he sentido muy relajado por teléfono. Aunque personalmente las cosas pueden cambiar. Uno nunca sabe y es mejor estar alerta.

## TERCERA PARTE

A Firenze il vento è splendente, recordó Ariel las palabras de Zeffirelli, porque también el viento de Altamira tiene un brillo particular. Desde que llegó de Italia había tenido interés en vivir en esa urbanización, donde el sol funde las partículas del aire y las pone a brillar siempre con la misma luz del mediodía. Pero la vida tiene sus atajos y la tarde de un viernes en que salía de La Estancia, subió por la avenida principal de La Castellana y ya casi al llegar a la última transversal, vio en venta el anexo de una casa con garaje, que de una vez pensó convertir en estudio. Copió el teléfono de un cartel de la entrada, llamó al dueño que atendió con voz hosca de vendedor y quedaron en verse al día siguiente. Ariel se enamoró a primera vista y comenzó la puja inmediatamente. Precio, regateo, precio, regateo y Ariel logra convencer al dueño de que se la deje lo más barato posible, aprovechando que el hombre se muda a Valencia, contratado por la sucursal de una importadora de automóviles. Y le puedo dejar un carro nuevo bien barato y en bajísimas cuotas mensuales. Precio, regateo, precio, regateo y a los quince días, al regresar de Valencia, estacionó en su nueva casa un MG descapotable, último modelo, donde ponía cara de Juan Manuel Fangio en sus salidas cotidianas por la ciudad.

Transcurrieron cuatro años que Ariel repartió entre el trabajo duro, su vocación de artista plástico y el divertimento con una que otra señora, que accedía a los requiebros de ese escenógrafo tan atractivo y quién sabe si puede ayudarme con el director de la próxima telenovela. Ariel desarrollaba un encanto como el atleta que ejercita un músculo y mientras más aventuras, más propuestas y más enredos. El último, antes del fogonazo de Mercedes, fue con la viuda de Moreau, que comenzó con un buen augurio hasta el extremo de poner a Ariel a pensar en algo duradero. Pero, las más de las veces, sólo porque el trabajo de Ariel exigía el encuentro cotidiano con mujeres, por demás bellas y famosas, hicieron que a la señora se le desataran unos celos incontrolables, causantes del temor y la distancia de Ariel, hasta el incidente de su encuentro furtivo entre las sábanas con una actriz en ascenso. Dejó correr el tiempo esquivando cualquier posibilidad de encontrarse con ella, hasta que conoció a Mercedes, y te prometo tener catleyas siempre a la mano, después de su primera noche juntos.

Un año después el Neverí apareció junto a edificios que crecían como árboles a lado y lado de las avenidas Luis Roche y San Juan Bosco, en el plexo solar de Altamira. Diez plantas con un solo apartamento por piso y dos ascensores privados, el principal y el de la servidumbre, diseñado con ese sentido de exclusividad que convierte al propietario en único, irrepetible y excluyente ejemplar de su especie. En su perímetro imponente, un balcón amplio con parrillera en la parte posterior, flota sobre un panorama de vértigo. El valle de Chacao, al este de Caracas, que fuera aposento de vaqueras, cañaverales y trochas, partido en dos por el río Guaire, fructificador y serpenteante. Un nuevo tejido de autopistas prodiga futuro. Urbanización refulgente de abastos, bancos, salas de cine, tiendas de mercería, concesionarios de carros, muchachas que llenan de risa el espacio, enjambres de bicicletas en tour concéntrico por la plaza, paisanos absorbidos por el tráfago de sus deberes, señoras ennietecidas al borde de la fuente, veleros que peinan el laguito encrespado, y semáforos con sus luces de penitencia, hacen que la vida reverbere en aquel lugar prodigioso. Y dando vueltas sin norte por sus calles, acompañada de un perro que le cuida los pasos, Fidelia, la loca de Chacao, le hace compañía a las sombras cuando cae la noche. Su perro le ladra a la luna para no perder la costumbre y su sombra guarda silencio.

El edificio Neverí se fue poblando como se pueblan las ciudades. La primera que llegó fue Mercedes con todas sus voluntades, enseres y sus dos muchachos. Cada uno escogió su habitación después de pelearse sin razón porque eran dos piezas idénticas. Ariel ayudó con algunos trastos ante la mirada incierta de Inés y Joshua, que aún no se acostumbraban a ver a su mamá con otro que no es mi papá, le dijo Joshua, el más afectado, cuando quedaron solos. No te preocupes, es muy buena persona y cocina rico. Ya verás. Siempre compra pizzas. OK. Dile que me gustan de doble queso. Inés pareció no tener problemas y hasta se sintió contenta porque es muy buenmozo, mamá. Ariel y Mercedes habían tratado de acostumbrarlos a la novedad complicada, mientras los tres se alojaron temporalmente en el apartamento de El Bosque, porque el Neverí no estaba listo. Y Eugenia se encargó de ellos con la alcahuetería de una abuela. Mercedes evitó durante un tiempo quedarse a dormir en el castillo de Elsinor, hasta que los muchachos se acostumbraron a los paseos, a comer helados y a las pizzas de Da Pepino, invitados por Ariel. Casi preferían estar con Eugenia que lidiar con los controles y regaños de Mercedes, porque no voy a permitir que hagan lo que quieran aunque su papá los malcríe. De tal manera que cuando Mercedes comenzó a irse los fines de semana, quedaban a sus anchas bajo el consentimiento de la abuela, luego de vencer el natural desacuerdo con su mamá.

—¿Y tú duermes con él?, sí, pero en una cama inmensa y con piyama.

—Ah, bueno —respondió Joshua y se sentó frente al televisor para los dibujos animados de la tarde.

El nuevo edificio se convirtió en una Babel moderna al llenarse de gente de diversa condición, carácter, procedencia e idioma. Gina Riccardi, italiana de Calabria, con todos los años y entusiasmo del mundo, abandonó su apartamento en el edificio Mayflower, en la avenida Don Juan Bosco, porque un gigantesco árbol de caucho le tapaba la vista hacia la plaza y en su apartamento había un fantasma que no la dejaba dormir. Filippo, el perrocalientero que levantó familia de cinco ingenieros con su pequeño tarantín, le recomendaba ponerle un vaso de agua en la sala antes de acostarse; los fantasmas sufren de sed. No Filippo, parece que con el agua coge fuerza y echa más vaina, se la pasa toda la noche moviendo los muebles y me hala la sábana. ¡Madonna! Filippo llamó a sus hijos para hacerle la mudanza y la caravana de muebles gastados atravesó la plaza como un desfile de hormigas, para que no se vayan a estropear en un camión, ordenaba marchando de primera en la fila. Fidelia los sigue con su comitiva fiel hasta que los hijos de Filippo la espantan. En el ascensor no hay problema porque pusieron una colcha en las paredes. Se instaló en el piso 3 que se llenaba de hijos y nietos los fines de semana. Terminó convirtiéndose en la abuela del Neverí, menos de Joshua e Inés porque nosotros ya tenemos una, y se paseaba todos los días frente al edificio, echando bendiciones a media cuadra de su antiguo Mayflower, porque éste es más moderno. Con una sola vieja basta. Fidelia se le quedó viendo de lejos, se le acercó con reverencia, recibió su dieta misericordiosa de lo que sobre, le pidió la bendición y se fue cabizbaja con su perro y su soledad.

Peter Szemerel y su esposa Mary Sessler, pareja de judíos húngaros, se instalaron en el piso 7, luego de vivir en un edificio de Chacao, donde llegaron apenas escaparon de la invasión rusa a Budapest en 1956. Para sobrevivir habían tenido que aprender ruso y a preparar el mejor Goulash con cualquier resto de un cañonazo, incluida carne de caballos que caían por acción de morteros en las afueras de Budapest; la pequeña finca para el consumo familiar aportaba el complemento de la exigua dieta diaria. Al escapar del martirio soviético, Peter y Mary llegaron a Venezuela a la caída de Pérez Jiménez gracias a esos pasadizos secretos del azar que sólo conocen los expatriados, y la democracia les llegó como un sabor nuevo que terminaron juntando con los de su Hungría rota. Con la ayuda de la judería caraqueña montaron una fábrica de ropa en el pleno corazón de Chacao, obligados a trabajar día y noche para haber mantenencia, añadió Ariel, perito en oficios y mesteres. Peter fue prosperando, se asoció con dos alemanes que fundaron el Fritz y Franz y se dedicaron al cultivo, procesamiento y distribución, de la páprika picante y gustosa, mientras la fábrica de ropa no paraba y el restaurante servía goulash sin descanso. Una fortuna creciente les permitió comprar en el Neverí, para pasar, pensaron, el resto de sus días. La premura de sus viajes los llevó a conservar su húngaro natal, el ruso impuesto y un caraqueño constipado lleno de coños y nojoda, aprendidos de Ariel, cuando se exaltaban celebrando cualquier acontecimiento.

—¿Y estás feliz aquí?

—Casi como el día que escapamos a pie de Budapest hacia la frontera con Austria.

En el piso 9, William Barry, gringo empleado de la Mene Grande Oil Company, había completado una carrera de veinte años como geólogo experto en perforación de pozos petroleros para la Kerr-McGee & Reading, Tulsa, Oklahoma. Cuando en la década de los cincuenta se creyó que los viejos pozos en terrenos de la nación Cherokee estaban agotados, un cazatalentos lo seleccionó para integrar el equipo técnico de la Mene Grande, que acababa de mudar sus oficinas del edificio Vulcania en San Bernardino, el barrio judío de Caracas, a los Palos Grandes. Lo designaron jefe encargado de las exploraciones y prospectiva de la compañía en el oriente del país. Y con el tiempo terminó como vicepresidente de operaciones para todo el territorio nacional, con la misma estampa de muchachote con que comenzó a trabajar en Oklahoma. Pronto hizo buenas migas con Ariel por su carácter amable y su trato sin arrogancia, contrario al odio que destilaban pintas contra el imperialismo yankee sobre las paredes de la ciudad. William Barry había sido boxeador en sus años universitarios. Prevalido de sus seis pies tres pulgadas de estatura, doscientas cuarenta y cinco libras de músculo tallado a punta de punching ball y heavy-bag en el Lethal Team Boxing de Tulsa (gimnasio local donde tiró tres knock-outs en sus primeras cuatro peleas de entrenamiento), fueron suficiente historial para lograr el afecto y admiración de Ariel.

—¿Y por qué no seguiste en el boxeo?

—Porque fue muy humillante que alguien de mi tamaño quedara knock-out en el primer round, cuando subió al profesional.

—¿Uno solo?

—El primero. El segundo me lo dio mi esposa, Brenda O'Doherty, irlandesa, una pelirroja que pareciera haber hecho los hijos ella sola.

## Un amor de antología

Ariel Severino llegó emocionado a sentar sus reales en aquel edificio principesco, como tú, le dijo una voz desde la sala, al descubrir que todos los caminos conducían a Mercedes.

—Este lugar —se exaltó la primera noche en nueva cama y vecindario —se parece a ti, Mercemía, el mapa de donde se copiaron el Paraíso.

Mercedes y Ariel, Ariel y Mercedes, sin primacía alguna en el desenfreno de la pasión, no pudieron casarse porque en el Uruguay no existía el divorcio. Habían hablado suficientemente del asunto hasta tomar una decisión con total convencimiento del paso que daban. Mercedes le pidió conocer su hijo algún día y Ariel recordó el traspié de aquel matrimonio sin futuro ni felicidad. Se dieron una nueva oportunidad (la última, prometieron ambos) y decidieron vivir al desgaire, sin más ley que la de su amor (si es que alguna vez el amor ha tenido alguna ley), en el Neverí.

Ariel y Mercedes, Mercedes y Ariel, convirtieron sus días y sus noches en un ritual de exaltación mutua. Los sábados eran un intercambio de galanterías y regalos. Ariel le recitaba religiosamente Uno in due, due in uno, con esa quejumbre dulzona de sus ancestros napolitanos y el sabor pícaro del gaucho conquistador, mientras la miraba directo a los ojos y esgrimía una espada floreciente: el ramo de rosas que traía medio oculto a su espalda. Ella respondía en idéntica tesitura teatral con las manos abiertas de dos almas que en el mundo había unido Dios, poniendo voz de night club, al entregarle el preludio de una celebración sin fin: una pluma fuente "para que me escribas siempre esas cosas tan bellas con tu letra de mi hombre contento"; una camisa con sus iniciales bordadas en el bolsillo y en la manga de doble puño, más un par de yuntas de oro grabadas con igual grafía. Mi AS de la baraja, decía la nota de su puño y letra, sellada con lacre en la tarjeta de cada regalo. O, una caja de bombones que mordisqueaban con fruición hasta terminar embadurnados de chocolate y lujuria, mientras se sumergían en el pozo sin fondo del deseo. El sexo intensifica el amor cuando se es amante de estreno y Mercedes se esmeraba en amancebarlo hasta la saciedad, cuidando cada detalle a sabiendas de lo díscolo y faldero que ¿había sido?... ¡Mi marido!, dijo tratando de afirmarse con altanería, a medio camino entre sus ansias de posesión y el miedo insuflado por la inseguridad.

Ariel y Mercedes, Mercedes y Ariel, decidieron averiguar cómo había sido la vida de los grandes amantes, para asegurarse de que lo suyo no era un efluvio fugaz y tenía asidero en los anales de la tierra. Ariel llegó al Neverí con una carrucha llena de libros, enciclopedias y discos, como si fuera el bibliotecario de la torre de Babel. Pronto descubrieron que su secreto ya había pertenecido a otros. Buscaron en una enciclopedia del Arte los nombres de Tristán e Isolda y su amor desmedido en Bretaña; lluviosa y distante. Ariel sacó del armario la carátula de Tristán e Isolda dirigida por von Karajan y puso la pasta negra y sonora en el tocadiscos del fondo. Habló en susurros. Me gustaría vivir allí sin que nadie nos molestara, escuchando gaitas celtas, dijo con la voz de su heroína que emergió de las páginas del libro. Isolda es una pelirroja idéntica a Brenda, la esposa de William Barry, mírala, el vestido es precioso. Y Tristán debió parecerse a William con ese tamaño. Qué lindo, tenemos de vecinos a Tristán e Isolda. Lo que no me gusta es que los personajes de la leyenda se enamoraron con un filtro de amor, una poción mágica. Eso es trampa. Justo es como nos enamoramos nosotros. Y la música es muy triste. Escoge otra. Ariel hurga en la carrucha con atención y busca un volumen con las cartas de Abelardo y Eloísa. Hojea el libro. Ésta es verdadera, del Siglo XI Mercedes, no como la anterior que es una leyenda. Es el amor entre un profesor de filosofía y teología contratado para darle clases a Eloísa. Ambos están enterrados en el Père Lachaise de París. Ya empezamos mal, seguro que es una tragedia. Sí, se enamoraron como locos y tenían su relación a escondidas. Era tan intenso el amor que Abelardo escribió mira, aquí (señala al pie de página), esta carta. "Mis manos se dirigían más a sus senos que a los libros". Pero el amor se fue a pique. El canónigo Fulbert, tío de Eloísa, los descubrió y los obligó a separarse. Y en venganza mandó a castrar a Abelardo. ¡Ay! No, no me cuentes más. Un sonido de navaja hizo el silencio y Mercedes se tapó los ojos, mirando entre los dedos la entrepierna de Ariel.

Mercedes fue rechazando una a una las obras que leían porque no tenían el final que ella deseaba para su vida con Ariel. Sin embargo, las leían con fruición, porque me ayudan a saber que nuestro amor es verdadero y sin el sufrimiento de esas historias. Calixto y Melibea, Romeo y Julieta, Dante y Beatrice, Hamlet y Ofelia, enaltecidos a pesar de sus transgresiones y tormentos (porque la historia suele ser indulgente con los enamorados), alentaron la exaltación que Ariel y Mercedes se profesaban diariamente y cultivaban como un fuego sagrado. Llegaron al extremo de hurgar en historias extraterrestres como las de Crónicas marcianas, del alucinado Ray Bradbury, en las que LaFarge y Anna, estadounidenses afligidos por la muerte de su hijo Tom, deciden retirarse a vivir en Marte. Pero, ni siquiera los marcianos (ni sus asimilados de Venus donde existieron unos amantes según la NASA), lograban el tono vital del sentimiento que les crujía en el pecho, a pesar de que el suyo, era un amor de otro mundo. Prefirieron las tres dimensiones de su apartamento terrícola donde habían dispuesto todo lo necesario para inventar su propia saga. Y continuaron hurgando en los pliegues de cuanto amante prestó su piel para recrear la vida.

Fueron Dafnis y Cloe con su aroma de bosque y epifanía, los que les dieron el tono exacto de su entrega. Les venía calzada la bucólica historia. Pastores criados por una cabra él y por una oveja ella, resultaban una emanación de la naturaleza, ajenos al furor de ninfas acezantes como vírgenes que buscan desfloración. Las ninfas aspiraban a Dafnis, buen prospecto, a punto de pubertad, con todas sus afluencias a flor de piel e imaginaban disfrutarlo hasta llegar a la nuez de la fruta mordida. Pero él sólo tenía alma para Cloe. Ella, lo mismo, cubierta por una aureola de candor que disipaba las apetencias de cualquier pretendiente.

—Así voy a hacer yo para espantar las mujeres que te andan acechando.

—Escucha —Y seguía leyendo con tono de flauta de pan.

El mundo existía en el balido de las criaturas bajo sus cuidados y se asentaba en el suelo fecundo de prados y elementos circundantes: pájaros que tejen sus secretos con los hilos del aire, abejas de caligrafía aérea para que haya miel, ríos sin fin bajo la mirada inescrutable de los búhos, serpientes y carroña para completar el ciclo natural, fuentes y nubes que nutren la tierra sedienta, eran el limbo terrenal en el que vivían los dos pastores. Hasta que Eros llegó con sus pareceres y flechas para acabar con la inocencia de los dos muchachos que nunca se habían visto desnudos.

—Ya vengo, me voy a servir un whiskey, está candente la historia. ¿Quieres uno?

—Por favor que estoy nerviosa. —Ariel regresó, chocaron los vasos y continuó leyendo.

Cloe languideció al ver la piel resplandeciente de Dafnis mientras salía de la fuente y se sintió presa de una enfermedad: "Estoy mala e ignoro mi mal", lo mismo que le ocurría a Mercedes cada vez que veía el cuerpo de Ariel emergiendo de la regadera. Lampiño, igual que Dafnis, Ariel brillaba como una promesa que se cumplía en el trayecto de su aventura por las páginas de aquel libro encantado. Y, a partir de allí, vivieron como prolongación de Dafnis y Cloe, persuadidos de que ambos eran un fluido que manaba hacia el otro y terminaban fundidos en el cero de la entrega total, donde ambos dejaban de existir para convertirse en su complementario. Lo descubrieron un día en que hacían el amor y en el fragor de la entrega no supieron quién era quién.

—Non credevo possibile, si potessero dire, queste parole —cantó Ariel y al llegar al estribillo se cambió al español: más allá de las estrellas estás tú, con voz trémula, que pareció salir de los dos. Se abrazaron con urgencia por temor a desvanecerse y las manos trataron de asir para siempre el cuerpo del otro.

—Dime que es verdad, —balbuceó Mercedes, y Ariel le respondió con un beso profundo hasta que ambos se quedaron dormidos, una vez más, aliento contra aliento, como si quisieran pertenecerse hasta en el sueño.

Se levantaron tarde como sucedía todos los sábados. Y, después del desayuno-almuerzo, brunch, aprende inglés Ariel, buscó el disco y el libreto de la ópera que habían ensayado durante la semana, el Nabucco de Giuseppe

Verdi. Lo puso en el Telefunken estereofónico y esperó que los actores estuvieran listos. Todos los días, después de cenar, habían ensayado la letra que Ariel les cantaba en italiano hasta que Joshua, Inés y Mercedes se la aprendían de memoria, poniéndole la intención y el sentimiento que indicaba el texto. Se esmeraba con la letra para que todos lo imitaran y lograr la perfecta atmósfera del coro. Ese sábado había llovido y el ambiente lóbrego era perfecto para el Nabucco. Buscaron cobijas, sábanas y almohadas poco vistosas. Improvisaron sobre el sofá un escenario de Babilonia y la historia del cautiverio de los judíos bajo Nabucodonosor. Ariel tomó la pantalla de una lámpara que parecía cofia en la cabeza del tirano. Cogió un ramo de rosas y lo colgó de la lámpara que quedó desnuda. ¿Y eso?, preguntó Joshua. Flores de los jardines colgantes y todos vieron las plantas múltiples entre maceteros de azulejos. Mercedes e Inés se envolvieron en cobijas raídas que sacaron de un baúl y buscaron dos más para Ariel y Joshua. Se amarraron unos trapos de cocina en sus cabezas. Ariel le hizo señas a Joshua para poner a andar el tocadiscos. Salió corriendo. Se cubrió con los harapos y puso cara de sufrido. La aguja sonó como lija fina sobre el surco y comenzó a tocar la orquesta de vinil.

Entran violines y cellos con tono sombrío. Insisten. Oboes y fagotes responden con igual cadencia. Vientos y cuerdas repiten la frase musical, mientras la misma línea melódica insiste con el clarinete, el corno, la trompeta. La flauta y el flautín derraman sus notas de suspenso, hasta que la orquesta estalla a plenitud con su queja de contrabajos. Flautas de nuevo junto a trombones que atemperan el drama y abren compases de esperanza.

"Va, pensiero, sull'ali dorate", exhala el coro la frase como un salmo, para que el pensamiento vuele con las alas doradas que la flauta, el oboe y el clarinete, soplan sobre el cautiverio, dándole inicio al coro lastimero, mientras los cellos y contrabajos arrastran sus notas del dolor esclavo. "Va, ti posa sui clivi, sui colli" y todos se posan con acordes heridos sobre praderas y cimas. "Ove olezzano tepide e molli, L'aure dolci del suolo natal! Y de verdad que el apartamento olía a la tibia y suave fragancia de la dulce tierra natal. Hasta que un aire de melancolía, de causa encendida, llegó con el verso "Arpa d'or dei fatidici vati", porque los rapsodas fatídicos, lejos de la Tierra Prometida, siempre entonan su desventura con arpa de oro. Generalmente los vates, rapsodas, juglares, trovadores y poetas de toda marea, se amarran a la melancolía para protestar por la expulsión del Paraíso Terrenal. También para implorar consuelo, que siempre consiguen, socorridos por un encanto que pareciera venido de otro planeta. Y el coro sigue con su Va, pensiero, sull'ali dorate, que todos cantan como un himno y, sin esperar a que termine, Joshua e Inés comienzan un aplauso que paraliza a Mercedes y Ariel, mientras el disco continúa hasta que los actores se paran en proscenio y hacen la venia para agradecer al público su entrega. Ariel se emociona y una lágrima involuntaria enternece a Mercedes, que lo abraza pulsando esa fibra de amante y madre que tienen las mujeres, cuando se anudan a la reciedumbre de un varón sentimental.

Habían descubierto una fórmula infalible para perpetuarse en el tiempo. Se metían en las pieles de los personajes operáticos y prolongaban su aventura hasta siempre, mientras los discos invadían cada rincón del apartamento. Ariel llamó al fenómeno, "hiedra operática" y Mercedes le reía la gracia mientras alternaban entre Aida, Macbeth, Il trovatore, Otello, Rigoletto, con Joshua e Inés como artistas invitados, y el público que se fue ampliando hasta los Barry y los Szemerel, que aplaudían con fervor íntimo aquellas puestas en escena. A veces, Gina, la gran abuela de todos, preparaba unos pastichos que esperaban en el horno mientras el whisky iba disminuyendo sin paciencia en la botella. Entre tanto se extendían en cuentos que fueron acercando la amistad.

Al final de una cena Gina se fue a dormir para darle descanso a sus 80 años que a las diez de la noche ya pedían una pausa. Peter la celebró levantando el vaso de whiskey, bebió tratando de soltarse la lengua, que había estado cogiendo fuerzas para continuar con sus historias.

—El Goulash es mi mayor orgullo —y contó recuerdos de su infancia que le hacían brillar los ojos. La cría de animales en la pequeña finca de mi papá, Zoltan Szemerel, criador de cabras, que aprendió a leer en una sinagoga adonde tenía que viajar 5 kilómetros diarios y, al regreso, a fabricar quesos del ordeño que comenzaba a las cuatro de la madrugada. Pero era feliz con mi mamá y mis dos hermanos mayores, que aprendieron mecánica de trenes y, después de repararlos, se fueron en ellos para no volver. Yo aprendí el oficio de hortelano y comencé a ampliar la fábrica de quesos que me quedó cuando papá murió. De pronto se puso serio y repitió algo que pareció un galimatías de cosa non sancta. —A gulyás a legnagyobb büszkeségem.

—Ariel le varió el tercio para sacarle la tristeza y replicó con voz Caribe recién aprendida en una obra de teatro —Ana karina rote, aunicon paparoto mantoro itoto mant", poniendo cara de húngaro.

—"Egészség" —replicaron Peter y Mary, dándole las gracias sin poder contener la risa.

Mercedes pronunció su Shalom ancestral. Ariel no tuvo más remedio que ¡Salud! y se sirvió otro whiskey para cerrar la puja lingüística. Pero Brenda dijo en irlandés que Tá an oíche blasta, bhí am agam nach raibh spraoi agam. ¿Qué? Que la noche está deliciosa, tenía tiempo que no la pasaba tan bien, completó Willy. Ariel brindó por Brenda. Willy cantó Moon river y se fue río abajo de su memoria. Les hizo una señal a Peter y Ariel para mudarse al balcón, mientras Brenda, que ya había escuchado sus cuentos más de una vez, recogió la mesa y llevó los trastos a la cocina con la ayuda de Mary y Mercedes. Willy se recostó en una poltrona, empinó su vaso que se llenó de burbujas y se quedó con la palabra.

—Queridos Ariel y Peter, Charles Barrow, me dio el primer trabajo apenas me gradué y se convirtió en mi padre cuando Milton Barry, my dad, murió. Una hepatitis C que se sacó en la lotería de los burdeles de Picher, Oklahoma, y su afición al Jack Daniels, le convirtieron el hígado en un gancho de colgar ropa.

—¿Y se murió de eso o de lo otro? —se conmovió Ariel.

—Los dos lo acabaron.

Milton Barry era un gran fabulador con mala suerte. Acumulaba historias como pulgas las orejas de un perro. Unas las inventaba para distraer la pobreza de los 22 centavos diarios en las minas de carbón de la Skelton Mines Corporation. Otras, por terapia del sueño y educar el olvido. William, my little Bill, me decía en público, sacándome un penny detrás de la oreja para asombro de todos. Imitaba un rictus de mago hipnotizador y mostraba el centavo a la multitud. O ponía cara de mudo que dibuja idiomas en el aire. Milton continuaba con pitos en la garganta y su caligrafía aérea que todos entendían.

Que había trabajado limpiando serpentines en las destilerías de Jack Daniels, en Lynchburg, Tennessee. Que las ratas acudían en busca de restos de mazorca y él las amenazaba con mosquetes que sobraron de la guerra civil. Que apenas oían la carga de la baqueta taponando la pólvora huían despavoridas hacia los tanques de fermentación. Las que no se ahogaban mordían el anzuelo que Milton les lanzaba con una caña de pescar. Un zapatazo ponía fin al asunto. La gente deliraba. Yo me reía con cara de necesidad y rotaba el sombrero para que los mineros trocaran risas por monedas.

Pero hubo una vez proverbial. Regresó con sus cuentos a los días de Tennessee donde se hizo aficionado a los cuarenta grados del whiskey de maíz. Miró al sol y lo ocultó con la mano. Miró a la multitud. Volteó la mirada hacia la palma de la mano. Cerró el puño y con la otra hizo un gesto como si degollara al sol, sacando provecho del único eclipse total que se produjo ese año. Respiró profundamente y gritó: lo tengo, lo tengo, el universo en mi puño. Se quitó el sombrero bombín, hizo la reverencia y el público dobló su contribución habitual de aplausos y centavos.

Más nunca le escucharon un cuento.

—¿De verdad? —interrumpió Mercedes, mientras servía unos canapés de hojaldres rellenos de espinacas y ricotta, puestos a dorar a 180 grados, ni uno más, ni uno menos, dijo al sacarlos del horno. Quedaron bellos. Y están deliciosos dijo Willy mientras continuaba sus confesiones sotto voce.

—Eran los tiempos en que Milton Barry aprendió a guardar silencio por vergüenza y a trabajar en las minas de carbón. Su padre lo había abandonado cuando tenía apenas cinco años, para perseguir la fortuna junto a unos vaqueros que trasladaban ganado desde Missouri a Colorado. Nunca más regresó. Su madre debió contentarse con su delantal y convertirse en cocinera de los mineros, además de ofrecerse con oficios non sanctos. Milton aprendió a cortar leña para las estufas hasta que tuvo edad y pudo descifrar el laberinto de las minas. Milton Barry, mi padre dolido, juntó infancia con vejez de un solo tirón por culpa del carbón. Cada vez se veía más viejo porque era imposible sacarse el tizne de la piel cuarteada y el carbón es un tatuaje de arrugas sin tiempo, se quejaba con una carcajada. Se sacaba el hollín con estropajos impregnados de cloro que le terminaron borrando las huellas dactilares y le dibujaron unos círculos blancos alrededor de los ojos: soy el mapache de las minas, repetía en su cama del Tulsa Regional Hospital. El viejo Milton Barry gastó su vida hurgando en las galerías de roca tras un tesoro imposible.

—Qué cabrón el carbón, Bill —se quejó Ariel.

—Sí. ¿Sabes lo último que dijo? ¡Ando buscando a mi padre! Y la vista se le quedó colgada del techo.

—Coño.

—Sí. Y mientras agonizaba decía cosas que parecían incongruentes. William, Willy, Bill, hijo mío, cuídate. Las únicas personas confiables son las que no proyectan sombra. ¿Sabes por qué? Llevan la luz por dentro. Sólo alumbran el día de su muerte.

La noche comenzó a cerrar sus ojos, extenuada y resplandeciente por la tenida. Ariel se sintió feliz al haber compartido con vecinos tan especiales. Les pidió que se levantaran para ver si tenían sombra, pero tiene que ser con luz natural, le dijo Bill. Mercedes se condolió de la historia de Willy, le pasó su brazo por el hombro a Brenda y no se sintió tan sola en su desconsuelo por el abandono de su mamá. Ariel la miró pensativa y se fue al mueble a buscar un disco para sacarla del remolino mental. Peter y su mujer rebozaban de alegría por aquella noche que les interrumpió su rutina demoledora de trabajo y más trabajo. Ariel regresó al grupo y sacó a Mercedes a bailar una conga de moda:

> Al carnaval, del Uruguay,
> vendrá Mercedes (sustituyó mi negra) con mi alegre conga,
> el Uruguay, tierra ideal, país de ensueño que besa el mar.
> Noches de amor y de pasión, Montevideo te hará gozar
> ven Mercedes (otra vez) ya, vamos a bailar
> con mi conga el carnaval del Uruguay…

Todos celebraron con un aplauso en el último giro de la pareja. Y apenas terminó la canción comenzaron a despedirse hasta mañana y que se repita. Ciérrate sésamo y Ariel y Mercedes se abrazaron para disfrutar de su soledad silenciosa. Entraron en su cuarto a media luz, se enfundaron en sus piyamas y desdoblaron las sábanas de hilo. Ariel la abrazó para las buenas noches y el beso acostumbrado. Mercedes se le arrebujó sobre cada poro vivo de su piel, llevando aquella unción a tal extremo, que juraron morir juntos para evitar el drama de los fantasmas solitarios, condenados a vivir en pena sin la compañía de otra sombra.

### La resaca

Inés y Joshua aprovecharon la modorra de Ariel y Mercedes, aún en piyamas, para bajar al parque a jugar con los nietos de Gina que la vinieron a buscar. Después de grandes fiestas queda empozada en las venas la tristeza que se había logrado aplacar. Las historias de Peter y William tenían ese dejo de melancolía que hay en la vida de todo el que ha tenido que enfrentarla con desventaja, siempre sacando fuerzas de donde no se tiene para vencer al infortunio. No era el caso de Ariel, con quien la vida había sido generosa en eso de la suerte. Le bastaba desear algo para que se le diera, como le enseñó su abuelo Jeremías: el futuro es inmediato como la palabra, apenas lo nombras y allí está. Dijo cerveza e inmediatamente Mercedes, que siempre se anticipaba a sus pensamientos, apareció en la sala con una Polarcita en la mano, aquí la tienes, muerta de frío. ¿Y tú? Más tarde. La resaca comenzó a aplacarse a medida que el río de espuma bajó por su garganta y le refrescó el estómago, que sonaba con crujido de cartón piedra. Ariel prefería las botellas pequeñas porque permanecían más tiempo frías y se tomó dos que lo pusieron a tono de domingo.

¡Epa Nipper! Saludó al Foxterrier de la RCA Victor de una carátula y la mascota pareció inclinar su cabeza frente a la ortofónica del logotipo. Ariel le sonríe, llega hasta el seibó y toma un vaso corto de vidrio biselado. Las máscaras de la tragedia y la comedia se le quedan mirando como espectros translúcidos. Haló el corcho de la caneca Ye Monks 12 años, se maravilló con el arte de adosar la pieza de alcornoque a la cerámica cocida de la tapa, y vertió el ámbar a discreción en el momento en que llega Mercedes. ¿Uno?, uno. Y sirve dos vasos con hielo hasta el tope y agua mineral. Chin de cristales. Sorbo. Gesto oferente, media vuelta y la silueta se borra hacia los pasillos de palacio. Ariel deja que su mirada se desvanezca con ella y camina hacia el mueble donde reposan los discos de siempre.

Hace lugar para su vaso. Tres columnas estrictamente organizadas por género se disputan el espacio en la estantería de caoba sólida. Discos de pasta, los primeros long play que llegaron al país, comprados regularmente en Don Disco, Calle Real de Sabana Grande, que estrenaba con entusiasmo sus aires cosmopolitas. A la izquierda, los más sonados en el Hit parade: Avec, en español, con el vibrato caprino de Charles Aznavour. Dos versiones de Marionetas en la cuerda: Paul Mauriat acentúa el ritmo con trombones de carácter y un bombo exaltado, muy animosos los dos, mientras que Franck Pourcel le da una cadencia atildada de pousse-café Marie Brizard. Continúa hurgando y Bert Kaempfert aparece entre el barajeo con su African beat. Edith Piaff está en un costado preferencial del mueble, ansiosa por saltar al escenario con todos los precipicios en su garganta. Escoge el volumen de Hymne à l'amour, pero lo regresa a su sitio. No es hora propicia. Hoy es domingo de fanfarria. Y sigue hurgando entre las montañas de discos. Ricky Ray y Bobby Cruz ofrecen sus voces en dúo estridente y que yo traigo pa ti Jala-Jala, un ritmo demasiado exigente para los pies uruguayos de Ariel.

Prefiere desnudar la pasta negra de otra cubierta. Deja caer el disco sobre el plato giratorio y coloca la aguja sobre el segundo surco con alarde de malabarista. Saxofones abren una cascada de arpegios interrumpidos por las trompetas que imponen su voluntad porque sí. In the mood, de Glenn Miller, lo convoca al baile con sus arrestos de big-band hecha para la alegría espumante. Improvisa un paso de swing a lo Benny Goodman. Los músicos lo observan y se ven tentados de lanzarse a la pista de baile, pero la mirada severa de Miller los deja fijos en sus puestos y se conforman con llevar el ritmo casi marcial (por la obediencia ciega a Miller), con pies y cejas. Los saxos reinciden en sus cadencias de fiesta y repiten nota a nota las señas del director. Ariel sigue con los dedos sobre su abdomen las notas obesas del contrabajo y afila los redobles del solo de batería que siempre divide las canciones en un antes y un después. El piano se impone sin aspavientos, pero con la absoluta convicción de que encarna el inconsciente colectivo de la orquesta. Ariel imita el sonido de cada instrumento y se contesta a sí mismo abriéndole cauce al soplo estridente de los metales.

—Amore, bájale un poquito el volumen. Los vecinos pueden quejarse —se oyó desde el fondo del cuarto, donde Mercedes vuelve a preocuparse con la foto de las torres de El Silencio en la portada de la revista Élite. Marina Marotti se empeña en vaticinar que Caracas va a ser destruida por un terremoto.

Ariel cierra la puerta corrediza del balcón en el momento en que Mercedes aparece con la revista en la mano.

—¡Mira esto!, —dice exaltada.

—Bueno, mi reina, las brujas también tienen derecho a ganarse su dinerito inventando vainas. No hagas caso.

Ariel da media vuelta cuando los trombones vuelven a atacar con notas intermitentes. Repiques sorpresivos de la batería cortan la respiración. El ambiente se caldea en una exaltación que se parece bastante a la vida plena. Ariel se acompasa con el ritmo y le sigue la pista a cada nota. Gira por la sala tratando de alcanzar al primer saxofonista que amenazó con escaparse de la partitura. Los músicos se lucen con sus impromptus, esas improvisaciones ensayadas hasta la perfección que el público celebra con aplausos totales. Las trompetas llenan el ambiente de stacattos punzantes. Agujas sonoríferas invaden el aire de cada rincón del apartamento trastocadas en fusas y semifusas. Ariel ensaya unos golpecitos de tap que deslumbran con el reflejo de los zapatos de patente que calzó especialmente para la fiesta. Gira sobre sí mismo. Regresa sobre sus pasos, bordea el mueble de caoba con redobles de la batería que señalan el fin de la canción.

Vuelve al mueble y se topa con la columna operática. En el fondo los discos de Billo Frómeta esperan que los saque a bailar. Abandona por falta de ambiente y voltea hacia el centro, repleto de música del sur. Recoge el whiskey del entrepaño. Tangos, milongas, vidalitas, mazurcas, zambas, malambos, repartidos entre Gardel y Le Pera, Alfredo Zitarroza, Julio Sosa, Los Chalchaleros, Los Salteños. Astor Piazzola y su bandoneón de tango arrabalero acicalado para salas de concierto y disturbio de la academia, junto a la garganta nochera del polaco Goyeneche, son el dislocamiento que pone a la vida en rieles de otra cosa. Ariel mira con atención el sinfín de canciones mudas en los estantes. Se decide por el long-play de Piazzola que está en el tope de la columna. Coloca el acetato en el pick-up. Las notas de Adiós nonino colman la sala de melancolía. Se recuesta en la chaise-longue Cassina, el emblemático diseño de Le Corbusier y lo asaltan las evocaciones, hasta quedarse dormido.

Sueña. Sueña que se hunde en un pozo oscuro donde se juntan pasado y presente. Silencio absoluto. Se incorpora entre sombras, campanea su whiskey y camina hacia la estantería con el abuelo Jeremías que le enseña el camino. La tarde comienza a brumar de sopor. Un samovar sobre el seibó luce tan majestuoso e inútil como la corona del Zar Nicolás II cuando Lenin ordenó borrar a los Romanov del mapa de Rusia. Aparece Maya, la bailarina ucraniana del Ballet Bolshoi, como una escultura en el frontispicio en la Scala de Milán, que lo dejó entumecido de amor efímero. Citas a escondidas tras los telones del teatro. Encuentro furtivo en el apartamento de Ariel, nostálgico de la Via Andrea Massena. Ariel ajusta una esclava de oro en la muñeca de Maya como regalo para eternizar el instante. Miradas de soslayo en los cocteles de celebración porque los comisarios políticos acechan y vigilan todo, incluido el ramo de flores que Maya conservó el día de la despedida. Adiós. Pero los recuerdos trepidan sin término ni clemencia.

—Ariel, ¿me llamaste? —sorprendió Mercedes desde el umbral de la sala y Ariel se despierta sobresaltado.

—No. —Intentó recuperarse aún con los ojos en el más allá—.

—¿Será que te soñé? Yo también me quedé dormida. Pero la vi.

—¿A quién?

—A la bailarina.

—¿Cuál bailarina?

—Piel de porcelana —dijo Mercedes con el repique de la segunda voz de un eco—. Catira, el pelo casi blanco de tanto amarillo, parada sobre una caja de música.

Ariel, lívido. Primera vez que dos sueñan un mismo sueño. Le pide un whiskey por favor. Mercedes se lo trae, se acerca a la chaise-longue y el gato Ramsés mira con sus ojos de intriga. Dio un sorbo largo al trago de Ariel. Media vuelta y se queda mirando hacia el balcón con el vaso apretado entre sus manos, tratando de aferrarse a algún retazo del mundo. Ariel nota sus manos rígidas. Voltea la mirada hacia el techo, extraviada, y repite con palabras esquivas lo que ocurrió ante sus ojos. Que la bailarina se puso pálida, que permaneció con la mudez de una virgen de piedra. O algo así. Te lo juro Ariel. Y Ariel recordó el rostro de Maya, congelado, el día en que Franco Zeffirelli lo esperó en una sala de ensayos de la Scala de Milán con la noticia en las manos.

—Ariele —dijo sin más ceremonia, esquivando la mirada—. Maya.

Y le entregó un cable fechado el 15 de enero de 1960 en Moscú. Firmado por Sofía Golovkina, directora de la escuela del Ballet Bolshoi, el telegrama les comunicaba con su gramática de omisiones, que Maya había muerto de un infarto frente a sus alumnos al terminar las clases de ballet, tres días atrás.

—De pronto, una convulsión sacudió su cuerpo y comenzó a girar —dijo Mercedes con la vista en las molduras del techo—. Le di cuerda a la caja de música pero no reaccionó. Aún soñaba. Tuve miedo, me desperté y vine a buscarte.

Ariel vio el alma de Maya abandonar su cuerpo con idéntico temblor al del pájaro que levanta vuelo. El pájaro raya el aire y las alas crucifican el movimiento. Mercedes comienza a silbar imitando la caja de música con su sonido de gotero. Sonríe, cruza sus brazos sobre el pecho. Ariel ve a Maya y Mercedes fundirse en una. La alucinación gira sobre sí misma, regresa a su cuarto. Y Ariel, aturdido, la ve irse envuelta en la toalla blanca como un ángel de espuma. El gato Ramsés es una exhalación que perfora el vacío de la sala. Ariel lo sigue y no le da tiempo de abrir la puerta corrediza del balcón. Se detiene estupefacto. Del otro lado del cristal, la mancha negra permanece hierática, imitando los gatos de cerámica pulida de Lladró. A su lado, la esclava de oro que debió brillar en la muñeca de Maya para siempre y el telegrama que selló el adiós de la bailarina fantasmal.

Inés y Joshua los sacaron de su turbación al irrumpir en el apartamento con su tromba infantil. Se cepillaron los dientes y se fueron a despedir de Mercedes y Ariel. ¿Qué te pasa mamá?, le preguntó Joshua al verla ensimismada. Que me duele la cabeza. Pero ya me tomé una aspirina. No te preocupes. Y todos se fueron a dormir porque siempre hay un día siguiente. Mercedes intentó, como todas las noches, abrazarse a Ariel. ¿Qué te pasa? Primera vez que me das la espalda. No. Nada. Creo que tengo un aire aquí en el hombro. Ariel. Tengo miedo. ¿Por qué? Por la pitonisa y por la bailarina, son dos asuntos muy extraños. ¿Irá a pasar algo? Sí, que mañana debo levantarme temprano, tengo que llevar el carro al mecánico para la revisión de rutina. Un beso, mi reina, te amo, hasta mañana. Y se volteó para abrazarla de frente y espantarle los malos augurios con un pregón sevillano: a dormir van las rosas en los rosales.

### En el Ávila es la cosa

El gato Ramsés movió su cabeza con mecanismo de relojería cuando la sombra de Estrella Serfaty se disolvió en el espejo. Mercedes suspiró y miró a Ariel casi suplicante. Ariel salió de su ensimismamiento, le correspondió amorosamente con su mano en la barbilla. Volteó hacia la superficie pulida y ajustó nuevamente la pajarilla, buscando la perfecta simetría en el vértice de su cuello. Removió finalmente la hilacha de paja que no había podido quitar de la manga de su smoking. Mercedes permaneció petrificada sobre la banqueta, aún aturdida por el encontronazo. Cada vez que discutía con Ariel sentía que se le acababa el mundo. Tomó una toallita de la peinadora y secó el sudor del borde superior del labio y los párpados. Volvió a untar la almohadilla con el panqué y lo regó por todo el rostro con la finura de artista que había aprendido de Ariel. Pintó sus labios de rojo, se le quedó mirando con cierto rubor por lo agrio de la discusión y le pidió disculpas. Es que estoy muy nerviosa con todo lo que ha pasado: la pitonisa, el sueño con la bailarina y ahora se me aparece mi mamá después de tanto tiempo; trató de exculparse con la misma letanía porque ella y el general Medina Angarita no tienen perdón de Dios. Los recuerdos duelen. Pero se lavan con palabras. Unas veces sí y otras no. Tal vez... El diálogo transcurrió alternadamente sin que se supiera exactamente a quien correspondía cada parlamento. Ambos tuvieron la sensación de que eran más personajes que personas. Se miraron fijamente tratando de reconocerse.

Ariel no vio la aparición de Estrella Serfaty. Se había alejado de la peinadora para deshacerse de la hebra de paja en su paltó, pero no dijo nada para no alarmarla más. Miró su reloj. Se hacía tarde para llegar al Hotel Ávila. La fiesta del Cuatricentenario de Caracas comenzaba a las ocho en punto y se habían demorado, pero no quería importunarla. El amor de Ariel por Mercedes era tal que a veces evitaba llevarle la contraria para no indisponerla. Y Mercedes no le discutía, al principio, por lo enamorada que estaba y, luego, por la pura costumbre. Ariel, callado, miró dentro de sí y agradeció el buen ánimo de su mujer. El sabor amargo del desacuerdo se disipó en aquella sala destinada a la higiene y la cosmética, que Mercedes culminó con un poco de brillo en su nariz y sus pómulos.

Se levantó de la butaca y comenzó a vestirse rápidamente para escapar del mal momento. Prometió no volver a nombrar el asunto.

—Ayúdame aquí, por favor —dijo levantando el cabello para colocarse el collar de perlas. —Ariel la besó en el cuello con dulzura y tentación—. No me hagas eso que soy capaz de olvidarme de la fiesta, del cuatricentenario, del país y del monigote de Medina Angarita. —Rieron. Mercedes se separó y fue hasta el vestier a buscar su chal de ocasiones especiales. Aprovechó para rociar sobre su cuello el perfume de siempre y puso sonrisa de cascabel.

Ariel la tomó de la mano y caminaron como novios del primer día. Se sintió orgulloso de su mujer, el hembrón que apareció sonriendo en el espejo, cuando se abrieron las puertas del ascensor.

Aún no se habían enfriado las viandas del carnaval y ya estaban sirviendo las del Cuatricentenario. ¡Hágase la fiesta! Y la fiesta se hizo con su deslumbre de cosa nueva. El alma ligera del caraqueño aprovechaba cualquier oportunidad para encender los faroles de la celebración, y, ese 25 de julio de 1967, canceló todos los relojes para festejar el día en que Don Diego de Losada fundó la ciudad de Santiago de León de Caracas. Fueron unos segundos carnavales con elección de reina y su corte de morenas deslumbrantes, que le dan tono a la piel de los sueños de aquí. Elsy Manzano, con su sonrisa tallada a punta de encanto, preside las carrozas que llenan la ciudad de colores y alegría, para que la vida recobre su lustre con la democracia que recién comienza. El gobierno ha tomado todas las previsiones necesarias para proteger a los ciudadanos del posible acecho del terrorismo, que suele enlutar las calles con hambre de tragedia. El talante de su gente, su cercanía amistosa, hacen sentir al vecino como parte de una familia tribal y se intercambian sabores de conservas melosas, como reliquias de un fulgor provinciano. Aún la modernidad no ha entrado a saco para devorar el esplendor de las buenas costumbres y la gente vive con su alegría como moneda de cambio, aun para quienes las monedas le son escasas.

La atmósfera festiva de febrero continúa hasta julio y los más pudientes se entregan a la parranda diaria en lugares exclusivos. Creativos y publicistas diseñan nuevas estrategias y van encendiendo el ambiente con una campaña seductora y elaboran un slogan que sugiere la magia del mapa del tesoro: "En el Ávila es la cosa". Las orquestas más prestigiosas entran en la lista de celebridades junto a artistas importados que prometen llenar los salones con pasos de baile. Ariel y Mercedes se impacientan porque las avenidas que conducen al hotel están abarrotadas de gente ávida de estrenar sus galas compradas para la ocasión. La alta sociedad caraqueña acude por vías insospechadas de San Bernardino, urbanización donde se alza la Meca de la fiesta caraqueña: el hotel Ávila, construido porque Rockefeller le preguntó al General López Contreras:

—¿Qué le hace falta a Caracas?

—Un hotel.

Y, de inmediato, Nelson Rockefeller le encargó a Wallace Harrison, arquitecto del Rockefeller Center, la construcción de un edificio de alto coturno, jardines interiores y habitaciones con balcones que miran al Cerro Ávila, con su reflejo en la piscina para duplicarle el fulgor.

"Bienvenido, señor Severino", lo exaltó el valet parking de aquel monumento al lujo y confort. Le abrió la puerta del MG a las ocho en punto. Mercedes esperó por el otro portero de smoking tropical, que no tardó en abrirle la puerta y buenas noches, bienvenida, señora, espero que disfruten. Parlantes exteriores amplifican el sonido de la orquesta que calienta el ambiente en la pista de baile. La cosa no era más que una alegría desbordada. El salón se va llenando con eso que llaman la élite, una franja de la población con chequeras oferentes, dispuesta a vaciarlas como si el mundo se fuera a acabar mañana. Y el chas-chas de las parejas sobre el piso marca el ritmo colectivo. La cosa es un no sé qué puesto a dar vueltas sobre las cabezas de los asistentes que giran como satélites ebrios. La cosa flota sobre el salón de baile y todo el mundo la procura con pasos atrevidos. ¡Ahí viene la cosa! Y se corre la voz: La tengo, la tengo, ¿qué tienes? La cosa. Pitos y serpentinas hacen comparsa a las líneas de bailarines en torno al centro de la pista. La orquesta despliega sus desplantes sonoros y un cantante nuevo que aspira a triunfar y ser recordado, levanta la voz por encima de los instrumentos, se vuelve trompeta y saxofón y cuanto pito o flauta suene, para que lo vuelvan a contratar. Conquistadores de siempre pajarean en torno a la pista, donde solteras, casadas, divorciadas, viudas, necesitadas, se ofrecen con distintos grados de atrevimiento, pero con el mismo deseo no siempre bien disimulado.

Y, en la mesa contigua, escapada de aquel torneo de tentaciones, la misma señora elegante con quien Ariel había intercambiado miradas en el evento de la Asociación Israelita de Caracas, no le quitaba la vista, saturada de deseo. Mercedes sintió celos pero guardó silencio. Ariel ni se enteró.

El hotel Ávila arde entre notas musicales que suenan su estridencia: "Siento un bombo, mamita me está llamando, sí, sí, bombo pa ti..." y continuaron los repiques bailables de cueros acompasados que retumban en todo el hotel. Un mesonero se adelanta al borde del salón y los conduce hasta su mesa, reservada desde hacía una semana y se sientan a escuchar los destellos de la fiesta que recién comienza. Apenas los vió, Eleazar López-Contreras se les acercó acompañado de un mesonero que se le volvió sombra y colocó la Veuve Clicquot Rosé, embutida en una hielera en el centro de la mesa, con un lazo dorado colgado al cuello de la botella. Queridísimo Ariel, bella Mercedes, ya los extrañaba. Se abrazaron y Eleazar le abrió espacio a la rubia y la morena de asalto a mano armada, que lo acompañaban esa noche. Mucho gusto repetido por los presentados y le ofrecen sitio a Paula Bellini y Emilia Dago, Emilita para los amigos, dijo con todo el swing que se trajo de La Habana. Paula Bellini cantaba ese día con la Billo's Caracas Boys y Emilita con Los Melódicos, la orquesta del aristócrata Renato Capriles, que solían alternar en los famosos mano a mano que se daban entre ellos. Paula Bellini tenía esa belleza italiana y un ritmo dulce de las confiterías de la Via Luigi Santini, en Roma, que encantaba a tirios y troyanos, tanto como la guaracha. Cuando el director de la orquesta la vio llegar, se lució con Me gusta Paula Bellini, a quien no le va a gustar... la canción de moda en las radios caraqueñas. Mientras que Emilita Dago era un huracán caribeño, que arrasaba con un sabor rumbero como pocas. Pero cada una tenía su público y al final de las confrontaciones simuladas, terminaban convocando los aplausos sobre la pista de baile.

Mercedes y Ariel tenían almas como notas musicales sobre el pentagrama. Les gustaba bailar y cuando no salían a un night club, lo hacían en la soledad del apartamento, siguiendo los ritmos de todas las orquestas que reposaban en los anaqueles de su mueble de caoba. Las despertaban en el Telefunken estereofónico y hacían de aquellos momentos el mayor placer que puede disfrutar una pareja. Más que el baile mismo les apasionaba juntar sus cuerpos hasta el delirio, acompañados de un buen trago. Después, ya no había otro deseo que el de fundirse en uno solo, siempre que hacían el amor, con el uno in due, due in uno, que Ariel le recitaba desde la primera vez. Su unión era una celebración de la vida y ahí la tenían en todo su esplendor con las dos orquestas que comenzaron su careo. Paula Bellini se levantó de la mesa, pidió permiso a la italiana y se despidió con un arriverderci Roma de encanto, que provocaba no dejarla partir. Suenan las trompetas como preludio de la felicidad. El maestro Billo aparece al frente de su orquesta y organiza los sonidos con el batir acompasado de sus manos sin aspaviento. Continúan los instrumentos que viajan con el pasaporte de la trompeta, y Paula arranca con toda la gracia: Me voy, me voy, me voy pa la rumba. Me voy, me voy, me voy que le zumba. Sabor, sabor, sabor, que tiene sandunga. Mi amor, mi amor, mi amor, bailemos la rumba. Y todos en la pista se cogen el mi amor para sí mismos y pretenden sacarla a bailar, pero ella se niega con una simpatía que deja a todos contentos. Continuó Billo con sus mosaicos, esa juntura de canciones que alternan entre boleros y guarachas para que nadie se arrepienta de bailar. Y, en efecto, nadie se arrepiente. La pista es una plaza para el tránsito de gente que sabe disfrutar la vida.

Tras una pausa para colocar los instrumentos de la otra orquesta, le toca a Los Melódicos. Ritual obligado de mirar a cada músico cara a cara. Renato Capriles levanta su dedo índice a modo de batuta y un, un, un, dos, tres, arranca una guaracha de un par de timbales, y Emilita Dago, ansiosa por sacarle brillo, se levanta de la mesa como un huracán con el ritmo atropellador de sus piernas de torno. Mira alrededor con desafío y más de un galán cree que es con él. Emilita levanta la ceja, le dice que no. Un güiro marca su chis ca chis que lidera el sonido y Emilita arremete sobre las notas de una súper guaracha: Cuídame lo mío, que lo tuyo está asegurao, en un cofrecito, yo te lo tengo guardao. La gente se entusiasma, más de uno improvisa una bicicleta, otros le hacen dar vueltas a su pareja y cada quien siente que lo está haciendo mejor. Hasta que llega el estribillo y todos la acompañan al unísono. Yo te di mi corazón, un poco del alma mía y guardo muchos recuerdos, junto a tu fotografía. Los aplausos tapizaron de sonidos la pista que se quedó pequeña y las notas musicales tuvieron que salir a buscar espacio para refrescarse por los jardines, donde soplaba una brisa fresca en las propias faldas del cerro Ávila.

Al terminar el mosaico, serie de canciones distintas enlazadas por el deseo de agotar la noche, Billo se acercó a la mesa. Desde que comenzó a tocar se sintió impaciente al ver aquellos amigos queridos disfrutar acompañando la letra de las canciones, tomando champaña y bailando los ritmos más movidos de aquella fiesta. La relación más cercana la tenía con Ariel, agradecido por haberle diseñado el logotipo de la orquesta y las pantallas que cubrían a cada músico en los grandes bailes. Llegó a la mesa con su sonrisa de mediodía eterno y saludó con la parsimonia de los grandes personajes: ésta es la mesa más importante de la fiesta, comenzando por las damas, Mercedes Chocrón, Paula Bellini, Emilita Dago, y continuando con varones de privilegio, Ariel Severino, el mejor diseñador del país y Eleazar, nieto del expresidente López Contreras y alma de todos los bares elegantes. El más modesto soy yo. Lo único que hago es tocar piano, ma lontano, soltó esa gracia de la gente de postín. Todos lo invitaron a sentarse, Ariel le sirvió la primera copa de champaña y le hizo una seña al mesonero para la próxima botella. El tiempo transcurrió tan rápido como ocurre cuando hay muchas cosas qué decir. Agotó su copa y cuando le fueron a servir otra dijo que no, suficiente porque puedo perder el ritmo. Le hizo una seña a Paula para comenzar el próximo set. Se hizo silencio y de pronto sonaron los acordes de una canción que todo el mundo se sabía de memoria y Ariel sacó a bailar a Mercedes, luego de cambiar miradas cómplices con Eleazar.

Yo quiero ser como Ariel, yo quiero ser como él, que canta, escribe, diseña y hasta le baila ballet... Ariel también acompañó la letra mientras llevaba el ritmo de la canción y debo hacerte una confesión Merceducha. Tengo que decirte la verdad. ¿De qué? De esa canción. Escucha bien la letra, yo quiero ser como Ariel, porque todas las chiquitas, están loquitas por él. ¿Y qué pasa? Que esa expresión *chiquitas* para referirse a muchachas es solamente cubana. La canción no es de Billo sino de José Carbo Meléndez, un compositor cubano. El primero que la cantó fue Manolo Monterrey, artista de mucho abolengo, con la orquesta de Luis Alfonso Larrain pero no tuvo ninguna pegada. Con el tiempo Billo la volvió a grabar con Manolo y se hizo famosa. Esa historia se la sabe bien Eleazar, él fue quien me la contó.

—Ariel —le dijo Mercedes con énfasis— esa canción eres tú. Y si te la quitan no existes. No digas nada, que a la gente le gusta creer en lo que cree. Esa canción va a existir aún después de ti.

Languidecieron las notas de la guaracha, Ariel y Eleazar se volvieron a mirar, hasta que fue apagándose la fiesta porque las notas musicales también se cansan y dijeron hasta luego con la madrugada y el Alma Llanera.

## Reloj, no marques las horas

Trascurrieron los días siguientes con la calma de un velero que llega a puerto. Altamira amaneció el sábado 27 de julio de 1967 con las mismas partículas del aire fundidas por los rayos del sol. Ariel y Mercedes recogieron temprano a Inés y Joshua en el apartamento de El Bosque, y llegaron a tiempo al Neverí a preparar maletas. Los dos muchachos salían a Nueva York al día siguiente para el acostumbrado verano con George Kobel, su papá consentidor que transgredía los deseos de Mercedes. Ariel volvió a salir por algunos comestibles porque la nevera había quedado raquítica del día anterior. Viernes y sábado eran momentos sagrados para el divertimento de la familia. Y la noche anterior habían acabado con todo aprovisionamiento después de interpretar La forza del destino; jamás se olvidaban de Verdi. Mercedes le entregó una lista de víveres y Ariel salió directo hacia Chacao donde solía hacer compras para cenas informales. Entró en la charcutería Lucerna y pidió una bandeja de fiambres con lo mismo de siempre Lorenzo, que organizó la bandeja con delicadeza de floristería: salchichones, lomo embuchado, prosciuto, salami, todos los quesos, panecillos, lonjas de pan negro y una alcachofa en el medio para incrementar su aspecto de flor. Se la envolvieron en papel celofán y Ariel salió con su ramo hacia la Danubio. Tres leches, bienmesabe, éclairs, fresas con crema y medias lunas (Ariel, tienes años aquí y todavía no sabes decir cachitos), para el desayuno antes de salir mañana hacia el aeropuerto y un poquito de exageración por si quedamos con hambre. Mercedes, Inés y Joshua ayudaron poniendo el bouquet sobre la mesa del comedor, con ganas de meterle el dedo a las fresas con crema y sin dejar que Eugenia se moviera del sofá frente al televisor. Esta noche no habrá ópera sino el concurso Miss Universo, donde Mariela Pérez Branger, nuestra compatriota, tiene mucho chance, así que arreglen sus cosas para que mañana no haya corredera. Y no se hagan ilusiones, se van a dormir a las siete, y punto.

Ariel colgó el paltó de un perchero donde descansaban tres sombreros y varias bufandas que el clima de Caracas hacía más o menos inútiles, pero que habían cobrado un valor que sólo habita en la memoria: el de los objetos con su huella de lo vivido. Todos eran protagonistas. Varios sombreros: un Fedora gris de marca Borsalino, el típico gardeliano que los bonaerenses llaman "gacho", que bien podía haber coronado la cabeza de Humphrey Bogart en la escena final de Casablanca, o la del propio Gardel en la filmografía que lo puso en órbita de las estrellas en Hollywood. El segundo, un tejano de fieltro negro, ala ancha, copa alta, regalo de su vecino William Barry, Tristán según Mercedes, cuando lo trasladaron a la Mene Grande Oil Company, en el luminoso este de la ciudad donde crecían edificios como grillos en los campos de golf del Country Club. El tercero, de lana verde, típico tirolés con cordón de seda entorchada y trío de plumas, lo compró en el Festival Teatral de Salzburgo de 1963, cuando aprovechó sus vacaciones de la Scala de Milán, y se fue junto a Zeffirelli a cogerle el pulso a las nuevas tendencias de la década que había entrado atropellando incautos. Mercedes lo vio cambiándolos de sitio en el perchero, se le quedó mirando a Ariel intrigada. Es para que no se fastidien siempre en el mismo lugar, acuérdate de que ellos vivieron viajando, se le adelantó a la pregunta y comenzaron a cambiar bostezos que los invitaban a una siesta y se fueron al cuarto.

Mercedes estaba inquieta. Desde los sucesos agoreros (una bailarina a la que se le acaba la cuerda puede ser una predicción) había quedado en extremo sensible y comenzó a insistir en los amores pasados que Ariel no le comentó nunca. Los ojos de la mujer que lo miraban insistentemente se le habían quedado grabados en sus pupilas. Por talante caballeresco y plenitud de su entrega, Ariel evitó, a pesar de sutiles requiebros indagatorios de su mujer, cualquier detalle de sus traspiés anteriores. Todos fueron legítimos, inevitables y públicos (bueno, uno que otro de acuerdo clandestino), pero la mayoría ocurrió por la sed de infinito que todo hombre lleva inscrito en sus genitales para prolongar la especie, multiplicada por la complacencia femenina que nunca se niega cuando las rodillas se ponen en plan tembleque. Otros, por asaltos súbitos del deseo, eso que llaman comúnmente debilidad de la carne, y, los menos, alentados por esa pulsión de la egolatría que da un placer donde no cabe nadie más que uno mismo. Y hubo extremos, los que cayeron del cielo con vocación de ángel terrible y terminaron colgando como medalla olímpica sobre el pecho de la vanidad de Ariel; hembras portentosas que había que procurar porque sí, capaces de acompañarlo hasta la tumba.

Después de venir de vuelta de todas las circunvalaciones del amor, de promesas y fracasos, cimas y barrancos, Ariel Severino (lo juró siempre sobre la cama) amaba a Mercedes sin la mácula del pasado. Hay quienes no creen esto posible pero ambos son una evidencia incontestable y Rien de rien, nada de nada, le cantó con el requiebro gutural de Edith Piaff, y le reafirmó con convicción de apostador: "Aujourd'hui ça commence avec toi". Mercedes, yo encontré mi razón de ser cuando descubrí que yo comienzo contigo, mi ángel estratosférico. Mercedes le acarició el rostro, lo besó dulcemente y Ariel se quedó dormido.

Al despertar se encontró con una nota amorosa:
Salí a comprar unas velas. Hay champán en la nevera por si te provoca. Los muchachos que se acuesten, salen mañana temprano a Nueva York. Su papá los recoge en el aeropuerto. Tu otro yo, o sea, yo. Mercedes.

Ariel se levantó, les hizo unos sánduches de prosciuto y queso emmental a Inés y Joshua, que pidieron más y Ariel les preparó otros, esta vez, de lomo embuchado para mí, sin queso, pidió Joshua y yo quiero uno igual. Tomó un plato llano y sirvió unas milhojas y fresas con crema, que duraron lo que la alegría en un triste. ¿Y por qué triste? Porque a la milhoja no le gusta que se la coman. Y vamos, se cepillan los dientes y se van a acostar, sonó entre las risas inocentes de los dos carajitos. Ariel se sintió pleno con los dos muchachos que de tanta costumbre se hicieron suyos. El aire acondicionado estaba un poco frío y tráeme una cobija Ariel. ¿Cómo? Por favor. Y Ariel los arropó con sus manos hechas para darle vida a las formas. Eran las siete de la noche y los muchachos se quedaron dormidos con la costumbre de siempre. Salió del cuarto, se metió en su baño para darse una ducha y quitarse el resto de modorra que se le quedó pegado a la piel después de la siesta. Se miró al espejo, se deshizo de la ropa, la anudó en una bola y la lanzó hacia la cesta de la ropa sucia. Celebró el tanto con el estruendo reglamentario del ¡tres!, conque se canta una canasta en la zona de afuera de la cancha. Dio media vuelta, sonrió con su optimismo a prueba de pruebas y colgó la bata en el perchero de la puerta del baño.

Se miró en el espejo, arqueó los brazos, sacó pecho y contrajo sus músculos imitando la pose de la "Tensión dinámica", del mítico Charles Atlas, cuyo anuncio aparecía en cada edición mensual de Selecciones del

Reader Digest. Respiró profundamente hasta que sus pulmones quedaron repletos de mundo y entró en la regadera tarareando una de esas canciones que siempre aparecen como retazos de tela vieja. Intentó remendarlos con las agujas de agua bajo la ducha: "Becho toca el violín en la orquesta, cara de chiquilín sin maestra"... Insistió, "Becho toca el violín" y la maestra desapareció definitivamente con un tralalá, tralalá, porque no pudo enseñarle los restos de letra perdida.

El chorro se abrió en torrentera. Frotó el jabón sobre un estropajo que le había traído desde Cumaná Lencho Güerere, ex campesino aventado a la capital por la necesidad, que terminó convertido en su asistente de carpintería. Lencho le decía que lo mejor para la circulación es un estropajo.

—Que te remueve hasta el último poro porque allí recalan los desengaños y una vez que te los sacas, es como si volvieras a nacer —repitió, mirándolo con ojos de hechicero experimental—. Y cuando te restriegues, reza un padre nuestro con un buen trago de aguardiente blanco, lo soplas contra la regadera, fuerza contra fuerza. Eso sí, tienes que concentrarte, toda tu mente puesta en destronar cualquier ensalmo, uno nunca sabe. Y te persignas para que no te llegue la hora. Cielo y tierra, Ave María.

Lencho había sido brujo rezandero contra males del alma, sobador de esguinces, luxaciones, y componedor de fracturas que salió huyendo del oriente del país porque en una de esas sobadas le tocó enderezarle un tobillo a la esposa del Jefe Civil de Cumanacoa. Era tan grave la dislocación que Lencho aumentó las sesiones para enderezarle los huesos con prolongados masajes, que bien pronto pasaron de medicinales a amatorios y se hicieron rutinarios sobre el catre de la covacha que Lencho había convertido en consultorio. Hasta aquel tugurio de la avenida perimetral de Cumaná llegó la sana recomendación.

—Lencho, estás en problemas, el Jefe Civil te anda buscando porque le empreñaste la mujer. Ella le confesó todo. Huye Lencho Güerere, móntate —lo urgió Chúo Salazar y le abrió la puerta de su Volkswagen destartalado para llevarlo hasta la terminal de autobuses, en las cercanías del mercado principal. Se salvó en la raya. Cuando el hombre iba a subir las escalinatas del autobús con un machete en la mano, la rabia se le convirtió en un chorro de espuma que le salió a borbotones por la boca y una tembladera lo fulminó con un infarto masivo. El pecho le tembló como pez que agoniza y terminó con un repique de convulsiones al pie del autobús. Nadie se atrevió a levantarlo por ese pacto de última hora que tienen los muertos con la autoridad. La muerte es una ruleta, se dijo Lencho en el puesto que le tocó junto a la ventana.

Ariel soltó una carcajada bajo la regadera. Giró el grifo completamente y fue tal la potencia del chorro que estuvo a punto de ahogarlo. Tosió repetidamente tratando de expulsar el río que se le fue por el desfiladero de las Termópilas y sintió la tráquea como bocina rota. Golpeó varias veces el pecho con la palma de su mano. El hálito de respiración que le quedaba en ese trance le saltó desde los pulmones con el último fuelle de tos. Aspiró profundamente, se volvió a golpear el pecho hasta que la respiración regresó a ritmo de sobreviviente y cantó Morir tremenda cosa, de La forza del destino que interpretaron hace una semana, como si Verdi le estuviera apremiando el próximo paso. Miró su viejo Bulova. El reloj se había detenido sin aliento. Ariel sintió miedo, un frío pánico le entumeció las entrañas. Esta vez no cantó. Abrió los ojos cuando pudo frente al chorro y recitó con ironía la letra del aria, tratando de disipar el mal pensamiento: Disperso vada il mal pensiero. Se recompuso y cuando se vio inmerso en el vapor de la ducha, dijo, como si la burla fuera un antídoto contra la fatalidad:

—Yo, el nebuloso —chiste que se le diluyó bajo los hilos líquidos porque no hay conjuro con garantía.

Salió de la regadera cubierto por las gotas de agua que no quiso secar. La toalla quedó colgada como bandera sin aliento. Un rumor de velas olorosas a lavanda invade el apartamento. Mercedes entró en el baño como el posta que va a entregar un mensaje urgente. Cloe vio el desnudo de Dafnis sin mácula de vestido alguno, puro en su limpidez y sintió que "Estoy mala e ignoro mi mal". El cuerpo de Ariel pareció resumirse en su solo falo erecto, que cobró vida propia en busca de la hembra universal para inseminarle todo el amor y el mundo. La hembra universal, Mercedes o Cloe, rasgó sus ropas con ansiedad. Los botones de su blusa saltaron vueltos caracoles marinos muertos de sed. Los caracoles crujen en la playa que arde de deseo. Mercedes mostró su pecho sin ningún pudor, a propósito, con el orgullo de sus dos promontorios exultantes, carnosos, turgentes, como fruta para ser mordida. Ariel muerde todas las frutas que encuentra a su paso. Toma el bikini que le acaba de quitar, lo hala como quien libera al cautivo de su prisión. Se empina con fortaleza de macho cabrío que va a ofrendarse en cópula magnífica. Toma una orquídea, comienza a pasarla por el rostro y la coloca junto a la flor de Mercedes, extensa como gruta frondosa, desnuda al apartar el follaje indiscreto. Un sonido de bosque roto invadió el espacio. Ariel entró completo en sus entrañas con la fuerza del varón que descubrió el amor absoluto con ella. Las paredes del apartamento se quiebran. Mercedes se queja con dolor y placer al unísono. Hay placeres que duelen. El concreto se resquebraja. Los jadeos mutuos se confunden con el oleaje de mar seco que desprenden las cuadrículas de mármol del piso. Ruido indescifrable. La regadera estalla en un río sin control. El piso se ha vuelto agua. El friso de los techos se hace uno con el piso de aquel apartamento principesco, hundido en la devastación como ruinas de Pompeya. Ariel se esmera en el forcejeo amoroso. Ambos aprenden a respirar bajo el agua como peces novicios. Las molduras del techo caen al piso. Un crujido de cabillas y el balcón completo se desprende de su armadura de cruzado vencido. El agua inunda el piso del apartamento. Los vidrios del balcón caen. El gato Ramsés se pierde en su salto. Una bombona de gas estalla y Ariel confía en su fuelle. Mercedes queda postrada con aquella fortaleza seminal. Te amo. Un chorro de lava sale de las entrañas de Ariel y Mercedes recibe el torrente sin oponer resistencia. Sobreviene la debacle. El techo se deshace en terrones que anuncian el fin de todo. Ariel se levanta alarmado y la toma de los brazos. Caos. Ruido de león que agoniza y el mundo comienza a convertirse en desechos. Cubren su cuerpo con lo que encuentran en la huida. Un paño, una camisa. Inés y Joshua salen de su cuarto aterrados. La frente de Joshua es una capa de cal cernida. Tiene la frente rota. Inés mira a su mamá y Ariel a medio vestir. El narrador de Miss Universo está a punto de nombrar la ganadora y la pantalla se llena de negro.

Mamá, está temblando, dice Joshua. Inés se congela de pánico. Mercedes se abraza a sus dos muchachos, los cubre con su cuerpo y Ariel protege a los tres… Una viga asesina cae sobre los cuatro y pone a la muerte por testigo.

### Réquiem
Peter Szemerel sale en su carro por la avenida Luis Roche y queda atascado entre el rojo del semáforo y el estruendo de un edificio que se

desploma. El manojo de sus nervios lo lanza a la calle de un solo envión. Voltea hacia lo que parece un escenario de guerra. La visión aterradora lo sobrecoge y paraliza. Aturdido, deshace el camino. El edificio Neverí es una montaña de hierros retorcidos entre capas de concreto inerte. Busca a los suyos entre los escombros y se encara con la nada. Su mujer y sus dos hijas no aparecen por ningún lado. Uno, dos, tres, cuatro moles, son catafalcos mudos. El mar de gente se arremolina en torno a los edificios derruidos. Silencio. La muerte no se aviene con los sonidos, los espanta, los sepulta. Pequeñas fumarolas se extienden a lo largo y ancho de lo que fue la azotea del edificio Neverí. Cocinas que no alcanzaron a preparar la cena queman el resto de gas que escapa por las tuberías. La luz se disipa en un manto de tinieblas. Todos los grifos estallan y forman un río que corre en busca de las aguas primigenias. Es una penumbra húmeda, un manantial siniestro. Las calles se llenan de montículos como dólmenes y menhires de memoria pétrea. Eugenia mira aquella escena tenebrosa sin entender qué ocurre. Había salido a comprar los cigarrillos que le salvaron la vida.

Palace Corvin, San José, Mijagual, Neverí, semejan pirámides truncas como monumentos funerarios. Gina Riccardi, la abuela del Neverí, no da señales de vida. La loca Fidelia la busca por los pasillos del Mayflower. Su perro olisquea por los rincones y no encuentra pista alguna. Miguel Aranguren, vecino del quinto piso, está parado frente a lo que fue su apartamento. Un parroquiano le pregunta por la familia y él responde lacónico: ahí, debajo de esa placa. La tierra se ensañó contra los socialcristianos. Celebraban una fiesta en el Pent-House del edificio Mijagual, donde cuarenta de ellos quedaron sepultados. Las calles se llenaron de seres anónimos que se convirtieron en personajes desde hoy. Soy César Yegres, dice frente al lente de la Bolex de 16 milímetros. Corte. ¡Otra vez! Ordena el director porque al muchacho se le metieron los nervios en la garganta. ¡Rueda! Soy dirigente juvenil, y vengo de Cumaná, dijo para afianzarse en el mundo cuando encontró el edificio vuelto detritus. Echa el cuento que le sale por los ojos y la audiencia que no puede creerlo. Un tráfico infernal hizo que me demorara y entré en la avenida en el justo momento en que las paredes se desplomaban... ¡Corte! Dilo, dilo, lo increpó el periodista para que repitiera una frase que resumía el asombro. Se repuso y confesó: era como si buscaran el centro de la tierra. Corte. El periodista habla a cámara y presenta a otro sobreviviente. Soy Luken Quintana, dice con voz incierta, estudiante de derecho. Se le nota en el rostro la resaca de una parranda anterior, mira a cámara y voltea hacia el aire, trata de localizar el Pent-House de la fiesta, duda, mira el Palace Corvin, edificio de donde bajó segundos antes del colapso y no encuentra su apartamento por ninguna esquina del polvo. Cada vez que pisaba un escalón, el escalón desaparecía, ¿qué vaina es ésta? Corte. Eso no se puede decir, quítalo, dice el periodista al jefe de edición en la sala del informativo del canal. La cinta quedó impecable con su sopor de muerte.

El mundo puja por regresar a su barullo. Las cornetas de los carros suenan desesperadas intentando revertir el desastre. Del caos informe comienza a surgir el movimiento. Grillos emprenden su serenata nocturna. Lagartijos trepan por cabillas desnudas. ¿Cómo es posible? Pregunta un bombero novato al mirar la plaquita del 4º piso a ras del suelo. La calle se llena de cisternas y camiones escalera entre el estruendo de pitos y sirenas. Esther Bustamante se ha estacionado frente al Neverí, conmovida por tanto amasijo inútil. Venía con sus hijas Renetta y Mariela en busca de Mercedes, pero se anticipó la tragedia. María de Las Casas logró entrar con su carro casi hasta el borde ruinoso de la calle. Se abrazan y comienzan a compartir el dolor como un reclamo sin destino. Elías Chocrón llega al epicentro de la catástrofe y se aferra a los brazos de Esther. Hija, hija, exclama su desconcierto sin respuesta. Peter Szemerel da vueltas en torno al promontorio en busca de alguna señal de los suyos. Pregunta por Ariel y Mercedes. Silencio. Peter queda a punto de desmayo frente aquella fotografía del horror, hasta que logra recostarse de un quiosco de periódicos. Una brisa voluntariosa hojea las páginas desvaídas de la revista Élite sobre un amasijo de hierros retorcidos: "Caracas será destruida por un terremoto". Fuegos fatuos. Lluvia, mucha lluvia que va lavando el dolor. El gato Ramsés deambula entre pisos apilados...

Un destello de vida logra escapar de aquellas ruinas. William Barry, ahíto de infortunios, esquivó casualmente la tragedia en su apartamento de la playa, a salvo con su Isolda de cabellos rojos y sus dos muchachos. Con el periódico temblante en las manos, se entera de la noticia. Se apareció con su prole para encender velas frente a los restos del edificio donde habían vivido muchas horas felices. Paradójicamente, frente a tanta devastación, un atisbo de esperanza se impone sobre el descampado. Y en momentos de desolación extrema surge lo imposible. Dos esferas translúcidas flotan sobre el túmulo como espectros que no se contentan con su suerte. Son reflejo de la luz que llevaban Ariel y Mercedes por dentro. Joshua e Inés están muy pequeños para alumbrar por sí mismos. En la esquina sur de la plaza aparece Fidelia. Abre sus brazos en cruz frente a las volutas lumínicas. Susurra una letanía como un conjuro contra la adversidad. Las fumarolas se enardecen. Las esferas continúan su ascenso en busca del lugar propicio para pactar una tregua y comenzar de nuevo. Fidelia, acostumbrada a entenderse con los ausentes, se les quedó mirando embelesada. Todos los habitantes del Neverí pasaron por su mente rota. Sonrió. Dio media vuelta y se fue borrando calle arriba. Atrás quedó la plaza Altamira, lugar donde siempre encontró sosiego para vivir con su perro y su soledad.

## Agradecimientos

Agradezco a dos amigos irrepetibles, Gonzalo González y Alexis Ortiz, quienes me acompañaron a revisar las páginas de esta novela, letra a letra, en busca de algún gazapo o inexactitud gramatical. Fue una lectura minuciosa que no escatimó horas de dedicación en las que disfrutamos la amistad de tantos años y el gusto por la literatura. Sin su ayuda y paciencia habrían aparecido, con seguridad, muchos errores imposibles de reparar.

Estas páginas nacieron gracias a la memoria de Eleazar López-Contreras, nieto del presidente venezolano que fundó la estirpe, quien me reveló la clave del misterio que aún rodea la figura de Ariel Severino. Eleazar fue el creador del "Juan Sebastián Bar", templo del jazz internacional y pontífice lúdico de la noche caraqueña en sus buenos tiempos. Su abuelo y él son personajes insoslayables de este relato.

Y resulta ineludible mi agradecimiento a Renetta Bustamante, hija de la inolvidable Esther Bustamante, exitosa productora de teatro venezolano que actúa como Cicerone de Mercedes Chocrón; personaje raigal de la historia que aquí se narra. Renetta, fiel a su estirpe teatrera, aparte de abundar en detalles acerca de sus primos Chocrón, puso en mis manos "La íntima del presidente", obra en la que el dramaturgo Javier Vidal relata el desenlace de la relación entre el presidente Isaías Medina Angarita y Estrella Serfaty de Chocrón; drama que comenzó cuando Estrella abandonó a sus hijos Mercedes, Isaac y Mauricio, tras las huellas del amante furtivo.

Con el paso del tiempo y convertido en escritor prominente, Isaac Chocrón reflejaría su mala experiencia en la conocida obra de teatro "Animales feroces", texto que da cuenta de esa tragedia familiar.

**YO QUIERO SER COMO ARIEL**

PRIMERA PARTE
Doña Cuatricentenaria     2
Un drama inconcluso     8
Como el agua a la gota     11
Mercedes de raíz     16
La vida entre cornadas     21
Todo se sabe     28
Intermezzo     37
Los espejos     41
Imaginerías     45
New York     50
Tennessee whiskey or Scotch     57
Un golpe de dados     63
Welcome     70
Yorkers tour     77
Long Island     81
What a week!     88
El mundo cambia y es el mismo     92
Semana de la moda     96
La gran pasarela     100
La historia oculta     104
La vida gira muy rápido     112
La rutina     115
Todo se complica     116
El fracaso es como la muerte     120
La mar, la mar, que siempre     123
recomienza
Otro día es otra vida     126

SEGUNDA PARTE
Una pesquisa sin peces     139
Da Pepino     141

Long Island no es una isla larga 144
Ciudad de siempre 147
Amar otra vez 151
Chacao es más que un grano 152
Día de sorpresas 157
La realidad es muy dura 159
Peluquería y confesionario 163
La vida entre flashes 167
Animales feroces 172
El eco de sangre 179
Yo quiero ser como Ariel 188
Siamo arrivati 191
Ti voglio un sacco di bene 198
El laburo 202
El viaje inverso 207
Milano viccino de Europa 213
Vuelta a la patria 220
A palacio 224
229

TERCERA PARTE
Un amor de antología 233
La resaca 242
En el Ávila es la cosa 247
Reloj, no marques las horas 253
Réquiem 258